À propos de l'autrice

Nora Roberts est l'une des autrices les plus lues dans le monde, avec plus de 400 millions de livres vendus dans trente-quatre pays. Elle a su comme nulle autre apporter au roman féminin une dimension nouvelle ; elle fascine par ses multiples facettes et s'appuie sur une extraordinaire vivacité d'écriture pour captiver ses lecteurs.

Nora Roberts

Ensemble pour Noël

Nora Roberts

Ensemble pour Noël

Traduction française de
EMMANUELLE SANDER
KARINE XARAGAI

HARLEQUIN

Titres originaux :
PARTIE 1 : LOCAL HERO
PARTIE 2 : ALL I WANT FOR CHRISTMAS

Ces romans ont déjà été publiés en 2018.

HARPERCOLLINS FRANCE
83-85, boulevard Vincent-Auriol, 75646 PARIS CEDEX 13
Service Lectrices — Tél. : 01 45 82 47 47

www.harlequin.fr

ISBN 978-2-2804-5849-8

SI PRÈS DE TOI

1

Zark poussa un gémissement douloureux, peut-être le dernier. Son vaisseau était presque à court d'oxygène et il ne lui restait plus beaucoup de temps. Dans quelques secondes, il verrait sa vie défiler devant ses yeux. Il pouvait au moins s'estimer heureux d'être seul : personne ne serait le témoin de ses joies et de ses erreurs.

Et surtout pas Leilah. Il en revenait toujours à elle. Entre chaque râle, il revoyait le visage rayonnant, les yeux azur et les cheveux blonds de son seul et unique amour. Au milieu des hurlements de sirène qui résonnaient dans le cockpit, il croyait entendre son rire. Tendre, doux. Puis moqueur.

— Sous le soleil rouge, comme nous avons été heureux ensemble ! murmura-t-il d'une voix haletante en se traînant sur le sol pour atteindre le poste de commande. Nous avons été amants, partenaires, amis.

La douleur s'amplifia et lui brûla les poumons, les transperçant telle une myriade de couteaux empoisonnés sortis tout droit des entrailles d'Argenham. Il ne pouvait pas gaspiller son oxygène en vaines paroles. Mais ses pensées… même en cet instant, elles restaient tournées vers Leilah.

Dire que la seule femme qu'il ait jamais aimée pouvait

être la cause de son anéantissement suprême ! Du sien, et du monde tel qu'ils le connaissaient. Par quel terrible coup du sort cet accident avait-il pu transformer une honnête scientifique en diabolique force du mal ?

La femme qui était devenue son ennemie avait aussi été son épouse. Elle l'était toujours, songea Zark en se hissant péniblement vers le poste de commande. Si jamais il survivait, et s'il parvenait à l'empêcher de détruire toute forme de civilisation sur Perth, il allait devoir se lancer à sa poursuite et la détruire. S'il en trouvait la force.

Le commandant Zark, défenseur de l'univers, président de Perth, héros et mari, appuya d'une main tremblante sur le bouton…

La suite de ses fascinantes aventures dans le prochain numéro !

— Bon sang ! maugréa Radley Wallace.

D'un rapide coup d'œil, il s'assura que sa mère n'avait rien entendu. Cela faisait six mois qu'il avait commencé à jurer à voix basse et il n'avait pas hâte de se faire surprendre. Sa mère ne manquerait pas de lui faire les gros yeux.

Heureusement pour lui, elle était trop occupée à défaire les premiers cartons que les déménageurs venaient de livrer. Radley était censé ranger ses livres, mais il avait décidé de faire une petite pause. Se détendre avec une bande dessinée Universal Comics du commandant Zark était son activité favorite. Sa mère préférait qu'il lise de vrais livres, mais ceux-ci ne contenaient pas assez d'illustrations à son goût. Pour lui, Zark surpassait de loin Long John Silver et Huck Finn.

Allongé sur le dos, Radley contempla le plafond fraîchement repeint de sa nouvelle chambre. Cet appartement lui plaisait bien. Il aimait surtout la vue sur le parc et le fait qu'il y ait un ascenseur. En revanche, il n'avait aucune envie d'aller dans sa nouvelle école lundi.

Sa mère lui avait dit que tout se passerait bien, qu'il se ferait très vite de nouveaux amis et qu'il pourrait toujours rendre visite à ses anciens camarades. La façon dont sa mère lui souriait et lui ébouriffait les cheveux avait le don de le rassurer. Mais elle ne serait pas là pour l'aider à affronter le regard curieux des autres enfants. Radley avait décidé qu'il ne porterait pas le nouveau pull qui, selon sa mère, allait si bien avec la couleur de ses yeux. Il préférait mettre de vieux vêtements dans lesquels il se sentait bien. Sa mère comprendrait, comme toujours.

Parfois, elle avait l'air triste, songea Radley en se calant contre l'oreiller, la bande dessinée à la main. Il aurait aimé qu'elle ne souffre pas que son père soit parti. Il y avait de cela si longtemps que Radley devait faire de gros efforts de mémoire pour se souvenir de son visage. Son père ne venait jamais leur rendre visite, et n'appelait que quelques fois par an. Cela lui convenait. Radley aurait aimé en parler avec sa mère, mais il avait peur qu'elle se fâche et qu'elle se mette à pleurer.

Dans la mesure où elle était là pour s'occuper de lui, il n'avait pas vraiment besoin d'un père. Il le lui avait dit, et elle l'avait serré si fort dans ses bras ce jour-là qu'il en avait eu le souffle coupé. Le soir, il l'avait entendue pleurer dans sa chambre. Depuis, il n'était plus jamais revenu sur le sujet.

Les adultes sont étranges, songea Radley du haut de ses presque dix ans. Mais sa mère était la meilleure. Elle ne criait presque jamais après lui et, lorsque cela lui arrivait, elle s'en excusait aussitôt. Et elle était jolie. Radley sourit dans son lit en se sentant glisser dans le sommeil. Pour lui, sa mère était aussi belle que la princesse Leilah. Même si ses cheveux étaient châtains au lieu d'être blonds, et ses yeux gris et non bleu foncé.

Pour fêter leur arrivée dans leur nouvel appartement, sa mère lui avait également promis de commander une pizza pour le dîner. Après le commandant Zark, les pizzas étaient ce qu'il aimait le plus.

Radley sombra lentement dans le sommeil. Avec l'aide de Zark, il allait sauver l'univers.

Lorsque quelques instants plus tard Hester passa la tête dans la chambre de son fils, son univers à elle, elle le trouva endormi, une bande dessinée Universal Comics à la main. La plupart des livres, qu'il feuilletait de temps en temps, étaient encore dans les cartons. En d'autres temps, elle lui aurait un peu fait la leçon à son réveil sur le choix de ses lectures, mais elle n'en avait pas le courage. Rad prenait si bien leur déménagement. Un autre bouleversement dans sa vie.

— Tout va bien se passer, mon chéri, murmura-t-elle.

Oubliant les montagnes de cartons qui l'attendaient, elle s'assit au bord du lit pour contempler son fils.

Il ressemblait tellement à son père ! Les mêmes cheveux blond foncé, les mêmes yeux sombres et le même menton volontaire. Elle regardait rarement son fils en pensant à l'homme qui avait été autrefois son mari. Mais, aujourd'hui, les choses avaient changé. Aujourd'hui, ils avaient pris un nouveau départ, et elle ne pouvait pas s'empêcher de penser au passé et à ce qui les avait conduits là.

Cela remontait à six ans, songea-t-elle, étonnée de voir que le temps passait si vite. Radley était encore tout petit lorsque Allan était parti, fatigué des factures, de sa famille et d'elle en particulier. Malgré un processus long et difficile, cette douleur-là était passée. Mais elle n'avait jamais pardonné et ne pardonnerait jamais à cet homme d'avoir abandonné son fils sans même un regard.

Elle s'inquiétait parfois de constater à quel point cela semblait avoir peu d'importance pour Radley. Egoïstement, elle était soulagée que son fils n'ait jamais tissé de liens forts et durables avec l'homme qui les avait abandonnés.

Mais souvent, tard le soir, lorsque tout était calme, elle se demandait si son petit garçon ne refoulait pas son chagrin.

Hester caressa les cheveux de son fils, le regard perdu au loin vers la fenêtre. Radley était un enfant sociable, heureux et agréable. Elle avait travaillé dur pour l'élever correctement. Jamais elle ne lui avait parlé en mal de son père, même si, au tout début, l'amertume et la colère qu'elle ressentait menaçaient souvent de jaillir. Elle s'était efforcée d'être à la fois une mère et un père, le plus souvent avec succès, croyait-elle.

Elle s'était plongée dans des livres de base-ball pour pouvoir lui donner des conseils. Elle avait couru à son côté, la main accrochée à la selle de son premier vélo. Au moment de le lâcher, elle avait résisté à l'envie de le retenir et lui avait lancé des encouragements tandis qu'il avançait en vacillant sur la piste cyclable.

Elle s'était même intéressée au commandant Zark. Hester retira lentement la bande dessinée de la main de son fils en souriant. Ah, ce pauvre et héroïque Zark, et Leilah, sa femme qui avait pris un si mauvais chemin ! Hester savait tout des tribulations et des intrigues qui avaient lieu sur Perth. Sevrer Radley de Zark pour le conduire vers Dickens ou Twain n'était pas une tâche aisée, mais élever un enfant seule non plus.

— Tu as le temps, murmura-t-elle en s'allongeant près de son fils.

Le temps de lire des vrais livres et d'affronter la vraie vie.

— Oh, Rad ! j'espère que j'ai fait les bons choix pour toi.

Hester ferma les yeux, se désolant de n'avoir personne à qui parler, personne pour la conseiller ou prendre les décisions à sa place, bonnes ou mauvaises.

Le bras posé sur la taille de son fils, elle se laissa glisser à son tour dans le sommeil.

Lorsqu'elle se réveilla, confuse et désorientée, la pièce était plongée dans la pénombre. Radley n'était plus à côté d'elle. Sa lassitude disparut aussitôt, effacée par un ridicule sursaut de panique. Radley n'aurait jamais quitté l'appartement sans sa permission. Il ne lui obéissait pas aveuglément en tout, mais il respectait les règles de base, songea Hester en se levant pour partir à sa recherche.

Elle trouva Radley dans la cuisine, où son instinct l'avait d'abord guidée. L'enfant tenait dans la main un sandwich dégoulinant de beurre de cacahouète et de confiture.

— Salut, maman.

— Je croyais que tu voulais de la pizza, répondit-elle en lorgnant vers l'épaisse traînée de confiture sur le comptoir et le sac de pain grand ouvert.

— C'est vrai.

Radley mordit à pleines dents dans le sandwich et lui sourit.

— Mais j'avais faim.

— On ne parle pas la bouche pleine, Rad, répondit-elle spontanément en se penchant vers lui pour l'embrasser. Si tu avais faim, tu aurais pu me réveiller.

— Je me suis débrouillé, mais je n'ai pas trouvé les verres.

Hester balaya la pièce du regard et s'aperçut que son fils avait vidé deux cartons dans ses recherches. Elle aurait dû ranger la cuisine en priorité.

— Nous allons nous en occuper.

— Il neigeait quand je me suis réveillé.

— Vraiment ?

Hester passa une main dans les cheveux de son fils pour écarter une mèche rebelle et se redressa pour regarder par la fenêtre.

— On dirait qu'il neige encore, constata-t-elle.

— Peut-être qu'il neigera trop et que lundi l'école sera fermée, déclara Radley en se hissant sur un tabouret pour s'asseoir près du comptoir.

Si c'était le cas, elle ne pourrait pas non plus se rendre à son nouveau travail, se prit-elle à rêver. Pas de nouvelles pressions, pas de nouvelles responsabilités.

— Je ne pense pas que cela va arriver, lança-t-elle par-dessus son épaule en lavant des verres. Tu es inquiet, Rad ?

— Un peu.

Il haussa les épaules, songeur. Il restait encore un jour avant lundi. Beaucoup de choses pouvaient se passer. Un tremblement de terre, du blizzard, une attaque venue de l'espace. Il se concentra sur cette dernière éventualité.

Lui, Radley Wallace, commandant des Forces spéciales terriennes, était prêt à protéger la planète et à se battre jusqu'à la mort...

— Je peux t'accompagner si tu veux, proposa-t-elle.

— Non, maman, les autres enfants vont se moquer de moi.

Radley mordit dans son sandwich. De la confiture de raisin dégoulina de chaque côté du pain.

— Ça ne peut pas être si terrible, ajouta-t-il sans trop y croire. Au moins, je ne risque plus de croiser cette imbécile d'Angela Wiseberry dans cette école.

Hester n'eut pas le cœur de lui dire qu'il y avait une imbécile d'Angela Wiseberry dans toutes les écoles.

— Voilà ce que je te propose, dit-elle. Lundi, nous prendrons chacun nos nouvelles fonctions, puis nous nous retrouverons ici à 16 heures pour un rapport complet.

Le visage de son fils s'éclaira aussitôt. Radley adorait les opérations militaires.

— A vos ordres, chef.

— Parfait. Maintenant, je vais commander une pizza. En attendant qu'elle arrive, nous allons ranger le reste de la vaisselle.

— Laissons les prisonniers s'en charger.

— Enfuis. Ils se sont tous enfuis.

— Des têtes vont tomber, marmonna Radley en engloutissant le reste de son sandwich.

Mitchell Dempsey Junior était assis devant sa table à dessin, à court d'inspiration. Il avala une gorgée de café froid dans l'espoir de stimuler son imagination, mais son esprit resta aussi vide que la feuille de papier devant lui. Il avait parfois des blocages, mais ceux-ci étaient rares. Et il n'en avait jamais eu avant une échéance.

Mitch décortiqua une cacahouète et jeta la cosse dans un bol. La coque rebondit sur le bord du récipient et tomba au sol parmi d'autres débris. Normalement, il aurait dû commencer par écrire le scénario avant de dessiner les illustrations. Mais, comme cette démarche n'avait rien donné, il avait pris les choses à l'envers, se disant qu'en changeant ses habitudes il cesserait peut-être de tourner en rond.

Hélas, sa méthode ne fonctionnait pas.

Mitch ferma les yeux pour mieux se concentrer. La radio égrenait un vieux tube de Slim Whitman qu'il entendait à peine. Son esprit se trouvait à des années-lumière, songea-t-il en souriant. Il avait toujours eu le sentiment d'être né trop tôt, un siècle trop tôt. Mais il ne pouvait pas en blâmer ses parents.

Rien ne venait. Pas de solution, pas d'inspiration. Mitch ouvrit de nouveau les yeux et fixa la feuille de papier. Avec un éditeur comme Rich Skinner, il ne pouvait pas se permettre de jouer à l'artiste. Il s'exposerait à mourir de faim. Dégoûté, il saisit une autre cacahouète.

Ce dont il avait besoin, c'était de changer de décor, de se distraire. Sa vie devenait trop monotone, trop banale et, malgré ce blocage temporaire, trop facile. Il avait besoin d'un défi. Jetant la coque vide, il se mit à faire les cent pas.

Il avait un corps élancé, fortifié chaque semaine par des heures de musculation. Pourtant, il avait été un enfant ridiculement maigre, même s'il mangeait comme un ogre. Les moqueries ne l'avaient pas trop dérangé jusqu'à ce qu'il découvre les filles. Grâce à sa détermination naturelle, Mitch avait changé tout ce qui pouvait l'être. Il lui avait fallu plusieurs années et beaucoup de sueur pour se bâtir un corps d'athlète, mais il l'avait fait. Il ne considérait toutefois pas sa forme comme acquise et il s'entraînait régulièrement, physiquement comme intellectuellement.

Son bureau était d'ailleurs parsemé de livres qu'il avait lus et relus. Il fut tenté d'en prendre un et de s'y plonger sur-le-champ. Mais il avait des délais à respecter. Le gros chien fauve couché à ses pieds roula sur le ventre et l'observa de ses yeux ronds.

Mitch l'avait nommé Taz en souvenir du diable de Tasmanie des vieux dessins animés des frères Warner. Mais son Taz était loin d'être aussi énergique. Le chien bâilla en roulant paresseusement sur le tapis. Il aimait son maître, notamment parce que Mitch ne se plaignait jamais de trouver des poils sur les meubles ni une poubelle éventrée de temps en temps. Et puis, Mitch avait une voix grave et patiente. Lorsqu'il s'asseyait par terre avec Taz et caressait son épaisse fourrure en partageant avec lui l'idée qui venait de germer dans son esprit, l'animal semblait ravi de l'écouter. Taz scrutait alors son visage comme s'il comprenait chaque mot.

On frappa soudain à la porte, et Taz s'agita un peu. Battant furieusement de la queue, il émit quelques jappements.

— Non, je n'attends personne, fit Mitch. Et toi ?

Il écrasa de ses pieds nus quelques coques de cacahouète et jura, mais ne prit pas la peine de les ramasser. Il contourna une pile de journaux et un sac de vêtements qu'il n'avait pas eu le temps d'amener à la blanchisserie. Il aperçut alors un os que Taz avait oublié sur le tapis d'Aubusson. Il l'envoya valser d'un coup de pied dans un coin de la pièce avant d'ouvrir la porte.

— C'est le livreur de pizza !

Un garçon très maigre de dix-huit ans environ tenait une boîte d'où se dégageait un parfum merveilleux. Mitch le huma avec envie.

— Je n'ai rien commandé.

— C'est l'appartement 406 ?

— Oui, mais je n'ai pas commandé de pizza.

Mitch inhala de nouveau l'effluve qui s'échappait du carton.

— Mais j'aurais dû, ajouta-t-il.

— Vous êtes M. Wallace ?

— M. Dempsey.

— Mince.

Mitch réfléchit tandis que le garçon se balançait gauchement d'un pied sur l'autre. Si ses souvenirs étaient bons, les Wallace étaient ses nouveaux voisins, ceux qui avaient pris la place des Henley dans l'appartement 604. Si Wallace était la grande brune tout en jambes qu'il avait croisée ce matin avec des cartons, peut-être aurait-il tout intérêt à pousser plus loin les investigations.

— Je connais les Wallace, répondit-il en tirant quelques billets froissés de sa poche. Je vais monter leur porter la pizza.

— Je ne sais pas si...

— Ne vous inquiétez pas, le coupa Mitch en lui glissant un autre billet.

Une pizza et une nouvelle voisine, voilà la distraction dont il avait besoin...

Le garçon compta son pourboire.

— Super, merci.

Les Wallace n'auraient sans doute pas été aussi généreux, décida le jeune homme.

Il chercha ses clés. Il fouilla un moment les poches de son jean usé avant de se rappeler avoir lancé son trousseau sur la table anglaise. Les clés avaient glissé au sol. Il les ramassa et les fourra dans une poche. Sentant qu'elle était trouée, il en changea aussitôt. Pourvu que la pizza soit aux poivrons ! songea-t-il, plein d'espoir. La boîte posée en équilibre sur une main, Mitch se mit en route.

— Ce doit être le livreur, déclara Hester en entendant frapper.

Elle rattrapa Radley avant qu'il se précipite vers la porte.

— C'est moi qui ouvre, ajouta-t-elle. Tu te souviens des règles ?

— Ne jamais ouvrir aux inconnus, récita Radley machinalement.

Une main sur la poignée, Hester jeta un coup d'œil par le judas. Elle fronça légèrement les sourcils. Elle aurait juré que l'homme la regardait, un sourire amusé aux lèvres. Ses yeux bleus étaient très clairs. Ses cheveux étaient noirs et ébouriffés, comme si cela faisait un peu trop longtemps qu'il n'avait pas croisé un coiffeur ou un peigne. Mais son visage mince et anguleux, assombri par une barbe naissante, était fascinant.

— Tu ouvres, maman ?

— Comment ? demanda Hester en reculant d'un pas.

Elle comprit qu'elle avait regardé le livreur un peu plus longtemps que nécessaire.

— Je meurs de faim, lui rappela Radley.

— Désolée.

Hester ouvrit la porte et découvrit que le fascinant visage accompagnait un corps élancé et musclé. L'homme était pieds nus.

— Vous avez commandé une pizza ?

— Oui.

Sauf que, dehors, il neigeait. Que faisait-il sans chaussures ?

— Génial, répondit-il.

Avant qu'elle ait pu deviner ses intentions, l'homme entra chez elle d'un pas nonchalant.

— Je vais vous débarrasser, dit-elle précipitamment en saisissant la boîte à pizza. Amène ça dans la cuisine, Radley.

Hester se plaça devant son fils pour le protéger de son corps, tout en se demandant si le recours à une arme n'allait pas être nécessaire.

— Bel appartement, dit-il en contemplant d'un air détaché les cartons ouverts.

— Je vais chercher de quoi vous payer, répondit-elle vivement.

— C'est aux frais de la maison, répondit l'homme en souriant.

Les cours d'autodéfense qu'elle avait pris deux années plus tôt seraient-ils encore assez frais ? songea-t-elle, inquiète.

— Radley, amène ça dans la cuisine pendant que je paie le livreur, répéta-t-elle.

— Votre voisin, corrigea-t-il. J'habite l'appartement 406. Vous savez, deux étages plus bas. La pizza a été livrée chez moi par erreur.

— Je vois.

Mais, pour une raison qu'elle ignorait, Hester se sentait toujours aussi nerveuse.

— Je suis désolée pour le dérangement, dit-elle en saisissant son sac à main.

— J'ai déjà payé.

Mitch ne savait pas trop si la jeune femme rêvait de bondir sur lui ou de s'enfuir, mais il avait eu raison de venir. Elle était aussi grande et élancée qu'un mannequin et présentait la même élégance discrète. Son épaisse chevelure aux reflets cuivrés était coiffée en arrière et encadrait un visage harmonieux, doté de pommettes saillantes et d'un petit menton volontaire. Elle avait de grands yeux gris et une bouche pulpeuse.

— Pourquoi ne considérez-vous pas cette pizza comme ma façon de vous souhaiter la bienvenue ?

— C'est très aimable de votre part, mais je ne peux pas...

— Refuser une telle offre de la part d'un gentil voisin ?

La jeune femme était trop froide et distante à son goût. Mitch préféra se tourner vers le petit garçon.

— Salut, je m'appelle Mitch.

Cette fois, il obtint une réponse à son sourire.

— Et moi, Rad. Nous venons d'emménager.

— Oui, j'ai bien compris. Vous n'êtes pas de New York ?

— Si, mais nous avons déménagé parce que maman a trouvé un nouveau travail. L'autre appartement était trop petit. Je peux même voir le parc de ma fenêtre, maintenant.

— Moi aussi.

— Excusez-moi, monsieur, le coupa la jeune femme.
— Mitch, répéta-t-il en lui lançant un rapide coup d'œil.
— Eh bien, c'est très aimable de votre part de nous avoir apporté la pizza.
Et aussi très étrange, songea Hester.
— Mais je ne voudrais pas abuser de votre temps, ajouta-t-elle.
— Vous pouvez en manger une part, fit Radley. Nous ne la finissons jamais entièrement.
— Rad, je suis certaine que monsieur... que Mitch a des choses à faire.
— Non, pas du tout.
Mitch connaissait les bonnes manières, bien sûr. On les lui avait soigneusement inculquées. En d'autres circonstances, il les aurait même mises en pratique et aurait pris congé, mais quelque chose dans la réserve de la jeune femme et la chaleur de l'enfant l'incita à persévérer.
— Vous avez de la bière ? demanda-t-il.
— Non, désolée, je...
— Mais nous avons des sodas, dit Radley de sa petite voix. Maman me laisse en boire de temps en temps.
Radley aimait par-dessus tout la compagnie. Il lança à Mitch un sourire espiègle.
— Vous voulez voir la cuisine ? proposa-t-il.
— Avec plaisir.
Mitch décocha un petit sourire satisfait à la jeune femme et emboîta le pas au petit garçon.
Hester resta au centre de la pièce quelques instants, les mains sur les hanches, partagée entre l'exaspération et la colère. Après une journée de déballage de cartons, elle se serait bien passée de compagnie. Et plus encore de celle d'un étranger. Mais elle n'avait pas le choix : il ne lui restait plus qu'à lui offrir une part de cette fichue pizza et à se décharger de toute obligation à son égard.
— Nous avons un broyeur à ordures, commenta Radley. Il fait beaucoup de bruit.
— J'imagine.

Mitch se pencha poliment au-dessus de l'évier pendant que l'enfant actionnait l'interrupteur.

— Il ne faut pas le faire fonctionner à vide, Rad, intervint Hester. Comme vous pouvez le voir, nous sommes encore un peu désorganisés.

Elle alla chercher des assiettes dans le placard qu'elle venait tout juste de garnir.

— Je suis ici depuis cinq ans et je ne suis toujours pas organisé, répondit Mitch.

— Nous allons avoir un chaton, annonça Radley en se hissant sur un tabouret.

L'enfant saisit les serviettes de table qu'elle avait déjà disposées dans un petit panier en osier.

— Dans notre ancien immeuble, les animaux n'étaient pas acceptés, contrairement à ici. Pas vrai, maman ?

— Dès que nous serons installés, Rad. Normal ou light, le soda ? demanda-t-elle à Mitch.

— Normal, merci. On dirait que vous avez déjà abattu beaucoup de travail en un jour.

La cuisine était propre comme un sou neuf, remarqua-t-il. Un asparagus luxuriant était planté dans une suspension en macramé accrochée près de la fenêtre. La jeune femme jouissait de moins d'espace que lui, ce qui était dommage. Elle ferait certainement un meilleur usage de sa cuisine que lui. Mitch balaya de nouveau la pièce du regard avant de prendre place près du comptoir. Il remarqua sur la porte du réfrigérateur un grand dessin représentant un vaisseau spatial.

— C'est toi qui l'as fait ? demanda Mitch à Radley.

— Oui.

L'enfant saisit le morceau de pizza que sa mère avait déposé dans son assiette et mordit dedans à pleines dents.

— C'est un beau dessin, commenta Mitch.

— Il représente le *Troisième Millénaire*, vous savez, le vaisseau du commandant Zark.

— Je le connais.

Mitch entama avec enthousiasme sa part de pizza.

— Tu as fait du bon travail, ajouta-t-il.

Tout en mangeant avec appétit, Radley poursuivit :

— J'ai essayé de dessiner le *Defiance*, le vaisseau de Leilah, mais c'est plus difficile. De toute façon, je pense que le commandant Zark va le détruire dans le prochain numéro.

— Vraiment ?

Mitch adressa un léger sourire à Hester lorsqu'elle vint les rejoindre près du comptoir.

— Je ne sais pas. Il est dans une situation vraiment délicate actuellement.

— Il va s'en sortir, répondit Mitch d'un air confiant.

— Vous lisez des bandes dessinées ? demanda Hester en se hissant sur un tabouret.

Elle remarqua alors que l'homme avait de grandes mains. Sa tenue était sans doute négligée, mais ses mains étaient propres et il avait l'air très sûr de lui.

— Oui, tout le temps.

— J'ai la plus grande collection de bandes dessinées de ma classe. Maman m'a même offert le tout premier numéro des aventures de Zark pour Noël. Il a dix ans. Zark n'était que capitaine à l'époque. Vous voulez le voir ?

Cet enfant était une perle, songea Mitch. Il était doux, vif et franc. Son avis sur sa mère était plus partagé.

— Oui, avec plaisir.

Avant qu'Hester ait pu demander à Rad de terminer d'abord son assiette, l'enfant était déjà parti en courant. Elle resta assise en silence, en se demandant quel genre d'homme pouvait bien lire des bandes dessinées. Il lui arrivait bien de temps en temps de les feuilleter pour savoir ce que son fils lisait, mais de là à les lire vraiment ? Elle, une adulte ?

— Vous avez un petit garçon formidable, déclara Mitch.

— Oui, c'est vrai. C'est très aimable de... l'écouter parler de ses bandes dessinées.

— Les bandes dessinées sont toute ma vie, répondit Mitch le plus sérieusement du monde.

Sidérée, elle le dévisagea un moment, avant de se remettre à manger.

— Je vois.

Mitch lui lança un regard en coin. Sa jolie voisine n'était pas facile à aborder. Mais, première rencontre ou non, il ne voyait pas pourquoi il résisterait à la tentation de la pousser un peu dans ses retranchements.

— Pas vous, n'est-ce pas ?

— Comment cela ?

— Vous ne lisez pas de bandes dessinées.

— Heu, non, je n'ai pas de temps pour ces lectures légères.

Elle roula de grands yeux, une mimique qu'il avait vue chez son fils un peu plus tôt.

— Vous voulez une autre part ? proposa-t-elle.

— Oui.

Mitch la devança et se servit lui-même.

— Vous devriez prendre le temps, vous savez. Les bandes dessinées sont parfois très instructives. En quoi consiste votre nouveau travail ?

— Je travaille dans une banque. Je suis responsable du service des prêts à la National Trust.

Mitch émit un sifflement admiratif.

— Lourde tâche pour une personne de votre âge.

Hester se raidit aussitôt.

— Je travaille dans le secteur bancaire depuis l'âge de seize ans.

Elle était également susceptible, songea-t-il en léchant un peu de sauce sur son pouce.

— C'était censé être un compliment. J'ai le sentiment que vous ne l'avez pas bien pris.

Décidément, cette femme était dure. Peut-être l'était-elle devenue par la force des choses. Elle n'avait pas d'alliance, et son doigt ne présentait aucune marque indiquant qu'elle en avait récemment porté une.

— J'ai moi aussi eu affaire aux banques, plaisanta-t-il. Pour des dépôts, des retraits, des chèques sans provision.

Hester s'agita, mal à l'aise. Pourquoi Radley tardait-il

autant ? Rester seule avec cet homme avait quelque chose de déroutant. Elle n'avait jamais eu du mal à croiser le regard des gens mais, avec Mitch, c'était différent. Il ne la quittait jamais des yeux très longtemps.

— Je ne voulais pas être grossière.

— Non, je me doute. Si je veux demander un prêt à la National Trust, qui dois-je demander ?

— Mme Wallace.

Elle était vraiment très dure.

— « Madame » est votre prénom ?

— Hester, lâcha-t-elle sans comprendre pourquoi il lui en coûtait autant de lui répondre.

— Hester, donc, dit Mitch en lui tendant la main. Heureux de faire votre connaissance.

Les lèvres de la jeune femme s'incurvèrent légèrement. C'était un sourire prudent. Mais c'était mieux que rien.

— Je suis navrée d'avoir été désagréable, mais la journée a été longue. La semaine aussi, en fait.

— Je déteste les déménagements.

Mitch attendit qu'elle se détende un peu pour poser sa main sur la sienne. Elle était douce et aussi gracile que le reste de son corps.

— Vous avez quelqu'un pour vous aider ?

— Non.

Elle retira sa main. Celle de cet homme était aussi massive qu'elle en avait l'air.

— Nous nous débrouillons très bien tous les deux.

— Je vois ça.

Elle ne voulait d'aucune aide : le message était on ne peut plus clair. Il avait déjà rencontré des femmes comme elle, aussi farouchement indépendantes, si suspicieuses à l'égard des hommes qu'elles ne se contentaient pas d'un bouclier protecteur : elles disposaient également d'un arsenal de flèches empoisonnées. Les hommes sensés s'en tenaient prudemment à l'écart. Dommage, car Hester était une très belle femme et son fils était absolument adorable.

— Je ne savais plus dans quel carton je l'avais rangé,

déclara Radley en revenant dans la cuisine, les joues encore rouges de l'effort déployé. C'est un classique, c'est même le vendeur qui l'a dit à ma mère.

La bande dessinée lui avait coûté un bras, songea Hester. Mais ce cadeau, plus qu'aucun autre, représentait tellement pour Radley…

— Il est comme neuf, découvrit Mitch en tournant la première page avec la précaution d'un joaillier taillant un diamant.

— Je m'assure toujours d'avoir les mains propres avant de le lire.

— Bonne idée.

Après tout ce temps, Mitch était surpris de constater que sa fierté demeurait intacte. Il éprouvait toujours la même immense satisfaction.

C'était écrit là, sur la première page. Scénario et illustrations de Mitch Dempsey. Le commandant Zark était son bébé, et, en dix ans, ils étaient devenus des amis très proches.

— C'est une histoire vraiment super, souligna Radley. Elle raconte pourquoi le commandant Zark a consacré sa vie à défendre l'univers contre le mal et la corruption.

— Parce que sa famille a été anéantie par la diabolique Flèche-Rouge qui cherchait à prendre le pouvoir.

— Oui ! s'écria le petit garçon, la mine réjouie. Mais il en est venu à bout.

— Dans le numéro 73.

Le menton posé dans une main, Hester les regardait fixement. L'homme paraissait très sérieux. Il n'essayait pas simplement d'amadouer son petit garçon. Il semblait aussi obsédé par les bandes dessinées que son fils de neuf ans.

Etrange, car il avait l'air assez normal ; il s'exprimait même très bien. Mais c'était surtout son extrême virilité, son corps sculptural, son visage angulaire et ses larges mains qui la mettaient mal à l'aise. Hester chassa très vite ces réflexions. Elle ne voulait surtout pas orienter ses pensées dans cette direction à l'égard d'un voisin dont les préoccupations étaient celles d'un adolescent.

Mitch tourna plusieurs pages. Ces dix dernières années, ses dessins s'étaient améliorés. Cela l'aidait beaucoup de s'en souvenir. Mais il avait réussi à garder la même pureté, la même simplicité de trait qu'il avait acquise dix années plus tôt, alors qu'il peinait lamentablement à l'école des beaux-arts.

— C'est ton personnage préféré ? demanda Mitch en pointant du doigt un dessin de Zark.

— Oui, bien sûr. J'aime aussi Trois-Visages et Diamant-Noir, mais je préfère de loin le commandant Zark.

— Moi aussi, répondit Mitch en ébouriffant les cheveux du petit garçon.

En livrant cette pizza, il n'avait pas imaginé qu'il trouverait l'inspiration qui lui avait fait défaut tout l'après-midi.

— Vous pourrez le lire de temps en temps. Je vous le prêterais bien, mais...

— Je comprends.

Mitch referma précautionneusement le livre et le rendit au petit garçon.

— Tu ne peux pas prêter un objet de collection, ajouta-t-il.

— Je ferais mieux de le ranger.

— J'ai l'impression que Rad et vous allez bientôt échanger des albums, déclara Hester en se levant pour débarrasser.

— Cela vous amuse beaucoup, n'est-ce pas ?

Le ton de sa voix lui fit lever rapidement la tête. Hester ne vit rien de précisément tranchant dans son regard, et les yeux de son voisin étaient toujours aussi clairs et doux, mais... quelque chose l'incitait à rester prudente.

— Je ne voulais pas vous offenser. Je trouve juste étrange qu'un adulte ait pour habitude de lire des bandes dessinées.

Elle fourra les assiettes dans le lave-vaisselle.

— J'ai toujours cru que, passé un certain âge, les garçons commençaient à s'en désintéresser, mais je suppose qu'on peut considérer ces lectures comme un passe-temps ?

Mitch lui lança un regard interrogateur. Hester le dévisageait de nouveau, un demi-sourire aux lèvres. Visiblement, elle essayait de se racheter. Mais elle n'allait pas s'en sortir aussi facilement.

— Les bandes dessinées n'ont rien d'un passe-temps pour moi, madame Hester Wallace. Non seulement je les lis, mais je les écris.

— Ça alors, c'est vrai ?

Radley était debout et regardait fixement Mitch comme s'il venait d'être couronné roi.

— C'est vraiment ce que vous faites ? Honnêtement ? Oh, mon Dieu ! Vous êtes Mitch Dempsey ? Le vrai Mitch Dempsey ?

— En chair et en os.

Mitch ébouriffa gentiment les cheveux de Radley tandis qu'Hester le regardait fixement, comme s'il venait de débarquer d'une autre planète.

— Oh, mon Dieu ! Mitch Dempsey est ici ! Maman, c'est le commandant Zark. Aucun de mes amis ne va me croire. Tu y crois, toi, maman ? Le commandant Zark est ici, dans notre cuisine !

— Non, murmura Hester sans quitter Mitch des yeux. Je n'arrive pas à y croire.

2

Hester aurait aimé pouvoir s'autoriser un peu de lâcheté. Comme il aurait été simple de rentrer chez elle et de se glisser sous les couvertures jusqu'au retour de son fils de l'école ! Tandis qu'elle se laissait entraîner par le flot des travailleurs de Manhattan, personne ne pouvait se douter en la voyant qu'elle avait l'estomac noué ainsi que les mains moites, malgré le vent glacial qui s'engouffrait dans les escaliers du métro.

Si quelqu'un avait prêté attention à elle, il n'aurait vu qu'une jeune femme calme vêtue d'un long manteau en laine rouge et d'une écharpe blanche, l'air légèrement soucieux. Heureusement pour Hester, les lumières provenant des gratte-ciel ravivaient les couleurs de son visage qui, sans cela, aurait été d'une blancheur de cire. En approchant de la National Trust, elle lutta pour ne pas manger nerveusement son rouge à lèvres. C'était son premier jour de travail.

Il lui aurait suffi de dix minutes pour rentrer chez elle, s'enfermer dans son appartement et appeler le bureau en prétextant n'importe quelle excuse.

Elle aurait pu prétendre être malade, inventer un décès dans sa famille. Ou même un cambriolage.

Furieuse après elle, Hester serra la poignée de son attaché-case et continua à avancer. Le matin même, elle avait accompagné Radley à l'école en lui servant un discours enthousiaste et absurde sur l'excitation qui entourait les nouveaux départs. Balivernes ! Elle espérait juste que son fils ait moins peur qu'elle.

Ce poste, elle le méritait, se rappela-t-elle. Elle était qualifiée et compétente, elle avait douze années d'expérience derrière elle. Et, pourtant, elle tremblait de la tête aux pieds. Prenant une profonde inspiration, elle pénétra dans les bureaux de la National Trust.

Laurence Rosen, le directeur de la banque, consulta sa montre et hocha la tête d'un air approbateur en s'avançant vers elle. Il portait un costume bleu foncé élégant et strict. Ses chaussures brillaient comme un miroir.

— Vous êtes pile à l'heure, madame Wallace. C'est un excellent début. Je me félicite d'avoir une équipe qui sache faire le meilleur usage de son temps.

L'homme lui indiqua d'un geste la porte située derrière l'accueil, où se trouvait le bureau d'Hester.

— J'ai hâte de me mettre au travail, monsieur Rosen.

C'était la stricte vérité. Elle avait toujours aimé l'ambiance qui régnait dans une banque juste avant l'ouverture de ses portes au public. Il y planait un silence presque religieux, comme un préambule avant le début des jeux.

— Parfait, parfait, nous allons faire de notre mieux pour vous occuper, déclara Rosen.

Le directeur de la banque fronça alors les sourcils en constatant qu'il manquait encore deux secrétaires.

— Votre assistante sera là d'une minute à l'autre, ajouta-t-il. Dès que vous serez en poste, madame Wallace, j'attends de vous que vous surveilliez de près ses allées et venues. Votre efficacité dépend largement de la sienne.

— Bien entendu, monsieur.

Hester pénétra alors dans un bureau petit et sombre. Elle aurait préféré avoir un peu plus d'espace et un chef un peu moins collet monté, mais elle s'efforça de ne pas y penser. Les revenus supplémentaires liés ce nouvel emploi ne pouvaient que profiter à Radley. C'était l'essentiel. Tout allait bien se passer, se rassura-t-elle en retirant son manteau.

Debout sur le pas de la porte, Rosen approuva d'un

hochement de tête son tailleur noir bien coupé et la sobriété de ses bijoux. Les vêtements ou les comportements excentriques n'avaient pas leur place dans une banque, elle le savait bien.

— Je suppose que vous avez regardé les documents que je vous ai donnés, lança Rosen.

— Oui, je me suis familiarisée avec eux ce week-end.

Hester alla se placer derrière son nouveau bureau, consciente que ce geste viendrait asseoir sa position.

— Je pense avoir compris la politique et les procédures de la National Trust.

— Parfait, parfait. Je vais donc vous laisser vous organiser. Votre premier rendez-vous est à...

L'homme tourna les pages du calendrier posé sur son bureau.

— ... 9 h 15. En cas de problème, n'hésitez pas à me contacter. Je ne suis jamais très loin.

Elle l'aurait parié.

— Je suis certaine que tout se passera bien, monsieur Rosen. Je vous remercie.

Le directeur la salua d'un hochement de tête et quitta la pièce, refermant la porte derrière lui. Une fois seule, Hester se laissa lourdement tomber dans son fauteuil. Elle avait passé la première étape. Rosen la considérait comme une femme compétente. Il ne restait plus qu'à lui prouver qu'il avait raison. Elle n'avait pas le droit de le décevoir : trop de choses dépendaient de sa réussite. Sa fierté aussi était en jeu. Car Hester détestait par-dessus tout se ridiculiser. Comme elle l'avait fait la veille, face à son nouveau voisin.

Des heures plus tard, elle rougissait encore en y repensant. Elle n'avait jamais voulu offenser le travail — aujourd'hui encore, elle avait du mal à appeler ça une profession — de cet homme. Elle n'était pas là pour le juger. En revanche, elle n'avait pas su rester sur ses gardes. En quelques minutes, son voisin l'avait complètement déstabilisée en s'invitant chez elle et en se joignant à eux pour dîner avant de charmer

Radley. Elle n'avait pas l'habitude de laisser des inconnus faire irruption dans sa vie. Elle avait horreur de ça.

Contrairement à Radley, songea-t-elle en saisissant un crayon bien aiguisé portant le logo de la banque. Après le départ de Mitch, son fils rayonnait d'excitation et avait été incapable de lui parler d'autre chose.

La visite de leur envahissant voisin avait au moins eu le mérite de distraire Radley et de lui faire oublier sa nouvelle école. Son fils s'était toujours fait très facilement des amis, et si ce Mitch avait envie de lui faire plaisir elle n'allait pas l'en empêcher. L'homme lui paraissait relativement inoffensif. Mais pouvait-elle ignorer le frisson embarrassant qu'elle avait ressenti lorsque sa large main avait recouvert la sienne ? Pouvait-elle vraiment se sentir troublée par un homme qui gagnait sa vie en écrivant des bandes dessinées ? Hester réfléchissait encore à la question lorsqu'elle entendit frapper doucement à la porte. Elle n'eut pas le temps de répondre : le battant s'ouvrait déjà.

— Bonjour, madame Wallace. Je suis Kay Lorimar, votre assistante. Vous vous souvenez, nous nous sommes croisées quelques minutes il y a plusieurs semaines ?

— Oui, bien sûr. Bonjour, Kay.

Son assistante était tout ce qu'Hester avait toujours voulu être : petite avec des formes voluptueuses et blonde avec des traits fins et délicats. Hester croisa les mains sur son sous-main flambant neuf et tenta de prendre un air autoritaire.

— Désolée pour le retard, déclara Kay avec un sourire qui démentait ses propos. Le lundi, tout prend plus de temps que les autres jours. J'ignore pourquoi. Vous voulez du café ?

— Non, merci, mon rendez-vous arrive dans quelques minutes.

— Appelez-moi si vous changez d'avis.

Kay fit une pause près de la porte.

— Cette pièce mériterait d'être un peu égayée. Elle est sombre comme une caverne. C'était le bureau de M. Blow, celui que vous remplacez. Il aimait tout ce qui était sinistre, comme lui. Vous voyez ce que je veux dire ?

Kay lui sourit d'un air complice, mais Hester hésita à lui répondre. Il n'était pas du meilleur effet de se tailler une réputation de commère dès le premier jour.

— Si jamais vous décidez de redécorer votre bureau, faites-moi signe. Mon colocataire est décorateur d'intérieur. C'est un véritable artiste.

— Merci.

Comment allait-elle faire pour travailler avec cette pom-pom girl ? Mais chaque chose en son temps…

— Contentez-vous de faire entrer M. et Mme Browning lorsqu'ils arriveront, Kay.

— Oui, madame.

Sa nouvelle responsable était certainement plus agréable à regarder que le vieux M. Blow, songea Kay en étudiant Hester, mais elle semblait avoir la même mentalité.

— Les formulaires de demande de prêt se trouvent dans le tiroir de gauche de votre bureau, lui expliqua-t-elle. Ils sont classés par types. Les blocs-notes sont à droite. Le papier à en-tête juste au-dessus. Le listing des taux d'intérêt en cours se trouve dans le tiroir du milieu. Les Browning ont besoin d'un prêt pour réagencer leur loft. Ils attendent un enfant. Monsieur occupe un emploi dans une société d'électronique et madame travaille à temps partiel chez Bloomingdale's. Ils savent quels documents ils doivent fournir. Je pourrai en faire des photocopies lorsqu'ils seront là.

— Merci, Kay, répondit Hester, surprise.

Elle ignorait si elle devait se sentir amusée ou impressionnée par le professionnalisme de son assistante, que démentait son apparence.

Lorsque la porte se referma, Hester s'adossa à son siège et sourit. Son bureau était peut-être sinistre mais, si ce début de matinée était un avant-goût de ce qui l'attendait, tout ne s'annonçait pas lugubre à la National Trust.

Mitch aimait particulièrement se détendre en observant les allées et venues des gens dans la rue. Après cinq ans, il connaissait de vue presque tous les habitants de l'immeuble, et la moitié par leur nom. Lorsqu'il n'avait pas beaucoup de travail ou lorsqu'il était en avance sur ses délais, ce qui était encore mieux, il tuait le temps en croquant les plus intéressants d'entre eux. Il lui arrivait même d'inventer une courte histoire pour accompagner chaque dessin.

Cette distraction était pour lui le meilleur des exercices. De temps à autre, un visage était suffisamment intéressant pour mériter une attention particulière. Parfois, il s'agissait d'un chauffeur de taxi ou d'un livreur. Mitch avait appris à observer attentivement et rapidement ses semblables avant de les esquisser d'après ses impressions. Des années plus tôt, il dessinait des portraits pour gagner sa vie contre des sommes misérables. Aujourd'hui, il le faisait pour son plaisir, ce qui lui plaisait encore plus.

Au détour de la rue, il aperçut soudain Hester et son fils. Le manteau rouge qu'elle portait se détachait sur l'asphalte comme un phare. Ou une invitation. Le sourire aux lèvres, il saisit aussitôt son crayon. La froide et distante Mme Wallace était-elle consciente des signaux qu'elle envoyait ? Il en doutait.

Mitch n'eut pas besoin de regarder le visage d'Hester pour le dessiner. Il possédait déjà une dizaine de croquis d'elle sur sa table à dessin. La jeune femme avait des traits intéressants, songea-t-il en faisant voler sa main sur le bloc de papier. N'importe quel artiste aurait eu envie de les saisir.

L'enfant marchait à côté d'elle, le visage à demi masqué par une écharpe en laine et un bonnet. Il bavardait avec enthousiasme, la tête levée vers sa mère. De temps en temps, elle baissait les yeux vers lui pour lui répondre, sans arrêter de marcher. La jeune femme s'arrêta enfin à quelques pas de l'immeuble. Mitch vit alors ses cheveux voler au vent tandis qu'elle éclatait de rire, la tête penchée en arrière. Curieux, il s'approcha plus près de la fenêtre et faillit lâcher son crayon. Comme il aurait aimé pouvoir entendre son rire et voir si ses yeux s'étaient illuminés, comme il se l'imaginait ! Le regard calme de la jeune mère, d'un gris subtil, était-il devenu argent ou s'était-il troublé ?

Hester continua de marcher avant de disparaître dans le bâtiment.

Mitch contempla son dessin. Il n'avait tracé que quelques lignes, sans avoir eu le temps de finir. Dépité, il posa son crayon. Le rire d'Hester avait beau être gravé dans son esprit, il aurait fallu qu'il s'approche plus près d'elle pour le saisir.

Spontanément, il attrapa ses clés et les fit tinter dans sa main. Il avait pensé à la jeune femme une grande partie de la semaine. La glaciale Hest trouverait certainement déplacé de recevoir une nouvelle visite de son aimable voisin, mais pas lui. En plus, Mitch aimait bien le petit garçon. Il aurait souhaité monter le voir dans le courant de la semaine, mais il avait été trop occupé à étayer son scénario. Il devait une grande partie de son inspiration à l'enfant. Sa petite visite du week-end dernier n'avait pas seulement eu raison de son blocage, elle lui avait également donné suffisamment de matière pour écrire trois nouveaux albums. Oui, il devait à Radley une fière chandelle.

Fourrant les clés dans sa poche, il traversa son bureau. Taz était couché par terre et ronflait, un os coincé entre les pattes.

— Ne te réveille surtout pas, annonça Mitch à voix basse. Je sors quelques minutes.

Tout en parlant, il feuilleta quelques pages étalées sur son bureau. Taz ouvrit péniblement les yeux en grognant.

— Je ne sais pas combien de temps je serai absent.

Pris de remords face au désordre ambiant, Mitch finit par trouver le dessin qu'il cherchait. Le commandant Zark, en tenue d'apparat, l'air grave et le regard triste, posant devant son vaisseau. « Mission : capturer la princesse Leilah, ou la détruire ! » disait la légende.

Mitch aurait aimé avoir le temps de le repasser à l'encre et de le colorier, mais il était certain que l'enfant aimerait le dessin tel qu'il était. Il apposa avec soin sa signature et roula la feuille dans un tube en carton.

— Ne m'attends pas pour dîner, lança Mitch en direction de Taz.

— J'y vais ! annonça Radley en trottinant vers la porte.

Le vendredi soir, l'école était déjà à des années-lumière derrière lui, songea Hester, amusée.

— Demande d'abord qui c'est.

Radley posa la main sur la poignée en secouant la tête. Sa mère rabâchait toujours les mêmes choses.

— Qui est-ce ? lança-t-il.

— C'est Mitch.

— C'est Mitch ! cria Radley, ravi.

Dans la chambre, Hester se renfrogna en enfilant un sweat-shirt.

Haletant et excité, Radley ouvrit la porte à son tout dernier héros.

— Salut ! lança-t-il joyeusement.

— Salut, Rad, comment ça va ?

— Très bien. Je n'ai pas de devoirs de tout le week-end.

L'enfant tira Mitch par le bras pour le faire entrer.

— Je voulais descendre te voir, mais maman n'a pas voulu que je vienne te déranger pendant que tu travaillais.

— Tu peux venir me voir quand tu veux.

— Vraiment ?

— Oui, vraiment.

Cet enfant était réellement adorable, songea Mitch en ébouriffant les cheveux de Radley. Dommage que sa mère ne soit pas aussi accueillante.

— Je pensais que cela te ferait plaisir, dit Mitch en lui tendant le tube.

— Oh ! s'extasia Radley, l'air impressionné, en déroulant religieusement le dessin. Bon sang, c'est le commandant Zark et le *Troisième Millénaire* ! Il est pour moi, vraiment ? Je peux le garder ?

— Oui.
— Il faut que j'aille le montrer à maman.
Radley se dirigeait déjà vers la chambre de sa mère lorsque Hester fit son apparition.
— Regarde ce que Mitch vient de me donner. C'est vraiment génial. Je peux même le garder.
Hester posa une main sur l'épaule de son fils en observant le dessin. Son nouveau voisin avait vraiment du talent. Même s'il avait choisi un moyen bien étrange de l'exprimer.
— C'est très aimable de votre part, dit-elle poliment.
Mitch aimait le pull aux couleurs tendres qu'elle portait. Elle avait lâché ses cheveux, qui étaient mi-longs et coiffés avec la raie de côté. Si elle arborait un air plus décontracté et accessible que lors de leur première rencontre, Hester ne paraissait pas complètement détendue.
— Je voulais remercier Rad, expliqua Mitch en s'efforçant de détourner son regard pour sourire à l'enfant. Tu m'as aidé à surmonter un blocage la semaine dernière.
— Vraiment ? demanda Radley, les yeux écarquillés. Tu es sérieux ?
— Tout ce qu'il y a de plus sérieux. J'étais complètement bloqué, au point mort. Mais, après vous avoir parlé ce soir-là, je suis descendu chez moi et tout s'est mis en place. Encore merci.
— Mais de rien. Tu peux rester dîner avec nous ce soir, si tu veux. Nous allions faire un repas chinois. Je pourrais peut-être encore t'aider. Tu es d'accord, maman, pas vrai ?
Hester était de nouveau piégée. Et, encore une fois, elle surprit une lueur amusée dans les yeux de Mitch.
— Bien sûr.
— Génial ! s'écria Radley. Je vais aller accrocher le dessin dans ma chambre tout de suite. Je peux appeler Josh pour lui raconter ? Il ne va pas me croire.
— Oui.
Hester n'eut même pas le temps de caresser les cheveux de son fils : il était déjà parti en courant.

— Merci, Mitch ! lança Radley au milieu du couloir. Merci beaucoup.

Mal à l'aise, elle fourra les deux mains dans les poches de son survêtement. Pourquoi cet homme la rendait-il si nerveuse ? Il n'y avait pas de raison.

— C'est très gentil de votre part, confia-t-elle.

— Peut-être, mais j'ai vraiment pris du plaisir à le faire.

Mitch non plus n'était pas très à l'aise. Il coinça les pouces dans les poches arrière de son jean pour se donner une contenance.

— Vous travaillez vite, constata-t-il en balayant le salon du regard.

Tous les cartons avaient disparu. Des peintures lumineuses aux couleurs vives décoraient les murs, et un vase de fleurs fraîches était posé près de la fenêtre, où des rideaux blancs filtraient la lumière du jour. Les coussins du canapé étaient arrangés avec goût et les meubles luisaient, exempts de poussière. Le seul signe de désordre était une petite voiture et quelques jouets en plastique éparpillés sur le tapis. Mitch était heureux de les trouver là. Cela voulait dire que la jeune femme n'envoyait pas systématiquement son fils jouer dans sa chambre.

— C'est Dali ? demanda-t-il en se dirigeant vers une lithographie accrochée au-dessus du canapé.

Hester se dandina nerveusement tandis que Mitch observait l'une de ses rares folies.

— Oui. J'ai acheté cette reproduction dans une petite boutique qui allait fermer, sur la Cinquième Avenue.

— Je vois très bien où elle se situait. Il ne vous a pas fallu longtemps pour vous installer.

— Je voulais que tout soit revenu à la normale aussi vite que possible. Déménager n'a pas été facile pour Radley.

— Et pour vous ?

Mitch se tourna vers elle brusquement et lui lança un regard perçant.

— Pour moi ? Eh bien..., commença-t-elle, visiblement déstabilisée.

— Vous savez, enchaîna-t-il en s'avançant vers elle, charmé par son trouble, vous vous exprimez beaucoup mieux lorsque vous parlez de Rad que de vous.

Hester recula rapidement, trop consciente de la proximité de Mitch. L'idée qu'il puisse la toucher la troublait au plus haut point.

— Je dois... préparer le dîner, balbutia-t-elle.

— Vous voulez de l'aide ?

— De l'aide pour quoi ?

Cette fois, elle ne fut pas assez rapide. Il saisit son menton entre ses doigts et lui sourit.

— Pour le dîner.

Cela faisait bien longtemps qu'un homme ne l'avait pas touchée de cette manière. Mitch avait une main puissante, mais des doigts doux. Ce qui expliquait sans doute pourquoi son cœur battait soudain si vite.

— Vous savez cuisiner ?

Hester avait des yeux incroyables. D'un gris si clair qu'ils étaient presque translucides. Pour la première fois depuis des années, Mitch ressentit le besoin urgent de peindre, juste pour voir s'il était capable de faire vivre ce regard sur une toile.

— Mes sandwichs au beurre de cacahouète sont à tomber par terre, dit-il en riant.

Hester posa la main sur le poignet de Mitch pour le repousser. Mais elle s'y attarda quelques instants, juste pour tester sa propre réaction.

— Et vous vous débrouillez comment pour éplucher des légumes ?

— Je pense que je peux m'en sortir.

— Parfait, conclut-elle.

Elle recula d'un pas, sidérée de constater qu'elle s'était abandonnée à son contact si longtemps.

— Je n'ai toujours pas de bière, ajouta-t-elle, mais j'ai du vin, cette fois.

— Parfait.

Mais de quoi parlaient-ils, au juste ? se demanda brusquement Mitch. D'ailleurs, pourquoi étaient-ils occupés à parler alors qu'Hester avait une bouche faite pour être embrassée ? Troublé et confus, il la suivit dans la cuisine.

— C'est un repas vraiment très simple, commença-t-elle. Mais, une fois que tout est mélangé, Radley s'aperçoit à peine qu'il mange un plat nourrissant et équilibré. Il préfère de loin les gâteaux fourrés à la crème.

— C'est exactement le genre d'enfant que j'aime.

Hester se laissa aller à sourire. Elle était plus détendue depuis qu'elle avait les mains occupées. Elle posa le céleri et les champignons sur la planche à découper.

— Tout est dans la modération, répondit-elle en sortant le poulet du réfrigérateur.

Puis elle se souvint du vin.

— Je reconnais que j'autorise à Rad quelques sucreries, avoua-t-elle, mais à faibles doses. Il accepte de manger des brocolis dans les mêmes conditions.

— Cet arrangement me paraît sage.

Elle déboucha la bouteille. Il s'agissait d'un vin bon marché, constata Mitch en lisant l'étiquette, mais savoureux.

Hester remplit deux verres et lui en tendit un. C'était idiot, mais elle avait de nouveau les mains moites. Cela faisait longtemps qu'elle n'avait pas partagé une bouteille de vin ou préparé un simple dîner en compagnie d'un homme.

— Aux voisins, dit Mitch en levant son verre.

Hester sembla se détendre un peu en trinquant avec lui.

— Pourquoi ne pas vous asseoir pendant que je désosse le poulet ? proposa-t-elle. Vous pourrez ensuite vous occuper des légumes.

Mitch ne s'assit pas, mais s'adossa au comptoir. Au risque de contrarier les plans de sa jolie voisine, il n'était pas prêt à garder ses distances. Un parfum délicieux se dégageait d'elle. Il l'observa manier le couteau d'une main experte tout en sirotant son vin. D'après son expérience, les femmes actives avaient surtout recours aux plats à emporter.

— Que pensez-vous de votre nouveau travail ? demanda-t-il.

Hester haussa les épaules.

— Ça se passe bien. Le directeur est obsédé par l'efficacité, et cela semble faire des émules. Rad et moi avons entendu de nombreux discours sur le sujet toute la semaine ; nous pouvons comparer nos notes.

Se racontaient-ils leurs journées respectives quand ils étaient rentrés aujourd'hui ? s'interrogea Mitch. Etait-ce cela qui l'avait fait tant rire ?

— Comment Radley s'adapte-t-il à sa nouvelle école ?

— Extrêmement bien.

Les traits d'Hester s'adoucirent et ses lèvres esquissèrent un sourire. Il résista de nouveau à l'envie de suivre leur contour.

— Quelles que soient les circonstances, Rad s'en sort toujours. Il est incroyable.

Une ombre fugace traversa le regard d'Hester.

— Les divorces sont durs, dit-il en la voyant se figer.

— Oui.

Elle plaça machinalement les morceaux de poulet désossés dans un saladier.

— Vous pouvez éplucher ceci pendant que je mets le riz à cuire ? demanda-t-elle.

— Bien sûr.

Inutile d'aller plus loin, songea Mitch en abandonnant le sujet. Pour l'instant. Il avait évoqué le divorce au hasard en s'appuyant uniquement sur la loi des probabilités. Et il avait vu juste, mais les cicatrices étaient encore fraîches. Il devinait également que la séparation avait été plus douloureuse pour elle que pour Radley. Il avait aussi la certitude que, pour atteindre la mère, il fallait passer par l'enfant.

— Radley m'a dit qu'il voulait venir me rendre visite, mais que vous l'aviez empêché de le faire.

Hester lui tendit un oignon avant de mettre une poêle sur le feu.

— Je ne voulais pas qu'il vous dérange en plein travail.

— Nous savons tous les deux ce que vous pensez de mon travail.

— Je ne voulais pas vous offenser l'autre soir, répondit-elle avec raideur. C'est juste que…

— Vous ne concevez pas qu'un adulte puisse gagner sa vie en écrivant des bandes dessinées.

Hester versa de l'eau dans un verre doseur en silence.

— La façon dont vous gagnez votre vie ne me regarde pas.

— C'est vrai.

Mitch but une longue gorgée de vin avant de s'attaquer au céleri.

— Quoi qu'il en soit, sachez que Rad peut venir me voir quand il veut.

— C'est très aimable de votre part, mais…

— Pas de « mais », Hester. Je l'aime bien. Et, dans la mesure où j'organise mon temps comme bon me semble, il ne me dérange pas. Que dois-je faire avec les champignons ?

— Les couper en tranches.

La jeune femme couvrit la casserole de riz avant de s'approcher de lui.

— Pas trop fin, ajouta-t-elle en joignant le geste à la parole. Assurez-vous juste que…

Les mots moururent sur ses lèvres lorsque Mitch referma sa main sur la sienne.

— Comme ceci ?

Le mouvement était simple, il n'avait pas vraiment besoin d'y réfléchir. Il se plaça derrière elle, de manière à l'emprisonner entre ses bras, son dos pressé contre son torse. Incapable de résister à la tentation, il pencha la tête sur le côté et approcha la bouche de son oreille.

— Oui, comme ça, dit Hester en s'efforçant de maîtriser les tremblements de sa voix, le regard braqué sur leurs mains jointes. Mais ça n'a pas vraiment d'importance.

— Je tiens à m'appliquer.

— Je dois ajouter le poulet.

Troublée, elle se retourna, mais son geste ne fit qu'aggraver la situation. Elle commit une erreur en levant la tête vers lui, car elle croisa le léger sourire qui planait sur ses lèvres ainsi que son regard calme et confiant. Instinctivement, elle posa une main sur son torse. Elle sentait à présent les battements lents et réguliers de son cœur. Elle ne pouvait pas reculer ; quant à faire un pas en avant, c'était certes tentant, mais beaucoup trop dangereux.

— Mitch, vous êtes sur mon chemin.

Il le savait, bien sûr. Et il avait vu aussi l'éclat de désir fugace traverser le regard d'Hester. Ainsi, la jeune femme était capable de sentir, de désirer. Mais peut-être était-il préférable pour eux deux de prendre le temps de réfléchir un peu plus longtemps avant de laisser libre cours à l'attirance qui les poussait l'un vers l'autre.

— Vous risquez de me trouver souvent sur votre chemin, répondit-il en s'écartant pour la laisser passer. Vous sentez bon, Hester, terriblement bon.

Cette remarque ne fit rien pour calmer les battements effrénés du cœur de la jeune femme. Que cela plaise ou non à Radley, Hester espérait bien recevoir Mitch Dempsey pour la dernière fois. Forte de cette résolution, elle alluma le feu et ajouta de l'huile d'arachide dans la poêle.

— Si je comprends bien, dit-elle, vous travaillez chez vous. Vous n'avez pas de bureau ?

Pour l'instant, Mitch était prêt à la laisser agir à sa manière. Mais, dès l'instant où elle s'était retournée dans ses bras et où elle avait levé les yeux vers lui, il avait compris qu'il ne lui faudrait pas longtemps pour reprendre le contrôle des événements.

— Je ne m'y rends qu'une ou deux fois par semaine. Certains écrivains ou artistes préfèrent travailler au bureau. Pour ma part, je suis plus efficace chez moi. Dès que j'ai écrit les scénarios et que les dessins sont prêts, je les emmène au bureau pour l'édition et l'encrage.

— Je comprends. Vous ne faites donc pas l'encrage vous-même ? demanda-t-elle, même si elle ignorait en quoi consistait exactement ce procédé.

Elle poserait plus tard la question à Radley.

— Non, je ne le fais plus. Nous avons de vrais professionnels qui s'en chargent très bien, ce qui me laisse plus de temps pour le scénario. Croyez-le ou non, mais nous visons la qualité et nous nous efforçons de trouver les bons mots et la bonne histoire pour tenir les enfants en haleine.

Après avoir jeté la viande dans l'huile chaude, Hester inspira profondément.

— Je tiens vraiment à m'excuser pour l'autre jour. Je mesure à quel point mes propos étaient insultants. Je suis certaine que votre travail vous tient à cœur et je sais que Radley l'apprécie beaucoup.

— Bien dit, madame Wallace.

Mitch fit glisser la planche à découper et les légumes vers elle.

— Josh ne me croit pas, annonça soudain Radley en sautillant dans la pièce, l'air très fier de lui. Il veut venir voir le dessin de ses propres yeux demain. Il peut ? Sa mère est d'accord si tu l'es aussi. Allez, maman, dis oui !

Attendrie, Hester prit son fils dans ses bras.

— C'est d'accord, Rad, mais dis-lui de passer après le déjeuner. Nous avons des courses à faire le matin.

— Super. Quand il va voir ça, il ne va pas en revenir.

— Le dîner est presque prêt. Dépêche-toi de laver tes mains.

Radley roula de grands yeux avant de sortir en courant de la cuisine.

— Vous avez un succès fou, commenta Hester, amusée.

— Votre fils vous adore.

— C'est réciproque.

— Ça, je l'ai remarqué, répliqua Mitch en remplissant son verre. Mais, dites-moi, j'ai toujours cru que les horaires des banquiers étaient calés sur les heures d'ouverture. Or, Radley et vous ne rentrez jamais avant 17 heures.

Lorsque Hester se tourna vers lui, surprise, il se contenta de lui sourire d'un air désinvolte.

— Certaines fenêtres de mon appartement donnent côté rue, expliqua-t-il. J'aime regarder les gens aller et venir.

L'idée qu'il ait pu l'observer pendant qu'elle rentrait chez elle lui procura un étrange sentiment de malaise. Hester versa les légumes dans la poêle, puis les remua rapidement.

— Je termine à 16 heures. Ensuite, je vais chercher Rad chez la nourrice.

Elle lui lança un regard par-dessus l'épaule.

— Il déteste que je dise qu'il a une nourrice, continua-t-elle. Elle habite dans notre ancien quartier, c'est pourquoi il nous faut un certain temps pour rentrer. Il va falloir que je trouve quelqu'un plus près d'ici.

— Beaucoup d'enfants de son âge, et même plus jeunes, rentrent seuls chez eux.

Le regard d'Hester se voila, constata Mitch. Il suffisait pour cela d'une bouffée de colère. Ou de désir.

— Je n'ai pas l'intention de laisser Radley livré à lui-même. Je ne veux pas qu'il rentre dans une maison vide sous prétexte que je suis au travail.

Il posa le verre d'Hester près d'elle.

— Je comprends. Rentrer dans une maison vide est un peu déprimant, murmura-t-il en se souvenant de sa propre enfance. Il a beaucoup de chance de vous avoir.

— Et j'en ai encore plus de l'avoir, dit-elle d'une voix plus douce. Si vous vous occupez des assiettes, je vais pouvoir faire le service.

Mitch se souvint de l'endroit où elle rangeait la vaisselle. Les assiettes étaient blanches avec un liseré de petites fleurs violettes. Etonnamment, il les trouvait jolies, lui qui était surtout habitué à la vaisselle jetable. Il posa les assiettes à côté d'Hester. Comme il misait beaucoup sur la spontanéité, il se laissa guider par son instinct avant de poursuivre.

— Je pense qu'il serait préférable que Rad puisse revenir ici directement après l'école.

— Oui, soupira-t-elle. Je déteste lui faire traverser la moitié de la ville, même s'il ne s'en plaint jamais. Mais c'est si dur de trouver une personne de confiance que Radley apprécie.

— Pourquoi ne me le confiez-vous pas ?

Hester s'apprêtait à éteindre le feu. Elle interrompit son

geste pour le regarder fixement. Les légumes et le poulet continuaient de crépiter dans l'huile bouillante.

— Je vous demande pardon ?

— Radley pourrait rester avec moi les après-midi.

Mitch plaça de nouveau une main sur la sienne, pour éteindre le feu, cette fois.

— Il ne serait qu'à deux étages de chez lui.

— Avec vous ? Non, ce n'est pas possible.

— Et pourquoi pas ?

Plus il y pensait et plus cette idée lui plaisait. Taz et lui pourraient bénéficier de sa compagnie les après-midi et, en prime, il verrait beaucoup plus souvent la très intéressante Mme Wallace.

— Vous voulez des références ? Mon casier judiciaire est vierge, Hester. D'accord, il y a eu cette petite histoire avec ma mobylette et un parterre de roses, mais je n'avais que dix-huit ans.

— Je n'insinuais rien de tout cela, dit-elle en remuant le riz.

Mitch lui sourit.

— Je ne veux simplement pas vous imposer de garder mon fils, ajouta-t-elle. Je suis certaine que vous êtes déjà très occupé.

— Allons, vous ne croyez quand même pas que je gribouille toute la journée. Soyons honnêtes.

— Je vous ai déjà dit que cela ne me regardait pas.

— Exactement. Mais je suis chez moi tous les après-midi. Je suis disponible et volontaire pour garder Rad. De plus, je pourrai même me servir de votre garçon comme consultant. Il est très doué, vous savez ?

Mitch désigna le dessin sur le réfrigérateur.

— Votre fils devrait prendre des cours de dessin, ajouta-t-il.

— Je sais. Je prévoyais de m'en occuper cet été, mais...

— Ecoutez, votre fils m'aime bien et c'est réciproque. Et je jure de ne pas lui donner plus d'un gâteau pour le goûter.

Sur ces mots, Hester se mit à rire, comme il l'avait vue le faire un peu plus tôt de sa fenêtre. Mitch résista à l'envie de la prendre dans ses bras, car quelque chose lui disait que, s'il esquissait le moindre geste, Hester lui claquerait la porte au nez et fermerait le verrou à double tour.

— Je ne sais pas trop, Mitch. J'apprécie vraiment votre offre, et Dieu sait combien cet arrangement me faciliterait la vie, mais je ne suis pas certaine de comprendre ce que vous espérez.

— Je tiens à souligner que j'ai été, moi aussi, un petit garçon.

Mitch avait vraiment envie de passer du temps avec Radley. Et son offre n'était pas une simple idée en l'air, inspirée par un élan de pure gentillesse.

— Ecoutez, pourquoi ne soumettons-nous pas la question au vote en demandant directement à l'intéressé ce qu'il en pense ?

— Me demander quoi ?

Après avoir parlé à Josh, Radley venait de se passer rapidement les mains sous l'eau. Mais sa mère était beaucoup trop occupée pour les regarder de près.

Mitch prit son verre de vin et lança à Hester un regard interrogateur. La balle était dans son camp. Elle aurait pu détourner l'attention de son fils, mais elle avait toujours mis un point d'honneur à se montrer honnête avec lui.

— Mitch voulait savoir si tu aimerais rester avec lui les après-midi après l'école au lieu d'aller chez Mme Cohen.

— Vraiment ?

L'enfant semblait partagé entre la stupéfaction et l'excitation.

— Vraiment, je peux ?

— Eh bien, répondit sa mère, avant d'y réfléchir, je voulais d'abord t'en parler…

— Je promets d'être sage, dit Radley en s'élançant vers elle pour enlacer sa taille. Je le jure. Mitch est bien mieux que Mme Cohen. Beaucoup mieux. Elle sent mauvais et n'arrête pas de me tapoter la tête.

— Il n'y a rien à ajouter, fit Mitch en riant.

Hester le fusilla du regard. Elle n'avait pas l'habitude

qu'on lui force la main, et ne prenait jamais ses décisions sans y avoir réfléchi avec soin.

— Radley, tu sais pourtant que Mme Cohen est très gentille. Cela fait plus de deux ans qu'elle te garde.

Mais son fils alla encore plus loin et joua le tout pour le tout.

— Si je reste avec Mitch, je pourrai rentrer directement à la maison et faire mes devoirs plus tôt.

La promesse était un peu déraisonnable, mais la situation était désespérée.

— Tu pourras rentrer plus tôt aussi, ajouta le petit garçon. S'il te plaît, maman, dis oui.

Hester détestait lui refuser quoi que ce soit : elle lui avait déjà retiré tant de choses. Son fils leva les yeux vers elle, les joues roses de plaisir.

— Très bien, Rad, répondit-elle en se penchant vers lui pour l'embrasser. Nous allons faire un essai et nous verrons comment les choses se passent.

— Je suis sûr que ça va être génial, dit Radley en enroulant les bras autour du cou de sa mère avant d'adresser un grand sourire à Mitch.

3

Mitch aimait se réveiller tard le week-end — les autres jours de la semaine aussi. Mais depuis qu'il travaillait chez lui, à son propre rythme, il oubliait souvent que pour la plupart des gens tous les jours ne se ressemblaient pas. Ce samedi-là, il était affalé dans son lit, complètement coupé du monde.

Après avoir quitté l'appartement d'Hester la veille, il s'était senti nerveux, agité. Trop agité pour rentrer seul chez lui. Sur l'impulsion du moment, il s'était rendu dans le petit bar où se réunissait souvent l'équipe d'Universal Comics. Il y avait croisé plusieurs collègues — le jeune homme qui s'occupait de l'encrage des dessins, un autre artiste, ainsi que les auteurs de la collection « Le Grand Au-Delà » qu'Universal Comics avait lancée pour tenter de pénétrer le marché du surnaturel. La musique était forte et loin d'être bonne, mais l'ambiance convenait exactement à son humeur du moment.

Ses collègues l'avaient ensuite convaincu de se rendre à un festival de films d'horreur sur Times Square. Mitch était rentré chez lui bien après 6 heures du matin, un peu soûl et avec juste assez d'énergie pour se déshabiller et s'effondrer sur son lit, où il avait la ferme intention de passer les prochaines vingt-quatre heures.

Cela faisait maintenant huit heures qu'il se reposait et,

lorsque le téléphone sonna, il répondit surtout pour ne plus être dérangé par la sonnerie.

— Oui ?

— Mitch ?

Hester hésita quelques instants. Elle avait l'impression de l'avoir réveillé. Comme il était 14 heures, elle chassa rapidement cette idée incongrue de son esprit.

— C'est Hester Wallace. Je suis désolée de vous déranger.

— Comment ? Non, vous ne me dérangez pas.

Mitch passa une main sur son visage et poussa son chien, allongé de tout son long au milieu du lit.

— Bon sang, Taz, bouge de là.

Taz ? s'étonna Hester. Elle ne savait pas que Mitch partageait son appartement avec quelqu'un. Elle aurait dû se renseigner avant. Pour le bien de Radley.

— Je suis vraiment navrée, dit-elle d'une voix soudainement glaciale. Visiblement, j'appelle au mauvais moment.

— Non, pas du tout.

Plus il donnait d'espace à ce stupide chien et plus celui-ci abusait de sa gentillesse, constata Mitch en coinçant le combiné sous son oreille, avant de contourner le lit pour se rapprocher du téléphone.

— Vous êtes réveillé ? demanda Hester.

Le léger dédain qu'il surprit dans sa voix l'agaça au plus haut point.

— Si je vous parle, c'est que je suis réveillé, dit-il d'une voix pâteuse.

— Je vous appelais pour vous donner les numéros et les informations utiles pour garder Radley la semaine prochaine.

— Oh !

Mitch écarta de son visage une mèche de cheveux et balaya en vain la chambre du regard, à la recherche d'une bouteille éventée de soda ou de toute autre boisson.

— D'accord. Pouvez-vous attendre que je prenne un stylo ?

— Eh bien, je...

Mitch l'entendit mettre la main sur le combiné et parler à quelqu'un, sans doute à Radley.

— En fait, continua Hester, si cela ne vous dérange pas, Radley pourrait venir vous voir dans une minute. Il veut vous présenter son ami. Si vous êtes occupé, je viendrai vous apporter ces renseignements plus tard.

Mitch s'apprêtait à accepter cette deuxième proposition. Non seulement il pourrait se rendormir, mais l'idée de quelques instants seul à seul avec sa séduisante voisine lui paraissait tentante. Puis il imagina Radley et ses grands yeux sombres pleins d'espoir, debout à côté d'elle.

— Donnez-moi dix minutes, marmonna-t-il.

Il raccrocha sans attendre sa réponse.

Sans perdre une seconde, Mitch enfila un jean, puis se dirigea vers la salle de bains où il remplit l'évier d'eau froide. Après une courte inspiration, il y plongea le visage. Il en ressortit en jurant, mais réveillé. Cinq minutes plus tard, il enfilait un sweat-shirt tout en se demandant s'il lui restait des chaussettes propres. Tous les vêtements qui étaient revenus de la blanchisserie étaient pliés avec soin sur une chaise dans un coin de la chambre. Il s'apprêtait à fouiller dans le tas lorsqu'il entendit frapper à la porte. La queue de Taz battit furieusement le matelas.

— Cet appartement est une porcherie, fit Mitch à voix haute.

Comme s'il l'avait compris, Taz poussa une série de grognements.

— Des excuses, toujours des excuses, ajouta-t-il. Et sors de ce lit. Tu ne sais pas qu'il est plus de 14 heures ?

Mitch passa la main sur son menton couvert d'une barbe rugueuse et alla ouvrir la porte.

Hester était belle, simplement belle, la main posée sur l'épaule des deux enfants, et un doux sourire aux lèvres. Etait-ce de la gêne qu'il lisait dans son regard ? Lui qui la croyait froide et distante, il comprenait maintenant que ce n'était qu'une façade pour cacher une timidité naturelle. Cette idée le fit fondre sur-le-champ.

— Salut, Rad.

— Salut, Mitch, répondit Radley, le torse bombé de fierté. Je te présente mon copain Josh Miller. Il ne croit pas que c'est toi, le commandant Zark.

— Vraiment ?

Mitch observa le petit garçon, qui le dévisageait d'un œil sceptique. Il avait des cheveux blonds et fins, et dépassait Rad d'une bonne tête.

— Entrez, proposa-t-il en s'écartant pour les laisser passer.

— C'est très gentil de nous recevoir, dit Hester avec un sourire. Tant que Rad et Josh n'auront pas réglé ce différend vous concernant, je n'aurai pas la paix.

En entrant dans le salon, Hester se figea. Le lieu semblait avoir été dévasté par une explosion. Le sol était jonché de papiers, de vêtements et d'emballages. Elle aurait été incapable de décrire le mobilier tant il était encombré.

— Dis à Josh que c'est toi, le commandant Zark, insista Radley.

— On peut dire ça, d'une certaine manière.

L'idée d'être un héros le séduisait beaucoup.

— C'est moi qui l'ai créé, après tout, continua-t-il.

Mitch se tourna de nouveau vers Josh, dont la moue était passée du doute à la suspicion.

— Vous êtes en classe ensemble ?

— On l'était, avant, répondit Josh en étudiant Mitch. Vous ne ressemblez pas au commandant Zark.

Mitch se gratta de nouveau le menton.

— La nuit a été dure.

— Mais c'est bien Zark, insista Radley. Regarde, maman, Mitch possède un magnétoscope.

Ignorant le désordre, Radley se dirigea vers l'appareil.

— J'économise pour m'en acheter un. J'ai déjà dix-sept dollars.

— Ça commence à faire une somme, murmura Mitch d'un air songeur. Et si nous allions dans mon bureau ? Je vous montrerai ce que je prépare pour le prochain numéro.

— Génial ! s'écria Radley.

Mitch leur montra le chemin.

Son bureau était grand et lumineux, et tout aussi désordonné que le salon, remarqua Hester. Comment une personne pouvait-elle travailler dans ces conditions ? Pour quelqu'un comme elle, très à cheval sur l'ordre, c'était incompréhensible. Et pourtant, une série de dessins accompagnés de leurs légendes s'alignaient sur une grande table à dessin.

— Comme vous le voyez, Zark va avoir du pain sur la planche lorsque Leilah va s'allier au Papillon-Noir.

— Au Papillon-Noir ? Ça alors !

Face à l'évidence, Josh était évidemment impressionné. Puis l'enfant réfléchit et sembla de nouveau pris de doute.

— Je croyais que Zark avait détruit le Papillon-Noir cinq albums plus tôt.

— Après que Zark a bombardé le *Zénith* avec un ZT-5 expérimental, le Papillon-Noir est entré en hibernation. Leilah a utilisé ses connaissances scientifiques pour le réveiller.

— Incroyable.

La remarque était venue de Josh, tétanisé devant les dessins et les légendes grand format.

— Pourquoi sont-ils si grands ? demanda le petit garçon. Ils ne pourront jamais entrer dans une bande dessinée.

— Ils vont être réduits, expliqua Mitch.

— J'ai tout lu sur le sujet, avança Radley en regardant son ami d'un air supérieur. J'ai emprunté un livre à la bibliothèque sur l'histoire de la bande dessinée depuis les années 1930.

— C'était l'âge de pierre, fit Mitch en riant tandis que les garçons continuaient de s'extasier devant son travail.

Hester était elle aussi fascinée, mais par tout autre chose. Parmi tout ce désordre, elle crut reconnaître une authentique armoire de style rococo. Il y avait aussi des livres, par centaines.

Mitch la regarda déambuler dans la pièce. Mais son attention fut détournée par Josh, qui tirait sur sa manche.

— S'il vous plaît, je pourrais avoir un autographe ?

En croisant l'air grave du petit garçon, Mitch ne put réprimer une bouffée de satisfaction.

— Bien sûr.

Fouillant dans ses papiers, il trouva une feuille blanche qu'il signa. Puis, d'un geste théâtral, il griffonna rapidement un dessin représentant Zark.

— Super ! s'extasia Josh en pliant religieusement la feuille avant de la glisser dans la poche arrière de son pantalon. Mon frère se vante toujours d'avoir un autographe d'un joueur de base-ball, mais celui-ci est encore plus précieux.

— Je te l'avais bien dit, lança Radley en s'approchant de Josh, le sourire aux lèvres. Et c'est Mitch qui va me garder le soir après l'école en attendant que maman revienne du travail.

— C'est pas vrai ?

— Allons, les enfants, nous avons suffisamment abusé du temps de M. Dempsey.

Hester poussait déjà les enfants vers la porte, lorsque Taz entra dans la pièce.

— Mon Dieu, il est énorme ! s'écria-t-elle.

Radley s'avançait vers l'animal, main en avant, quand Hester l'arrêta net.

— Rad, tu sais bien qu'il ne faut pas caresser les chiens que tu ne connais pas.

— Ta mère a raison, renchérit Mitch. Mais, dans le cas présent, tu ne risques rien. Taz est inoffensif.

Et également monstrueux, songea Hester en tenant fermement la main de Radley et Josh.

— Il n'a rien d'un chien agressif, dit Mitch pour rassurer Hester.

Le chien, comme pour illustrer ses propos, s'assit tranquillement dans l'embrasure de la porte en remuant la queue. Mitch vint placer une main sur sa tête, sans même avoir à se baisser.

— Il fait des bêtises ? demanda Radley, curieux.

Il rêvait en secret d'avoir un chien. Un très gros chien.

Mais il n'avait jamais osé le demander à sa mère, car il savait qu'un tel animal ne pouvait pas rester enfermé dans un appartement toute la journée.

— Non, Taz se contente de parler.

— Il parle ? s'étonna Josh en riant. Mais les chiens ne parlent pas.

— Mitch veut dire qu'il aboie, expliqua Hester en se détendant un peu.

— Non, il parle vraiment.

Mitch tapota gentiment la tête de Taz.

— Comment ça va, Taz ?

En guise de réponse, le chien poussa très fort la jambe de Mitch et se mit à grogner. Il regardait son maître d'un air sincère, et jappa jusqu'à ce que les deux enfants pleurent de rire.

— Il parle ! s'écria Radley. Il parle vraiment.

Taz frotta son long museau contre la main du petit garçon.

— Regarde, maman ! Il m'aime bien.

Aussitôt séduit, Radley passa les deux bras autour du cou du gros chien. Sa mère s'élança spontanément vers lui.

— Il est aussi gentil qu'il en a l'air, je vous le promets, intervint Mitch en posant une main sur le bras d'Hester.

Même si le chien paraissait apprécier l'étreinte de Radley, tout en se laissant caresser par Josh, Hester n'était pas convaincue.

— Il ne doit pas être habitué aux enfants, déclara-t-elle, inquiète.

— Il joue avec les enfants du parc tous les jours.

Comme pour le prouver, Taz roula sur le dos pour inviter les enfants à lui caresser le ventre.

— Sans compter que c'est un gros flemmard, continua Mitch. Il ne dépenserait pas son énergie à mordre autre chose que ce que je mets dans sa gamelle. Vous n'avez pas peur des chiens, tout de même ?

— Non, bien sûr que non.

Enfin, pas vraiment, ajouta-t-elle en son for intérieur. Comme elle répugnait à montrer la moindre faiblesse, Hester s'accroupit pour caresser la tête imposante de l'animal. Taz posa aussitôt sa grosse patte sur sa cuisse et laissa échapper un gémissement plaintif, tout en la regardant avec de grands yeux tristes. Conquise, Hester le gratta derrière les oreilles en riant.

— Tu es un gros bébé, toi !

— Un gros manipulateur surtout, murmura Mitch en se demandant ce qu'il pourrait bien faire pour qu'Hester le caresse avec la même tendresse.

— Je pourrai jouer avec lui tous les jours, dis, Mitch ?

— Bien sûr, répondit-il en souriant à l'enfant. Taz aime beaucoup que l'on s'occupe de lui. Vous voulez l'emmener faire un tour ?

— Oui ! firent les enfants en chœur.

Mais Hester se raidit en regardant Taz d'un air sceptique.

— Je ne sais pas, Rad.

— S'il te plaît, maman. Nous ferons attention. Tu m'as déjà dit que Josh et moi pourrions aller jouer un peu au parc.

— Oui, je sais, mais Taz est un chien énorme. J'ai peur qu'il vous échappe.

— Taz n'aime pas gaspiller son énergie, je vous le répète. Il préfère se promener que courir.

Mitch retourna dans son bureau et revint avec la laisse de Taz.

— Il ne court pas après les voitures, ni les autres chiens, ni les policiers du parc. En revanche, il peut parfaitement s'arrêter près de tous les arbres que vous croiserez.

Radley saisit la laisse en gloussant.

— C'est d'accord, maman ? demanda-t-il d'une voix suppliante.

Hester hésita. Une partie d'elle-même voulait garder Radley près d'elle, à portée de main. Mais, pour le bien de son fils, il fallait qu'elle refrène ses pulsions de mère protectrice.

— Une demi-heure.

Hester avait à peine prononcé ces mots que Radley et Josh criaient déjà de joie.

— Mais vous devez aller chercher vos manteaux et vos gants, ajouta-t-elle.

— Oui, maman. Viens, Taz.

Le chien se leva en soupirant bruyamment. Avec un faible grognement, il vint ensuite se placer entre les deux garçons.

— Pourquoi est-ce que je me sens si bien chaque fois que je vois cet enfant ? demanda Mitch d'un air songeur.

— Vous êtes très gentil avec lui. Je vais monter pour m'assurer qu'ils sont bien couverts.

— Je pense qu'ils sont capables de se débrouiller seuls. Pourquoi ne pas vous asseoir quelques instants ?

Il profita de sa courte hésitation pour lui prendre le bras.

— Venez près de la fenêtre. Vous pourrez les voir sortir.

Hester céda. Elle savait que Radley détestait être couvé.

— Au fait, voici le numéro de mon bureau, ainsi que les coordonnées du médecin et de l'école.

Mitch saisit le papier et le fourra dans sa poche.

— Si vous avez un souci, appelez-moi, continua-t-elle. Je peux être là en moins de dix minutes.

— Détendez-vous, Hester. Nous allons très bien nous en sortir.

— Je dois vous remercier encore. C'est la première fois depuis la rentrée des classes que Rad attend le lundi avec une telle impatience.

— Moi aussi, j'ai hâte de l'avoir avec moi.

Hester scruta la rue en contrebas, à la recherche du bonnet et du manteau bleus de Radley.

— Nous n'avons pas parlé de vos conditions, dit-elle.

— Quelles conditions ?

— Combien vous demandez pour garder mon fils. Mme Cohen...

— Pour l'amour du ciel, Hester. Je ne veux pas d'argent.

— Ne soyez pas ridicule. Je dois vous payer, c'est évident.

Mitch posa une main sur son épaule et l'obligea à se tourner vers lui.

— Je n'ai pas besoin d'argent, répliqua-t-il. Je n'en veux

pas. Je vous ai fait cette offre parce que Rad est un gentil garçon et que j'aime être en sa compagnie.

— C'est très aimable, mais…

Le soupir exaspéré qu'il poussa l'interrompit aussitôt.

— Encore des objections…

— Je ne peux pas vous laisser vous occuper de mon fils pour rien.

Mitch l'étudia attentivement. Dès leur première rencontre, il avait compris qu'elle n'était pas facile à convaincre. Du moins, en apparence.

— Vous ne pouvez pas accepter que l'on se rende service, entre voisins ?

Hester sourit légèrement, mais son regard resta grave.

— Non, je ne peux pas l'accepter.

— Cinq dollars par jour.

Cette fois, son sourire illumina son regard.

— Merci.

Sans réfléchir, Mitch prit entre ses doigts une mèche de ses cheveux.

— Vous êtes dure en affaires, madame Wallace.

— Il paraît.

Prudemment, elle recula d'un pas.

Radley n'avait pas oublié ses gants, remarqua Hester en approchant de la fenêtre. Il avait également retenu la leçon et attendit que le bonhomme soit vert pour traverser.

— Il est aux anges, vous savez, continua-t-elle. Rad a toujours voulu avoir un chien.

Elle effleura de la main la fenêtre et continua de suivre son fils du regard.

— Il n'en parle pas, car il sait qu'un chien ne peut pas rester seul toute la journée dans un appartement. Il s'est donc contenté du chaton que je lui ai promis.

Mitch posa de nouveau la main sur l'épaule d'Hester, avec douceur, cette fois.

— Votre fils n'a pas l'air malheureux, Hester. Vous n'avez pas à vous sentir coupable.

Elle le contempla, ses grands yeux gris chargés de

mélancolie. Mitch se sentit aussitôt submergé par la même émotion que celle qu'il avait ressentie en la voyant rire. Sans réfléchir et sans pouvoir s'en empêcher, il leva une main vers la joue d'Hester. Sa peau était chaude sous ses doigts. La jeune femme battit rapidement en retraite.

— Je ferais mieux de m'en aller. Je suis certaine que les enfants voudront une tasse de chocolat chaud à leur retour.

— Ils devront d'abord ramener Taz, lui rappela Mitch. Faites une pause, Hester. Vous voulez du café ?

— Eh bien...

— Parfait. Asseyez-vous, je m'occupe du reste.

Hester resta debout au milieu de la pièce quelques instants, sidérée de voir avec quelle habileté Mitch dirigeait les choses — à sa manière. Elle était trop habituée à fixer ses propres règles pour accepter celles des autres. Mais comment partir sans paraître mal élevée ? D'autant que son fils serait bientôt de retour. Et Mitch était si gentil avec Radley qu'elle pouvait bien supporter de rester quelques instants en sa compagnie.

Dire que l'homme ne l'intéressait pas aurait été un mensonge, même si elle n'avait aucune arrière-pensée à son sujet, évidemment. Il avait une façon de la regarder, si profonde et pénétrante, et en même temps il semblait prendre la vie avec tellement d'humour et de légèreté... Pourtant, la manière qu'il avait de la toucher n'avait rien de drôle.

Hester effleura sa joue, à l'endroit où les doigts de Mitch s'étaient posés. A l'avenir, elle veillerait à éviter autant que possible ce genre de contacts. En se forçant un peu, elle pourrait peut-être considérer Mitch comme un ami. Radley l'avait déjà adopté. Et, si elle n'aimait pas beaucoup l'idée de lui être redevable, elle réussirait à le supporter. Elle avait enduré bien pire.

Et puis, Mitch était gentil, elle devait le reconnaître. Hester souffla doucement pour essayer de se détendre un peu. L'expérience qu'elle avait de la vie avait développé un sixième sens chez elle. Elle savait reconnaître les hommes qui tentent d'amadouer le fils pour plaire à la mère. Et, dans le cas présent, elle était certaine d'une chose : Mitch appréciait vraiment Radley. C'était au moins un bon point pour lui.

En revanche, elle aurait préféré qu'il ne la touche pas de cette façon, qu'il ne la regarde pas non plus comme il le faisait, et qu'il ne suscite pas en elle de telles émotions.

— Voici le café, déclara-t-il en avançant vers elle avec deux tasses. Attention, il est sans doute mauvais, mais il est surtout brûlant. Vous ne voulez pas vous asseoir ?

— Où donc ? demanda-t-elle en souriant.

Mitch posa les tasses sur une pile de documents, puis poussa les magazines qui encombraient le canapé.

— Ici.

Hester enjamba une pile de vieux journaux.

— Radley est le roi du rangement. Il vous aidera avec plaisir.

— Je fonctionne mieux dans un univers de confusion contrôlée.

Amusée, Hester vint le rejoindre sur le canapé.

— Je vois où est la confusion, mais rien concernant le contrôle.

— Il est là, croyez-moi. Je ne vous ai pas demandé si vous vouliez autre chose pour accompagner votre café. Je vous l'ai servi sans lait et sans sucre.

— C'est parfait. Dites-moi, c'est une table de style Queen Anne, n'est-ce pas ?

— Oui, répondit Mitch en croisant ses pieds nus sur le meuble en question. Vous avez l'œil.

— Etant donné les circonstances, il le faut bien.

Comme Mitch s'esclaffait, Hester lui répondit par un sourire avant de boire une première gorgée de café.

— J'ai toujours aimé les antiquités, avoua-t-elle. C'est certainement leur longévité qui me plaît. Il n'y a pas beaucoup de choses qui durent.

— Détrompez-vous. Une fois, j'ai attrapé un rhume que j'ai traîné six semaines.

Ce fut au tour d'Hester de rire.

— Lorsque vous riez, vous avez une fossette sur la joue, fit-il. C'est très mignon.

Elle sentit le rouge lui monter aux joues.

— Vous avez un don naturel avec les enfants, déclara-t-elle pour changer de sujet. Vous avez grandi dans une famille nombreuse ?

— Non, je suis fils unique.

Mitch continuait de l'observer, curieux de sa réaction au moindre compliment, même anodin.

— Vraiment ? Je ne m'en serais pas douté.

— Ne me dites pas que vous êtes de celles qui pensent que seule une femme peut entrer en relation avec les enfants.

— Non, absolument pas, se défendit-elle, même si jusqu'à présent Mitch était le premier homme qu'elle rencontrait qui s'intéressait réellement à eux. Mais vous êtes si gentil avec eux. Vous n'avez pas d'enfants ?

La question, posée très vite, intrigua Mitch.

— Non. Je pense que j'ai passé trop de temps à être moi-même un enfant pour songer à en élever un.

— Cela ne fait pas de vous un cas unique, répondit-elle froidement.

De plus en plus étonné, Mitch pencha la tête sur le côté pour l'observer.

— Vous voulez me dire quelques mots sur le père de Rad ?

Un éclair traversa le regard clair de la jeune femme.

— Bon sang, Hester, qu'est-ce que ce salaud vous a fait ?

Elle se raidit instantanément, mais Mitch fut plus rapide. Avant qu'elle ait pu se lever, il avait posé une main sur son bras pour la retenir.

— D'accord, j'attendrai que vous soyez prête à m'en parler. Si j'ai touché un point sensible, vous m'en voyez navré. Mais je suis curieux. J'ai passé deux soirées avec Rad et je ne l'ai jamais entendu parler de son père.

— J'apprécierais que vous ne lui posiez pas de questions à ce sujet.

— D'accord. Mais, rassurez-vous, je n'avais pas l'intention de mettre votre fils sur la sellette.

Hester fut tentée de se lever pour partir. C'était la solution la plus simple. Mais elle s'apprêtait à confier son fils à cet homme tous les jours. Il était donc préférable qu'elle lui livre quelques informations.

— Cela fait presque sept ans que Rad n'a plus vu son père.

— Du tout ?

Mitch n'en revenait pas. Sa propre famille n'était pas vraiment démonstrative. Ses parents étaient même plutôt distants, mais il ne passait jamais plus d'un an sans les voir.

— Ce doit être dur pour lui.

— Ils n'ont jamais été très proches. Je pense que Radley s'adapte très bien à la situation.

— Une minute ! Ce n'était pas une critique.

Mitch posa de nouveau une main sur celles d'Hester, trop fermement pour qu'elle se dégage de cette étreinte.

— Je sais reconnaître un enfant heureux quand j'en vois un. Il est clair que vous êtes prête à tous les sacrifices pour lui. Vous pensez peut-être que ça ne se voit pas, mais je vous le dis.

— Rien ne compte plus à mes yeux que mon fils.

Hester essaya de nouveau de se détendre, mais Mitch était assis trop près d'elle et lui tenait toujours la main.

— Si je vous ai dit ça, ajouta-t-elle, c'est uniquement pour éviter que vous lui posiez des questions embarrassantes qui risqueraient de le mettre en colère.

— Il s'énerve souvent ?

— Parfois.

Mitch avait mêlé ses doigts aux siens. Comment y était-il arrivé ?

— Aujourd'hui, il a un nouvel ami, dit-elle en soupirant. Excusez-moi, je dois vraiment partir.

— Et vous ? insista Mitch en effleurant doucement sa joue. Comment vous êtes-vous adaptée ?

— Très bien. J'ai Rad et mon travail.

— Et pas d'amis ?

Elle ne savait pas si c'était de la gêne ou de la colère, mais l'émotion qui la submergea était violente.

— Cela ne vous regarde pas.

— Si l'on ne parlait que des choses qui nous regardent, on finirait par ne rien se dire. Vous ne semblez pas détester les hommes, Hester.

Elle lui lança un regard surpris. Lorsqu'elle y était contrainte, elle était capable de jouer selon d'autres règles que les siennes. Et elle jouait très bien.

— J'ai traversé une période où je méprisais les hommes par principe. Cette époque de ma vie s'est avérée extrêmement gratifiante. Puis, peu à peu, j'en suis arrivée à la conclusion que certains membres de votre espèce ne sont pas si terribles.

— C'est prometteur.

Elle lui sourit de nouveau, encouragée par son calme et son ouverture d'esprit.

— Je ne blâme pas tous les hommes pour les erreurs d'un seul, conclut-elle.

— Vous êtes juste prudente.

— Si vous voulez.

— La seule chose que je sais, c'est que j'aime vos yeux, déclara soudain Mitch. Non, ne les détournez pas.

Patiemment, il tourna le visage d'Hester vers le sien.

— Ils sont merveilleux, ajouta-t-il. Prenez-le comme le compliment d'un artiste.

Pourquoi était-elle aussi nerveuse ? se réprimanda-t-elle. Au prix de sérieux efforts, elle s'apaisa un peu.

— Dois-je comprendre qu'ils vont apparaître dans un prochain numéro ?

— C'est possible, répondit-il en souriant.

Décidément, son sourire avait un étrange effet sur elle, mais Hester était heureusement capable de se maîtriser.

— Ce pauvre vieux Zark mérite de rencontrer quelqu'un qui le comprenne, poursuivit-il. Une femme avec de tels yeux ne peut que répondre à ses attentes.

— Je le prends comme un compliment.

Il était temps de changer de sujet.

— Les enfants seront là d'une minute à l'autre, ajouta-t-elle.

— Nous avons encore un peu de temps, Hester. Dites-moi, cela vous arrive-t-il de vous amuser ?

— Quelle question ! Bien sûr !

— Je veux dire non en tant que mère de Rad, mais en tant qu'Hester ?

Fasciné, Mitch passa une main dans ses longs cheveux.

— Mais je *suis* la mère de Rad.

Comme elle se levait, Mitch l'imita aussitôt.

— Vous êtes aussi une femme. Une très belle femme.

Une étrange lueur traversa le regard d'Hester tandis qu'il suivait du bout des doigts les contours de son visage.

— Vous pouvez me croire, continua-t-il. Je suis un homme sincère. Vous êtes aussi un joli paquet de nerfs.

— C'est ridicule. Pourquoi devrais-je être nerveuse ?

Elle n'avait aucune raison de l'être. A condition d'écarter le fait que Mitch était en train de la toucher, qu'il lui parlait d'une voix douce et qu'ils étaient seuls dans l'appartement.

— J'enlèverai cette épine de mon cœur plus tard, murmura-t-il.

Puis il se pencha vers elle pour l'embrasser. Mais il dut la retenir lorsqu'elle trébucha sur une pile de journaux.

— Détendez-vous, Hester. Je ne vais pas vous mordre. Du moins, pas cette fois.

— Je dois partir.

Jamais elle n'avait ressenti une telle panique.

— J'ai des milliers de choses à faire, ajouta-t-elle précipitamment.

— Encore une minute.

Mitch enserra son visage entre ses mains. Elle tremblait, mais il n'en fut pas surpris. C'était son propre trouble qui l'étonnait le plus.

— Ce que nous vivons, madame Wallace, s'appelle

une attirance, une alchimie, du désir. Peu importe le nom qu'on lui donne.

— Parlez pour vous.

— Je vous laisserai choisir le mot qui vous convient plus tard.

Mitch caressa doucement sa joue d'un geste rassurant.

— Je vous ai déjà dit que je n'étais pas un détraqué. Il faudra me rappeler de vous donner mes références.

— Mitch, je vous ai déjà dit que j'appréciais ce que vous faites pour Rad, mais j'aimerais que...

— Ce qui se passe ici et maintenant n'a rien à voir avec Rad. Il s'agit de vous et moi, Hester. Depuis quand n'avez-vous pas passé du temps avec un homme qui vous désire ?

Il effleura de manière désinvolte ses lèvres de son pouce. Les yeux d'Hester se voilèrent.

— Depuis quand n'avez-vous pas laissé un homme faire ceci ?

Mitch s'empara de la bouche d'Hester, avec une force qui la laissa sous le choc. Elle n'était pas préparée à cette violence. Ses mains avaient été si tendres, sa voix si douce. Elle n'était pas préparée à une passion aussi effrénée de sa part. Mais elle le désirait avec la même force. Sans réfléchir, elle enroula les bras autour de son cou et répondit à son baiser.

— Depuis trop longtemps, conclut Mitch à bout de souffle en s'arrachant à contrecœur de ses lèvres.

Hester avait émis tout au plus un gémissement lorsqu'il s'empara de nouveau de sa bouche.

Mitch ignorait ce qu'il trouverait en elle : un mélange de glace, de colère, de peur ? Une chaleur irrésistible embrasa son corps et celui d'Hester, les laissant haletants. La bouche pulpeuse de sa délicieuse voisine était brûlante et impatiente. Toute trace de timidité avait été engloutie par la passion. Hester lui donna plus que ce qu'il espérait, et plus que ce qu'il s'était préparé à prendre.

Pris de vertiges, il ne put pleinement apprécier la sensation aussi enivrante qu'inédite qui venait de l'envahir tandis qu'il la caressait et l'embrassait inlassablement. Les mains enfouies dans ses cheveux, il retira les fines épingles argentées qui les retenaient. Il voulait sentir sa chevelure glisser librement et sauvagement entre ses doigts, tout comme il voulait Hester libre et sauvage dans son lit. Son idée de départ de ne pas la brusquer, de ne pas faire trop de vagues s'évapora alors que naissait en lui l'envie irrésistible de plonger dans ces eaux bouillonnantes. Obsédé par cette idée, il glissa les mains sous le pull d'Hester. Sa peau était douce et chaude. Ses sous-vêtements étaient soyeux. Impatient, il posa les mains autour de sa taille et remonta vers ses seins.

Hester se figea puis frémit. Elle ignorait avant cet instant à quel point elle avait envie qu'il la touche de cette façon. A quel point elle en avait besoin. Ses lèvres tentantes éveillaient en elle un sombre désir. Elle avait oublié que l'on pouvait se languir de ces choses. C'était de la folie, la douce libération de la folie. Elle entendit Mitch murmurer son prénom tandis que sa bouche descendait vers sa gorge avant de remonter vers ses lèvres.

Oui, elle avait perdu la tête. Elle le comprenait parfaitement. Elle avait déjà éprouvé ce sentiment, ou croyait l'avoir déjà ressenti. Aujourd'hui, ces émotions lui paraissaient encore plus douces, encore plus riches qu'autrefois, d'autant qu'elle savait qu'elle ne pourrait plus jamais y goûter.

— S'il vous plaît, Mitch.

Il n'était pas facile de résister à ce qu'il lui offrait. Hester fut surprise de constater à quel point il lui était difficile de battre en retraite, de mettre une barrière entre eux.

— Nous ne pouvons pas faire ça, ajouta-t-elle.

— Et, pourtant, nous le faisons, souligna-t-il en goûtant de nouveau à ses lèvres. Et très bien, même.

— Je ne peux pas.

Avec le peu de volonté qui lui restait, elle s'arracha à son étreinte.

— Je suis navrée. Je n'aurais jamais dû vous laisser faire.

Ses joues lui semblaient brûlantes. Hester y posa les

paumes avant de passer une main tremblante dans ses cheveux.

Mitch avait l'impression que ses jambes étaient faibles, ce qui était plutôt étrange. Mais, pour l'heure, il décida de se concentrer sur Hester.

— Vous prenez beaucoup sur vous, Hester. C'est visiblement une habitude. Je vous ai embrassée et vous avez répondu à mon baiser, voilà tout. Nous avons tous les deux apprécié ce qui vient de se passer. Je ne vois pas pourquoi nous devrions nous en excuser.

— J'aurais dû être plus claire.

Hester fit un pas en arrière et heurta de nouveau les journaux avant de les contourner.

— J'apprécie vraiment ce que vous faites pour Rad...

— Laissez-le en dehors de tout ça, pour l'amour du ciel.

— Je ne peux pas, dit-elle en haussant légèrement le ton.

Il ne fallait surtout pas qu'elle perde son sang-froid.

— Je ne vous demande pas de comprendre, ajouta-t-elle, mais je ne peux pas le laisser en dehors de ça.

Elle inspira profondément, surprise de sentir son pouls battre toujours aussi vite.

— Les aventures d'un soir ne m'intéressent pas. Je dois d'abord penser à Rad, avant de penser à moi.

— Je comprends.

Mitch aurait aimé s'asseoir pour se remettre de ses émotions, mais la situation exigeait qu'il parle à Hester ouvertement.

— Mais je ne vous vois pas comme une aventure d'un soir.

C'était bien ce qui l'inquiétait le plus, songea-t-il.

— Restons-en là, conclut froidement Hester.

La colère était un étonnant stimulant. Mitch avança d'un pas et saisit son menton entre ses doigts.

— Vous le pensez vraiment ?

— Je n'ai pas envie de discuter avec vous. Je pense juste que...

Les coups frappés à la porte vinrent à point nommé.

— Ce sont les garçons, dit-elle, visiblement soulagée.

— Je sais, répondit-il sans la lâcher. Prendre le temps et se donner les moyens de faire ce qui vous tient à cœur n'est qu'une question d'ajustements.

Mitch était maintenant en colère, très en colère.

— La vie est pleine d'ajustements, Hester.

Puis il la lâcha et ouvrit la porte.

— C'était super ! s'écria Radley en déboulant dans la pièce suivi de Josh et du chien, les joues roses et le regard brillant. Nous avons même réussi à faire courir Taz une minute ! se vanta le petit garçon.

— Incroyable !

Mitch se pencha pour décrocher la laisse de Taz, qui alla s'effondrer près de la fenêtre avec un grognement d'épuisement.

— Vous devez être gelés ! intervint Hester en déposant un baiser sur le front de son fils. C'est l'heure de boire un grand chocolat chaud.

— Bonne idée !

Radley se tourna vers Mitch, un large sourire aux lèvres.

— Tu en veux un ? Le chocolat de maman est un vrai délice !

Mitch fut tenté de mettre Hester au pied du mur. Mais sa mauvaise humeur s'estompait déjà.

— Peut-être une prochaine fois, répondit-il en enfonçant le bonnet sur les yeux de Radley. J'ai un million de choses à faire.

— Merci de nous avoir laissés sortir Taz. C'était super, pas vrai, Josh ?

— Oh, oui ! Merci, monsieur Dempsey.

— Vous pouvez venir quand vous voulez. A lundi, Rad.

— A lundi, Mitch.

Les garçons s'élancèrent en riant et en se bousculant dans les escaliers. Mitch les suivit du regard, mais Hester était déjà partie.

4

Mitchell Dempsey Junior était né riche et privilégié. Et, aux dires de ses parents, avec une incorrigible imagination. C'était sans doute la raison pour laquelle il s'était aussi vite pris d'affection pour Radley. Le petit garçon était loin d'être riche, pas même assez privilégié pour vivre avec ses deux parents, mais il avait une imagination hors du commun.

Mitch aimait aussi bien la foule que les conversations en tête à tête. Etant donné l'engouement de sa mère pour les divertissements et sa sociabilité, il savait ce qu'était une fête. Personne ne l'aurait jamais qualifié de solitaire. Mais, en matière de travail, il avait toujours préféré la solitude. Il travaillait chez lui non pas pour éviter les distractions — il les appréciait en réalité beaucoup —, mais parce qu'il ne supportait pas qu'une personne vienne superviser son travail ou mesurer sa progression. Il n'avait jamais envisagé de travailler autrement que seul. Jusqu'à l'arrivée de Radley.

Le premier jour, ils avaient conclu un marché. Si Radley finissait ses devoirs, avec ou sans l'aide discutable de Mitch, il pouvait choisir soit de jouer avec Taz, soit de donner son avis à Mitch sur son dernier scénario. Si Mitch décidait qu'il avait assez bien avancé pour la journée, ils pouvaient se distraire tous les deux en regardant l'un de ses nombreux films ou jouer avec l'armée grandissante de soldats en plastique que possédait Radley.

Pour Mitch, c'était naturel. Pour Radley, cet arrangement

était simplement fantastique. Pour la première fois de sa vie, un homme faisait partie de son quotidien, un homme à qui il pouvait parler et qui était disposé à l'écouter. Mitch était non seulement aussi volontaire que sa mère pour préparer une bataille ou livrer une guerre, mais il comprenait aussi sa stratégie militaire.

A la fin de la première semaine, Mitch était à ses yeux un héros, le créateur de Zark et le propriétaire de Taz, mais aussi la personne la plus solide et la plus fiable de sa vie en dehors de sa mère. Radley l'aimait, sans limites et sans restriction.

Mitch l'avait remarqué. Il y avait réfléchi et avait découvert qu'il était tout autant sous le charme que lui. En avouant à Hester qu'il n'avait jamais envisagé d'avoir des enfants, il avait dit la vérité. Il vivait sa vie à son rythme depuis si longtemps qu'il n'avait jamais pensé à changer l'ordre des choses. S'il avait su à quel point il était merveilleux d'aimer un petit garçon, d'y trouver des parties de soi-même, il aurait sans doute agi différemment.

Ces découvertes l'avaient naturellement amené à penser au père de Radley. Quel homme pouvait créer quelque chose de si merveilleux et lui tourner le dos ? Le père de Mitch était un homme sévère et loin d'être compréhensif, mais il avait toujours été là pour lui. Mitch n'avait jamais remis en cause l'amour qu'il lui portait.

A trente-cinq ans, un homme avait forcément dans son entourage des couples qui avaient divorcé — dans la douleur pour la plupart. Mais Mitch connaissait aussi des hommes qui avaient conclu une trêve avec leurs ex-femmes afin de pouvoir rester des pères. Il avait beaucoup de mal à comprendre comment le père de Radley avait pu partir en tournant le dos à son fils. Après une semaine en compagnie du petit garçon, cela lui paraissait impossible.

Et que penser d'Hester ? Quel genre d'homme pouvait laisser une femme se battre seule pour élever un enfant qu'ils avaient mis au monde ensemble ? A quel point l'avait-elle aimé ? Cette question embarrassante lui trottait souvent dans la tête. Les résultats de cette mauvaise expérience étaient en tout cas évidents : Hester était tendue et d'une extrême méfiance à l'égard des hommes. Y compris de lui, songea-t-il en grimaçant pendant que Radley dessinait. Si méfiante qu'elle s'était tenue loin de lui toute la semaine.

Tous les jours, entre 16 h 15 et 16 h 25, il recevait un appel poli de sa part. Hester lui demandait si tout s'était bien passé, le remerciait d'avoir gardé Radley et demandait à son fils de monter. Ce vendredi-là, Radley lui avait tendu un chèque de vingt-cinq dollars soigneusement rétabli à son nom par Mme Hester Gentry Wallace. Il était encore en boule dans la poche de Mitch.

Croyait-elle vraiment que, maintenant qu'elle lui avait tourné la tête, il allait sagement se tenir loin d'elle ? Il se souvenait encore de la douceur de son corps pressé contre le sien, alors toutes les inhibitions et la méfiance d'Hester s'étaient effacées pendant un court et merveilleux moment. Mitch était bien décidé à le vivre de nouveau, ainsi que tout ce que son intarissable imagination avait fait naître dans son esprit.

Si Mme Hester Wallace croyait pouvoir tirer élégamment sa révérence, elle risquait fortement d'être déçue.

— Je n'arrive pas à reproduire les rétrofusées, se plaignit Radley. Elles ne sont jamais bien faites.

Mitch laissa de côté son travail, qui était de toute façon resté en suspens dès l'instant où il s'était mis à penser à Hester.

— Voyons cela.

Il prit le bloc de papier qu'il avait prêté à Radley.

— Mais ce n'est pas trop mal, conclut-il.

Il sourit, très satisfait de la reproduction du *Defiance* que Radley avait tentée. Apparemment, les quelques conseils qu'il lui avait donnés commençaient à porter leurs fruits.

— Tu as un talent inné, Rad.

L'enfant rougit de plaisir, puis fronça de nouveau les sourcils.

— Mais, regarde, les missiles et les rétrofusées sont mal faits. Ils ont l'air ridicules.

— C'est parce que tu veux entrer trop vite dans les détails. Regarde, il faut tracer des traits légers, dessiner d'abord tes impressions.

Mitch posa la main sur celle de l'enfant pour le guider.

— N'aie pas peur de faire des erreurs, continua-t-il. C'est pour ça que l'on fabrique de si grosses gommes.

— Tu ne fais jamais d'erreurs, toi, répondit Radley en tirant la langue tandis qu'il essayait de bouger sa main aussi habilement que celle de Mitch.

— Mais si. Sache que j'en suis à ma quinzième gomme depuis le début de l'année.

— Tu es le meilleur artiste du monde entier, répliqua Radley en levant vers lui des yeux débordant d'amour.

Mitch se sentit soudain étrangement ému et humble. Il ébouriffa les cheveux du petit garçon.

— Je figure peut-être parmi les vingt premiers, mais je te remercie.

En entendant le téléphone sonner, Mitch ressentit une étrange déception. Sans Radley, les week-ends prenaient désormais un autre sens. Pour un homme qui avait vécu toute sa vie d'adulte sans aucune responsabilité, l'idée que cela puisse lui manquer donnait matière à réfléchir.

— Ce doit être ta mère.

— Elle a dit que nous irions au cinéma ce soir. Tu pourrais venir avec nous.

Mitch se contenta d'un grognement évasif avant de répondre au téléphone.

— Salut, Hester.

— Mitch... tout va bien ?

Le ton de sa voix l'inquiéta un peu.

— Impeccable.

— Radley vous a donné le chèque ?

— Oui. Désolé, mais je n'ai pas encore pu l'encaisser.

Hester n'était pas d'humeur à supporter ses sarcasmes.

— Bien, merci. J'apprécierais que vous demandiez à Radley de monter, s'il vous plaît.

— Pas de problème.

Il sembla hésiter une fraction de seconde.

— Vous avez eu une dure journée, Hester ? demanda-t-il enfin.

Elle posa une main sur sa tempe douloureuse.

— Oui, un peu. Merci de vous en inquiéter, Mitch.

— De rien.

Lorsqu'il raccrocha, Mitch était inquiet. En revenant vers Radley, il fit pourtant l'effort de sourire.

— Il est temps de transférer votre équipement, caporal.

— A vos ordres, chef ! s'écria Radley avec un élégant salut.

L'enfant fourra dans son sac à dos l'armée intergalactique qui était restée chez Mitch toute la semaine. Après une courte investigation, il retrouva ses gants et les posa sur ses figurines en plastique. Puis il ajouta son manteau et son bonnet avant de s'agenouiller pour embrasser Taz.

— Au revoir, Taz. A plus tard.

Le chien grogna avant de frotter son museau sur l'épaule de Radley.

— Au revoir, Mitch.

Alors qu'il se dirigeait vers la porte, l'enfant hésita une seconde.

— On se revoit lundi ?

— Bien sûr. Attends, je vais peut-être monter avec toi. Pour faire un rapport complet à ta mère.

— Super ! s'exclama Radley.

Son visage s'illumina aussitôt.

— Tu as laissé tes clés dans la cuisine, continua le petit garçon. Je vais les chercher.

Mitch le regarda passer en trombe devant lui puis revenir en courant.

— J'ai eu un A en orthographe. Lorsque je vais le dire à maman, elle va être de très bonne humeur. Nous boirons certainement un soda.

— Ça me semble parfait, répondit Mitch en se laissant entraîner par Radley.

Lorsque Hester entendit le bruit des clés de Radley dans la serrure, elle posa le sac de glace. En s'approchant plus près du miroir de la salle de bains, elle aperçut le vilain bleu qui se formait déjà sous son œil et poussa un juron. Elle aurait aimé pouvoir informer son fils de cet incident, l'éluder et le tourner en dérision avant que les marques de la lutte apparaissent. Elle avala deux comprimés d'aspirine et pria pour que son mal de tête s'estompe.

— Maman ! Maman !

— Je suis là, Radley.

Sa voix un peu trop aiguë la fit grimacer, mais elle plaqua un sourire sur ses lèvres et partit à la rencontre de son fils. Son sourire s'évanouit dès qu'elle s'aperçut qu'il n'était pas seul.

— Mitch est venu te faire son rapport, commença Radley en ôtant son sac à dos.

— Bon sang, que vous est-il arrivé ?

Mitch la rejoignit en deux enjambées. Il prit son visage dans ses mains, les yeux brillant de colère.

— Vous allez bien ?

— Oui, je vais bien, répondit-elle en lui lançant un rapide regard de mise en garde.

Puis elle se tourna vers son fils.

— Je vais bien, répéta-t-elle.

Radley la contempla les yeux écarquillés, puis sa lèvre inférieure se mit à trembler lorsqu'il découvrit la marque bleuâtre sous l'œil de sa mère.

— Tu es tombée ? demanda le petit garçon.

Elle aurait aimé lui mentir, mais elle ne l'avait jamais fait.

— Pas exactement.

Elle se força à sourire, ennuyée d'avoir un témoin.

— Il semblerait qu'un homme dans le métro ait décidé

de me prendre mon sac à main. Mais je n'ai pas voulu le lui donner.

— Il vous a agressée ?

Mitch ne savait pas s'il devait la réprimander ou l'attirer vers lui pour voir si elle n'avait pas d'autre blessure. Le long regard furieux qu'elle lui lança le retint.

— On peut dire ça.

Hester s'approcha de Radley pour lui prouver que l'incident était sans conséquence.

— Ce n'était pas si terrible, expliqua-t-elle. Le métro était bondé. Quelqu'un a vu ce qui se passait et a appelé la sécurité. L'homme a changé d'avis à propos de mon sac et s'est enfui.

Radley regarda sa mère de plus près. Il avait déjà vu un œil au beurre noir sur son ami Joey Phelps. Mais jamais sur sa mère.

— Il t'a frappée ?

— Pas vraiment. C'était un accident.

Un accident qui la faisait terriblement souffrir.

— Nous avons tiré chacun de notre côté sur le sac et son coude m'a heurtée. Je n'ai pas baissé la tête assez vite, c'est tout.

— C'est trop bête, marmonna Mitch suffisamment fort pour être entendu.

— Tu l'as frappé ? demanda Radley.

— Bien sûr que non ! s'exclama Hester, impatiente de retrouver le sac de glace. Maintenant, va ranger tes affaires, Radley.

— Mais j'aimerais savoir si...

— Immédiatement, l'interrompit sa mère d'une voix autoritaire qu'elle employait rarement, mais qui faisait toujours son effet.

— Oui, maman, marmonna Radley en prenant le sac à dos sur le canapé.

Hester attendit que son fils soit dans sa chambre pour s'adresser à Mitch.

— Je tenais à vous dire que je n'apprécie pas du tout vos interventions, déclara-t-elle en se tournant vers lui.

— Et ce n'est qu'un début. Je vous croyais plus sensée ! Quelle idée de vous battre avec un voyou pour un sac à main ! Et s'il avait eu un couteau ?

Cette seule pensée mit en branle l'intarissable imagination de Mitch.

— Il n'avait pas de couteau, répliqua Hester en sentant ses jambes se dérober.

Ce n'était vraiment pas le moment de faire un malaise.

— Il n'a pas eu mon sac non plus, ajouta-t-elle.

— Mais il n'est pas reparti avec un œil au beurre noir, lui. Pour l'amour du ciel, Hester, vous auriez pu être sérieusement blessée. Et je doute qu'il y ait quoi que ce soit dans votre sac qui en vaille la peine. Vous pouvez faire opposition sur vos cartes de crédit, et vous racheter un poudrier ou un rouge à lèvres.

— Je suppose que si quelqu'un avait voulu vous voler votre portefeuille vous le lui auriez donné avec votre bénédiction.

— C'est différent.

— Je vois bien ça !

Mitch s'arrêta de faire les cent pas pour l'observer longuement. Son menton était fièrement relevé. Il avait déjà vu plusieurs fois la même expression chez Radley. Il la savait têtue, mais il ne s'attendait pas à découvrir une femme avec un tel tempérament. Il l'admirait pour cela. Mais là n'était pas la question, se souvint-il en scrutant de nouveau le bleu qui noircissait sur sa joue.

— Revenons une minute sur les faits, déclara Mitch. Tout d'abord, vous n'avez aucune raison de prendre seule le métro.

Hester émit un petit rire.

— Vous plaisantez, n'est-ce pas ?

En effet, Mitch ne se souvenait pas avoir jamais rien dit d'aussi stupide. Pourtant, la colère le submergea.

— Vous pouvez prendre un taxi, bon sang !

— Je n'ai nullement l'intention de prendre un taxi.
— Pourquoi cela ?
— Tout d'abord, ce serait complètement stupide, ensuite, je ne peux pas me le permettre.

Mitch sortit de sa poche le chèque froissé et le fourra dans la main d'Hester.

— Maintenant, si. Et vous avez même assez pour les pourboires.

— Je n'ai pas l'intention de l'accepter, répliqua-t-elle en lui rendant le chèque. Et je ne prendrai pas de taxi alors que le métro est un moyen de transport bon marché et pratique. Je ne vous laisserai pas non plus transformer cet incident mineur en catastrophe. Je refuse que Radley s'inquiète.

— Dans ce cas, prenez un taxi. Pour le bien de votre enfant, et pour le vôtre. Dans quel état aurait été Radley si vous aviez été blessée ?

Le bleu d'Hester paraissait encore plus noir sur ses joues pâles.

— Je ne laisserai personne me donner des leçons sur le bien-être de mon fils.

— Bien sûr que non, vous vous débrouillez très bien avec lui. C'est lorsqu'il s'agit de vous que vous n'avez plus la tête sur les épaules.

Mitch enfonça les mains dans ses poches.

— D'accord, vous ne voulez pas prendre un taxi, continua-t-il. Mais promettez-moi que, la prochaine fois qu'un voyou s'entichera de votre sac à main, vous ne jouerez pas les Mère Courage.

— Est-ce le nom de l'un de vos personnages ? demanda-t-elle avec ironie.

— Peut-être bien.

Mitch s'efforça de garder son calme. En général, il n'était pas de nature irascible mais, lorsque la colère pointait le bout de son nez, il pouvait exploser en quelques secondes.

— Ecoutez, Hester, votre sac contenait-il toutes vos économies ?

— Bien sûr que non.
— Des souvenirs de famille ?
— Non.
— Des données vitales pour la sécurité nationale ?
Elle poussa un soupir exaspéré et se laissa tomber sur l'accoudoir d'un fauteuil.
— Je les ai laissées au bureau.
Elle leva les yeux vers lui en faisant la moue.
— Et ne me souriez pas avec cet air dédaigneux, ajouta-t-elle.
— Désolé, répondit-il avec un sourire plus sincère.
— J'ai juste eu une sale journée.
Hester commençait à en prendre la pleine mesure. Elle retira ses chaussures et entreprit de se masser les pieds.
— Tout d'abord, ce matin, M. Rosen s'est lancé dans une campagne d'efficacité. Puis il y a eu une réunion du personnel et cet imbécile de conseiller financier qui m'a fait du gringue.
— Quel conseiller financier ?
— Peu importe.
Hester se sentait très fatiguée. Elle se massa les tempes.
— Il vous suffit de savoir que les choses n'ont fait qu'empirer. Je me sentais prête à mordre. Lorsque ce voyou a voulu prendre mon sac, j'ai explosé. Je me dis qu'au moins il boitera pendant plusieurs jours.
— Vous vous en êtes tirée avec quelques égratignures, on dirait.
Dans un haussement d'épaules, Hester toucha avec précaution son œil.
— Oui.
Mitch s'approcha d'elle et se pencha pour se mettre à son niveau. Il examina les dégâts avec visiblement plus de curiosité que de compassion.
— Vous allez avoir un bel œil au beurre noir.
— Vraiment ?
Elle toucha de nouveau son bleu.
— J'espérais qu'il n'empirerait pas.

— Je crois plutôt qu'il faut vous attendre à un magnifique bleu.

Elle imagina les regards qu'elle allait croiser et les explications qu'elle devrait fournir la semaine suivante.

— Formidable, grommela-t-elle.

— Ça fait mal ?

— Oui.

Mitch posa les lèvres sur son bleu avant qu'elle puisse l'esquiver.

— Essayez de mettre de la glace.

— Je m'en suis occupée.

— J'ai rangé mes affaires, déclara soudain Radley debout dans le couloir, les yeux baissés. J'avais des devoirs, mais je les ai déjà faits.

— C'est très bien, le félicita sa mère. Viens ici.

Radley garda les yeux baissés en s'avançant vers elle. Hester mit les bras autour de son cou et le serra contre elle.

— Je suis désolée, ajouta-t-elle.

— Ça ne fait rien. Je ne voulais pas te mettre en colère.

— Je ne suis pas en colère. M. Rosen et cet homme qui voulait mon sac m'ont mise en colère, mais pas toi, mon chéri.

— Je peux t'apporter une serviette mouillée, comme tu fais quand j'ai mal à la tête, proposa-t-il.

— Merci, mais je pense que je vais plutôt prendre un bain chaud et mettre de la glace sur mon bleu. Oh ! Mais nous avions prévu de sortir ce soir ! De manger un cheeseburger et de voir un film.

— Nous pouvons regarder la télévision à la place.

— Pourquoi ne pas attendre de voir comment je me sentirai dans un moment ?

— J'ai eu un A en orthographe, l'informa Radley fièrement.

— Mon héros, répondit Hester en riant.

— Vous savez, intervint Mitch, ce bain chaud est une bonne idée. Et la glace aussi.

Les projets s'édifiaient déjà dans sa tête.

— Pourquoi ne pas vous y plonger pendant que je vous emprunte Rad un petit moment ? ajouta-t-il.

— Mais il vient tout juste de rentrer, protesta-t-elle.

— Nous ne tarderons qu'un petit moment, insista Mitch en la prenant par le bras. Mettez de la mousse dans l'eau de votre bain. On dit que c'est très bon pour le moral. Nous serons de retour dans une demi-heure.

— Mais où allez-vous ?

— Juste faire une petite course. Rad peut me tenir compagnie, n'est-ce pas, Rad ?

— Bien sûr.

L'idée de se prélasser trente minutes dans un bain chaud était trop tentante.

— Pas de bonbons, fit-elle en guise de capitulation. C'est presque l'heure de dîner.

— D'accord, je n'en mangerai pas, promit Mitch en la poussant vers la salle de bains.

Puis il revint vers le salon et posa une main sur l'épaule de Radley.

— Prêt à partir en mission, caporal ?

Les yeux de Radley pétillèrent de joie.

— Prêt, monsieur, répondit-il en lui adressant un salut militaire.

L'association du sac de glace, du bain chaud et de l'aspirine porta ses fruits. Une fois l'eau de la baignoire refroidie, le mal de tête d'Hester était devenu tout à fait supportable. Si elle avait pu s'octroyer quelques minutes pour elle, c'était à Mitch qu'elle le devait, admit-elle en enfilant un jean. Ses tremblements avaient disparu en même temps que la douleur. Lorsqu'elle prit le temps d'examiner son bleu, elle se sentit un peu moins fière d'elle. Mitch avait raison, les bulles avaient eu un effet remarquable sur son moral.

Tout en brossant ses cheveux, elle se demanda à quel point Radley serait déçu de renoncer à un bon film. Bain chaud ou pas, la dernière chose dont elle avait envie était de braver le froid pour aller s'asseoir dans une salle de cinéma bondée. Une séance en matinée le lendemain pouvait tout aussi bien satisfaire son fils. Il faudrait qu'elle réorganise un peu sa journée, mais l'idée d'une soirée tranquille chez elle après cette éprouvante semaine était si séduisante qu'elle était même capable d'envisager de s'occuper des lessives après le dîner.

Quelle semaine ! songea Hester en enfilant ses chaussons. Rosen était un tyran et le conseiller financier était une peste. Ces cinq derniers jours, elle avait passé presque tout son temps à apaiser l'un et à décourager l'autre tout en traitant ses dossiers de prêts. Le travail ne lui faisait pas peur, mais justifier chaque minute de son temps lui était insupportable. Rosen n'en avait pas particulièrement après elle : Hester s'en était rendu compte dès la première journée de travail. L'homme était simplement autoritaire et exigeant avec tout le personnel.

Et cet imbécile de Cummings ! Elle s'assit au bord du lit en chassant de son esprit le conseiller financier un peu trop empressé. Elle avait surmonté les deux premières semaines, non ? Elle avait même des cicatrices pour le prouver, songea-t-elle en effleurant sa joue avec précaution. A partir de maintenant, les choses seraient plus simples. Elle n'aurait plus à vivre avec le stress de rencontrer toutes ces nouvelles personnes. Et, à son grand soulagement, elle n'aurait plus à s'inquiéter pour Radley.

Sans jamais l'avouer, elle s'était attendue à ce que Mitch l'appelle tous les jours de la semaine pour lui dire que son fils le dérangeait trop, qu'il avait changé d'avis et qu'il était las de passer ses après-midi avec un enfant de neuf ans. Mais, tous les jours, Radley était rentré la bouche pleine de tout ce qu'il avait fait avec Mitch et Taz.

Mitch lui avait montré une série de dessins destinés à un grand numéro spécial. Ils avaient amené Taz au parc. Ils avaient regardé la version longue et originale du premier *King Kong*. Mitch lui avait montré sa collection de bandes dessinées où figuraient les premiers albums de *Superman* et des *Contes de la crypte*, qui, comme tout le monde le savait, n'avaient pas de prix, lui avait soutenu Radley. D'après lui, Mitch avait aussi un anneau décodeur original et authentique de *Captain Midnight* !

Hester roula de grands yeux en y repensant, mais ce mouvement tira sur son bleu et lui arracha une grimace de douleur. L'homme était sans aucun doute étrange, mais il rendait visiblement son fils heureux. Tout irait bien tant qu'elle continuerait de penser à lui comme à l'ami de son fils et qu'elle oublierait le lien inexplicable et inattendu qu'ils avaient tissé ensemble la semaine précédente.

Hester préférait d'ailleurs évoquer ce lien plutôt qu'utiliser les termes que Mitch avait employés. Attirance, alchimie, désir. Non, elle se fichait des mots prononcés par son charmant voisin et de sa réaction instantanée et irrépressible à son contact. Même si elle ne pouvait nier ce qu'elle ressentait… Dans un moment de folie, elle avait aimé qu'un homme la tienne dans ses bras, l'embrasse et la désire. Elle n'avait pas à en avoir honte. Une femme qui était restée seule aussi longtemps qu'elle avait le droit de ressentir quelques émotions au contact d'un homme séduisant.

Mais, alors, pourquoi ne ressentait-elle rien à l'égard de Cummings ?

Elle secoua la tête. Elle ne devait pas se poser ce genre de questions. Parfois, il valait mieux ne pas trop fouiller ses sentiments, surtout lorsqu'on préférait se voiler la face.

Réfléchir au dîner était une bien meilleure idée, décida-t-elle. Mais son pauvre Radley allait devoir se contenter d'une soupe et d'un sandwich au lieu de son cheeseburger préféré. Poussant un soupir, elle se leva. Bientôt, elle entendit la porte d'entrée s'ouvrir.

— Maman ! Maman, viens voir la surprise !

Hester plaqua un sourire sur ses lèvres. Elle n'était pas certaine de pouvoir en endurer de nouvelles.

— Rad, as-tu remercié Mitch pour… Oh…

Il était de retour, constata-t-elle en tirant machinalement

sur son pull. Radley et Mitch se tenaient côte à côte dans l'embrasure de la porte avec le même sourire. Radley portait deux sacs en papier et Mitch tenait ce qui ressemblait à s'y méprendre à un lecteur d'où pendaient des câbles.

— Qu'est-ce que vous amenez ? demanda-t-elle, intriguée.

— Le dîner et une double séance de cinéma, l'informa Mitch. Rad m'a dit que vous aimiez les milk-shakes au chocolat.

— Oui, en effet.

Elle sentit alors le parfum que dégageaient les sacs et se tourna vers Radley.

— Ce sont des cheeseburgers ? demanda-t-elle.

— Avec des frites, répondit son fils. Mitch a dit que nous pouvions prendre une double commande. Nous avons emmené Taz avec nous. Il est en train de manger chez lui.

— Ses manières à table ne sont pas très bonnes, expliqua Mitch en portant le lecteur jusqu'à la télé d'Hester.

— Et j'ai aidé Mitch à débrancher le lecteur. Nous avons pris *Les Aventuriers de l'arche perdue*. Mitch a des millions de films.

— Rad m'a dit que vous aimiez les comédies musicales, dit Mitch en se tournant vers elle.

— Oui, c'est exact...

— Nous en avons pris aussi.

Rad posa les sacs et alla s'asseoir près de Mitch par terre.

— Mitch a dit que le film était très drôle. Je lui fais confiance, déclara Rad en s'approchant de son ami pour regarder de plus près comment il branchait l'appareil.

— Il s'agit de *Chantons sous la pluie*.

Mitch tendit un câble à l'enfant et recula pour le laisser le brancher.

— Vraiment ? s'étonna Hester.

Son ton arracha à Mitch un sourire. Parfois, la jeune femme avait l'air d'une enfant.

— Oui. Comment va votre œil ?

— Oh ! Beaucoup mieux.

Incapable de résister à la tentation, Hester s'approcha

pour les regarder. Elle trouvait si étrange de voir les petites mains de son fils mêlées dans le travail à côté de celles d'un homme.

— C'est un peu serré, mais le lecteur passe tout juste sous votre téléviseur.

Mitch pressa brièvement l'épaule de Radley avant de se lever.

— Vous avez de belles couleurs, déclara-t-il en levant le menton d'Hester vers lui pour examiner son œil. Rad et moi avons pensé que vous deviez être fatiguée. Nous avons donc amené le film jusqu'à vous.

— C'est vrai, avoua-t-elle en posant quelques instants la main sur son poignet. Merci beaucoup.

— A votre service.

Quelle serait sa réaction et celle de Radley s'il l'embrassait maintenant ? Hester avait certainement deviné ses pensées en croisant son regard, car elle recula précipitamment.

— Je vais chercher des assiettes avant que le repas soit froid, lança-t-elle.

— Nous avons amené tout ce qu'il faut. Asseyez-vous en attendant que mon assistant et moi-même ayons terminé, proposa-t-il en désignant le canapé.

— J'y suis arrivé ! s'exclama Radley en reculant à quatre pattes, les joues roses de plaisir. Tout est branché.

Mitch se pencha pour vérifier les raccordements.

— Vous êtes un véritable mécanicien, caporal.

— Est-ce qu'on peut regarder *Indiana Jones* d'abord ?

— C'était ce qui était convenu, répondit Mitch en lui tendant le film. C'est toi qui t'en charges.

— Il semblerait que je vous doive encore des remerciements, dit Hester lorsque Mitch vint la rejoindre sur le canapé.

— Pourquoi cela ? Je me suis dit que je pourrais m'inviter à votre soirée avec Rad ce soir.

Mitch sortit un hamburger du sac en papier.

— C'est bien meilleur marché qu'une sortie en ville, ajouta-t-il.

— La plupart des hommes ne choisiraient pas de passer leur vendredi soir en compagnie d'un petit garçon.

— Et pourquoi pas ?

Mitch mordit à pleines dents dans son sandwich, avant de poursuivre :

— Je me suis dit que Radley ne finirait pas ses frites et que je pourrais manger le reste.

A ces mots, l'enfant courut vers le canapé et vint s'installer d'un bond entre eux. Puis il poussa un soupir de satisfaction digne d'un adulte avant de se pelotonner contre eux.

— C'est beaucoup mieux que de sortir, confia le petit garçon. Vraiment mieux.

Il avait raison, songea Hester qui se détendait enfin, absorbée par les aventures d'Indiana Jones. Il fut un temps où elle avait cru que la vie pouvait être palpitante, romantique et excitante. Mais les événements l'avaient contrainte à mettre tous ses espoirs de côté. En revanche, elle n'avait jamais perdu son amour pour les rêves, qu'elle retrouvait dans les films. Pendant deux heures, elle quitta presque la réalité et les pressions qui l'accompagnaient pour renouer de nouveau avec l'innocence.

Radley avait encore le regard brillant et semblait plein d'énergie lorsqu'il mit la cassette de *Chantons sous la pluie*. Hester savait que cette nuit, les rêves de son fils seraient remplis de trésors perdus et d'aventures. Blotti contre elle, il gloussa face aux grimaces et aux gaffes de Donald O'Connor, mais commença à piquer du nez après la merveilleuse danse de Gene Kelly sous la pluie.

— C'est fabuleux, tu ne trouves pas ? murmura Mitch.

Radley avait à présent la tête posée sur l'épaule de Mitch.

— Tout à fait, répondit Hester. J'adore ce film. Lorsque j'étais enfant, nous le regardions dès qu'il passait à la télévision. Mon père est un mordu de films. Vous pouvez citer n'importe lequel, il vous dira qui jouait dedans. Mais son premier amour a toujours été les comédies musicales.

Mitch garda le silence. Il lui fallait très peu de temps pour comprendre ce que ressentait une personne lorsqu'elle parlait d'une autre — une simple inflexion de voix, une expression plus douce. Hester paraissait proche de sa famille. Mitch n'avait pas eu cette chance. Son père n'avait jamais partagé son amour pour les histoires fantastiques ou les films, comme lui-même n'avait jamais partagé l'engouement de son père pour les affaires. Même si Mitch ne s'était jamais vraiment considéré comme fils unique — la compagnie de son imagination lui suffisait —, la chaleur et l'affection qu'il avait entendues dans la voix d'Hester lorsqu'elle avait évoqué son propre père lui avait manqué.

Lorsque le générique défila, il se tourna de nouveau vers elle.

— Vos parents vivent ici ? demanda-t-il.

— Ici ? Oh ! Non.

Elle rit en essayant d'imaginer ses parents perdus dans la jungle new-yorkaise.

— Non, j'ai grandi à Rochester, mais mes parents ont déménagé dans le Sud il y a dix ans. Ils sont à Fort Worth. Mon père travaille toujours dans le secteur de la banque et ma mère occupe un emploi à mi-temps dans une librairie. Lorsqu'elle a repris le travail, nous avons tous été surpris. Nous pensions qu'elle ne savait rien faire d'autre que cuisiner et plier le linge.

— Vous êtes combien ?

Hester soupira face à l'écran devenu blanc. En toute honnêteté, cela faisait longtemps qu'elle n'avait pas passé une si bonne soirée.

— J'ai un frère et une sœur. C'est moi l'aînée. Luke habite à Rochester avec sa femme. Ils attendent un bébé. Et Julia est à Atlanta. Elle est D-J.

— Sans blague ?

— « Debout, Atlanta, il est 6 heures, l'heure d'écouter trois grands succès sans interruption. »

Elle rit en pensant à sa sœur.

— Je donnerais n'importe quoi pour emmener Rad lui rendre visite, conclut-elle.

— Ils vous manquent ?

— J'ai juste du mal à imaginer que nous sommes tous si éloignés les uns des autres. Ce serait formidable pour Rad que ma famille soit plus près.

— Et qu'en est-il de vous, Hester ?

Elle le regarda, légèrement surprise de voir avec quel naturel Radley somnolait, blotti dans les bras de Mitch.

— J'ai Rad.

— Est-ce suffisant ?

— Plus que suffisant.

Elle lui sourit, puis se leva.

— Et, en parlant de Rad, ajouta-t-elle, il vaudrait mieux que je le mette au lit.

Mitch prit l'enfant dans ses bras, la tête contre son épaule.

— Je m'en charge.

— Je peux le faire, objecta-t-elle. Je le fais tout le temps.

— Il est déjà dans mes bras.

A ces mots, Radley enfouit son visage dans son cou. Quelle sensation merveilleuse, songea Mitch, un peu ému.

— Dites-moi juste où se trouve sa chambre.

Essayant de se convaincre qu'il était inutile de se sentir gênée, Hester le conduisit jusqu'à la chambre de Radley. Il avait fait son lit à la va-vite et le couvre-lit Star Wars était simplement ramené sur des draps froissés. Mitch faillit glisser sur un petit robot et un vieux chien en peluche. Une veilleuse était allumée sur la commode car, malgré le courage dont Radley faisait preuve, il se méfiait encore de ce qui pouvait se cacher dans les placards.

Mitch allongea l'enfant sur le lit, puis commença à aider Hester à lui retirer ses baskets.

— Inutile de vous donner cette peine, dit-elle en défaisant les lacets d'une main expérimentée.

— Cela ne m'ennuie pas du tout. Dort-il en pyjama ?

Mitch était déjà en train de tirer sur le jean de Radley. En silence, Hester se dirigea vers la commode et alla choisir son pyjama préféré, estampillé « Commandant Zark » en caractères gras.

— Il a bon goût, approuva Mitch en examinant le

vêtement. J'ai toujours été déçu qu'ils n'en fassent pas à ma taille.

Elle ne put s'empêcher de rire et se détendit de nouveau. Puis elle passa le haut du pyjama par-dessus la tête de Radley tandis que Mitch lui enfilait le bas.

— Il dort comme un loir, constata-t-il.

— Je sais. Il a toujours eu le sommeil très lourd. Même bébé, il se réveillait rarement la nuit.

Par habitude, elle ramassa le petit chien en peluche et le posa à côté de lui avant de déposer un baiser sur sa joue.

— Ne lui parlez pas de Fido, murmura-t-elle. Radley est un peu gêné que l'on sache qu'il dort toujours avec lui.

— Je ne l'ai jamais vu, répliqua Mitch.

Puis, incapable de résister à l'envie, il caressa la tête de l'enfant.

— C'est un petit garçon très attachant, murmura-t-il.

— Oui.

— Tout comme vous.

Mitch se tourna vers elle et saisit une mèche de ses cheveux entre ses doigts.

— Ne me tournez pas le dos, Hester, continua-t-il tandis qu'elle détournait le regard. La meilleure façon d'accepter un compliment consiste à dire merci. Faites un petit effort.

Gênée par sa propre réaction plus que par les propos de Mitch, elle se força à le regarder.

— Merci, lâcha-t-elle.

— C'est un bon début. Essayez encore, dit-il en l'enlaçant. Cela fait une semaine que je rêve de vous embrasser.

— Mitch, je...

— Vous perdez vos mots ?

Hester avait posé une main sur son torse pour le tenir à distance. Mais il préféra de loin le message qui dansait dans son regard...

— Je n'ai pas l'habitude de penser aux femmes qui font tout pour m'éviter.

— Ce n'est pas ce que je fais. Pas exactement.

— Parfait. En fait, je crois surtout que vous craignez

de vous retrouver trop près de moi. Vous avez peur de vos propres réactions…

Elle planta de nouveau son regard implacable et sévère dans le sien.

— Vous avez un ego impressionnant.

— Merci. Mais voyons les choses sous un autre angle…

Tout en parlant, il caressa le dos d'Hester de haut en bas, allumant de petites flammes sur son passage.

— Embrassez-moi de nouveau. Si vous restez de marbre, je reconnaîtrai que j'avais tort.

— Non.

Mais, malgré elle, elle ne put trouver la force de le repousser.

— Radley…

— Dort comme un loir, vous vous souvenez ?

Il effleura très doucement ses lèvres, puis la bosse sous son œil.

— Et, même s'il se réveille, je ne crois pas que le fait de me voir embrasser sa mère lui donnerait des cauchemars.

Elle voulut lui répondre, mais les mots moururent sur ses lèvres tandis que la bouche de Mitch s'emparait de la sienne. Il se montra patient cette fois, tendre même. Et elle ne resta pas de marbre, loin de là. Grisée par cette étreinte, elle enfouit les doigts profondément dans ses épaules.

C'était incroyable. Inimaginable. Le désir était là, immédiat et incendiaire. Jamais elle n'avait éprouvé cela, pour personne. Une fois, lorsqu'elle était très jeune, elle avait eu un aperçu de ce que pouvait être la véritable passion, avant qu'elle s'évanouisse. Elle en était arrivée à la conclusion que, comme bien d'autres choses, ces élans n'étaient que temporaires. Pourtant, ce qu'elle ressentait en cet instant lui paraissait éternel.

Mitch croyait tout savoir sur les femmes. Mais Hester lui prouvait le contraire. Tandis qu'il s'abandonnait à la sensation chaude et douce du désir, il se retint d'aller trop vite ou d'en prendre trop. Il devinait en elle un ouragan dompté depuis beaucoup trop longtemps. Dès qu'il l'avait tenue dans ses bras, il avait su qu'il serait celui qui allait le libérer. Doucement. Qu'elle en soit consciente ou non, elle était aussi vulnérable que l'enfant endormi à côté d'eux.

Soudain, Hester glissa les doigts dans ses cheveux pour l'attirer vers elle. Pendant un pur instant de folie, il la pressa plus fort contre lui et les laissa tous les deux se délecter de ce qui pouvait être.

— Est-ce que j'avais tort, Hester ?

Elle frémit tandis qu'il suivait le contour de son oreille du bout de la langue.

— La ville est en feu, ajouta-t-il dans un murmure.

Elle le croyait. Avec sa bouche brûlante contre la sienne, elle le croyait.

— Il faut que je réfléchisse, balbutia-t-elle.

— Oui, peut-être.

Il l'embrassa de nouveau.

— Peut-être que nous devrions réfléchir tous les deux, ajouta-t-il.

Il fit glisser les mains sur son corps mince et souple en une longue caresse possessive.

— Mais j'ai le sentiment que nous allons arriver à la même conclusion.

Bouleversée, Hester fit un pas en arrière. Et marcha sur le robot. Le bruit qu'elle fit ne perturba pas les rêves de Radley.

— Chaque fois que je vous embrasse, vous trébuchez.

Il fallait qu'il parte, tout de suite, avant de ne plus en avoir la force.

— Je viendrai chercher le magnétoscope plus tard, conclut-il.

Hester hocha la tête en poussant un petit soupir de soulagement. Elle craignait surtout qu'il lui demande de passer la nuit avec lui, et elle n'était pas sûre de la réponse qu'elle lui donnerait.

— Merci pour tout, répondit-elle.

— C'est bien, je vois que vous apprenez vite.

Il caressa sa joue du bout du doigt.

— Soignez bien votre œil.

Lâchement ou non, Hester resta à côté du lit de Radley jusqu'à ce qu'elle entende la porte d'entrée se fermer. Puis, un peu apaisée, elle posa une main sur l'épaule de son fils endormi.

— Oh ! Rad, dans quel pétrin me suis-je mise ? chuchota-t-elle.

5

Lorsque le téléphone sonna à 7 h 25, Mitch avait la tête enfouie sous l'oreiller. Il aurait préféré l'ignorer, mais Taz roula sur le côté et posa le museau contre sa joue. Mitch jura en repoussant le chien, puis décrocha avec humeur le combiné avant de le prendre avec lui sous l'oreiller.

— Oui ?

A l'autre bout de la ligne, Hester se mordit nerveusement les lèvres.

— Mitch, c'est Hester.

— Que voulez-vous ?

— J'imagine que je vous ai réveillé.

— Exact.

Il était plus qu'évident que Mitch Dempsey n'était pas une personne matinale.

— Je suis désolée, je sais qu'il est très tôt.

— C'est pour me dire ça que vous appelez ?

— Non... Mais je pense que vous n'avez pas encore regardé par la fenêtre, ce matin.

— Ma chérie, je n'ai même pas encore ouvert les yeux.

— Il neige. Il est déjà tombé environ vingt centimètres et il n'est pas prévu que la tempête cesse avant midi. Ils annoncent entre trente et quarante centimètres de neige avant la fin de la journée.

— Qui ça, « ils » ?

Hester fit passer le combiné dans son autre main. Ses

cheveux étaient encore mouillés après la douche et elle avait à peine avalé une tasse de café.

— Les services météo.

— Eh bien, je vous remercie pour ce bulletin.

— Mitch ! Ne raccrochez pas !

Elle l'entendit pousser un long soupir.

— Quelles sont les autres nouvelles ?

— Les écoles sont fermées.

— Youpi !

Hester fut vraiment tentée de lui raccrocher au nez. Mais elle avait besoin de lui.

— Je répugne à vous le demander, mais je ne suis pas certaine de réussir à amener Radley chez Mme Cohen. Je prendrais bien ma journée, mais j'enchaîne les rendez-vous aujourd'hui. Je peux essayer de m'arranger pour partir plus tôt, mais...

— Envoyez-le chez moi.

Hester hésita une fraction de seconde.

— Vous êtes sûr ?

— Vous voulez que je dise non ?

— Je ne veux pas contrecarrer vos projets.

— Vous avez du café ?

— Oui, bien sûr...

— Apportez aussi une tasse.

Hester regarda le combiné après qu'il eut raccroché, et essaya de se souvenir de le remercier.

Radley ne pouvait pas être plus heureux. Il sortit Taz pour sa promenade du matin, lança des boules de neige que le chien, par principe, refusa d'aller chercher, et se roula dans l'épaisse couverture de neige jusqu'à ce qu'il en soit assez recouvert à son goût.

Comme les provisions de Mitch ne permettaient même pas de faire du chocolat chaud, Radley vida les placards de sa mère, puis passa le reste de la matinée à lire avec bonheur les bandes dessinées de Mitch et à dessiner.

Quant à Mitch, il trouva dans la compagnie du petit garçon un agrément et non une distraction. L'enfant était couché à plat ventre sur le sol de son bureau et, entre ses lectures et ses dessins, il s'inventait des histoires sur tout ce qui lui passait par la tête. Comme il s'adressait à la fois à Mitch et à Taz, il n'attendait pas vraiment de réponse, ce qui convenait à tout le monde.

Vers midi, la neige ne se résumait plus qu'à quelques rafales éparses. Les rêves de Radley d'une autre journée de congé s'envolèrent en fumée.

— Tu aimes les tacos ? lui demanda Mitch en quittant sa table à dessin.

— Oh oui !

Ravi, Radley s'écarta de la fenêtre.

— Tu sais les faire ?

— Non, mais je sais où les acheter. Prenez votre manteau, caporal, nous allons faire des courses.

Radley se débattait pour enfiler ses bottes lorsque Mitch apparut avec trois tubes en carton.

— Je dois passer au bureau pour déposer ceci.

Radley écarquilla les yeux de surprise.

— Tu veux dire que nous allons aller à l'endroit où l'on fabrique les bandes dessinées ?

— Oui, répondit Mitch en passant son manteau. Mais je peux y aller demain si cela t'ennuie.

— Non, pas du tout, répondit l'enfant en sautant sur ses pieds avant de prendre Mitch par la manche. Nous pouvons y aller aujourd'hui, dis ? Je promets de ne toucher à rien et de ne rien dire.

— Comment pourras-tu poser des questions si tu ne dis rien ? demanda Mitch en remontant le col du manteau de Radley. Prends Taz, d'accord ?

Trouver un chauffeur de taxi qui accepte les gros chiens comme passager était toujours une prouesse onéreuse. Une fois à bord du véhicule, Taz s'assit près de la fenêtre et regarda défiler les rues de New York d'un œil morose.

— Quel bazar, pas vrai ? commenta le chauffeur en

leur souriant dans le rétroviseur, heureux du pourboire que Mitch lui avait laissé d'avance. Je n'aime pas la neige, mais mes enfants adorent.

L'homme sifflota pour accompagner la musique qui passait à la radio.

— J'imagine que votre garçon ne se plaint pas de ne pas aller à l'école ? Les enfants aiment tous avoir une journée de libre. Ils sont même prêts à accompagner leur père au bureau plutôt qu'aller à l'école, hein, mon garçon ?

Le chauffeur gloussa en se garant près du trottoir. A cet endroit, la neige était déjà devenue grise.

— Vous voilà arrivés. Tu as un beau chien, mon petit.

L'homme rendit la monnaie à Mitch et continua de siffloter, tandis qu'ils sortaient du taxi. Un autre client s'engouffra aussitôt dans la voiture.

— Il a cru que tu étais mon père, murmura Radley en marchant à côté de Mitch sur le trottoir.

— Oui, répondit-il en avançant une main vers l'épaule du petit garçon.

Mais il retint son geste.

— Ça t'ennuie ?

L'enfant leva son visage vers lui, les yeux écarquillés, et pour la première fois Mitch le vit manifester quelques signes de timidité.

— Non. Et toi ?

Mitch s'agenouilla près de lui.

— Eh bien, si tu n'étais pas si laid, cela ne me dérangerait pas.

Radley lui sourit, puis glissa sa petite main dans celle de Mitch. Il rêvait parfois que Mitch était son père. Cela lui était déjà arrivé avec un instituteur de l'école maternelle, mais M. Stratham n'était pas aussi formidable que Mitch.

— C'est ici ? demanda Radley, étonné, tandis que Mitch avançait vers un grand immeuble en pierre brune délabré.

— Oui, c'est ici.

Radley s'efforça de cacher sa déception. Le bâtiment

lui paraissait si ordinaire... Il avait imaginé au moins que le drapeau de Perth ou de Ragamond flotterait à l'entrée.

Mitch, conscient du trouble de Radley, le conduisit à l'intérieur. Dans le hall, un gardien leur tendit la main tout en continuant de manger son sandwich au bœuf fumé. Mitch le salua en retour et entraîna l'enfant vers un ascenseur, avant de tirer sur la grille métallique pour ouvrir la porte.

— C'est assez sympa, décida Radley.

— C'est encore mieux quand ça fonctionne, répondit Mitch en poussant sur le bouton du quatrième étage, où se trouvait le service éditorial. Croisons les doigts.

— L'ascenseur s'est-il déjà crashé ? demanda Radley, visiblement partagé entre l'inquiétude et l'espoir.

— Non, mais il est connu pour ses grèves fréquentes.

La cabine vibra avant de s'arrêter au quatrième étage. Mitch ouvrit de nouveau la grille et mit une main sur la tête du petit garçon.

— Bienvenue dans cet asile de fous.

C'était tout à fait cela. Impressionné par ce qu'il découvrit au quatrième étage, Radley oublia vite la déception qu'il avait éprouvée devant la façade de l'immeuble. Ils entrèrent d'abord dans ce qui ressemblait à une réception. Du moins y avait-il une table et une rangée de téléphones derrière lesquels se tenait une femme noire qui affichait un air harassé et arborait un sweat-shirt à l'effigie de la princesse Leilah. Derrière elle, les murs étaient couverts de posters représentant les personnages les plus connus d'Universal Comics : l'Homme Scorpion, le Sabre de velours, le terrible Papillon-Noir, et bien sûr, le Commandant Zark.

— Comment ça va, Lou ? demanda Mitch.

— Ne m'en parle pas.

La femme appuya sur un bouton.

— Je te le demande, continua-t-elle. C'est ma faute si le traiteur ne lui a pas livré son corned-beef ?

— Si j'arrive à lui redonner le sourire, pourras-tu me donner quelques échantillons ?

— Universal Comics, une seconde je vous prie.

La réceptionniste appuya sur un autre bouton.

— Si tu le mets de bonne humeur, je te donne mon premier-né.

— Juste quelques échantillons, Lou. Mets ton casque, caporal. Il peut y avoir du grabuge.

Mitch fit passer Radley du petit hall à une grande salle vivement éclairée et grouillant d'activité. La pièce était découpée en plusieurs box très bruyants. L'ensemble était plutôt chaotique. Des dessins, des banderoles et quelques photographies couvraient les murs en liège. Dans un coin s'empilait une pyramide de canettes de soda vides sur lesquelles un employé s'amusait à lancer des boulettes de papier absorbant.

— Le Scorpion n'a jamais été très coopératif. Pourquoi se mettrait-il au service de la loi et de la justice ?

Une femme rousse, les cheveux hérissés de crayons, pivota sur une chaise à roulettes. Ses grands yeux étaient soulignés par des traits de crayon noir et du mascara.

— Soyons réalistes, continua-t-elle. Il ne peut pas sauver les réserves d'eau du monde tout seul. Il a besoin de quelqu'un comme Atlantis.

Un homme assis en face d'elle mangeait un énorme cornichon.

— Depuis qu'ils se sont affrontés au moment de l'Affaire triangulaire, ils se détestent.

— Justement, imbécile. Ils vont devoir mettre leurs sentiments personnels de côté pour le bien de l'humanité. C'est la morale de l'histoire.

La femme leva la tête et aperçut Mitch.

— Hé, le Dévastateur a empoisonné les réserves d'eau du monde. Le Scorpion a trouvé un antidote. Qui va le distribuer ?

— Je pense qu'il devrait faire la paix avec Atlantis, répliqua Mitch. Qu'en penses-tu, Radley ?

L'espace d'un instant, Rad resta interdit, le regard fixe. Puis il prit une profonde inspiration et se lança.

— Je pense qu'ils feraient une équipe formidable, car ils se sont toujours battus ensemble.

— Je suis d'accord avec toi, mon garçon, répondit la rousse en lui tendant la main. Je m'appelle M.J. Jones.

— Ça alors, vraiment ?

Radley était-il impressionné de rencontrer M.J. Jones ou de découvrir qu'il s'agissait d'une femme ? Mitch ne trouva pas nécessaire de souligner qu'elle faisait partie de l'aventure.

— Et ce rouspéteur là-bas, c'est Rob Myers, continua la femme. Tu as amené cet enfant pour qu'il te serve de bouclier, Mitch ? demanda-t-elle sans laisser à Rob le temps d'avaler son cornichon.

Mitch sourit. Ils étaient mariés depuis six ans et visiblement elle prenait un malin plaisir à le taquiner.

— Tu crois que j'ai besoin d'un bouclier ?

— Si tu n'amènes rien de fabuleux dans ces tubes, je te conseille de repartir discrètement.

Elle poussa de côté une pile de dessins préliminaires.

— Maloney vient de démissionner. Il est parti chez Five Star.

— Sans blague ?

— Skinner peste contre les traîtres depuis le début de la matinée. Et la neige ne fait rien pour arranger son humeur. Donc, si j'étais toi… Mince, trop tard.

Comme les rats désertant le navire, M.J. lui tourna le dos et entra en grande discussion avec son mari.

— Dempsey, cela fait deux heures que je vous attends.

Mitch décocha à son éditeur un sourire mielleux.

— Mon réveil n'a pas sonné. Je vous présente Radley Wallace, un ami. Rad, voici Rich Skinner.

Sidéré, Radley regarda l'homme fixement. Skinner ressemblait trait pour trait à Hank Wheeler, l'imposant et autoritaire chef de Joe David, alias la Mouche. Plus tard, Mitch devait lui apprendre que cette ressemblance n'était pas fortuite. D'un geste nerveux, Radley fit passer la laisse de Taz dans son autre main.

— Bonjour, monsieur Skinner. J'aime vraiment vos bandes dessinées. Elles sont bien meilleures que celles de Five Star. Je n'en ai presque jamais acheté, parce que leurs histoires ne sont pas aussi intéressantes que les vôtres.

— C'est bien, mon garçon, répondit Skinner en passant une main dans ses rares cheveux. Très bien, répéta-t-il avec plus de conviction. Ne dépense pas ton argent de poche en achetant des bandes dessinées Five Star, mon petit.

— Non, monsieur.

— Mitch, vous savez que vous n'êtes pas censé amener votre clébard ici.

— Vous savez à quel point Taz vous aime.

Au même moment, Taz leva la tête et poussa un hurlement.

Skinner commença à jurer, mais sembla se souvenir de la présence du petit garçon.

— Vous apportez quelque chose dans vos tubes ou bien vous êtes venu éclairer cette triste journée ?

— Pourquoi ne regardez-vous pas vous-même ?

Skinner s'empara des dessins en grommelant et tourna les talons. Mitch lui emboîta le pas, suivi de Radley qui mit sa petite main dans la sienne.

— Est-il vraiment fou ? s'enquit le petit garçon.

— Certainement.

— Va-t-il crier après toi comme Hank Wheeler crie après la Mouche ?

— Peut-être.

L'air impressionné, Radley enfouit sa main dans celle de Mitch.

— D'accord.

Avec un sourire amusé, Mitch amena Radley dans le bureau de Skinner, où les stores vénitiens avaient été baissés pour cacher la vue de la neige. Skinner déroula le contenu du premier tube sur un bureau déjà bien encombré. Il ne s'assit pas mais se pencha sur les feuilles, tandis que Taz s'affalait sur le linoléum pour entamer un petit somme.

— Pas mauvais, déclara Skinner après avoir étudié une

série de dessins et de légendes. Pas mal du tout. Ce nouveau personnage, Mirium, vous prévoyez de le développer ?

— J'aimerais bien. Je pense que le cœur de Zark est prêt à prendre une autre direction. Cela permet de créer plus de conflits émotionnels. Il aime sa femme, mais elle reste sa pire ennemie. Pourtant, il se heurte à cette empathie et est sans cesse déchiré à cause des sentiments qu'il a pour elle.

— Zark n'a jamais beaucoup de temps pour réfléchir.

— Pour moi, c'est le meilleur, intervint Radley avec enthousiasme.

Skinner étudia l'enfant avec attention, l'air soucieux.

— Tu ne penses pas qu'il se laisse un peu trop emporter par son sens de l'honneur et du devoir ?

— Non, pas du tout.

Radley ne savait pas s'il était soulagé ou déçu de ne pas entendre Skinner crier.

— On sait que Zark va toujours faire les bons choix, ajouta-t-il. Il n'a pas de superpouvoirs, mais il est vraiment intelligent.

Skinner hocha la tête comme s'il approuvait son opinion.

— Nous allons faire un essai avec votre Mirium et voir comment réagissent les lecteurs.

Puis il laissa les feuilles s'enrouler sur elles-mêmes.

— C'est la première fois que vous êtes aussi en avance sur les délais, Mitch.

— J'ai un assistant, maintenant, répondit-il en posant une main sur l'épaule de Radley.

— Bon travail, mon garçon. Pourquoi n'emmenez-vous pas votre assistant visiter les locaux ?

Radley aurait eu besoin de plusieurs semaines pour raconter l'heure qu'il passa dans les bureaux d'Universal Comics. Lorsqu'ils partirent, il emmena un sac plein de crayons estampillés Universal, un mug de Matilda la Folle que Mitch avait déterré d'un casier, une demi-douzaine de dessins rejetés et une pile de bandes dessinées fraîchement sorties de presse.

— C'est le plus beau jour de ma vie, déclara Radley en

sautillant sur le trottoir couvert de neige. Attends que je montre tout ça à maman. Elle ne va pas le croire.

Etrangement, Mitch pensait lui aussi à Hester. Il allongea le pas pour rattraper Radley.

— Pourquoi n'allons-nous pas lui rendre une petite visite ?

— D'accord, répondit Radley en glissant de nouveau sa main dans celle de Mitch. Mais les banques ne sont pas aussi excitantes que l'endroit où tu travailles. Personne ne peut écouter la radio et crier, mais elles possèdent une pièce où l'on garde beaucoup d'argent — des millions de dollars — et il y a des caméras partout, qui permettent de voir les gens qui essaieraient de les voler. Ma mère n'a jamais été dans une banque qui a été attaquée.

Radley avait formulé cette dernière information comme s'il s'en excusait et Mitch éclata de rire.

— Nous ne pouvons pas tous avoir de la chance, répondit-il en se massant le ventre.

Il n'avait rien avalé depuis au moins deux heures.

— Allons d'abord chercher des tacos, proposa-t-il.

A l'abri entre les murs élégants et feutrés de la National Trust, Hester traitait une pile de dossiers. Elle aimait cette partie de son travail, sa monotonie organisée. Elle aimait trier les données et les chiffres et les traduire en biens immobiliers, en équipement pour les entreprises, en décors de théâtre ou en bourses d'études. Rien ne lui procurait plus de plaisir que d'apposer son tampon sur un dossier de prêt.

Au fil du temps, elle avait dû apprendre à ne pas se laisser attendrir. Parfois, indépendamment du sérieux du demandeur, les données et les chiffres la poussaient au refus. Une partie de son travail consistait alors à dicter des courriers polis et impersonnels dans ce sens. Hester s'efforçait de ne pas le prendre trop à cœur, et elle acceptait cette responsabilité au même titre que les appels furieux du demandeur lorsqu'il prenait connaissance de sa lettre.

A cet instant précis, elle faisait une pause déjeuner avec un muffin et un café. Elle voulait boucler une demande de prêt qui devait passer en commission le lendemain. Un autre rendez-vous l'attendait dans quinze minutes. Si elle n'était pas interrompue, sa journée serait alors terminée. Elle n'accueillit donc pas avec joie l'appel de son assistante.

— Oui, Kay.

— Il y a un jeune homme qui souhaite vous voir, madame Wallace.

— Il a rendez-vous dans quinze minutes. Faites-le attendre.

— Non, il ne s'agit pas de M. Greenburg. Je ne crois pas que ce visiteur soit venu pour un prêt. Tu es venu pour un prêt, mon chéri ?

En entendant le petit rire familier, Hester se dirigea en trombe vers la porte.

— Rad ? Tout va bien… Oh !

Il n'était pas venu seul, bien sûr. Imaginer que son fils ait pu venir de son propre chef avait été stupide de sa part. Radley était accompagné de Mitch, flanqué de son énorme chien au regard doux.

— Nous sommes allés manger des tacos, déclara fièrement le petit garçon.

Hester remarqua la légère trace de sauce qui maculait le menton de son fils.

— Je vois ça.

Elle se pencha pour l'embrasser, puis leva les yeux vers Mitch.

— Tout va bien ? demanda-t-elle.

— Oui. Je devais faire une petite course, puis nous avons décidé de venir vous rendre une courte visite.

Mitch la détaillait attentivement. Son bleu était camouflé derrière une épaisse couche de maquillage qui laissait transparaître une légère teinte jaune et mauve.

— On dirait que votre œil va mieux, remarqua-t-il.

— La crise est passée.

— C'est votre bureau ?

Sans y avoir été invité, il s'avança d'un pas nonchalant et passa la tête par l'ouverture de la porte.

— Mon Dieu, que c'est déprimant. Peut-être pourrez-vous convaincre Radley de vous offrir l'un de ses posters ?

— Tu peux en avoir un si tu veux, approuva aussitôt son fils. J'en ai eu un sac entier lorsque Mitch m'a emmené dans les bureaux d'Universal Comics. Tu aurais dû voir ça, maman ! J'ai rencontré M.J. Jones et Rich Skinner, et j'ai vu une pièce où ils rangent des milliards de bandes dessinées. Regarde ce qu'ils m'ont donné.

Il souleva son sac.

— Et tout ça gratuitement.

Hester se sentit d'abord gênée. Sa dette envers Mitch semblait croître de jour en jour. Puis elle croisa le visage lumineux et enthousiaste de Radley.

— On dirait que tu as passé une bonne matinée.

— La meilleure de ma vie.

— Alerte rouge, murmura Kay. Rosen à 3 heures.

Mitch n'eut pas besoin de plus d'informations pour comprendre que Rosen était une force que l'on ne pouvait pas sous-estimer. Il vit le visage d'Hester se crisper aussitôt tandis qu'elle lissait ses cheveux pour s'assurer que tout était en place.

— Bonjour, madame Wallace.

Rosen examina avec attention le chien qui reniflait le bout de sa chaussure.

— Vous avez peut-être oublié que les animaux ne sont pas autorisés dans notre banque.

— Non, monsieur. Mon fils était juste…

— Votre fils ?

Rosen hocha brièvement la tête en direction de Radley.

— Comment allez-vous, jeune homme ? Madame Wallace, je suis certain que vous vous souvenez que la politique de notre banque ne tolère pas les visites personnelles pendant vos heures de travail.

— Madame Wallace, intervint son assistante, puis-je déposer sur votre bureau ces documents qui n'attendent plus que votre signature ? Dès que votre pause déjeuner sera terminée, évidemment.

Kay brassa quelques formulaires d'un air sérieux, puis fit un clin d'œil à Radley.

— Merci, Kay, répondit Hester, reconnaissante.

Rosen prit un air outré. De toute évidence, il n'en avait pas fini avec elle. S'il ne pouvait la reprendre au sujet de la pause déjeuner, il ne manquerait sans doute pas de souligner les autres infractions au règlement.

— Concernant cet animal...

Comme alarmé par le ton de Rosen, Taz poussa sa truffe contre le genou de Radley et grogna.

— Il est à moi, annonça Mitch en avançant dans la pièce, un sourire charmeur aux lèvres et la main tendue.

Avec un sourire comme celui-ci, Mitch aurait pu vendre à n'importe qui des marécages en Floride.

— Mitchel Dempsey Junior. Hester et moi sommes de bons amis, de très bons amis. Elle ne tarit pas d'éloges sur vous et votre banque.

Mitch serra vigoureusement et diplomatiquement la main de Rosen, sous l'œil sidéré d'Hester.

— Ma famille possède plusieurs avoirs à New York, continua-t-il. Hester m'a demandé si je pouvais user de mon influence pour les transférer à la National Trust. Vous connaissez certainement quelques-unes des entreprises qui appartiennent à ma famille : Trioptic, D & H Chemicals, Dempsey Paperworks ?

— Bien entendu, bien entendu.

La poignée de main hésitante de Rosen s'affirma.

— C'est un plaisir de faire votre connaissance, un vrai plaisir, déclara le directeur.

— Hester m'a demandé de passer dans vos bureaux me rendre compte par moi-même de l'efficacité de votre banque, précisa Mitch.

Il avait définitivement acquis la sympathie du banquier. Mitch pouvait presque voir l'appât du gain éclairer son regard.

— Je suis impressionné, continua-t-il. Evidemment, j'aurais pu croire Hester sur parole.

Il pressa légèrement les épaules raides de la jeune femme.

— C'est un as en matière de finances. Croyez-moi, mon père pourrait vous la débaucher dans la minute. Vous avez beaucoup de chance de l'avoir.

— Mme Wallace est l'une de nos meilleures employées.

— Je suis heureux de vous l'entendre dire. Il faudrait que je puisse parler des avantages de votre banque à mon père.

— Je serais heureux de vous faire visiter moi-même nos locaux. Je suis certain que les bureaux de la direction vous intéresseront davantage.

— J'en serais ravi, mais je suis un peu pressé par le temps.

Même s'il avait eu toute la journée devant lui, Mitch n'aurait pas consacré une minute de plus à visiter les bureaux oppressants d'une banque.

— Pourquoi ne me préparez-vous pas un dossier que je pourrais présenter lors de notre prochain conseil d'administration ?

— Avec plaisir, répondit Rosen, le visage fendu d'un large sourire.

Gagner un client avec des avoirs aussi importants et diversifiés que ceux des Dempsey serait une véritable aubaine pour le pompeux directeur de banque.

— Faites-le passer à Hester, proposa Mitch d'une voix enjouée. Cela ne vous dérange pas de servir de messager, n'est-ce pas, ma chérie ?

— Non, balbutia-t-elle.

— Parfait ! s'écria Rosen, l'air tout excité. Je suis certain que vous découvrirez très vite que nous sommes capables de satisfaire tous les besoins de votre famille. Nous sommes la banque avec qui vous pourrez vous développer, c'est certain.

Le banquier tapota la tête de Taz.

— Gentil chien, dit-il avant de s'éloigner d'un pas plus léger.

— Quel snobinard ! lança Mitch. Comment faites-vous pour le supporter ?

— Voulez-vous entrer dans mon bureau quelques instants ? proposa Hester d'une voix aussi tendue que le reste de son corps.

Radley, qui connaissait ce ton, roula de grands yeux vers Mitch.

— Kay, si M. Greensburg arrive, faites-le patienter, s'il vous plaît, ajouta-t-elle.

— Oui, madame.

Hester fit entrer Mitch dans son bureau et s'adossa contre la porte. Elle était partagée entre l'envie de rire, de se jeter au cou de Mitch et de pousser des hurlements de joie pour la façon dont il avait parlé à Rosen. Mais une autre partie d'elle-même, celle qui avait besoin d'un travail, d'un salaire régulier et de ses avantages sociaux, l'empêcha de le faire.

— Comment avez-vous pu faire une chose pareille ?

— Quoi donc ? demanda Mitch en balayant le bureau du regard. Cette moquette marron doit absolument être remplacée. Et cette peinture ! C'est quoi, cette couleur ?

— Beurk, s'aventura Radley en s'asseyant dans un fauteuil, la tête de Taz sur les genoux.

— Oui, je suis d'accord avec toi, approuva Mitch. Vous savez, votre lieu de travail a une grande influence sur votre travail. Vous pouvez le dire à Rosen.

— Lorsqu'il saura ce que vous avez fait, je ne pourrai plus rien dire à Rosen. Je serai renvoyée.

— Ne soyez pas stupide. Je ne lui ai jamais promis que ma famille transférerait ses biens à la National Trust. Mais, si son dossier est suffisamment intéressant, elle pourrait le faire.

Mitch haussa les épaules pour manifester son indifférence.

— Si cela peut vous rendre service, je peux transférer mes comptes personnels chez vous. En ce qui me concerne, une banque reste une banque.

— Bon sang ! s'écria Hester.

Cela lui arrivait rarement de jurer à voix haute et avec

autant de conviction. Surpris, Radley se concentra encore plus sur la fourrure de Taz et se fit tout petit.

— Grâce à vous, Rosen a des vues sur tous les biens de ce groupe. Il sera furieux après moi lorsqu'il découvrira que vous avez tout inventé.

Mitch posa une main sur une pile de documents proprement rangés.

— Vous êtes obsédée par l'ordre, vous savez ? Et je n'ai rien inventé du tout. J'aurais pu le faire, ajouta-t-il pensivement. J'ai un don pour ça, mais dans le cas présent je n'en voyais pas l'utilité.

— Voulez-vous arrêter ?

Elle s'avança vers lui et lui fit ôter les mains de ses dossiers.

— Tout ce baratin à propos de Trioptic et de D & H Chemicals ! soupira-t-elle avant de s'asseoir lourdement sur le bord du bureau. Je sais que vous avez fait tout cela pour m'aider, et j'apprécie votre geste, mais…

— Vous appréciez vraiment ? demanda-t-il en suivant du bout du doigt le revers de sa veste de tailleur.

— Vos intentions sont louables, je suppose, murmura-t-elle.

— Parfois.

Il s'approcha d'elle.

— Vous sentez trop bon pour ce bureau, ajouta-t-il.

— Mitch.

Hester posa une main sur son torse en lançant un regard anxieux vers Radley. L'enfant avait posé un bras autour de Taz et s'était déjà plongé dans la lecture d'une bande dessinée.

— Pensez-vous vraiment que l'expérience serait traumatisante si votre fils me voyait vous embrasser ?

— Non.

Mitch esquissa un léger mouvement et elle le repoussa plus fort.

— Mais là n'est pas le propos.

— Quel est-il, alors ?

Il ôta la main de sa veste pour caresser sa boucle d'oreille en or.

— Il va falloir que j'aille trouver Rosen pour lui expliquer que…

Elle ne trouvait plus ses mots.

— Que vous fantasmez, conclut-elle.

— Cela m'arrive en effet souvent, répondit-il en faisant glisser un pouce le long de sa joue. Mais cela ne le regarde absolument pas. Vous voulez que je vous raconte celui où je nous imagine, vous et moi, sur un radeau, perdus au milieu de l'océan Indien ?

— Non.

Cette fois, elle ne put s'empêcher de rire, même si la chaleur qui venait de l'envahir n'avait rien à voir avec son hilarité. Piquée par la curiosité, elle leva les yeux vers lui, puis les détourna.

— Pourquoi ne rentrez-vous pas à la maison avec Rad ? J'ai encore un rendez-vous. Ensuite, j'irai tout expliquer à M. Rosen.

— Vous n'êtes plus fâchée ?

Hester secoua la tête et réprima le besoin de caresser le visage de Mitch.

— Vous avez simplement essayé de m'aider. C'était très gentil de votre part.

Mitch devinait qu'elle aurait réagi de la même manière si son fils avait cassé une assiette en essayant de faire la vaisselle. Comme pour la tester, il réduisit la distance qui les séparait et pressa fermement ses lèvres contre les siennes. Il ressentit la moindre de ses réactions — le choc, la tension, puis le désir. Lorsqu'il s'écarta, il vit un éclair ardent traverser brièvement, mais intensément, ses grands yeux gris.

— Viens, Rad, ta mère doit retourner travailler. Si nous ne sommes pas chez moi à votre retour, c'est que nous sommes au parc.

— Parfait.

Inconsciemment, elle pressa les lèvres pour préserver la chaleur de leur baiser.

— Merci.

— A votre service.

— Au revoir, Rad. Je rentre bientôt à la maison.

— D'accord !

Radley passa les bras autour du cou de sa mère.

— Tu n'es plus fâchée contre Mitch, alors ?

— Non, répondit-elle d'une voix tendre. Je ne suis fâchée contre personne.

Hester leur sourit, puis se raidit de nouveau. Mitch aperçut alors la lueur d'inquiétude qui teintait son regard. La main sur la poignée, il s'arrêta à hauteur de la porte.

— Vous allez vraiment aller trouver Rosen pour lui dire que j'ai tout inventé ?

— Il le faut.

Comme elle se sentait coupable de l'avoir attaqué, elle lui lança un sourire qui se voulait rassurant.

— Ne vous inquiétez pas. Je sais comment le prendre.

— Et si je vous disais que je n'ai rien inventé, que ma famille a vraiment créé Trioptic il y a de cela quarante-sept ans ?

Hester lui lança un regard dubitatif.

— Je vous dirais de ne pas oublier vos gants. Il fait plutôt froid dehors.

— D'accord, mais, avant de vendre votre âme à Rosen, je vous conseille de consulter d'abord le Who's Who.

Les mains dans les poches, Hester s'avança vers la porte du bureau. Elle aperçut alors Radley mettre sa main gantée dans celle de Mitch.

— Votre fils est adorable, dit Kay en tendant à Hester un dossier.

La petite altercation avec Rosen avait complètement changé son opinion à propos de la très réservée Mme Wallace.

— Merci.

Lorsque Hester lui renvoya son sourire, l'avis de Kay fut conforté.

— J'ai apprécié que vous me couvriez de cette façon, ajouta-t-elle.

— Je n'ai pas fait grand-chose. Et je ne vois pas quel mal il y a à ce que votre fils vienne vous rendre visite une petite minute.

— C'est la politique de la banque, murmura Hester.

— Dites plutôt la politique de Rosen, grogna Kay. Sous son apparence bourrue, il cache aussi un caractère bourru. Mais ne vous inquiétez pas à son sujet. Je sais de source sûre qu'il considère votre travail comme étant de loin supérieur à celui que faisait votre prédécesseur. Le concernant, c'est le principal.

Kay hésita quelques secondes, tandis qu'Hester hochait la tête en parcourant le dossier.

— C'est dur d'élever seule un enfant, continua-t-elle. Ma sœur a une petite fille d'à peine cinq ans. Et je sais que certains soirs Annie en a assez de porter toutes les casquettes.

— Oui, je sais ce que c'est.

— Mes parents voudraient qu'elle revienne vivre chez eux afin que ma mère puisse garder Sarah lorsque Annie travaille, mais ma sœur ne sait pas si c'est vraiment le bon choix.

— Parfois, c'est difficile de savoir s'il faut accepter de l'aide, murmura Hester en songeant à Mitch. Et, parfois, nous oublions d'être reconnaissants envers ceux qui sont là pour nous.

Elle coinça le dossier sous son bras et chassa ces pensées de son esprit.

— M. Greenburg est-il arrivé ? demanda-t-elle.

— A l'instant.

— Parfait. Faites-le entrer dans mon bureau, Kay.

Puis elle s'interrompit.

— Oh ! J'oubliais. Pouvez-vous me trouver un exemplaire du Who's Who, s'il vous plaît ?

6

Mitch était richissime.

En entrant dans son appartement, Hester n'en revenait toujours pas. Le voisin du dessous qui s'était présenté à elle pieds nus, vêtu d'un jean troué, était l'héritier de l'une des plus grandes fortunes de ce pays.

Elle ôta son manteau et le suspendit machinalement dans la penderie. Ainsi, l'homme qui passait ses journées à écrire les aventures du commandant Zark venait d'une famille propriétaire de poneys de polo et de pavillons d'été. Et, malgré cela, il vivait au quatrième étage d'un banal immeuble de Manhattan.

De surcroît, Mitch était attiré par elle. Il fallait qu'elle soit aveugle et sourde pour ne pas en être persuadée. Mais elle avait beau le fréquenter depuis des semaines, jamais il ne lui avait parlé de sa famille ou de sa position sociale pour l'impressionner.

Qui était-il vraiment ? Elle qui croyait commencer à le cerner, elle avait l'impression d'avoir affaire à un étranger.

Il fallait qu'elle l'appelle pour le prévenir qu'elle était rentrée, et demander à Radley de monter. Extrêmement gênée, Hester décrocha le combiné. Dire qu'elle l'avait sermonné pour avoir raconté des histoires à M. Rosen avant de lui pardonner dans un élan de générosité teintée de condescendance. Elle avait donc fait ce qu'elle détestait le plus. Elle était passée pour une imbécile.

Poussant un juron, elle décrocha le téléphone avec rage. Elle se serait sentie beaucoup mieux si elle avait pu s'en servir pour frapper Mitchell Dempsey Junior.

Elle venait de composer la moitié de son numéro lorsque les hurlements de rire de Radley et un bruit de pas précipités dans le hall attirèrent son attention. Elle ouvrit la porte juste au moment où Radley tirait les clés de sa poche.

Ils étaient tous les deux couverts de neige. Quelques flocons commençaient à fondre et dégoulinaient du bonnet et des bottes de Radley. Les deux garçons avaient indéniablement l'air de s'être roulés dans la neige.

— Salut, maman. Nous étions au parc. Nous sommes passés chez Mitch pour prendre mon sac, puis nous sommes montés en pensant que tu étais rentrée. Viens dehors avec nous.

— Mais je ne suis pas habillée pour une bataille de boules de neige !

Hester sourit en ôtant le bonnet incrusté de neige de son fils. Mais elle évitait soigneusement son regard, remarqua Mitch.

— Dans ce cas, changez-vous, proposa-t-il, nonchalamment appuyé contre le chambranle de la porte, indifférent à la neige qui tombait à ses pieds.

— J'ai construit un fort, insista Radley. S'il te plaît, viens le voir. J'ai même commencé à faire un guerrier avec de la neige, mais Mitch a préféré revenir pour ne pas que tu t'inquiètes.

Tant de considération contraignit Hester à lever les yeux vers lui.

— J'apprécie votre geste, dit-elle.

Mitch la regardait avec beaucoup trop d'insistance à son goût.

— Rad m'a dit que vous saviez très bien confectionner les guerriers avec de la neige.

— S'il te plaît, maman, implora son fils. Si le temps se réchauffe, demain, toute la neige aura fondu. C'est à cause de l'effet de serre. J'ai lu un article complet sur le sujet.

Hester comprit qu'elle était piégée.

— Très bien, je vais me changer. Pourquoi ne sers-tu pas à Mitch une tasse de chocolat chaud pour vous réchauffer ?

— J'y vais !

Radley s'assit par terre devant la porte.

— Tu dois enlever tes bottes, conseilla-t-il à Mitch. Ma mère risque de se fâcher si tu salis la moquette.

Mitch commença à déboutonner son manteau. Hester s'était déjà éloignée.

— Inutile qu'elle se mette en colère, approuva-t-il.

Quinze minutes plus tard, Hester avait enfilé un pantalon en velours, un pull chaud et de vieilles bottes. Elle avait troqué son manteau rouge contre une parka bleue qui présentait quelques signes d'usure. Une main agrippée à la laisse de Taz et l'autre dans la poche, Mitch traversait le parc en se demandant pourquoi il éprouvait un tel plaisir à voir Hester en tenue décontractée, la main de son fils étroitement serrée dans la sienne. Il ne savait pas très bien pourquoi il désirait passer ce moment avec elle, mais c'était lui qui avait soufflé cette idée à Radley, et lui avait suggéré d'aller convaincre sa mère de sortir.

Mitch aimait l'hiver. Tout en marchant dans la neige douce et épaisse qui couvrait Central Park, il prit une profonde goulée d'air frais. La neige et l'air piquant l'avaient toujours attiré, surtout lorsque les arbres étaient parés de blanc et qu'il y avait des châteaux de neige à construire.

Lorsqu'il était enfant, sa famille passait souvent l'été dans les Caraïbes, loin de ce que sa mère appelait « le désordre et les désagréments » de la ville. Mitch s'était pris d'affection pour la plongée et le sable blanc mais, pour lui, un palmier ne remplacerait jamais un sapin à Noël.

Il avait passé ses plus beaux hivers chez son oncle dans le New Hampshire, à marcher dans les bois et à dévaler les pentes sur une luge. Etrangement, avant que les Wallace emménagent, il prévoyait de retourner y passer quelques semaines. Mais sa rencontre avec Hester et son fils avait ajourné ses projets.

La jeune femme, qui marchait à côté de lui, paraissait gênée, contrariée et mal à l'aise. Mitch étudia discrètement son profil. Ses joues étaient déjà roses sous l'effet du froid et elle veillait à ce que Radley marche entre eux. Se rendait-elle compte à quel point sa stratégie était flagrante ? Hester ne se servait pas de son enfant pour satisfaire ses ambitions ou atteindre ses objectifs, comme le faisaient d'autres parents. Il la respectait trop pour penser cela d'elle. Mais en plaçant Radley entre eux elle le tenait à distance, et Mitch n'était plus que l'ami de son fils.

C'était d'ailleurs le cas, songea-t-il en souriant. Mais il n'avait pas l'intention de se contenter de ce rôle.

— Voici le fort, tu le vois ? demanda Radley en tirant sur la main de sa mère.

Puis il partit en courant, trop impatient pour attendre plus longtemps.

— Impressionnant, non ? commenta Mitch.

Avant qu'elle puisse l'en empêcher, son séduisant voisin avait nonchalamment passé un bras autour de ses épaules.

— Il est vraiment très doué, ajouta-t-il.

Tout en observant l'œuvre de son fils, Hester tâcha d'ignorer la chaleur et la pression de son bras. Les murs du fort mesuraient presque un mètre de hauteur. Ils étaient lisses comme de la pierre, avec à leur extrémité une forme plus haute qui ressemblait à une tour. Les deux garçons avaient creusé une porte voûtée assez haute pour que Radley puisse s'y faufiler. Lorsqu'elle eut atteint le fort, Hester vit son fils se glisser sous l'arche à quatre pattes avant de ressortir de l'autre côté, les bras en l'air.

— Il est magnifique, Rad, le félicita-t-elle. J'imagine que vous y êtes pour beaucoup, dit-elle discrètement à Mitch.

— J'y ai un peu contribué.

Puis il sourit, comme s'il se riait de lui-même.

— Rad est un bien meilleur architecte que moi, précisa-t-il.

— Je vais finir mon guerrier, déclara Rad en rampant de nouveau par l'ouverture. Fais-en un de l'autre côté du fort, maman. Ce seront nos sentinelles.

Rad commença à rassembler de la neige autour du personnage à moitié formé.

— Tu peux aider ma mère, Mitch. J'ai une bonne longueur d'avance.

— Il n'a pas tort, déclara Mitch en saisissant une poignée de neige. Vous avez quelque chose contre le travail en équipe ? demanda-t-il à Hester.

— Non, bien sûr que non, répondit-elle en évitant son regard.

Puis elle s'agenouilla dans la neige. Mitch lui lança dans la tête la boule qu'il venait de former.

— C'était le meilleur moyen de vous obliger à me regarder, expliqua-t-il, amusé.

Visiblement furieuse, elle entreprit de former un petit monticule.

— Il y a un problème, madame Wallace ?

Quelques secondes passèrent pendant qu'elle s'affairait en silence.

— J'ai consulté le Who's Who, finit-elle par dire.

— Et ? demanda Mitch en s'agenouillant près d'elle.

— Vous disiez la vérité.

— Cela m'arrive de temps en temps.

Il déposa de la neige sur son monticule.

— Et alors ? ajouta-t-il, intrigué.

Hester tapa la neige pour lui donner une forme, l'air soucieux.

— Je me sens ridicule.

— Je vous ai dit la vérité et vous vous sentez ridicule ?

D'un geste patient, Mitch lissa la base du monticule.

— Quel est le rapport ? ajouta-t-il.

— Vous m'avez laissée vous faire la morale.

— C'est difficile de vous arrêter une fois que vous êtes lancée.

Hester creusa la neige des deux mains pour former les jambes du guerrier.

— Vous m'avez laissé croire que vous étiez un pauvre

bon samaritain un peu excentrique. J'étais même prête à vous proposer de recoudre votre jean.

— Sans blague.

Incroyablement ému, Mitch saisit son menton entre ses doigts gantés couverts de neige.

— C'est très gentil de votre part.

Hester n'était pas prête à le laisser user de son charme.

— En réalité, reprit-elle, vous êtes un bon samaritain excentrique, mais riche.

Puis elle écarta la main de Mitch et commença à rassembler de la neige pour former le torse du guerrier.

— Dois-je comprendre que vous n'allez pas recoudre mon jean ?

Hester poussa un long soupir patient. Un nuage de vapeur blanche s'échappa de sa bouche.

— Je ne veux plus en parler.

— Mais si.

Mitch rassembla plus de neige et réussit à enterrer les bras d'Hester jusqu'aux coudes.

— L'argent ne devrait pas vous gêner, Hester. Vous êtes banquière.

— L'argent ne me gêne pas.

Elle tira un coup sec pour se dégager et lança au passage deux gros tas de neige au visage de Mitch. Elle lui tourna le dos pour s'empêcher de rire.

— J'aurais préféré que la situation soit plus claire, c'est tout, conclut-elle.

Mitch essuya la neige sur sa joue, puis en recueillit de nouveau entre ses mains. Il avait une certaine expérience de ce qu'il considérait comme la boule de neige suprême.

— Et quelle est la situation, madame Wallace ?

— J'aimerais que vous arrêtiez de m'appeler ainsi en usant de ce ton.

Hester se retourna, juste à temps pour recevoir le projectile entre les deux yeux.

— Désolé, dit Mitch en souriant avant d'épousseter le

manteau d'Hester. Elle m'a échappé des mains. A propos de cette situation...

— Il n'y a pas de situation.

Sans réfléchir, elle le poussa assez fort pour l'étendre dans la neige.

— Excusez-moi ! s'écria-t-elle, prise d'un fou rire. Je ne voulais pas faire ça. Je ne sais pas pourquoi je réagis comme ça avec vous.

Mitch s'assit tout en continuant de la regarder fixement.

— Je suis navrée, répéta-t-elle. Je pense qu'il vaudrait mieux laisser de côté ce sujet. Maintenant, si je vous aide à vous lever, me promettez-vous de ne pas chercher à vous venger ?

— Bien sûr, répondit Mitch en lui tendant une main gantée.

Dès l'instant où ses doigts se refermèrent sur les siens, Mitch la tira d'un coup sec vers lui. Hester tomba au sol, face à terre.

— Au fait, je ne dis pas toujours la vérité, précisa-t-il.

Sans lui laisser le temps de répondre, il l'enlaça et roula avec elle dans la neige.

— Hé ! Vous êtes censés faire une autre sentinelle, s'indigna Radley.

— Une minute, répondit Mitch tandis qu'Hester tentait de reprendre son souffle. J'apprends à ta mère un nouveau jeu. Vous l'aimez ? demanda-t-il en la faisant de nouveau rouler sous lui.

— Levez-vous. J'ai de la neige sous mon pull, sous mon pantalon...

— Inutile d'essayer de me séduire ici. J'ai plus de résistance que vous ne le croyez.

— Vous êtes fou, lâcha-t-elle en essayant de s'asseoir.

Mitch la maintint fermement sous son corps.

— Peut-être, concéda-t-il.

Lorsque Mitch lécha langoureusement une traînée de neige sur sa joue, Hester se figea.

— Mais je ne suis pas stupide, conclut-il.

La voix de Mitch avait changé. Ce n'était plus le ton paisible et détaché de son voisin, mais les inflexions rauques et feutrées d'un amant.

— Vous ressentez quelque chose pour moi, ajouta-t-il. Peut-être que cela vous déplaît, mais vous avez des sentiments pour moi.

Ce n'était pas cette promenade inattendue qui empêchait Hester de respirer. C'était les yeux de Mitch, si bleus sous les rayons du soleil couchant. Ses cheveux couverts d'une fine pellicule de neige brillaient doucement. Et son visage était si près du sien, si attirant. Oui, elle avait bien des sentiments pour lui, elle en avait eu dès la première fois qu'elle l'avait vu. Mais elle non plus n'était pas stupide.

— Si vous me lâchez, je vous montrerai ce que je ressens.

— Pourquoi ai-je le sentiment que cela ne va pas me plaire ? Peu importe.

Avant qu'elle puisse lui répondre, il effleura ses lèvres.

— Hester, voici quelle est la situation. Vos sentiments pour moi n'ont rien à voir avec mon argent, pour la simple raison qu'avant aujourd'hui vous ne saviez pas que j'en avais. Certains de ces sentiments n'ont rien à voir avec le fait que j'aime beaucoup votre fils. C'est quelque chose de très personnel, entre vous et moi.

Mitch avait raison, complètement raison. Elle aurait pu le tuer pour ça.

— Ce n'est pas à vous de me dire ce que je ressens.

— Très bien.

Sur ces mots, et à sa grande surprise, il se leva et l'aida à se mettre sur pied. Puis il la prit de nouveau dans ses bras.

— C'est moi qui vais vous parler de mes sentiments, dans ce cas. Je vous apprécie, plus que ce que j'espérais.

Malgré ses joues rosies par le froid, Hester blêmit. Mitch lut bien plus que du désespoir dans son regard tandis qu'elle essayait de se dégager de son étreinte.

— Ne me dites pas ça.

— Et pourquoi pas ? demanda-t-il d'une voix impatiente. Vous allez devoir vous y faire. Tout comme moi.

— Je n'ai pas envie de tout ça. Je ne veux pas ressentir tout ça.

Mitch la contraignit à lever les yeux vers lui et la regarda d'un air grave.

— Il faut qu'on en parle.

— Non, il n'y a rien à dire. Tout cela nous échappe.

— Non, pas encore.

Sans la quitter des yeux, il enfouit les doigts dans ses cheveux.

— Je suis certain que ça sera bientôt le cas, mais nous n'en sommes pas encore là. Vous êtes trop intelligente et trop forte pour ça.

Dans quelques instants, elle serait capable de reprendre son souffle, songea Hester. Dès qu'elle se serait éloignée de lui.

— Je n'ai pas peur de vous.

Etrangement, elle disait vrai.

— Alors, embrassez-moi, murmura Mitch d'une voix douce et sensuelle. La nuit va bientôt tomber. Embrassez-moi, une seule fois, avant que le soleil se couche.

Sans comprendre comment ni pourquoi, elle accéda à sa demande. Elle se pencha vers lui, lui offrit ses lèvres et ferma les yeux sans remettre en question un acte aussi juste et naturel. Les questions viendraient plus tard, même si elle n'était pas certaine que les réponses coulent de source. Pour l'instant, ses lèvres effleuraient celles de Mitch. Des lèvres fraîches et patientes.

Autour d'elle, le monde était fait de glace et de neige, de châteaux forts et de pays enchantés. Mais la bouche de Mitch était bien réelle. Fermement pressée contre la sienne, elle réchauffait sa peau douce et sensible tout en faisant battre son cœur plus fort. Le bruit de la circulation lui parvenait au loin. Mais, plus près, le frottement de leurs manteaux lui parut plus intime.

Mitch se voulait tendre, convaincant. Juste une fois, il aurait aimé voir les lèvres d'Hester s'étirer en un sourire. Mais il savait que, parfois, même les hommes d'action devaient s'efforcer d'avancer pas à pas. Surtout lorsque la récompense était si élevée.

Même s'il n'était pas préparé à rencontrer une femme comme elle, ce qui se passait entre eux était plus facile à accepter pour lui que pour elle. Hester avait des secrets encore cachés, des blessures à peine cicatrisées. Et il n'avait pas le pouvoir de les effacer, il en était conscient. La manière dont elle avait vécu, les événements qui avaient marqué sa vie faisaient intrinsèquement partie d'elle. Elle, la femme dont il était à deux doigts de tomber amoureux.

Il allait donc avancer pas à pas, songea-t-il en la repoussant doucement. Et il attendrait.

— Nous avons donc éclairci plusieurs points, déclara-t-il, mais je persiste à croire qu'une discussion s'impose.

Il prit la main d'Hester pour la garder près de lui quelques instants.

— Très bientôt, dit-il enfin.

— Je ne sais pas.

Jamais elle ne s'était sentie aussi confuse, elle qui croyait avoir laissé ses sentiments et ses doutes loin derrière elle, il y avait très longtemps.

— J'irai chez vous ou vous viendrez chez moi, mais nous parlerons, insista-t-il.

Mitch l'avait poussée dans un lieu où, tôt ou tard, elle aurait été acculée.

— Pas ce soir, dit-elle en se méprisant pour sa lâcheté. Rad et moi avons beaucoup à faire.

— Ce n'est pas dans vos habitudes de tergiverser.

— Cette fois, si, murmura-t-elle avant de tourner les talons rapidement. Viens, Radley, nous devons rentrer.

— Regarde, maman, je viens juste de finir, c'est super, non ?

L'enfant recula pour leur montrer son guerrier.

— Vous avez à peine commencé le vôtre ! protesta-t-il.

— Nous le finirons peut-être demain, le rassura-t-elle. Puis elle s'avança vers lui et le prit fermement par la main.

— Nous devons rentrer préparer le dîner maintenant.

— Mais nous ne pouvons pas juste…
— Non, l'interrompit-elle, il fait presque nuit.
— Mitch peut venir avec nous ?
— Non, il ne peut pas.

Tout en s'éloignant, elle lança un regard par-dessus son épaule. L'homme n'était plus qu'une ombre debout à côté du fort de son fils.

— Pas ce soir, ajouta-t-elle.

Mitch posa la main sur la tête de son chien, qui émit un grognement avant de se mettre en route.

— Non, murmura-t-il à son tour. Pas ce soir.

Elle n'avait aucun moyen de l'éviter, songea Hester en descendant chez Mitch à la demande de son fils. C'était idiot d'essayer, il fallait bien qu'elle se rende à l'évidence. A première vue, n'importe qui aurait pensé que Mitch Dempsey était la solution à beaucoup de ses problèmes. L'homme aimait profondément Radley et offrait à son fils une compagnie et un lieu pratique et sûr en attendant qu'elle revienne du travail. Mitch avait des horaires souples, et il donnait beaucoup de son temps.

Mais, en réalité, il lui avait compliqué la vie. Malgré les efforts qu'elle faisait pour le voir comme l'ami de son fils ou comme un voisin un peu étrange, il lui faisait revivre des sensations qu'elle avait oubliées depuis presque dix ans. Le pouls qui s'accélère ou les brusques montées de chaleur étaient des réactions qu'elle imputait pourtant aux personnes très jeunes ou très optimistes. Lorsque le père de Radley était parti, elle avait cessé d'être tout ça.

Pendant toutes les années qui avaient suivi, Hester s'était consacrée à son fils. Elle avait tout fait pour lui offrir le meilleur des foyers, et pour que sa vie soit aussi normale et équilibrée que possible. Si la femme qui était en elle s'était égarée en cours de route, la mère de Radley y avait trouvé son compte. Mais aujourd'hui Mitch Dempsey était entré dans sa vie, et avec lui non seulement elle s'était surprise à ressentir des tas de choses, mais aussi à rêver.

Prenant une profonde inspiration, Hester frappa à la porte de Mitch. La porte de l'ami de Radley, corrigea-t-elle fermement. Si elle était là, c'était uniquement pour faire plaisir à son fils, qui brûlait de lui montrer quelque chose. Non, elle n'était pas venue voir Mitch ; elle n'était pas venue dans l'espoir qu'il caresse sa joue, comme il le faisait parfois. A cette seule pensée, elle se sentit rougir.

Croisant les mains, elle préféra se concentrer sur Radley. Elle allait voir ce qu'il semblait si désireux de lui montrer, puis elle remonterait se mettre à l'abri dans son appartement.

Mitch vint bientôt lui ouvrir. Il portait un sweat-shirt à l'effigie d'un superhéros concurrent et un pantalon de survêtement troué au genou. Une serviette-éponge était enroulée autour de ses épaules. Il s'en servit pour essuyer son visage où perlaient des gouttes de sueur.

— Vous n'êtes pas allé courir par ce temps ? demanda-t-elle sans réfléchir.

Mais elle regretta aussitôt cette question où pointait une certaine inquiétude.

— Non, répondit-il en prenant sa main pour la conduire à l'intérieur.

Hester sentait bon le printemps, pourtant très loin encore. Son tailleur bleu marine lui donnait un air très professionnel que Mitch trouva ridiculement sexy.

— Je fais de la musculation, expliqua-t-il.

Depuis sa rencontre avec Hester Wallace, il soulevait beaucoup plus de fonte que d'ordinaire. C'était une façon comme une autre d'éliminer les tensions et de canaliser son trop-plein d'énergie.

— Je vois.

Elle comprenait mieux à présent la force qui se dégageait de lui.

— Je ne savais pas que vous vous livriez à ce genre d'exercices, ajouta-t-elle, troublée malgré elle.

— Ça vous paraît terriblement macho ? demanda-t-il

en riant. Si je ne m'entraîne pas régulièrement, je deviens aussi maigre qu'un cure-dents. Ce n'est pas très beau à voir.

Hester semblait terriblement gênée. Mitch ne résista pas à la tentation de plier son avant-bras pour lui montrer ses muscles.

— Vous voulez sentir mes pectoraux ?

— Je m'en passerai bien, merci. M. Rosen m'a donné ce dossier pour vous.

Elle lui tendit une épaisse enveloppe.

— Vous vous souvenez, continua-t-elle, vous l'aviez demandé.

— C'est vrai, répondit-il en posant le paquet sur la table basse au sommet d'une pile de magazines. Dites à votre chef que je le ferai passer.

— Le ferez-vous vraiment ?

Surpris, il la dévisagea quelques instants.

— Je tiens toujours parole.

Hester n'en doutait pas. Elle se rappela aussi qu'il voulait lui parler, et très bientôt.

— Radley m'a dit qu'il avait quelque chose à me montrer.

— C'est dans le bureau. Vous voulez du café ?

L'invitation avait fusé avec tellement de naturel, de façon si aimable, qu'elle faillit l'accepter.

— Non, merci. Je ne peux pas rester. J'ai amené du travail à la maison.

— Dans ce cas, venez. Il faut que j'aille boire.

— Maman !

Elle était à peine entrée dans le bureau que Radley la tirait déjà par la main.

— Regarde ça, ajouta son fils, au comble de l'excitation. C'est le plus beau cadeau de ma vie.

Sans lâcher la main de sa mère, Radley l'amena vers une table à dessin miniature.

Ce n'était pas un jouet. Dès le premier regard, Hester comprit qu'il s'agissait d'un équipement de grande qualité, ramené à la taille d'un enfant. Le petit tabouret était certes usé, mais l'assise était en cuir. Radley avait déjà épinglé du papier millimétré sur la table à dessin et, à l'aide d'un compas et d'une règle, il avait commencé à tracer ce qui ressemblait à une série de plans.

— Elle appartenait à Mitch ? demanda-t-elle.

— Oui, mais il a dit que je pouvais m'en servir autant que je voudrais. Regarde, je dessine les plans d'une station spatiale. Ça, c'est la salle des machines. Et là, les quartiers. Il y a aura aussi une serre, comme celle que j'ai vue dans un film avec Mitch. Il m'a montré comment faire des dessins à l'échelle grâce à ces petits carrés.

— Je vois.

La fierté qui perçait dans la voix de son fils effaça toutes ses tensions tandis qu'elle se penchait sur le dessin pour mieux le regarder.

— Tu apprends vite, Rad. C'est merveilleux. Je me demande si la NASA ne va pas t'embaucher.

Son fils gloussa en cachant son visage dans ses mains, comme il le faisait souvent lorsqu'il était heureux ou gêné.

— Je pourrais peut-être devenir ingénieur.

— Tu peux devenir tout ce que tu veux, répondit-elle en déposant un baiser sur sa tempe. Si tu continues de dessiner comme ça, je vais avoir besoin d'un interprète pour déchiffrer tes dessins. Et regarde-moi tous ces outils.

Elle saisit une équerre.

— J'imagine que tu sais à quoi ça sert.

— Mitch m'a montré. Il s'en sert parfois quand il dessine.

— Vraiment ?

Elle observa l'objet sous plusieurs angles. Il lui paraissait si... professionnel.

— Les bandes dessinées requièrent elles aussi une certaine discipline, lança Mitch depuis le couloir.

Il tenait dans la main un grand verre de jus d'orange à moitié vide. Il lui apparut soudain si... viril, songea-t-elle en se redressant lentement.

Son T-shirt était mouillé par endroits et Mitch s'était contenté de passer ses mains dans les cheveux pour se coiffer. Il n'avait pas pris la peine non plus de se raser. A côté d'elle, son fils était déjà occupé à remanier ses plans.

Mitch avait beau être viril, dangereux et éprouvant pour ses nerfs, il était aussi l'homme le plus gentil qu'elle ait rencontré. Forte de ce constat, Hester s'avança vers lui.

— Je ne sais pas comment vous remercier.

— Radley l'a déjà fait.

Elle acquiesça, puis posa une main sur l'épaule de son fils.

— Tu finis ton dessin, Rad ? Mitch et moi allons parler dans le salon.

Comme elle s'y attendait, la pièce était dans un désordre sans nom. Taz flairait le sol à la recherche de quelques miettes de biscuits.

— Moi qui croyais connaître Rad de A à Z, commença-t-elle. Je ne pensais pas qu'une table à dessin représenterait autant pour lui. J'aurais même cru qu'il serait trop jeune pour l'apprécier.

— Je vous ai déjà dit qu'il était naturellement doué.

— Je sais, répondit-elle, gênée.

Si seulement elle avait accepté une tasse de café, elle aurait pu se donner une contenance.

— Rad m'a dit que vous lui donniez quelques cours de dessin. Vous avez fait pour lui plus que ce que j'espérais. Beaucoup plus que ce que vous devez.

Mitch lui lança un long regard pénétrant.

— Cela n'a rien à voir avec mes obligations. Pourquoi ne vous asseyez-vous pas ?

Hester croisa les mains.

— Je suis bien debout.

— Vous préférez aller vous promener ?

L'amabilité de son sourire l'incita à se détendre un peu plus.

— Plus tard peut-être. Je voulais juste vous dire à quel point je vous suis reconnaissante. Rad n'a jamais eu…

De père. L'horreur s'abattit sur elle au moment où elle faillit prononcer ces mots. Non, elle ne voulait pas dire ça, se rassura-t-elle.

— Il n'a jamais eu personne qui s'intéresse autant à lui, à part moi, se rattrapa-t-elle.

Elle poussa un soupir de soulagement. Voilà ce qu'elle voulait dire, bien sûr.

— La table à dessin est un cadeau très généreux, ajouta-t-elle. Rad m'a dit qu'elle vous appartenait ?

— Mon père me l'a fait fabriquer lorsque j'avais l'âge de Rad. Il espérait que j'arrêterais un jour de dessiner des monstres pour passer à quelque chose de plus productif.

Mitch s'était exprimé sans amertume, avec une pointe d'humour. Il avait visiblement cessé d'en vouloir à ses parents pour leur manque de compréhension depuis longtemps.

— Cet objet doit signifier beaucoup pour vous si vous l'avez gardé pendant tout ce temps. Je sais que Rad l'apprécie beaucoup, mais ne devriez-vous pas le garder pour vos propres enfants ?

Mitch but une gorgée de jus de fruit et balaya l'appartement du regard.

— Il me semble qu'il n'y en a aucun pour l'instant.

— Pourtant...

— Hester, je ne lui aurais pas fait ce cadeau si je ne l'avais pas voulu. Cette table prend la poussière dans ma cave depuis des années. Cela me fait plaisir de voir Rad l'utiliser.

Mitch vida son verre et le posa sur la table avant de se tourner vers elle.

— Ce cadeau est pour Rad. C'est sans rapport avec sa mère.

— Je le sais, je ne sous-entendais pas que...

— Non, pas exactement.

Il la regardait à présent d'un air sévère, avec cette intensité et ce calme qu'il affichait dans les moments les plus inattendus.

— Je ne pense pas que vous aviez cette idée à l'esprit, mais je crois qu'elle trottait quelque part dans votre tête.

— Je n'ai jamais songé un seul instant que vous utilisiez Radley pour m'atteindre, si c'est ce que vous insinuez.

— Parfait.

Il fit alors le geste qu'elle avait imaginé plus tôt : il caressa sa joue du bout du doigt.

— Parce que, en réalité, madame Wallace, même sans vous j'apprécie cet enfant. Comme je vous apprécie indépendamment de votre fils. Il se trouve simplement que vous êtes venus à moi ensemble.

— C'est exactement ça. Radley et moi ne formons qu'un. Ce qui l'affecte m'affecte aussi.

Mitch hocha la tête tandis qu'une pensée germait dans son esprit.

— Je viens d'avoir un flash. Ainsi, vous ne pensez pas que j'ai sympathisé avec Rad pour mettre sa mère dans mon lit ?

— Bien sûr que non, répondit-elle en reculant vivement, la tête tournée vers le bureau. Si j'avais de telles pensées, je veillerais à tenir Radley loin de vous.

— Mais...

Mitch posa les mains sur ses épaules et noua les doigts derrière sa nuque.

— Vous vous demandez si vos sentiments pour moi pourraient être un résidu de ceux que Radley a pour moi, ajouta-t-il.

— Je n'ai jamais dit que j'avais des sentiments pour vous.

— Mais si. Et vous le dites chaque fois que j'arrive à vous approcher de près. Non, ne partez pas, Hester ! dit-il en serrant un peu plus ses mains. Soyons francs. J'ai envie de coucher avec vous. Cela n'a rien à voir avec Rad, et encore moins avec le désir que j'ai ressenti la première fois que j'ai vu vos superbes jambes.

Hester le contempla d'un air méfiant, mais soutint son regard.

— Je vous trouve séduisante sous bien des aspects, continua-t-il. Vous êtes intelligente, forte et stable. Mon discours n'est pas très romantique, mais votre stabilité présente de nombreux attraits pour moi. Je n'en ai pas bénéficié souvent.

Il caressa doucement sa nuque.

— Maintenant, vous n'êtes peut-être pas prête à sauter le pas. Mais j'aimerais beaucoup que vous réfléchissiez de près à ce que vous désirez, à ce que vous ressentez.

— Je ne suis pas certaine de le pouvoir. Vous n'avez que vous, tandis que, moi, j'ai Radley. Mes actes et mes choix ont des conséquences pour lui. Je me suis fait la promesse, il y a très longtemps, qu'il ne serait jamais plus blessé par l'un de ses parents. Je suis bien décidée à la tenir.

Mitch voulut lui demander de lui parler du père de Radley, mais l'enfant se trouvait dans la pièce d'à côté.

— Laissez-moi vous dire ce que je crois, répondit-il. Vous ne pourrez jamais prendre de décision susceptible de blesser Rad, mais vous êtes capable d'en prendre une qui vous blesse, vous. J'ai envie d'être avec vous, Hester, et je ne pense pas que le fait que nous soyons ensemble puisse blesser Radley.

— J'ai terminé, annonça le petit garçon en sortant du bureau, une feuille à la main.

Hester se dégagea aussitôt. Comme pour confirmer ce qu'il venait de dire, Mitch la retint près de lui.

— J'ai envie de l'emporter pour le montrer à Josh, demain. C'est possible ? demanda Radley.

Sachant que lutter était encore pire que se soumettre, Hester resta immobile, les bras de Mitch posés sur ses épaules.

— Bien sûr, répondit-elle.

Radley les observa quelques instants. Il n'avait jamais vu sa mère dans les bras d'un homme, à l'exception de son grand-père ou de son oncle. Cela voulait-il dire que Mitch faisait partie de la famille ?

— Je vais chez Josh demain après-midi et je reste dormir chez lui, expliqua-t-il. Nous allons veiller toute la nuit.

— Dans ce cas, je vais devoir veiller sur ta mère, déclara Mitch.

— Oui, je crois.

Radley entreprit de rouler la feuille dans un tube, comme Mitch le lui avait montré.

— Radley sait très bien que je n'ai pas besoin que l'on veille sur moi, répliqua Hester.

Mitch décida d'ignorer la remarque et continua de s'adresser à Radley.

— Qu'est-ce que tu dirais si je sortais avec ta mère ?

— Tu veux dire, aller au restaurant avec de beaux habits, et tout ça ?

— On peut dire ça.

— Je suis d'accord.

— Parfait. J'irai la chercher à 19 heures.

— Je ne pense pas que..., objecta Hester.

— 19 heures ne vous convient pas ? l'interrompit Mitch. 19 h 30 alors, mais ce sera mon dernier mot. Si je ne dîne pas à 20 heures, je deviens désagréable.

Puis il embrassa Hester furtivement sur la tempe avant de la lâcher.

— Amuse-toi bien chez Josh, dit-il à Radley.

— Ça, c'est sûr ! répondit l'enfant en prenant son manteau et son sac.

Puis il se dirigea vers Mitch pour l'embrasser. Les mots qu'Hester avait sur le bout de la langue moururent sur ses lèvres.

— Merci pour la table à dessin et pour tout le reste, déclara Radley. C'est vraiment super.

— Pas de quoi. A lundi ?

Mitch attendit qu'Hester ait rejoint le palier.

— 19 h 30, ajouta-t-il.

Elle acquiesça, avant de fermer doucement la porte derrière elle.

7

Hester aurait pu trouver mille excuses pour ne pas se rendre à ce rendez-vous, mais elle n'en avait pas envie. Mitch lui avait certes forcé la main, mais cela lui était égal, songea-t-elle en fermant la boucle de sa ceinture en cuir. Elle était même soulagée qu'il ait pris la décision pour elle, enfin presque.

Prenant plusieurs inspirations pour calmer son anxiété, elle se planta devant le miroir accroché au-dessus de sa commode. Oui, elle était nerveuse, mais son stress n'avait rien à voir avec celui qui lui vrillait le ventre juste avant un entretien professionnel. Et, ses sentiments à l'égard de Mitch Dempsey avaient beau ne pas être bien clairs dans son esprit, elle était au moins certaine de ne pas avoir peur.

Hester étudia attentivement son reflet dans le miroir tout en lissant ses cheveux. Sa nervosité ne se voyait pas, conclut-elle. C'était un autre point en sa faveur. Sa robe noire en laine était très flatteuse, avec son grand col boule et sa taille cintrée. Une large ceinture rouge accentuait les plis évasés de la jupe. Pour une raison qu'elle ignorait, le rouge lui donnait de l'assurance. Pour une personne réservée comme elle, cette couleur audacieuse servait de défense. Hester accrocha de grands anneaux écarlates à ses oreilles. Comme l'ensemble de sa garde-robe, la robe était fonctionnelle. Elle pouvait la porter aussi bien pour aller au bureau, à une réunion de parents d'élèves qu'à un déjeuner d'affaires. Ce soir, songea-t-elle le sourire aux lèvres, ce serait pour un rendez-vous.

Depuis combien de temps n'était-elle pas sortie avec un homme ? Mieux valait ne pas trop y réfléchir. De plus, elle connaissait suffisamment Mitch pour parler de tout et de rien avec lui toute une soirée. Une soirée entre adultes. Elle avait beau adorer son fils, elle ne pouvait que s'en réjouir.

Lorsqu'elle entendit frapper, elle examina une dernière fois son reflet dans le miroir. Mais, dès qu'elle ouvrit la porte, toute sa belle assurance s'évanouit.

Son séduisant voisin ne ressemblait pas au Mitch qu'elle connaissait. Oubliés, le jean usé et les pulls informes. L'homme devant elle portait un magnifique costume sombre et une chemise bleu ciel. Et aussi une cravate. Le premier bouton de la chemise était peut-être ouvert et la cravate de soie bleu marine était certes desserrée, elle n'en restait pas moins une cravate. Mitch s'était rasé de près et, même si certains auraient jugé qu'il avait encore besoin d'une bonne coupe, ses cheveux sombres et brillants ondulaient élégamment sur le col de sa chemise.

Soudain, Hester se sentit terriblement intimidée.

Elle était vraiment superbe, songea Mitch, lui-même gêné en contemplant sa voisine. Perchée sur ses escarpins, la jeune femme était presque aussi grande que lui. Son regard empreint d'une certaine réserve l'aida à se détendre, et il lui sourit.

— On dirait que j'ai choisi la bonne couleur, déclara-t-il en lui tendant un grand bouquet de roses rouges.

A son âge, elle n'aurait pas dû se sentir émue par de simples fleurs. Mais Hester sentit sa gorge se nouer en les prenant dans ses bras.

— Vous avez encore oublié votre réplique ? murmura-t-il.

— Ma réplique ?

Le parfum délicat et subtil des roses se répandit autour d'elle.

— Merci, répondit-elle.

Mitch caressa un pétale. Il savait que la peau d'Hester était aussi douce.

— Maintenant, vous êtes censée les mettre dans de l'eau.

Hester recula. Elle se sentait ridicule.

— Bien sûr. Entrez.

— L'appartement n'est pas le même sans Rad, commenta-t-il tandis qu'elle partait à la recherche d'un vase.

— Je sais. Lorsqu'il est invité à dormir chez un ami, il me faut des heures pour m'habituer au calme.

Mitch la suivit dans la cuisine tandis qu'elle s'affairait pour arranger les roses. Pourquoi était-elle aussi nerveuse ? Elle était adulte, non ? Et, même si elle n'était plus allée à un rendez-vous depuis le lycée, elle savait à quoi s'attendre.

— Que faites-vous lorsque vous avez une soirée libre ? demanda-t-il.

— Eh bien, je regarde des films tard le soir.

Lorsqu'elle se retourna, le vase à la main, elle faillit percuter Mitch. L'eau menaça de déborder du récipient.

— Votre œil est quasiment guéri, dit-il en effleurant sa peau, là où le bleu n'était plus qu'une ombre.

— Ce n'était pas si grave, répondit-elle, la gorge serrée.

Adulte ou non, Hester était soulagée que le vase se trouve entre elle et lui.

— Je vais chercher mon manteau, ajouta-t-elle.

Après avoir posé les roses sur la table basse à côté du canapé, Hester se dirigea vers la penderie. Elle avait déjà glissé un bras dans une manche lorsque Mitch vint se placer derrière elle pour l'aider. Ce geste si banal devenait si sensuel avec lui, songea-t-elle en regardant droit devant elle. Mitch posa les mains sur ses épaules, s'y attarda puis les fit glisser le long de ses bras avant de remonter vers son cou pour dégager doucement ses cheveux du col de son manteau.

Hester serra très fort les poings en tournant la tête vers lui.

— Merci, dit-elle.

— De rien.

Les mains posées sur ses épaules, Mitch tourna le visage d'Hester vers le sien.

— Peut-être vous sentirez-vous mieux si nous en finissons tout de suite ?

Sans ôter ses mains, il posa ses lèvres chaudes et fermes sur les siennes. Hester se détendit aussitôt. Il n'y avait rien d'exigeant ou de passionné dans ce baiser et elle fut incroyablement émue d'y percevoir autant de compréhension.

— Vous vous sentez mieux, murmura-t-il.

— Je n'en suis pas sûre.

Riant doucement, il effleura de nouveau ses lèvres.

— Moi, si, lui confia-t-il.

Puis il se dirigea vers la porte en lui prenant la main.

Mitch l'emmena dîner dans un restaurant français très chic aux lumières tamisées. Le papier peint au motif discrètement fleuri luisait doucement à la lueur des bougies. Les clients murmuraient au-dessus des tables élégamment nappées et des verres à pied en cristal. L'effervescence de la rue était atténuée par de grandes portes vitrées biseautées.

— Ah, monsieur Dempsey, cela faisait longtemps que nous ne vous avions pas vu !

Le maître d'hôtel s'avança vers Mitch pour le saluer.

— Vous savez que je reviens toujours pour vos escargots.

L'homme rit doucement en faisant signe à un serveur.

— Bonsoir, mademoiselle, dit le jeune homme. Je vais vous conduire à votre table.

L'alcôve éclairée par des bougies était un peu isolée des autres clients. C'était l'endroit rêvé pour échanger des secrets et se frôler discrètement, songea Hester, plus troublée que jamais.

— Le sommelier va venir prendre votre commande, déclara le serveur. Je vous souhaite une bonne soirée.

— Vous êtes un habitué des lieux, dit-elle.

— Je viens de temps en temps, lorsque j'en ai assez des pizzas surgelées. Voulez-vous du champagne ?

— Avec plaisir.

Mitch honora le sommelier en commandant une bouteille millésimée. Hester soupira longuement en étudiant le menu composé de mets plus raffinés les uns que les autres.

— J'essaierai de me souvenir de cette carte la prochaine fois que je mangerai un sandwich au thon entre deux rendez-vous.

— Vous aimez votre travail ?

— Oui, beaucoup, répondit-elle en se demandant si le soufflé au crabe était aussi bon que sa description. Rosen peut être pénible, mais il nous pousse à l'efficacité.

— Et vous aimez l'efficacité.

— C'est important pour moi.

— Qu'est-ce qui est important pour vous, en dehors de Rad ?

— La sécurité.

Hester le dévisagea quelques instants, un sourire aux lèvres.

— Je suppose que c'est à cause de Rad. Je pense même que tout ce qui a été important pour moi ces dernières années est directement lié à lui.

Pendant que le sommelier faisait goûter le champagne à Mitch, elle lui lança un regard furtif. Puis elle contempla le liquide mousseux couleur paille monter dans sa flûte.

— Buvons à Rad, alors, proposa Mitch en trinquant avec elle. Et à sa fascinante mère.

Hester but une petite gorgée, stupéfaite de découvrir à quel point le vin était bon. Elle avait déjà bu du champagne, mais celui-ci était différent, comme tout ce qui avait trait à Mitch.

— Je ne me suis jamais considérée comme quelqu'un de fascinant.

— Une belle femme qui élève seule un garçon dans une des villes les plus dures au monde ne peut que me fasciner, répondit Mitch en souriant. De plus, vous avez vraiment des jambes magnifiques, Hester.

Elle rit et lorsqu'il glissa sa main sur la sienne, elle ne ressentit aucune gêne.

— Vous me l'avez déjà dit. Elles sont longues, c'est tout ce que je peux dire. Jusqu'à ce que mon frère entre au lycée, j'étais plus grande que lui. Cela le rendait furieux, ce qui m'a valu le surnom d'asperge.

— On m'appelait Fil de fer.

— Fil de fer ?

— Vous imaginez un gringalet de quarante kilos ? C'était moi.

Par-dessus son verre, Hester étudia la manière dont Mitch remplissait la veste de son costume.

— Je ne vous crois pas.

— Un jour, si je suis suffisamment éméché, je vous montrerai des photos.

Mitch passa la commande dans un français parfait qui laissa Hester sans voix. Etait-ce bien le même homme qui écrivait des bandes dessinées, qui construisait des châteaux de neige et qui parlait à son chien ? Croisant son regard, il lui lança un regard interrogateur.

— J'ai passé plusieurs étés à Paris lorsque j'étais au lycée.

— Oh.

Dire qu'elle avait failli oublier d'où il venait !

— Vous avez dit que vous n'aviez ni frère ni sœur. Vos parents vivent à New York ? demanda-t-elle, curieuse.

— Non.

Mitch rompit un morceau de pain français croustillant à souhait.

— Ma mère y fait un saut de temps en temps pour faire les boutiques ou aller au théâtre, et mon père vient occasionnellement pour affaires. Mais New York n'est pas leur genre. Ils passent le plus clair de leur temps à Newport, là où j'ai grandi.

— Oh ! Je vois très bien. J'y suis allée une fois quand j'étais enfant. L'été, nous avions l'habitude de partir en voiture et de voyager de ville en ville.

Machinalement, Hester coinça une mèche des cheveux

de Mitch derrière son oreille dans un geste qui offrit à ce dernier une vue excitante sur son décolleté.

— Je me souviens des maisons, de ces immenses demeures avec leurs piliers, leurs fleurs et leurs arbres ornementaux. Nous avons même pris des photos. J'avais du mal à croire que l'on pouvait vraiment habiter dans de tels endroits.

Puis elle se ravisa brusquement, sous le regard amusé de Mitch.

— C'était votre cas, conclut-elle, l'air gêné.

— C'est drôle. J'ai passé du temps l'été à observer les touristes avec des jumelles. J'ai peut-être vu votre famille.

— Nous avions un break avec des valises accrochées sur le toit.

— Oui, je me souviens de vous, plaisanta-t-il en lui tendant un morceau de pain. Je vous enviais beaucoup.

— Vraiment ? demanda-t-elle, le couteau à beurre suspendu en l'air. Pourquoi cela ?

— Parce que vous partiez en vacances et que vous mangiez des hot dogs. Vous logiez dans des motels avec des distributeurs de boissons sur le palier, et vous jouiez au loto pendant les trajets en voiture.

— Oui, murmura-t-elle. C'est à peu près ça.

— Je n'ai pas envie de jouer au pauvre petit garçon riche, ajouta-t-il en voyant le regard d'Hester changer. Je veux juste dire qu'avoir une grande maison n'est pas forcément mieux qu'avoir un break.

Il remplit de nouveau le verre d'Hester.

— Sachez aussi que ma période de rébellion pendant laquelle je crachais sur l'argent est terminée depuis bien longtemps.

— Je ne sais pas si je peux le croire venant d'une personne qui laisse ses meubles Louis XV se couvrir de poussière.

— Ce n'est pas de la rébellion, c'est de la paresse.

— Je dirais même un péché, ajouta-t-elle. Chaque fois que je viens chez vous, je meurs d'envie de prendre un chiffon à poussière et de l'huile de citron.

— Chaque fois que vous aurez envie de frotter mes meubles, ne vous gênez pas, dit-il en souriant.

— Qu'avez-vous fait pendant votre période de rébellion ? demanda-t-elle, intriguée.

Elle frôla sa main du bout des doigts. C'était l'une des rares fois où elle le touchait spontanément. Mitch détacha le regard de ses mains pour la dévisager.

— Vous tenez vraiment à le savoir ?

— Oui.

— Faisons un marché. J'échange une tranche de vie contre une autre.

Ce n'était pas le vin qui la rendait téméraire, mais lui, comprit Hester.

— D'accord. Mais c'est vous qui commencez.

— Je commencerai donc par dire que mes parents voulaient que je devienne architecte. Pour eux, c'était le seul métier acceptable qui permettait d'exploiter mes aptitudes pour le dessin. Ils n'étaient pas vraiment scandalisés par les histoires que j'inventais. Ils les ignoraient avec d'autant plus de facilité qu'elles les laissaient perplexes. Après le lycée, j'ai décidé de sacrifier ma vie sur l'autel de l'art.

Le serveur venait de leur apporter leurs entrées et Mitch soupira de bonheur en humant ses escargots.

— Vous êtes donc venu à New York ? demanda Hester.

— Non, je suis allé à La Nouvelle-Orléans. A cette époque, je n'avais pas encore accès à mon argent, même si je doute que je l'aurais utilisé. Comme j'ai refusé le soutien financier de mes parents, La Nouvelle-Orléans était la ville la plus proche de Paris où je pouvais me permettre d'aller. Seigneur, comme je l'ai aimée ! J'y mourais de faim, mais je l'adorais. Ses après-midi moites, l'odeur de la rivière. C'était ma première grande aventure. Vous voulez goûter ça ? Ils sont délicieux.

— Non, je...

— Allez, vous me remercierez.

Puis il leva la fourchette vers ses lèvres. Hester ouvrit la bouche à contrecœur.

— Oh.

La saveur chaude et exotique des escargots envahit aussitôt sa bouche.

— Je ne m'attendais pas à ça, conclut-elle.

— C'est généralement le cas pour les meilleures choses.

Quelle serait la réaction de Radley lorsqu'il apprendrait qu'elle avait mangé un escargot ? songea-t-elle en levant son verre.

— Qu'avez-vous fait à La Nouvelle-Orléans ? s'enquit-elle.

— J'ai posé un chevalet à Jackson Square et j'ai gagné ma vie en tirant le portrait des touristes et en vendant des aquarelles. Pendant trois ans, j'ai vécu dans une chambre où je cuisais l'été et où je gelais l'hiver. Je trouvais que j'étais un garçon chanceux.

— Que s'est-il passé ?

— J'ai rencontré une femme. Je croyais être fou amoureux d'elle et vice versa. Pendant ma période Matisse, elle posait pour moi. Vous auriez dû me voir à cette époque. J'avais les cheveux aussi longs que vous et je les portais en catogan. J'avais même une boucle d'oreille en or à l'oreille gauche.

— Vous portiez une boucle d'oreille ?

— Ne vous moquez pas, elles sont devenues très à la mode. J'étais en avance sur mon temps, c'est tout.

Le serveur débarrassa les entrées pour laisser place à une salade verte.

— Nous étions sur le point d'emménager dans ma misérable petite chambre. Un soir, alors que j'avais un peu trop bu, je lui ai parlé de mes parents et de leur incompréhension face à mes velléités artistiques. Elle est entrée dans une fureur noire.

— Elle était furieuse après vos parents ?

— Vous êtes gentille, dit-il en embrassant sa main. Non, elle était en colère contre moi. J'étais riche et je ne lui avais rien dit. J'avais des montagnes d'argent et j'espérais qu'elle se satisfasse d'une dégoûtante petite chambre dans le Vieux Carré, où elle allait devoir cuisiner des haricots rouges et du riz sur une minuscule plaque de cuisson.

Le plus drôle était qu'elle m'aimait vraiment lorsqu'elle me croyait pauvre. Mais dès qu'elle a découvert que ce n'était pas le cas, que je n'avais pas l'intention d'utiliser mes ressources et que, par extension, elle n'en profiterait pas, elle s'est mise en colère. Nous avons eu une terrible dispute où elle m'a clairement dit ce qu'elle pensait de moi et de mon travail.

Hester imaginait très bien Mitch jeune, idéaliste et se battant pour réussir.

— Les gens ont souvent des paroles qui dépassent leur pensée quand ils sont en colère.

Il prit sa main et baisa ses doigts.

— Oui, vous êtes absolument charmante.

Puis il poursuivit son récit en gardant la main d'Hester dans la sienne.

— Elle m'a quitté sans me donner l'occasion de m'expliquer. Pendant trois ans, j'ai vécu au jour le jour, en me répétant que j'étais un grand artiste mais que mon heure n'était pas encore venue. En réalité, je n'étais pas un grand artiste. J'étais peut-être brillant mais pas grand. Je suis donc parti de La Nouvelle-Orléans pour m'installer à New York et me consacrer à la publicité. J'étais doué. Je travaillais vite et mes clients étaient généralement satisfaits. Pourtant, j'étais malheureux. Heureusement, grâce à mes références, j'ai obtenu un poste chez Universal, d'abord en tant qu'encreur, puis en tant qu'artiste. Et puis…

Il leva son verre vers elle.

— … il y a eu Zark. Le reste appartient à l'histoire.

— Vous êtes heureux, constata-t-elle en faisant pivoter sa main sous la sienne de sorte à joindre leurs deux paumes. Cela se voit. Je ne connais pas beaucoup de gens aussi satisfaits de ce qu'ils font et aussi bien dans leur peau que vous.

— Il m'a fallu du temps.

— Et vos parents ? Vous êtes-vous réconcilié avec eux ?

— Nous sommes arrivés à la conclusion que nous ne nous comprendrions jamais. Mais nous formons une famille. Et puis, grâce à mon portefeuille d'actions, mes parents peuvent dire à leurs amis que mon travail dans la bande dessinée est une façon de m'amuser. Ce qui est assez proche de la réalité.

Mitch commanda une autre bouteille de champagne pour accompagner leur plat.

— A vous, maintenant.

Hester sourit en laissant le délicat soufflé fondre sur sa langue.

— Oh ! Je n'ai rien vécu d'aussi exotique qu'une mansarde d'artiste à La Nouvelle-Orléans. J'ai eu une enfance sans histoires dans une famille sans histoires. Nous faisions des jeux de société le samedi soir et nous mangions du rôti le dimanche. Mon père avait un bon travail. Ma mère s'occupait de la maison. Nous nous aimions beaucoup, même si nous ne nous entendions pas toujours. Ma sœur était très extravertie, capitaine des majorettes, tout ça. De mon côté, j'étais maladivement timide.

— Vous l'êtes toujours un peu, murmura Mitch en mêlant ses doigts aux siens.

— Je ne pensais pas que cela se voyait.

— Votre timidité vous rend encore plus charmante. Qu'en est-il du père de Rad ?

Il sentit ses doigts se raidir.

— Je voulais vous poser la question, Hester, mais si cela vous ennuie nous n'avons pas besoin d'en parler.

Elle retira sa main pour saisir son verre. Le champagne était frais et piquant sur sa langue.

— C'est une vieille histoire. Nous nous sommes rencontrés au lycée. Radley ressemble beaucoup à son père. Vous pouvez imaginer qu'il était très séduisant. Il était aussi un peu fou, et j'étais très attirée par cet aspect de sa personnalité.

Elle s'agita un peu, déterminée à finir ce qu'elle avait commencé.

— J'étais en effet maladivement timide et un peu repliée sur moi-même. Le père de Radley me paraissait excitant, voire même exubérant. La première fois qu'il m'a remarquée, je suis tombée désespérément amoureuse de lui. C'était aussi simple que ça. Nous sommes sortis ensemble pendant deux ans, puis nous nous sommes mariés quelques semaines après avoir eu notre bac. Je venais d'avoir dix-huit ans et j'étais absolument certaine que j'allais vivre une aventure après l'autre.

— Et ce fut le cas ? demanda-t-il en profitant d'une pause.

— Ça l'a été un certain temps. Nous étions jeunes. Allan passait sans cesse d'un emploi à un autre ou abandonnait tout pendant des semaines. Mais cela n'avait pas d'importance. Une fois, il a vendu le salon que mes parents nous avaient offert pour notre mariage, afin de nous payer un voyage à la Jamaïque. Il était impétueux et romantique. A cette époque, nous n'avions aucune responsabilité. Et puis je suis tombée enceinte.

Hester s'interrompit de nouveau, se souvenant de son excitation, de son émerveillement et de sa peur à l'idée de porter un enfant.

— J'étais ravie. Allan aussi. Il a commencé à acheter des poussettes et des chaises hautes à crédit. Nous n'avions pas beaucoup d'argent, mais nous étions optimistes, même lorsqu'il a fallu que je travaille à mi-temps à la fin de ma grossesse et que je prenne un congé maternité à la naissance de Radley. Il était magnifique, confia-t-elle avec un petit rire. C'est ce que toutes les mères disent de leurs bébés mais, en toute franchise, je n'avais jamais vu d'enfant aussi beau. Il a changé ma vie, mais pas celle d'Allan.

Elle joua avec le pied de sa flûte en essayant de déterrer de son esprit les souvenirs refoulés depuis si longtemps.

— A cette époque, je ne l'avais pas encore compris, mais Allan supportait mal le poids des responsabilités. Il détestait ne pas pouvoir quitter notre appartement pour aller voir un film ou aller danser quand il le voulait. Il dépensait toujours l'argent sans compter et, à cause de Rad, je devais compenser.

— En d'autres termes, intervint Mitch calmement, vous avez dû grandir.

— Oui.

Elle était surprise, et aussi soulagée, qu'il la comprenne si bien.

— Allan voulait revenir à notre vie d'avant, mais nous n'étions plus des enfants. Avec le temps, j'ai compris qu'il était jaloux de Radley mais, à l'époque, je voulais juste qu'il mûrisse, qu'il devienne un père, qu'il assume ses responsabilités. A vingt ans, il était toujours le garçon de seize ans que j'avais connu au lycée, mais je n'étais plus la même. J'étais devenue une mère. J'avais repris le travail en pensant que ce revenu supplémentaire nous aiderait. Un jour, je suis rentrée à la maison après être allée chercher Radley chez la nourrice. Allan était parti. Il avait laissé un mot disant qu'il ne supportait plus d'être attaché.

— Saviez-vous qu'il s'apprêtait à partir ?

— Franchement, non. Selon toute probabilité, il a agi sur un coup de tête, comme toujours. Jamais il ne lui serait venu à l'esprit qu'il s'agissait d'un abandon de domicile. Dans son esprit, il passait juste à autre chose. Il croyait qu'il était équitable de n'emporter que la moitié de l'argent. En revanche, il m'a laissé toutes les dettes. J'ai dû prendre un autre emploi à mi-temps, le soir. Je répugnais de laisser Rad chez la nourrice et de ne pas le voir. Ces six mois ont été les plus durs de ma vie.

Son regard s'assombrit quelques instants. Puis elle chassa ces mauvais souvenirs d'un haussement d'épaules.

— Au bout d'un certain temps, j'ai réussi à redresser la situation. J'ai pu quitter mon deuxième emploi. Au même moment, Allan a appelé. C'était la première fois qu'il donnait de ses nouvelles depuis qu'il était parti. Il s'est montré très aimable avec moi et me parlait comme si j'étais une vieille connaissance. Il m'a annoncé qu'il partait travailler en Alaska. Après son appel, j'ai contacté un avocat et j'ai obtenu très facilement le divorce.

— Ça a dû être difficile pour vous.

Difficile ? Il n'imaginait pas l'enfer que ça avait été.

— Vous auriez pu aller chez vos parents, ajouta-t-il.

— Non. Pendant très longtemps, j'ai été en colère. Et la colère m'a poussée à rester ici, à New York, et à m'en sortir avec Radley. Le temps que la colère s'estompe, j'avais sorti la tête de l'eau.

— Allan n'est jamais revenu voir Rad ?

— Non, jamais.

— Il ne sait pas ce qu'il perd, répondit Mitch en se penchant vers elle pour l'embrasser doucement. Vraiment.

Hester trouva tout naturel de lever une main pour caresser sa joue.

— Je pourrais dire la même chose à propos de cette femme à La Nouvelle-Orléans.

— Merci, dit-il en mordillant la lèvre d'Hester et en se délectant de son léger goût de champagne. Vous voulez un dessert ?

— Hum ?

Son petit soupir distrait arracha à Mitch un violent frisson de satisfaction.

— Nous pouvons nous en passer, déclara Hester en le regardant droit dans les yeux.

D'un signe de la main, il commanda l'addition, puis servit à Hester le reste du champagne.

— Sortons marcher un peu, proposa-t-il.

L'air était mordant, presque aussi enivrant que le vin. Mais le champagne l'avait réchauffée de l'intérieur, et elle avait l'impression de pouvoir parcourir des kilomètres sans éprouver le froid. Elle n'émit aucune objection lorsque Mitch passa un bras autour de ses épaules et se laissa guider docilement. Tant que les sentiments qui l'habitaient ne s'évanouissaient pas, peu lui importait la direction qu'ils prenaient.

Hester savait ce que l'on ressent lorsque l'on tombe amoureux, lorsque l'on est amoureux. Le temps passe au ralenti. Les couleurs sont plus vives, les sons plus aigus et, même en plein hiver, les rares fleurs paraissent odorantes. Elle avait déjà vécu ces émotions violentes, mais elle les croyait oubliées à tout jamais. Dans un coin de son esprit, une partie d'elle luttait encore pour lui rappeler qu'elle ne pouvait pas tomber amoureuse, mais elle préféra l'ignorer. Ce soir, elle était simplement une femme.

Au Rockefeller Center, des patineurs évoluaient sur la glace au rythme de la musique. Hester les regarda, blottie dans les bras de Mitch. Il avait posé la joue contre ses cheveux, et elle sentait le rythme calme et puissant de son cœur.

— Il m'arrive de venir ici avec Rad le dimanche pour patiner ou simplement regarder, commenta-t-elle. Ce soir, le spectacle me semble différent.

Elle tourna la tête. Ses lèvres n'étaient plus qu'à quelques millimètres de celles de Mitch.

— Tout me semble différent ce soir, conclut-elle.

Mitch s'était promis de lui laisser du temps. Le temps de réfléchir et de mettre ses idées au clair. Mais, si elle le regardait encore de cette façon, il ne répondrait plus de lui. Avant que ce regard s'évanouisse, il était prêt à sauter dans le premier taxi pour l'emmener dans son lit. Faisant appel à toute sa volonté, il se contenta d'effleurer ses tempes du bout des lèvres.

— Les choses semblent différentes le soir, surtout après quelques coupes de champagne, approuva-t-il.

Puis il se détendit, la tête d'Hester posée sur son épaule.

— Mais cette différence est belle, continua-t-il. Pas forcément ancrée dans la réalité, mais belle. On est suffisamment plongés dans la réalité entre 9 heures et 17 heures.

— Pas vous.

Inconsciente du combat que Mitch se livrait, elle se tourna vers lui.

— Entre 9 heures et 17 heures, ou l'horaire de votre choix, vous vivez dans un monde fait de fantaisie et de rêve.

— Si vous saviez celui qui hante mon esprit à cet instant…, répondit-il en soupirant longuement. Marchons encore un peu, et vous pourrez me faire part des vôtres.

— Vous voulez entendre l'un de mes rêves ? demanda-t-elle en calant son pas sur le sien. Le mien n'est certainement pas aussi exaltant que les vôtres, j'imagine. Il se résume à une maison.

— Une maison, répéta-t-il en prenant la direction de Central Park.

Pourvu que cette promenade les dégrise un peu avant de rentrer !

— Quel genre de maison ?

— Une maison de campagne, comme ces grandes et vieilles fermes avec des volets aux fenêtres et un grand porche. Toutes les fenêtres auraient une vue sur les bois, car elle serait perdue au milieu d'une forêt. A l'intérieur, il y aurait de hauts plafonds et de grandes cheminées. Et, dehors, il y aurait un jardin avec une treille recouverte de glycine.

Malgré le froid qui tiraillait sa peau, Hester sentait presque le parfum de l'été.

— En juillet et en août, on entendrait les abeilles bourdonner. Il y aurait un grand jardin pour Radley, et il pourrait avoir un chien. Sous le porche, il y aurait une balancelle où je pourrais m'asseoir le soir et le regarder attraper des papillons de nuit dans un bocal.

Elle rit en posant la tête sur l'épaule de Mitch.

— Je vous avais dit que mon rêve n'avait rien de très excitant.

— Il me plaît beaucoup.

Tellement qu'il se représentait même la maison avec ses volets blancs et ses toits pentus, avec une grange au loin.

— Mais vous avez aussi besoin d'un ruisseau où Rad pourrait pêcher.

Hester ferma les yeux quelques instants, puis secoua la tête.

— J'ai beau aimer mon fils, je ne crois pas être capable de poser un appât. Je peux construire une cabane dans les arbres, ou jouer avec lui au base-ball, mais pas toucher des vers.

— Vous jouez au base-ball ?

Hester le regarda en souriant.

— Je suis même capable de lancer des balles courbes directement dans la zone de prises. J'étais bénévole pour entraîner les enfants à la Little League l'année dernière.

— Vous êtes une femme pleine de surprises. Vous étiez en short sur le banc de touche ?

— Vous paraissez obsédé par mes jambes.

— Entre autres.

Mitch l'entraîna vers l'entrée de leur immeuble puis vers l'ascenseur.

— Cela fait longtemps que je n'ai pas passé une aussi bonne soirée, dit-elle en soupirant.

— Moi non plus.

— Je me suis longtemps posé la question, dit-elle en l'étudiant longuement. Vous ne semblez pas avoir de relations avec des femmes...

Il caressa doucement sa joue.

— Vraiment ?

Lorsque le carillon de l'ascenseur retentit, signe qu'ils avaient atteint son étage, Hester cherchait encore une réponse.

— Je ne vous ai jamais vu aller à un rendez-vous ou passer du temps avec une femme, expliqua-t-elle.

Mitch fit glisser un doigt le long de la gorge d'Hester, une lueur amusée dans le regard.

— Je vous donne l'impression d'être un moine ?

— Non, répondit-elle, un peu gênée et très mal à l'aise. Bien sûr que non.

— Hester, une fois que vous avez eu votre content de nuits débridées, vous en perdez le goût. Passer du temps avec une femme pour ne pas être seul n'est pas une solution très satisfaisante.

— D'après ce que disent mes collègues célibataires, beaucoup d'hommes ne partagent pas votre sentiment.

— Il est évident que vous n'avez pas mené une vie de célibataire.

Hester fouilla son sac en lui lançant un regard surpris.

— C'était un compliment, ajouta-t-il. Je voulais tout simplement dire qu'on finit par se lasser…

— Et, aujourd'hui, vous êtes entré dans l'âge des relations sérieuses.

— Vous devenez cynique. Cela ne vous ressemble pas, Hester.

Mitch s'appuya contre l'embrasure de la porte.

— Quoi qu'il en soit, sachez que je ne suis pas très doué pour trouver les bons mots. Allez-vous m'inviter à entrer ?

Hester hésita quelques secondes. La promenade lui avait suffisamment éclairci l'esprit pour laisser filtrer ses doutes. Mais le bien-être qu'elle avait ressenti en marchant à son côté retentissait encore comme un écho. Il fut le plus fort.

— Très bien. Voulez-vous du café ?

— Non, répondit-il en retirant son manteau.

— Cela ne me dérange pas du tout d'en faire. Ça ne prendra qu'une minute.

— Je ne veux pas de café, Hester, dit-il en saisissant ses mains. C'est vous que je veux.

Il fit glisser son manteau le long de ses épaules.

— Et je vous désire tellement que j'en deviens maladroit.

Elle ne recula pas. Elle resta debout devant lui, immobile.

— Je ne sais pas quoi répondre. Je manque de pratique.

— Je sais.

Il passa une main dans ses cheveux. Pour la première fois, il était incapable de masquer sa propre nervosité.

— Vous ne me simplifiez pas la tâche. Je n'ai pas envie de vous séduire.

Puis il émit un petit rire en s'éloignant de quelques pas.

— Non, vraiment pas, ajouta-t-il.

— Même si j'ai essayé de me convaincre du contraire, je savais en acceptant de sortir ce soir avec vous que nous allions nous retrouver dans cette situation.

Hester posa une main sur son ventre noué.

— J'espérais en secret que vous alliez me guider, que je n'aurais pas à prendre de décision, avoua-t-elle.

— C'est une excuse bidon, Hester.

— Je sais, répondit-elle, incapable de le regarder en face. A l'exception du père de Rad, je n'ai jamais connu aucun homme. Je n'en ai jamais éprouvé le désir non plus.

— Et maintenant ?

Il lui suffisait d'un mot, d'un seul mot.

— Cela fait si longtemps, Mitch. J'ai peur.

— Cela vous aiderait-il si je vous avouais que c'est la même chose pour moi ?

— Je ne sais pas.

— Hester, dit-il en posant les mains sur ses épaules. Regardez-moi.

Elle lui lança un regard poignant.

— Vous devez être sûre de vous. Je serai incapable d'affronter vos regrets au petit matin. Dites-moi ce que vous voulez vraiment.

Hester sentit les battements de son cœur s'accélérer. Sa vie semblait se résumer à une succession de choix. Elle n'avait personne pour lui dire si ce qu'elle faisait était bien ou mal. Comme toujours. Une fois qu'elle aurait pris sa décision, elle serait seule à en assumer les conséquences.

— Je vous désire, murmura-t-elle. Restez avec moi ce soir.

8

Lorsqu'il prit le visage d'Hester entre ses mains, Mitch la sentit trembler. Alors, il effleura ses lèvres et lui arracha un gémissement. Jamais il n'oublierait ce moment. Son acceptation, son désir, sa vulnérabilité.

Tout était silencieux dans l'appartement, mais il aurait aimé lui offrir de la musique. Le parfum des roses qu'elle avait mises dans le vase était bien fade comparé au jardin qu'il imaginait pour elle. La lumière des lampes lui paraissait trop violente. S'il avait eu le choix, il n'aurait pas choisi le secret de l'obscurité mais plutôt le mystère des bougies.

Comment pouvait-il lui faire comprendre qu'il n'y avait rien d'anodin, rien de superficiel dans ce qu'ils s'apprêtaient à s'offrir l'un à l'autre ? Comment pouvait-il lui expliquer qu'il avait attendu ce moment toute sa vie ? Il n'était même pas certain de pouvoir le dire avec des mots, ou que les mots qu'il choisirait seraient capables de l'atteindre.

Il allait donc laisser parler ses actes.

Sans quitter ses lèvres, il souleva Hester dans ses bras. Surprise, elle prit une courte inspiration et enroula les bras autour de sa nuque.

— Mitch…

— Je n'ai rien d'un preux chevalier, dit-il avec un sourire incertain. Mais, ce soir, nous pouvons faire semblant.

A ses yeux, Mitch était un homme héroïque, fort, et

incroyablement tendre. Quels que soient les doutes qu'elle avait encore, elle s'abandonna à son étreinte.

— Je n'ai pas besoin de preux chevalier, protesta-t-elle doucement.

— Mais ce soir j'ai besoin de t'en offrir un, dit-il en l'embrassant une dernière fois avant de l'emmener dans sa chambre.

Une partie de lui-même la désirait si fort qu'il en avait mal, si fort qu'il brûlait de couvrir son corps avec le sien. Parfois, l'amour bouillonne trop violemment dans les veines d'un homme. Il le savait, et elle aussi. Mitch eut cependant la force de la poser à terre à côté du lit, avant de s'écarter très légèrement d'elle.

— La lumière, dit-il.

— Mais…

— J'ai envie de te voir, Hester.

Il eût été ridicule d'être intimidée. Et elle aurait eu tort de partager ce moment avec Mitch dans le noir, de manière anonyme. Hester tendit la main vers la lampe de chevet et actionna l'interrupteur.

La lumière les surprit main dans la main, les yeux dans les yeux. Puis la panique revint en force et Hester sentit son cœur s'emballer. Mais, dès que Mitch l'eut touchée, elle s'apaisa de nouveau. Il l'aida à ôter ses boucles d'oreilles et les posa sur la table de nuit. Une onde de chaleur envahit Hester, comme si par ce simple geste intime elle était déjà nue.

D'un mouvement langoureux, il laissa glisser une main vers sa taille et s'interrompit lorsqu'elle s'agita nerveusement.

— Je ne te ferai aucun mal, murmura-t-il.

— Je sais.

Comme elle avait confiance en lui, elle le laissa défaire sa ceinture qui glissa bientôt au sol. Lorsque Mitch se pencha de nouveau vers elle pour l'embrasser, Hester enroula les bras autour de sa taille et se laissa guider par la puissance de ses sentiments.

C'était ce qu'elle voulait, elle ne pouvait plus se mentir

ni se servir des excuses. Ce soir, elle voulait uniquement être une femme. Elle voulait être désirée, aimée, admirée. Lorsqu'elle lui offrit ses lèvres, elle croisa son regard. Et lui sourit.

— J'attends cela depuis longtemps, dit Mitch en caressant sa bouche pulpeuse du bout du doigt, submergé par un plaisir si chargé d'émotions qu'il en était indescriptible.

— Que tu attends quoi ?

— Que tu me souries quand je t'embrasse, répondit-il en attirant son visage vers le sien. Essayons encore.

Cette fois, il approfondit son baiser, s'approchant plus près de territoires inexplorés. Hester posa les mains sur ses épaules, puis enlaça sa nuque. Il sentit ses doigts sur sa peau, timides au début, puis plus téméraires.

— Tu as toujours peur ?

— Non.

Elle lui sourit encore.

— Enfin, un peu. Je ne sais pas...

Les mots moururent sur ses lèvres et elle détourna le regard, mais il l'obligea encore une fois à lui faire face.

— Tu ne sais pas quoi ?

— Je ne sais pas quoi faire. Je ne sais pas ce que tu aimes.

Mitch ne fut pas surpris par ses propos si humbles. Il savait depuis longtemps qu'il appréciait Hester. Mais, dès cet instant, son cœur, qui oscillait encore quelques secondes plus tôt, bascula résolument dans l'amour.

— Hester, tu me laisses sans voix.

Mitch la serra très fort contre lui un long moment.

— Ce soir, contente-toi de faire ce qui te semble juste et tout se passera bien.

Il commença par embrasser ses cheveux, s'enivrant du parfum qui l'avait tant troublé. Le ton était déjà donné. Ils n'avaient pas besoin de se séduire. Il sentit le cœur d'Hester s'emballer contre le sien, puis elle leva la tête et trouva seule le chemin de ses lèvres.

Les mains de Mitch tremblaient en faisant glisser la longue fermeture Eclair qui courait dans le dos de sa robe.

Ils avaient beau vivre dans un monde imparfait, il avait cruellement besoin de lui offrir une nuit parfaite. Il n'était pas un homme égoïste mais, avant cet instant, jamais il n'avait placé les désirs d'une autre personne à ce point au-dessus des siens.

Lentement, la robe en laine glissa le long de ses épaules puis de ses bras. Hester portait une combinaison blanche sans volants ni dentelles. Mais cette vision l'excita bien plus que toute autre fantaisie de soie ou en satin.

— Tu es magnifique, dit-il en pressant ses lèvres sur chacune de ses épaules. Absolument magnifique.

C'était ainsi qu'elle voulait lui apparaître et cela faisait longtemps qu'elle n'avait pas ressenti un tel besoin. En croisant le regard de Mitch, Hester se sentit belle. Belle et séduisante. Encouragée par ses paroles, elle entreprit de le dévêtir à son tour d'une main impatiente et maladroite.

Mitch devinait que ce n'était pas facile pour elle. Après lui avoir retiré sa veste, elle commença à dénouer sa cravate avant d'avoir le courage de lever les yeux vers lui. Il sentait ses doigts tremblants frotter délicieusement contre sa peau tandis qu'elle déboutonnait sa chemise.

— Je te trouve aussi très beau, murmura-t-elle.

Le seul et dernier homme qu'elle avait touché de cette façon n'était rien de plus qu'un enfant. Or, les muscles de Mitch étaient fins mais durs, son torse lisse mais puissant — il était la virilité incarnée.

Les mouvements d'Hester étaient lents, plus empreints de timidité que de sensualité. Mitch sentit les muscles de son ventre frémir lorsqu'elle atteignit la fermeture Eclair de son pantalon.

— Tu me rends fou.

Aussitôt, Hester retira ses mains.

— Désolée.

— Non, dit-il en riant.

Mais son rire ressemblait plus à un grognement plaintif.

— J'aime ce que tu fais, ajouta-t-il.

Grisée, Hester fit glisser, de ses doigts tremblants, le

pantalon de Mitch sur ses hanches étroites. Les muscles de ses cuisses étaient longs et fermes. Fascinée et ravie, elle sentit monter une brusque bouffée de désir en les touchant. Puis elle se serra contre lui et vibra au contact de sa peau contre la sienne.

Mitch luttait contre l'envie de brûler les étapes pour laisser libre cours au désir qu'il éprouvait pour elle. Les mains hésitantes et les yeux émerveillés d'Hester l'avaient conduit au bord du gouffre. Il fallait à tout prix faire marche arrière. A ses muscles bandés et à son souffle haletant, elle devinait sans doute le combat intérieur qu'il se livrait.

— Mitch ? demanda-t-elle, l'air inquiet.

— Une minute, répondit-il en enfouissant son visage dans ses cheveux.

Il gagna péniblement cette bataille pour se dominer et en ressortit affaibli et hébété. Lorsqu'il découvrit la peau douce et sensible du cou d'Hester, il décida de focaliser toute son attention là-dessus.

Hester répondit à ses baisers en arquant son corps contre le sien. Instinctivement, elle renversa la tête pour mieux lui offrir sa gorge. Elle avait l'impression qu'un voile s'était abattu sur ses yeux. Sa chambre, si familière, était devenue floue. Partout où les lèvres de Mitch l'effleuraient et l'embrassaient, elle sentait battre son pouls. Puis son sang s'embrasa dans ses veines, mettant à vif tous ses sens. Elle poussa un gémissement rauque qui résonna de manière primitive. Ce fut elle qui l'attira vers le lit.

Mitch aurait aimé jouir d'une minute de plus avant de s'allonger sur elle. De délicieuses sensations le parcouraient tout entier. Son corps et son cœur vibraient de volupté. Il fallait qu'il se reprenne, avant que ses sens le contrôlent complètement. Mais Hester le caressait déjà d'une main langoureuse, ses hanches collées aux siennes. Vaincu, Mitch roula à côté d'elle.

Il embrassa ses lèvres et, l'espace d'un instant, tous ses rêves et ses désirs se concentrèrent sur elle. Les lèvres d'Hester étaient humides et brûlantes, comme une promesse de ce qui l'attendait une fois qu'il serait en elle. Déjà, il avait fait tomber la dernière barrière de tissu. Il l'entendit haleter de plus belle lorsqu'il partit à la rencontre de ses seins nus. Tandis qu'il refermait ses lèvres sur leurs pointes dressées, elle murmura son prénom.

Un abandon, voilà ce que c'était. Sans qu'elle puisse l'empêcher, son corps se mouvait en harmonie avec le sien. Hester ne désirait rien d'autre. Sentir la peau nue de Mitch contre la sienne, de plus en plus chaude et humide, était exaltant. De même que leurs bouches qui se cherchaient avec avidité, se trouvaient avant de se détacher. Il lui murmurait une série de mots brûlants et incohérents, et elle lui répondait de la même manière. La lumière jouait sur ses mains lorsqu'il lui montra comment une caresse pouvait exalter son âme.

Hester était nue à présent, mais toute sa timidité avait disparu. Elle désirait toucher Mitch, le goûter, admirer son corps qui l'attirait tant. Ses muscles durs et sa peau tendue la fascinaient. Jusqu'à ce jour, elle ignorait que caresser un homme pouvait soulever en elle de telles vagues de désir. Lorsque Mitch posa la main sur son sexe, elle fut submergée par une violente excitation. Haletante, elle tendit les mains vers lui pour reprendre son souffle.

Jamais il n'avait rencontré de femme qui lui réponde avec un tel enthousiasme. La voir atteindre de tels sommets lui procurait un immense plaisir. Mitch rêvait désespérément de la prendre encore et encore jusqu'à la laisser sans force et sans volonté. Mais il avait aussi de plus en plus de mal à se contrôler et Hester le réclamait haut et fort.

Il couvrit alors son corps et la pénétra.

Ils se mirent à bouger de concert, quelques minutes ou des heures peut-être...

Une chose était sûre : il n'oublierait jamais la façon dont ses yeux s'ouvrirent pour plonger dans les siens au moment où ils atteignirent ensemble le paroxysme du plaisir.

Une pluie glaciale martelait les vitres. Allongé sur le couvre-lit froissé, Mitch était bouleversé. Il tourna la tête en direction du bruit. Depuis combien de temps pleuvait-il ? Il l'ignorait. D'aussi loin que remontaient ses souvenirs, jamais il ne s'était senti aussi proche d'une femme, au point d'oublier le monde extérieur.

Il se tourna de nouveau vers elle et l'attira vers lui. Il avait un peu froid, mais il n'avait pas la moindre envie de bouger.

— Tu es bien silencieuse, murmura-t-il.

Hester avait les yeux fermés, et n'avait aucune envie de les ouvrir. Elle ne se sentait pas prête à affronter son regard.

— Je ne sais pas quoi dire.

— Pourquoi ne pas dire « c'était génial » ?

Elle fut surprise de constater qu'elle était encore capable de rire après un moment d'une telle intensité.

— D'accord. C'était génial.

— Essaie de manifester plus d'enthousiasme, s'il te plaît. Que dirais-tu de : « C'était fantastique, incroyable, la terre a tremblé » ?

Cette fois, elle plongea son regard dans le sien.

— Et pourquoi ne pas dire simplement que c'était très beau ?

Mitch saisit sa main pour l'embrasser.

— Oui, on peut dire ça.

Puis il se redressa sur un coude pour la contempler. Un peu gênée, elle se retourna pour lui cacher son visage.

— Trop tard pour être timide, dit-il en caressant son corps d'une main légère mais possessive.

— Tu sais, j'avais raison à propos de tes jambes. Mais j'imagine qu'il est inutile d'essayer de te convaincre de mettre un short et des socquettes ?

— Pardon ?

Le ton interloqué de sa voix contraint Mitch à l'attirer vers lui pour couvrir son visage de baisers.

— J'ai un faible pour les longues jambes, les shorts et les chaussettes, expliqua-t-il. Cela me rend fou de regarder les femmes courir dans le parc l'été. Et, si les couleurs sont assorties, je suis un homme mort.

— Tu es fou.

— Allons, Hester. Ne me dis pas que tu n'as pas tes secrets ? Tu fantasmes peut-être sur les hommes musclés moulés dans des T-shirts, ou en smoking avec une cravate noire et les boutons défaits ?

— Ne sois pas stupide.

— Et pourquoi pas ?

Oui, et pourquoi pas ? songea-t-elle en se mordant nerveusement les lèvres.

— Eh bien, j'ai un petit faible pour les jeans qui glissent un peu sur les hanches, avec un bouton défait, avoua-t-elle.

— Je promets de ne plus jamais boutonner mon jean.

Hester rit de nouveau.

— Cela ne veut pas dire que je vais mettre des shorts et des socquettes.

— D'accord. Mais sache que te voir en tailleur m'excite aussi.

— Ce n'est pas vrai.

— Mais si, insista-t-il en roulant sur elle avant de jouer avec ses cheveux. J'aime tes chemisiers au col remonté. Et te voir avec les cheveux attachés.

Il prit la chevelure d'Hester et la remonta au-dessus de sa tête. Son visage n'était plus du tout le même mais l'excitait tout autant.

— Voici l'efficace Mme Wallace, très sûre d'elle. Chaque fois que je te vois habillée en tailleur, j'imagine comme il doit être fascinant d'ôter un à un tes habits de travail et chacune de tes barrettes.

Il fit glisser les cheveux d'Hester entre ses doigts.

Pensive, elle posa la joue contre son torse.

— Tu es un homme étrange, Mitch.

— Certainement.

— Tu fais si souvent appel à ton imagination, à ce qui pourrait être, aux rêves et à la fantaisie. De mon côté, ma vie est faite de données, de chiffres, de pertes et de profits, de ce qui est ou n'est pas.

— Tu parles de notre travail ou de notre personnalité ?

— N'est-ce pas la même chose ?

— Non. Je ne suis pas le commandant Zark, Hester.

Bercée par le rythme de son cœur, elle changea de position.

— Je veux simplement dire que l'artiste, l'écrivain qui est en toi, développe son imagination et toutes les possibilités qu'elle offre. Mais le banquier qui est en moi ne pense qu'aux chèques et à l'équilibre des comptes.

Mitch resta pensif quelques instants à caresser les cheveux d'Hester. Savait-elle que sa personnalité avait bien d'autres facettes ? Elle était aussi la femme qui rêvait d'une maison à la campagne, capable de lancer des balles courbes au base-ball et de transformer un homme de chair et de sang en une boule de désir.

— Sans vouloir philosopher, je me demande pourquoi tu as choisi de gérer des prêts ? Ressens-tu la même chose quand tu refuses ou acceptes un dossier ?

— Non, bien sûr.

— Evidemment. Quand tu acceptes de donner un prêt, tu tiens entre tes mains une multitude de possibilités. Je suis persuadé que tu joues selon les règles, cela fait partie de ton charme, mais je donnerais ma main à couper que tu tires une satisfaction personnelle à pouvoir dire : « D'accord, achetez votre maison, créez votre entreprise, développez-vous. »

— Tu sembles m'avoir très bien cernée.

Comme personne auparavant, songea-t-elle, sous le choc.

— J'ai beaucoup pensé à toi, avoua Mitch en l'attirant vers lui.

Sentait-elle à quel point leurs deux corps s'emboîtaient à la perfection ?

— Beaucoup, continua-t-il. Pour tout t'avouer, je n'ai pas pensé à une autre femme depuis que je suis venu chez toi avec votre pizza.

Hester lui sourit et il eut envie de la serrer dans ses bras, mais il se retint.

— Hester...

Comme rarement dans sa vie, Mitch se sentit gagné par une étrange timidité. Hester le regardait avec les yeux chargés d'attente, voire d'impatience, tandis qu'il cherchait les bons mots.

— En réalité, commença-t-il, je n'ai pas envie de penser à une autre femme, ni d'être avec une autre femme de cette façon.

Il chercha encore comment exprimer ce qu'il ressentait et poussa un juron.

— Bon sang, j'ai l'impression d'être redevenu un lycéen.

Hester lui sourit prudemment.

— Que veux-tu dire ? Qu'il faut aller doucement ?

Ce n'était pas tout à fait ce qu'il avait à l'esprit, mais il lut dans ses yeux qu'il valait mieux ne pas précipiter les choses.

Hester baissa les yeux vers sa main posée sur la poitrine de Mitch. Etait-elle stupide de se sentir si émue ? Stupide ou non, ce sentiment n'en restait pas moins dangereux.

— Peut-être peut-on dire que je n'ai pas envie de me trouver ainsi avec une autre personne que toi, répondit-elle.

Mitch ouvrit la bouche pour répondre, puis se ravisa. De toute évidence, Hester avait besoin de temps pour être certaine que ce qu'elle ressentait était vrai. Elle n'avait connu qu'un seul homme dans sa vie, lorsqu'elle était très jeune. Il devait lui laisser la possibilité d'être sûre d'elle. Mais Mitch Dempsey n'avait pas l'esprit de sacrifice du commandant Zark.

— D'accord, approuva-t-il.

Mitch avait inventé et gagné assez de guerres pour savoir quelle stratégie adopter. Il allait faire la conquête d'Hester avant même qu'elle s'aperçoive qu'il y avait eu une bataille à livrer.

Pour commencer le premier siège, Mitch l'attira à lui et scella leurs bouches par un baiser.

Hester éprouva un sentiment à la fois étrange et merveilleux en se réveillant à côté de son amant, même si celui-ci l'avait poussée au bord du lit. Ouvrant les yeux, elle resta immobile et savoura l'instant.

Mitch avait enfoui son visage au creux de sa nuque, un bras étroitement serré autour de sa taille. Heureusement, car elle serait certainement tombée du lit sans cette étreinte. Lorsqu'elle esquissa un mouvement, la peau chaude de Mitch frotta doucement contre la sienne. Une délicieuse sensation de plaisir l'envahit aussitôt.

Elle n'avait jamais eu d'amant. Certes, elle avait eu un mari, mais sa nuit de noces, qui avait fait d'elle une femme, n'avait rien à voir avec celle qu'elle avait partagée avec Mitch. Etait-il juste de les comparer ? Sans doute pas, mais n'était-ce pas humain de le faire ?

Hester se souvenait de sa première nuit avec un homme, de ces premiers ébats frénétiques, compliqués par sa nervosité et l'impatience de son mari. Rien à voir avec la nuit qu'elle venait de passer dans les bras de Mitch. Le désir avait enflé progressivement, étape par étape, comme s'ils avaient eu tout le temps du monde pour le savourer. Elle ignorait que faire l'amour pouvait être aussi libérateur. Et elle ignorait aussi qu'un homme pouvait sincèrement vouloir donner du plaisir autant qu'en prendre.

Hester se pelotonna contre l'oreiller en regardant la faible lueur hivernale filtrer par les fenêtres. Les choses seraient-elles différentes ce matin ? Allaient-ils se sentir gênés ? Ou bien allaient-ils se comporter de manière désinvolte et minimiser la profondeur de ce qu'ils avaient partagé ? Hester ignorait tout de ces relations, finalement.

Peut-être donnait-elle trop d'importance à cette seule nuit, se réprimanda-t-elle en soupirant. Mais comment pouvait-il en être autrement, alors que cette soirée avait été si magique ?

Hester effleura la main de Mitch, la laissa posée sur la sienne quelques instants, puis essaya de se lever. Le bras de Mitch la retint aussitôt.

— Où vas-tu ? demanda-t-il d'une voix endormie.

Elle tenta de se tourner, mais son amant bloquait ses jambes avec les siennes.

— Il est presque 9 heures.

— Et alors ?

Il la caressa doucement.

— Je dois me lever. Il faut que j'aille chercher Rad dans deux heures.

Mitch grogna en voyant son rêve de passer la matinée au lit avec Hester s'envoler, puis il imagina tout ce qu'ils pouvaient encore faire en deux heures.

— C'est si bon d'être à ton côté, soupira-t-il.

Il relâcha son étreinte juste assez pour la laisser se tourner vers lui.

— Tu es très belle, conclut-il en contemplant son visage à travers ses yeux mi-clos. Délicieuse...

Il effleura ses lèvres. Aucune gêne, aucune désinvolture ne perçait dans son baiser.

— ... et merveilleuse. Imagine ça, proposa-t-il en caressant son ventre. Nous sommes sur une île des mers du Sud. Notre navire a fait naufrage une semaine plus tôt et nous sommes les seuls survivants.

Mitch ferma les yeux en pressant les lèvres contre son front.

— Nous nous sommes nourris de fruits et de poissons que j'ai habilement pêchés avec un bâton aiguisé par mes soins.

— Qui les nettoie ?

— C'est un monde imaginaire, inutile de s'encombrer de ce genre de détails. La nuit dernière, il y a eu un orage, une terrible tempête tropicale. Nous avons dû nous mettre en sécurité sous l'abri que j'ai construit.

— Que *tu* as construit ? demanda-t-elle avec un léger sourire. Je ne fais donc rien d'utile ?

— Tu peux faire tout ce que tu veux dans tes rêves. Maintenant, tais-toi.

En se blottissant contre elle, il pouvait presque sentir l'air iodé de la mer.

— C'est le matin, continua-t-il, la tempête a balayé tous les nuages. Des mouettes plongent en piqué dans les vagues. Nous sommes allongés côte à côte sur une vieille couverture.

— Que tu as héroïquement sauvée du naufrage.

— Tu commences à comprendre. Lorsque nous nous réveillons, nous découvrons que nous sommes blottis l'un contre l'autre malgré nous. Le soleil tape dur et a déjà brûlé nos corps à moitié nus. Encore engourdis de sommeil, mais déjà excités, nous nous rapprochons un peu plus l'un de l'autre. Et là...

Lorsque Mitch approcha ses lèvres à quelques millimètres des siennes, Hester ferma les yeux. Elle eut soudain l'impression d'entrer dans le tableau qu'il venait de lui dépeindre.

— Un sanglier nous attaque et je dois me battre contre lui.

— A moitié nu et sans armes ? fit-elle en riant.

— Tout à fait. Il m'inflige une vilaine morsure, mais j'arrive à le terrasser dans un combat à mains nues.

Hester leva les yeux au ciel.

— Et, pendant ce temps-là, j'imagine que je me cache sous la couverture en gémissant.

— Oui, concéda Mitch en l'embrassant sur le bout du nez. Mais, ensuite, tu m'es très reconnaissante de t'avoir sauvé la vie.

— Moi, la pauvre femme sans défense.

— C'est exactement ça. Tu es tellement reconnaissante que tu déchires ta jupe pour bander mes plaies, et puis...

Il fit une pause.

— ... tu me fais du café.

Hester le contempla, partagée entre l'étonnement et l'amusement.

— Tu m'as raconté toute cette histoire pour que je te fasse du café ?

— Pas un simple café. *Le* café du matin. Ma première tasse est vitale.

— Même sans cette histoire, je te l'aurais préparé.

— Oui, mais l'as-tu aimée ?

Hester réfléchit tout en arrangeant ses cheveux.

— La prochaine fois, c'est moi qui pêcherai le poisson.

— Marché conclu.

Elle se leva tout en éprouvant le désir ridicule d'avoir un peignoir à portée de main. Elle se dirigea vers le placard pour en enfiler un, le dos tourné.

— Tu veux un petit déjeuner ? demanda-t-elle.

Mitch s'était redressé. Il se passa une main sur le visage.

— Un petit déjeuner ? Tu veux dire avec des œufs, et tout ça ?

Son dernier vrai petit déjeuner remontait à l'époque où il avait encore l'énergie de se traîner au café du coin.

— Madame Wallace, en échange d'un vrai petit déjeuner, je vous donnerai les joyaux de la couronne de Perth.

— Tout ça pour du bacon et des œufs ?

— Parce qu'il y a du bacon aussi ? Mon Dieu, quelle femme !

Hester se mit à rire, certaine qu'il plaisantait.

— Va prendre une douche si tu veux. Je n'en ai pas pour longtemps.

En fait, Mitch ne plaisantait pas. Il regarda Hester sortir de la chambre, tout étonné. Il n'attendait pas d'une femme qu'elle lui fasse à manger, ou qu'elle le lui propose comme s'il était légitime de l'espérer. Mais il se souvint que cette même femme lui avait offert de recoudre son jean parce qu'elle croyait qu'il n'avait pas les moyens d'en acheter un neuf.

Il sortit du lit, songeur. La distante et professionnelle Hester Wallace était une femme chaleureuse très particulière, et il n'avait pas l'intention de la laisser filer.

Lorsque Mitch entra dans la cuisine, Hester était occupée à battre des œufs. Le bacon s'égouttait sur une grille et le café fumait déjà. Mitch s'arrêta quelques instants dans l'embrasure de la porte, un peu surpris de constater qu'une scène domestique aussi simple puisse l'affecter autant. Hester portait un peignoir en flanelle qui la couvrait jusqu'aux pieds. Mais, à ses yeux, elle ne pouvait pas être plus séduisante. Il n'avait pas compris avant ce jour que c'était ce qu'il avait toujours recherché : les odeurs du matin, le bruit de la radio posée sur le comptoir, la vue matinale d'une femme qui avait partagé la nuit avec lui se mouvant avec aisance dans une cuisine.

Lorsqu'il était enfant, les dimanches matin étaient très formels : brunch à 11 heures servi par un domestique en uniforme, jus d'orange de Waterford, œufs en cocotte dressés dans des assiettes en porcelaine. On lui avait appris à déplier sa serviette en tissu sur les genoux et à tenir une conversation polie. Des années plus tard, Mitch en était réduit, le week-end comme les autres jours de la semaine, à fouiller ses placards les yeux encore pleins de sommeil ou à se traîner jusqu'au café le plus proche.

Aussi bête que cela puisse paraître, il aurait aimé dire à Hester que ce simple repas pris sur le comptoir de sa cuisine avait autant d'importance à ses yeux que leur longue nuit passée dans son lit. Il s'avança vers elle et enlaça sa taille avant de déposer un baiser dans son cou.

A ce simple contact, il sentit son pouls s'accélérer et son sang bouillonner dans ses veines. Hester se laissa aller lascivement contre lui.

— C'est presque prêt, annonça-t-elle. Tu ne m'as pas dit comment tu aimais tes œufs. Je les ai donc préparés brouillés avec un peu d'aneth et de fromage.

A cet instant, Mitch était prêt à avaler n'importe quoi. Il fit pivoter Hester vers lui et lui donna un long et puissant baiser.

— Merci, dit-il dans un souffle.

Hester se sentait de nouveau nerveuse. Elle tourna les œufs juste à temps pour les empêcher de brûler.

— Pourquoi ne t'assieds-tu pas ? proposa-t-elle en lui tendant un mug. Voici ta première tasse de café vitale.

Mitch en but la moitié avant d'obtempérer.

— Hester, tu te rappelles ce que je pense à propos de tes jambes ?

Ne sachant où il voulait en venir, elle lui lança un regard en coin avant de mettre les œufs dans une assiette.

— Oui.

— Ton café est presque aussi bon. Ce sont des qualités exceptionnelles chez une femme.

— Merci.

Elle posa l'assiette devant lui avant d'actionner le grille-pain.

— Tu ne manges pas ? demanda Mitch, étonné qu'elle ne se serve pas.

— Non, je prendrai juste un toast.

Il contempla la pile d'œufs dorés et de bacon croustillant.

— Hester, il ne fallait pas préparer tout ça si de ton côté tu ne manges pas.

— Ça ne me dérange pas, dit-elle en empilant les toasts sur une assiette. Je le fais tous les jours pour Rad.

Mitch posa une main sur la sienne lorsqu'elle s'assit près de lui.

— J'apprécie le geste.

— Ce ne sont que des œufs, se défendit-elle, l'air gêné. Tu devrais les manger avant qu'ils refroidissent.

— Cette femme est merveilleuse ! Non seulement elle élève un petit garçon intéressant et équilibré, non seulement elle occupe un emploi exigeant, mais elle cuisine.

Il goûta le bacon.

— Veux-tu m'épouser ? conclut-il.

Hester rit en remplissant de nouveau leurs tasses de café.

— S'il te suffit de quelques œufs brouillés pour que tu fasses cette demande, je suis étonnée que tu n'aies pas trois ou quatre femmes cachées dans ton placard.

En réalité, Mitch ne plaisantait pas. Elle l'aurait lu dans ses yeux si elle l'avait regardé. Mais elle était occupée à beurrer ses tartines. Il contempla quelques instants ses mains dépourvues de bagues. La façon dont il avait fait sa demande était ridicule et inefficace. Surtout s'il voulait qu'elle le prenne au sérieux. Il était également trop tôt, songea-t-il en engouffrant une pleine fourchette d'œufs brouillés.

Mais il avait un plan. D'abord, Hester devrait s'habituer à sa présence, puis il gagnerait sa confiance et l'amènerait à croire qu'il serait toujours là pour elle. Enfin, le plus dur serait de la convaincre qu'elle avait besoin de lui. Pas pour lui donner le gîte et le couvert. Elle était beaucoup trop indépendante pour cela, et il admirait cet aspect de sa personnalité. Mais, avec le temps, elle pourrait avoir besoin de son soutien émotionnel, de sa compagnie. Ce serait un début.

Faire la cour à Hester était une mission qui s'annonçait à la fois complexe et subtile. Mitch ne savait pas vraiment comment il allait s'y prendre, mais il était plus que jamais déterminé à relever le défi. Et ce, dès maintenant.

— Tu as des projets aujourd'hui ? demanda-t-il, l'air de rien.

— Je dois aller chercher Rad vers midi.

Hester prit le temps de savourer son toast. Cela faisait des années qu'elle n'avait pas pris son petit déjeuner en compagnie d'un adulte et l'expérience ne manquait pas de charme.

— Je lui ai ensuite promis que je l'emmènerais avec Josh au cinéma, voir *La lune d'Andromède.*

— Vraiment ? C'est un film fantastique. Les effets spéciaux sont saisissants.

— Tu l'as vu ? demanda-t-elle, un peu déçue.

Elle avait pensé qu'il aurait pu les accompagner.

— Deux fois. Il y a une scène renversante entre le scientifique fou et le scientifique sain d'esprit. Et puis il y a ce mutant qui ressemble à une carpe. Le personnage est fabuleux.

— Une carpe, répéta Hester en sirotant son café. Ça m'a l'air merveilleux, en effet.

— C'est un vrai spectacle pour les yeux. Je peux venir avec vous ?

— Mais tu viens de dire que tu l'as déjà vu deux fois.

— Et alors ? Il n'y a que les navets que je ne revois jamais. En plus, j'aimerais voir la réaction de Rad pendant la bataille au laser dans l'espace.

— Le film est sanglant ?

— Il n'y a aucune scène que Rad ne puisse voir.

— Je ne parlais pas pour lui.

Mitch rit en lui prenant la main.

— Je serai là pour te protéger. Qu'en penses-tu ? Je me chargerai du pop-corn.

— Comment décliner une proposition pareille ?

Il porta la main d'Hester à ses lèvres.

— Parfait. Ecoute, je vais t'aider à faire la vaisselle, puis je descendrai promener Taz.

— Pars tout de suite. Il n'y a pas grand-chose à laver et Taz t'attend certainement en gémissant derrière la porte.

— D'accord. Mais, la prochaine fois, c'est moi qui cuisine.

Hester débarrassa les assiettes.

— Tu vas me préparer des sandwichs au beurre de cacahouète et à la confiture ?

— Je peux faire mieux pour t'impressionner.

Hester lui sourit.

— Tu n'as pas besoin de m'impressionner.

Mitch s'approcha d'elle et prit son visage entre ses mains.

— Si, j'en ai besoin.

Puis il mordilla ses lèvres avant d'approfondir soudain son baiser jusqu'à ce qu'ils soient tous les deux à bout de souffle.

— C'est un bon début, conclut-elle, haletante.

Il effleura ensuite son front, le sourire aux lèvres.

— Je serai de retour dans une heure.

Hester resta immobile jusqu'à ce qu'elle entende la porte se fermer. Comment était-ce arrivé ? Comment était-elle tombée amoureuse de cet homme ? Il n'était parti que pour une heure, mais elle attendait déjà son retour avec impatience.

Prenant une profonde inspiration, elle s'assit de nouveau. Elle ne devait pas s'emballer. Il fallait à tout prix qu'elle évite de prendre cette histoire, comme tout le reste, trop au sérieux. Mitch était drôle, il était gentil, mais il n'était pas là pour toujours. En dehors de Radley et d'elle, rien ne durerait toujours. Des années plus tôt, elle s'était promis de ne jamais l'oublier. Et aujourd'hui, plus que jamais, elle était résolue à tenir ses promesses.

9

— Vous savez bien que j'ai horreur de parler affaires avant midi, Rich.

Assis dans le bureau de Skinner, Mitch contemplait Taz qui ronflait paisiblement à ses pieds. Même s'il était 10 heures passées, il était au travail depuis deux bonnes heures et, psychologiquement, il ne s'était pas préparé à affronter le froid pour parler boutique. Dire qu'il avait dû abandonner ses personnages sur sa table à dessin en très mauvaise posture ! Ils ne devaient pas apprécier d'avoir été laissés en plan, tout comme Mitch avait eu du mal à les quitter.

— Si vous m'avez appelé pour me donner une augmentation, je suis d'accord, mais vous auriez pu attendre l'heure du déjeuner.

— Vous n'allez pas recevoir d'augmentation.

Skinner ignora le téléphone qui sonnait sur son bureau.

— Vous êtes déjà surpayé, ajouta son patron.

— Eh bien, si vous comptez me renvoyer, vous auriez vraiment pu attendre une heure ou deux de plus.

— Vous n'êtes pas renvoyé, répondit Skinner en le regardant d'un air soucieux. Mais, si vous persistez à amener ici votre chien, je pourrais très bien changer d'avis.

— Taz est devenu mon agent. Vous pouvez tout dire devant lui.

Skinner s'adossa à son siège et croisa ses mains aux

articulations gonflées. Cela faisait des années qu'il faisait craquer ses doigts pour calmer ses nerfs.

— Vous savez, Dempsey, quelqu'un qui ne vous connaîtrait pas aussi bien que moi pourrait croire que vous plaisantez. Mais, moi, je sais que vous êtes fou.

— C'est pour cette raison que nous nous entendons si bien, n'est-ce pas ? Ecoutez, Rich, Mirium est enfermée dans une pièce remplie de rebelles blessés de la planète Zirial. Comme elle est pleine d'empathie, elle non plus ne se sent pas très bien. Pourquoi ne pas en finir avec cette discussion afin que je puisse rentrer chez moi et la sortir de ce mauvais pas ?

— Des rebelles de Zirial, commenta Skinner d'un air pensif. Vous ne songez pas à faire revenir Nimrod le Sorcier ?

— Cette idée m'a traversé l'esprit. Si vous me dites pourquoi vous m'avez fait venir, je pourrai rentrer chez moi et découvrir ce qu'il a fait du gant qui le rend invisible.

— Vous travaillez ici, souligna Skinner.

— Ce n'est pas une excuse.

Skinner lâcha enfin le morceau.

— Vous savez que Two Moon Pictures est en train de négocier avec Universal les droits pour produire Zark au cinéma ?

— Oui. Cela fait un an, un an et demi qu'on en parle.

Comme toutes ces tractations ne l'intéressaient pas, Mitch étendit ses longues jambes devant lui et entreprit de masser le flanc de Taz du bout du pied.

— La dernière chose que vous m'ayez dite était que ces mangeurs de graines de Californiens n'arrivaient pas à s'extirper assez longtemps de leurs baignoires pour conclure l'affaire, plaisanta Mitch. Vous avez beaucoup d'humour, Rich.

— L'affaire a été signée hier, répondit platement son patron. Two Moon veut exploiter Zark.

Le sourire de Mitch s'évanouit aussitôt.

— Vous êtes sérieux ?

— Je suis toujours sérieux, répliqua Skinner en scrutant la réaction de Mitch. Je croyais que vous seriez un peu plus enthousiaste. Votre bébé va devenir une star du grand écran.

— Pour dire la vérité, je ne sais pas ce que je ressens, dit Mitch en quittant de son fauteuil.

Puis il commença à arpenter le minuscule bureau de Rich. En passant près de la fenêtre, Mitch ouvrit les stores. Une lumière dure et froide s'infiltra dans la pièce.

— Zark a toujours été un personnage très personnel. Je ne sais pas ce que je ressens à l'idée de le laisser partir à Hollywood.

— Vous avez adoré les poupées réalisées par B.C. Toys.

— Les figurines, rectifia aussitôt Mitch. Ce doit être parce qu'elles étaient assez fidèles aux personnages.

Sa réaction était stupide, il le savait. Zark ne lui appartenait pas. Certes, il l'avait créé, mais le personnage était la propriété d'Universal, à l'instar de tous les autres héros et êtres malfaisants sortis de l'imagination fertile de leur équipe. Si comme Maloney, son ancien collègue de travail, Mitch décidait de quitter la société, il devrait laisser Zark derrière lui pour qu'un autre se charge de le faire vivre.

— Garderons-nous une certaine liberté de manœuvre ? demanda-t-il enfin.

— Vous craignez qu'ils exploitent votre bébé ?

— Peut-être.

— Ecoutez... Two Moon a acheté les droits de Zark parce que le personnage possède un potentiel au box-office, tel qu'il est. Il ne serait pas sage commercialement parlant de le changer. Mais la bande dessinée est un gros marché. Cent trente millions par an, ce n'est pas négligeable. Nous n'avions pas connu un tel essor depuis la fin de la guerre. Et, même si le marché se stabilise, il restera porteur. Ces types de la côte ouest s'habillent peut-être de manière excentrique, mais ils savent reconnaître un gagnant quand ils en croisent un. Si vous avez des inquiétudes, vous pouvez toujours accepter leur offre.

— Quelle offre ?

— Ils veulent que vous écriviez le scénario du film.

Mitch s'immobilisa.

— Moi ? Mais je n'écris pas pour le cinéma.

— Vous avez créé Zark. Visiblement, c'est assez pour les producteurs. Nos éditeurs ne sont pas stupides non plus. Radins, commenta Skinner en lançant un regard furtif vers le linoléum usé, mais pas stupides. Ils veulent que le script soit écrit en interne. Le contrat que nous avons signé contient une clause stipulant que nous pouvons faire un essai. Two Moon veut que vous commenciez le travail. Si les résultats ne sont pas concluants, ils proposent que vous participiez au projet en tant que conseiller artistique.

— Conseiller artistique, répéta Mitch à haute voix, tout en réfléchissant à l'intitulé du poste.

— A votre place, Dempsey, je prendrais un agent à deux jambes.

— Peut-être. Il faut que j'y réfléchisse. Je dispose de combien de temps ?

— Personne n'a fixé de délais. Votre refus n'a même pas été évoqué. Mais, une fois encore, ils ne vous connaissent pas comme moi.

— Donnez-moi quarante-huit heures. Il faut que j'en parle à quelqu'un.

Skinner se tut jusqu'à ce que Mitch ait atteint la porte du bureau.

— Mitch, des occasions comme celles-ci ne se présentent pas tous les jours.

— Laissez-moi juste rentrer chez moi. Je vous recontacte.

Les bouleversements n'arrivent jamais seuls, songea Mitch en marchant à côté de Taz. Dire que l'année avait commencé de manière normale, presque ordinaire. Il s'était fixé quelques objectifs simples : prendre de l'avance sur son planning afin de partir trois ou quatre semaines en vacances et aller skier, boire du brandy et déblayer de la neige dans la ferme de son oncle. Il s'était dit qu'il rencontrerait une ou deux jeunes femmes séduisantes sur les pistes enneigées pour agrémenter ses soirées. Il avait également prévu de dessiner un peu, de dormir beaucoup et d'aller d'hôtel en hôtel.

Mais, depuis quelques semaines, tout avait changé. Il avait trouvé avec Hester tout ce qu'il avait toujours désiré dans sa vie personnelle. Il ne lui restait plus qu'à la convaincre qu'*il* était l'homme dont elle avait toujours rêvé. Et aujourd'hui, alors que Skinner venait de lui faire l'une des plus importantes propositions de sa vie professionnelle, Mitch ne pouvait pas dissocier les deux.

Il n'avait jamais vraiment séparé ces deux aspects de sa vie. Lorsqu'il buvait un verre avec ses amis ou lorsqu'il travaillait toute la nuit avec Zark, il restait le même homme. S'il avait changé, c'était à cause d'Hester et de Radley. Depuis qu'il s'était épris d'eux, il s'était surpris à désirer les chaînes qu'il avait toujours évitées, les responsabilités qu'il avait toujours fuies.

Pour commencer, il allait trouver Hester.

Mitch entra d'un pas nonchalant dans la banque, les oreilles rouges de froid. Sa longue marche dans l'air glacé lui avait donné le temps de réfléchir à sa conversation avec Skinner et de ressentir les premières bouffées d'excitation. Il imaginait déjà Zark en Technicolor, en son Dolby stéréo, en Panavision.

Il s'arrêta devant le bureau de Kay et la salua.

— Elle a déjà pris son déjeuner ? demanda-t-il directement.

La jeune femme fit rouler son fauteuil en arrière.

— Non.

— Elle n'a pas de rendez-vous ?

— Elle est seule.

— Parfait. Et jusqu'à quelle heure est-elle libre ?

Kay fit courir un doigt le long de son agenda.

— 14 h 15.

— Très bien, elle sera de retour à temps. Si Rosen passe par là, dites-lui que j'ai emmené Mme Wallace déjeuner pour parler de mon prêt.

— Oui, monsieur.

Lorsque Mitch ouvrit la porte, il surprit Hester penchée sur une longue colonne de chiffres. Ses doigts survolaient rapidement la calculatrice, qui cliquetait à mesure que la bande se déroulait.

— Kay, je vais avoir besoin de l'estimation des travaux de Lorimar. Et pouvez-vous me commander un sandwich, s'il vous plaît ? Demandez ce qu'il y a de plus rapide. Je voudrais avoir fini de monter ce dossier à la fin de la journée. Oh ! Et j'aurai besoin des opérations de change sur le compte Duberry. Cherchez le 1 099.

Mitch ferma la porte derrière lui.

— Bon sang, toutes ces conversations bancaires m'excitent.

— Mitch !

Hester leva les yeux vers lui, la tête encore pleine de chiffres.

— Que fais-tu ici ?

— J'organise ton évasion, mais nous devons faire vite. Taz se charge de distraire les vigiles.

Il avait déjà décroché le manteau d'Hester de la patère située derrière la porte.

— Allons-y. Contente-toi de garder la tête baissée et d'avoir l'air naturel.

— Mitch, je dois...

— Manger chinois et faire l'amour avec moi. Peu importe dans quel ordre. Tiens, enfile ça.

— Je n'ai pas encore terminé ces calculs.

— Ils ne s'envoleront pas.

Il l'aida à boutonner son manteau, puis posa les mains sur ses épaules.

— Hester, sais-tu depuis combien de temps nous n'avons pas eu une heure pour nous ? Quatre jours.

— Je sais. Je suis désolée, j'ai été très occupée.

— Occupée, répéta-t-il en désignant son bureau. Personne ne dira le contraire, mais tu m'as aussi tenu à distance.

— Ce n'est pas vrai.

Non, songea Hester, c'était elle qui se tenait à distance

de lui, pour se prouver qu'elle n'avait pas autant besoin de Mitch qu'il y paraissait. Mais sa stratégie n'avait pas fonctionné aussi bien qu'elle l'espérait. Debout devant lui, le cœur battant à tout rompre, elle en avait la preuve.

— Mitch, je t'ai expliqué comment je me sentais à l'idée d'être... avec toi dans l'appartement, en même temps que Radley.

— Oui, je sais.

Il aurait aimé parler de ce point, mais il s'abstint.

— En ce moment, continua-t-il, Rad est à l'école et tu as le droit de prendre une pause pour déjeuner. Viens avec moi, Hester. J'ai besoin de toi.

Elle ne pouvait ni lui résister, ni refuser son offre, ni prétendre qu'elle n'avait pas envie d'être avec lui. Sachant qu'elle le regretterait plus tard, elle tourna le dos à son travail.

— Je me contenterai d'un sandwich au beurre de cacahouète et de confiture. Je n'ai pas très faim.

— C'est toi qui décides.

Quinze minutes plus tard, ils pénétraient dans l'appartement de Mitch. Comme d'habitude, les rideaux étaient grands ouverts. Le soleil entrait à flots dans la pièce, où régnait une agréable chaleur. Hester enleva son manteau. Mitch devait monter le chauffage pour pouvoir rester pieds nus chez lui, vêtu d'un simple T-shirt à manches courtes. Elle se tenait debout, son manteau dans la main, ne sachant pas quoi faire.

— Laisse-moi te débarrasser, proposa Mitch en lançant négligemment son vêtement sur une chaise. Beau tailleur, mademoiselle Wallace, murmura-t-il en passant un doigt sur le revers de sa veste à fines rayures.

Hester posa une main sur la sienne, une fois de plus effrayée que tout aille trop vite.

— Je me sens...

— Décadente ?

L'humour qu'elle lut dans son regard l'aida toutefois à se détendre.

— Non, j'ai plus l'impression de m'être enfuie par la fenêtre de ma chambre en pleine nuit.

— Tu l'as déjà fait ?

— Non, j'y ai beaucoup pensé, mais je n'ai jamais su ce que j'aurais pu faire une fois dehors.

— C'est pour ça que je suis fou de toi.

Mitch embrassa ses lèvres, où planait un sourire timide. Elles s'adoucirent et s'abandonnèrent aussitôt sous les siennes.

— Sors par la fenêtre pour moi, Hester. Je te montrerai ce que l'on peut faire.

Il glissa alors une main dans ses cheveux pour faire tomber une à une les épingles qui les attachaient, et elle perdit le contrôle d'elle-même.

Elle le désirait avec une violence qui frisait la folie. Depuis qu'ils avaient fait l'amour, Hester avait passé de longues nuits à penser à lui, à la manière dont il l'avait touchée, aux endroits de son corps qu'il avait caressés. Et, maintenant, les mains de Mitch étaient de nouveau sur elle, comme dans ses souvenirs. Cette fois, elle réagit plus vite que lui. D'un geste vif, elle fit passer le pull de son amant par-dessus sa tête pour se délecter de sa peau chaude et lisse. Puis elle mordilla avec insistance les lèvres de Mitch pour mieux le séduire, jusqu'à ce qu'il lui retire à son tour sa veste puis se débatte avec les boutons qui couraient dans le dos de son chemisier.

Les gestes de Mitch devinrent moins tendres lorsqu'elle trouva le chemin de son sexe. Toute sa belle patience semblait même avoir disparu. Mais la prudence d'Hester s'était depuis longtemps évanouie elle aussi. Sans cesser de le caresser, elle se pressait désormais avec fougue contre lui. Peu lui importait que ce soit le jour ou la nuit. Elle avait beau se débattre avec cette idée, elle était là où elle voulait être, là où elle avait besoin d'être.

De la folie, c'était bien de la folie. Comment avait-il pu vivre si longtemps sans elle ? Fou de désir, Mitch défit les boutons de sa jupe et la fit glisser d'un long geste sensuel le long de ses hanches jusqu'au sol. Puis, avec un grognement de satisfaction, il pressa sa bouche contre la gorge d'Hester. Quatre jours ? Cela ne faisait que quatre jours ? Il la découvrait aussi impatiente et désespérée que lui, comme il en avait rêvé. Il savoura le contact de sa peau, même lorsque le désir se nicha au creux de ses reins et lui fit perdre la tête. Il aurait pu passer des heures à la caresser, à s'en remettre à ses mains. Mais l'intensité du moment, le manque de temps et l'urgence de ses murmures ne le lui permettaient pas.

— La chambre, bafouilla-t-elle tandis qu'il faisait glisser les fines bretelles de son soutien-gorge le long de ses épaules.

— Non, ici.

Puis il scella ses lèvres d'un baiser fougueux en l'entraînant au sol avec lui.

Il aurait aimé lui donner plus. Même s'il sentait qu'il allait bientôt atteindre le point de non-retour, il aurait aimé lui donner plus. Mais elle avait déjà enroulé ses jambes autour de sa taille. Sans lui laisser le temps de reprendre son souffle, elle posa les mains sur ses hanches pour mieux le guider en elle, puis elle enfonça profondément les doigts dans ses épaules en murmurant son prénom. Mitch eut alors l'impression que l'univers entier explosait dans sa tête.

Lorsque Hester reprit enfin ses esprits, elle aperçut de petites particules danser dans un faisceau de lumière. Elle était étendue sur un précieux tapis d'Aubusson, la tête de Mitch nichée entre ses seins. Il était midi, une pile de dossiers l'attendait sur son bureau, et elle venait de passer la plus grande partie de sa pause déjeuner à faire l'amour par terre. Elle ne s'était jamais sentie aussi comblée.

Jusqu'à ce jour, elle ignorait que l'existence pouvait ressembler à une aventure, un carnaval. Pendant des années, elle avait cru qu'il n'y avait pas de place dans sa vie pour la folie de l'amour. Son monde tournait uniquement autour des responsabilités. Mais, à cet instant précis, elle commençait à comprendre que les deux n'étaient pas incompatibles. Pendant combien de temps, elle l'ignorait. Mais, un jour, c'était déjà beaucoup.

— Je suis heureuse que tu sois venu me chercher pour déjeuner.

— Il va falloir le faire plus souvent, alors. Tu veux toujours un sandwich ?

— Non, je n'ai besoin de rien.

De rien d'autre que de lui, songea-t-elle en soupirant. Il allait falloir qu'elle se fasse à cette idée.

— Il faut que je retourne au bureau, annonça-t-elle.

— Ton prochain rendez-vous n'est qu'à 14 heures. J'ai vérifié. Tes opérations de change peuvent attendre quelques minutes, n'est-ce pas ?

— Je suppose que oui.

— Viens avec moi, dit-il en l'aidant à se lever.

— Où donc ?

— Nous allons prendre une douche rapide. Ensuite, il faut que je te parle.

Hester accepta le peignoir qu'il lui tendait en essayant de ne pas trop s'inquiéter. Elle connaissait suffisamment Mitch pour savoir qu'il était plein de surprises. Mais était-elle capable d'en supporter davantage ? Un peu tendue, elle s'assit près de lui sur le canapé et attendit.

— On dirait que tu vis tes dernières heures, remarqua-t-il.

Hester tenta un sourire timide.

— Non, mais ce que tu as à me dire semble si sérieux.

— Je te l'ai déjà dit, je ne suis pas toujours drôle.

Du bout des pieds, il écarta quelques magazines de la table basse.

— J'ai eu des nouvelles aujourd'hui, expliqua-t-il, et je ne sais pas trop quoi en penser. Je voudrais avoir ton avis.

— Concernant ta famille ? demanda-t-elle aussitôt, inquiète.

— Non, répondit-il en prenant ses mains entre les siennes. Ce ne sont pas de mauvaises nouvelles. Du moins, je ne pense pas. Une société de production basée à Hollywood vient de conclure un marché avec Universal pour produire un film sur Zark.

Hester le regarda quelques instants, interdite.

— Un film ? Mais c'est merveilleux. Zark est un personnage de bande dessinée très connu, mais un film le rendra plus célèbre encore. Tu dois être ravi et très fier de voir ton travail évoluer de cette façon.

— Je ne sais toujours pas s'ils vont pouvoir le transposer sur grand écran avec le bon ton, les bonnes émotions. Ne me regarde pas comme ça.

— Mitch, je sais l'importance que Zark a pour toi. Enfin, je pense. C'est ta création.

— Pour moi, il est réel, corrigea Mitch. Ici, ajouta-t-il en tapotant sa tempe. Et aussi ridicule que ça puisse paraître, ici aussi, conclut-il en touchant son cœur. Il a changé ma vie, il a changé ma façon de me voir et de voir mon travail. Je ne veux pas que l'on gâche mon personnage, qu'on en fasse un héros en carton-pâte ou, pire encore, qu'on le rende infaillible et parfait.

Hester garda le silence quelques instants. Elle commençait à comprendre que le fait de donner vie à une idée était tout aussi bouleversant que de mettre au monde un enfant.

— Puis-je savoir pourquoi tu l'as créé ? demanda-t-elle.

— Je voulais un héros, un héros très humain, avec ses failles et ses faiblesses. Mais avec de grandes valeurs. Un personnage qui, parce qu'il est fait de chair et de sang, parle aux enfants, un héros avec une force intérieure assez puissante pour se défendre. Les enfants n'ont pas beaucoup le choix, tu sais. Quand j'étais jeune, je voulais être capable de dire : « Non, je ne veux pas, je n'aime pas ça. » Lorsque j'ai commencé à lire, je me suis aperçu qu'il y avait des possibilités, des portes de sortie. C'est dans cet esprit que j'ai créé Zark.

— Et tu penses avoir réussi ?

— Oui, d'un point de vue personnel, j'ai réussi lorsque le premier numéro est sorti. Professionnellement, Zark a poussé Universal au sommet. Il génère des millions de dollars de chiffre d'affaires chaque année.

— Et tu le déplores ?

— Non, pourquoi le ferais-je ?

— Dans ce cas, tu ne devrais pas déplorer de le voir passer à l'étape suivante.

Mitch ne répondit rien. Il réfléchissait. Il aurait dû se douter qu'Hester verrait les choses plus clairement que lui, qu'elle était plus pragmatique. N'était-ce pas la raison pour laquelle il avait besoin d'elle ?

— Ils m'ont proposé d'écrire le scénario.

— Comment ? dit-elle en se redressant, les yeux écarquillés de stupeur. Oh ! Mitch, c'est merveilleux. Je suis si fière de toi.

Il continua de jouer avec les doigts d'Hester.

— Je n'ai pas encore accepté.

— Tu crois ne pas en être capable ?

— Je n'en suis pas sûr.

Hester ouvrit la bouche, puis se ressaisit.

— Bizarre, dit-elle avec prudence. J'aurais juré que tu étais l'homme le plus sûr de lui que je connaisse. De plus, je te croyais beaucoup trop possessif à l'égard de Zark pour laisser une autre personne écrire ce scénario.

— Il y a une différence entre écrire un scénario de bande dessinée et celui d'un film à gros budget.

— Et alors ?

Mitch s'esclaffa.

— Tu te sers de mes propres réponses, à ce que je vois.

— Mitch, tu sais écrire, tu es le premier à dire que tu as beaucoup d'imagination, et tu connais ce personnage mieux que personne. Je ne vois pas où est le problème.

— J'ai peur de tout gâcher. Peu importe, même si je n'écris pas le scénario, ils veulent m'embaucher comme conseiller artistique.

— Je ne peux pas prendre de décision à ta place, Mitch.

— Mais ?

Elle se pencha vers lui, et posa les mains sur ses épaules.

— Ecris ce scénario, Mitch. Tu t'en voudras à mort si tu n'essaies pas. Il n'y a aucune garantie mais, si tu ne prends pas ce risque, tu n'auras pas non plus de récompense.

Emu, Mitch prit la main d'Hester dans la sienne et la serra très fort sans la quitter des yeux.

— C'est vraiment comme ça que tu ressens les choses ?

— Oui. Je crois aussi en toi.

Elle se pencha vers lui pour effleurer ses lèvres.

— Epouse-moi, Hester, prononça Mitch dans un souffle.

Sa bouche toujours contre la sienne, elle se raidit. Puis, très doucement, elle s'écarta de lui.

— Comment ?

— Epouse-moi, répéta-t-il en retenant fermement sa main. Je t'aime.

— Non, s'il te plaît, ne fais pas ça.

— Ne pas faire quoi ? T'aimer ?

Il resserra l'étreinte autour de ses doigts, tandis qu'elle tentait de se dégager.

— Il est beaucoup trop tard pour ça, et tu le sais, ajouta-t-il. Je ne t'ai pas menti en te disant que je ne m'étais jamais aussi bien senti avec une femme. Je veux passer le reste de ma vie avec toi.

— Je ne peux pas, murmura-t-elle.

Chaque mot semblait lui brûler la gorge.

— Je ne peux pas me marier avec toi, continua-t-elle. Je ne veux me marier avec personne. Tu ne mesures pas ce que tu me demandes.

— Le fait de ne jamais avoir été marié ne veut pas dire que je ne peux pas comprendre.

Il s'était attendu à une réaction de surprise, et même à une certaine résistance. Mais il s'apercevait à présent à quel point il s'était trompé. Il y avait une peur irraisonnée dans les yeux d'Hester, une réelle panique dans sa voix.

— Hester, je ne suis pas Allan. Et nous savons tous les deux que tu n'es pas la même femme que le jour où tu l'as épousé.

— Peu importe. Je ne suis plus prête à sauter le pas et à entraîner Radley dans tout ça.

Elle s'écarta brusquement et entreprit de se rhabiller.

— Tu n'es pas raisonnable, conclut-elle.

— Vraiment ?

Luttant pour garder son calme, Mitch s'approcha d'elle par-derrière et l'aida à boutonner son chemisier. Il la sentit se raidir de nouveau.

— Maintenant, dit-il, c'est toi qui fondes tes sentiments sur des événements qui ont eu lieu il y a des années.

— Je ne veux pas en parler.

— Peut-être que ce n'est pas le meilleur moment pour le faire, mais un jour il faudra bien avoir cette discussion.

Comme elle lui résistait, il la fit pivoter.

— Nous allons devoir en parler, précisa-t-il.

Hester ne pensait plus qu'à partir, assez loin pour oublier tout ce qui venait d'être dit. Mais, pour l'heure, elle allait devoir affronter son amant.

— Mitch, nous ne nous connaissons que depuis quelques semaines, et nous commençons à peine à accepter ce qui se passe entre nous.

— Ce qui se passe ? Si mes souvenirs sont bons, c'est toi qui m'as dit que les relations légères ne t'intéressaient pas.

Hester se sentit blêmir, puis pivota pour saisir sa veste.

— Je ne prends pas notre relation à la légère.

— En effet, parce que c'est sérieux, pour chacun de nous deux.

— Oui, c'est vrai, mais…

— Hester, je t'ai dit que je t'aimais. Maintenant, j'ai besoin de savoir ce que tu ressens pour moi.

— Je n'en sais rien.

Elle laissa échapper un cri lorsqu'il la prit de nouveau par les épaules.

— Je t'ai dit que je ne savais pas, continua-t-elle. Je crois que je t'aime. Aujourd'hui. Tu me demandes de mettre en péril tout ce que j'ai fait, la vie que j'ai construite pour Radley et moi-même, pour une émotion qui peut changer en une nuit.

— L'amour ne disparaît pas en une nuit, corrigea-t-il. On peut le tuer ou l'alimenter. Tout dépend de la manière dont les gens s'impliquent. Je veux que tu t'engages auprès de moi, que tu m'offres une famille, et je veux m'engager auprès de toi en retour.

— Mitch, tout va trop vite, beaucoup trop vite pour nous.

— Bon sang, Hester. J'ai trente-cinq ans. Je ne suis pas un jeune écervelé. Je ne veux pas t'épouser pour avoir une femme dans mon lit tous les soirs et un vrai petit déjeuner le matin, mais parce que je sais que nous pouvons vivre ensemble quelque chose d'authentique et de sérieux.

— Tu ne sais pas à quoi ressemble le mariage, tu ne peux que l'imaginer.

— Et, de ton côté, tu n'en as qu'une mauvaise expérience. Hester, regarde-moi. Regarde-moi, insista-t-il. Quand vas-tu cesser de prendre le père de Radley comme référence ?

— C'est le seul exemple que je connaisse.

Hester se dégagea de son étreinte et reprit son souffle.

— Mitch, ta proposition me flatte.

— Ça ne me suffit pas.

— S'il te plaît, dit-elle en passant nerveusement une main dans ses cheveux. Je t'aime beaucoup, et la seule chose dont je sois certaine, c'est que je ne veux pas te perdre.

— Le mariage ne marque pas la fin d'une relation, Hester.

— Je ne peux pas penser au mariage, je suis navrée.

Un vent de panique l'envahit au point qu'elle s'interrompit quelques secondes pour se calmer.

— Si tu ne veux plus me voir, je comprendrai, conclut-elle. Mais je... j'espère que nous pouvons nous contenter de continuer comme maintenant.

Mitch enfonça les mains dans ses poches. Il avait l'habitude d'aller trop loin, trop vite, et il le savait. En revanche, il détestait l'idée de gaspiller le temps qu'ils pouvaient passer ensemble.

— Pour combien de temps, Hester ?

— Aussi longtemps que notre relation durera, répondit-elle en fermant les yeux. C'est sans doute dur à entendre. Tu signifies beaucoup pour moi. Jamais je n'aurais imaginé que quelqu'un puisse de nouveau compter autant pour moi.

Mitch caressa la joue humide d'Hester.

— Je me sens désarmé, murmura-t-il en étudiant la larme sur son doigt.

— Je suis désolée. Je ne voulais pas en arriver là. Je ne savais pas que tu avais ce genre de projets en tête.

— Je le vois bien, répondit-il avec un petit rire ironique. En trois dimensions.

— Je t'ai blessé et je le regrette beaucoup.

— Non, je me suis mis tout seul dans l'embarras. En vérité, cela faisait au moins une semaine que je n'avais pas imaginé te demander en mariage.

Hester effleura sa main, puis s'interrompit.

— Mitch, ne pouvons-nous pas simplement oublier tout ça, et en rester là ?

Il tendit la main vers elle et saisit le revers de sa veste.

— Non, je crains que ce ne soit pas possible. J'ai bien réfléchi, Hester. Je ne le fais qu'une ou deux fois par an mais, ensuite, je ne peux plus revenir en arrière.

Il planta son regard dans le sien avec cette intensité qui la pénétrait jusqu'aux os.

— Tôt ou tard, je t'épouserai, continua-t-il. Si c'est tard, ça me va. Mais je te laisserai du temps pour te faire à cette idée.

— Mitch, je ne vais pas changer d'avis. Ce ne serait pas juste de te laisser croire le contraire. Ce n'est pas un simple caprice, mais une promesse que je me suis faite à moi-même.

— Certaines promesses méritent d'être rompues.

Hester secoua la tête d'un air désespéré.

— Je ne sais plus quoi dire. J'espère juste que…

Il plaqua un doigt sur ses lèvres pour l'arrêter.

— Nous en parlerons plus tard. Je vais te raccompagner au bureau.

— Non, ne te dérange pas. Vraiment, dit-elle en le voyant ouvrir la bouche pour protester. J'ai besoin d'un peu de temps pour réfléchir. Ce serait plus difficile avec toi.

— C'est un bon début.

Puis il saisit son menton et étudia longuement son visage.

— La prochaine fois, essaie de ne pas pleurer quand je te demanderai de m'épouser. C'est terrible pour mon ego.

Il l'embrassa avant qu'elle puisse répondre.

— A plus tard, madame Wallace. Et merci pour le déjeuner.

Un peu hébétée, Hester sortit dans le couloir.

— Je t'appellerai plus tard, déclara-t-elle.

— Parfait. Je ne serai pas très loin.

Mitch referma derrière elle et s'adossa contre la porte. Bon sang, qu'il avait mal ! songea-t-il, une main sur le cœur. Si quelqu'un lui avait dit qu'être amoureux pouvait faire aussi mal, il aurait continué à éviter ce sentiment. Il avait eu une grande déception lorsque son lointain amour de La Nouvelle-Orléans l'avait quitté. Mais, avec Hester, il ne s'était pas préparé à un tel coup de massue. Comment aurait-il pu ?

Pourtant, il n'était pas prêt à baisser les bras. Il allait élaborer un plan d'attaque, subtil, intelligent et irrésistible, décida-t-il en regardant Taz avec circonspection.

— Où penses-tu qu'Hester aimerait passer notre lune de miel ?

Le chien grogna avant de rouler sur le dos.

— Non, décréta Mitch. Les Bermudes, c'est dépassé. Peu importe, je trouverai bien autre chose.

10

— Radley, peux-tu faire la guerre avec tes amis en faisant un peu moins de bruit, s'il te plaît ?

Saisissant le ruban mesureur autour de son cou, Hester l'apposa contre le mur.

Parfait, songea-t-elle, satisfaite. Puis elle attrapa le crayon coincé derrière son oreille et traça deux croix à l'endroit supposé accueillir les clous.

Les deux petites étagères de verre étaient une façon pour elle de se faire plaisir, même si elle n'avait pas vraiment besoin de ces objets. Quant au fait de les accrocher seule, ce n'était pas une façon de montrer ses compétences ou son indépendance, mais l'une des tâches courantes qu'elle avait pris l'habitude de réaliser seule depuis des années. Le marteau dans une main, elle s'empara du premier clou. Elle venait d'y porter deux grands coups lorsqu'elle entendit frapper à la porte.

— Une minute !

Hester donna un dernier coup. De la chambre de Radley fusait le bruit sifflant de missiles antiaériens. Elle prit le deuxième clou d'entre ses lèvres pour le glisser dans sa poche.

— Rad, la police va venir nous arrêter pour trouble à l'ordre public ! lança-t-elle.

Lorsqu'elle ouvrit la porte, elle trouva Mitch sur le palier.

— Salut, dit-elle.

Le plaisir qu'il lut sur les traits d'Hester lui réchauffa aussitôt le cœur. Mitch ne l'avait pas vue depuis deux jours. Depuis qu'il lui avait confié qu'il l'aimait et qu'il voulait l'épouser. En deux jours, il avait beaucoup réfléchi et ne pouvait qu'espérer que, malgré elle, elle en avait fait de même de son côté.

— Tu fais des travaux ? demanda-t-il en désignant le marteau.

— J'accroche une étagère, répondit-elle, les deux mains sur l'outil.

Elle semblait aussi intimidée qu'une adolescente.

— Entre.

Mitch lorgna vers la chambre de Radley en fermant la porte derrière lui. Il avait l'impression qu'une grande attaque aérienne était en cours.

— Tu ne m'avais pas dit que tu ouvrais une garderie.

— Cela fait longtemps que j'en rêve. Rad, vous venez de signer un traité. Cessez le feu !

Elle l'invita à prendre place dans un fauteuil, un sourire timide aux lèvres.

— Radley a invité Josh et Ernie, qui vit un étage au-dessus. Il fréquente la même école que lui.

— Oui, le petit monstre. Je le connais. C'est très beau, fit-il en contemplant les étagères.

— C'est un cadeau pour célébrer mon premier mois à la National Trust, expliqua Hester en passant un doigt sur le bord biseauté.

Pour tout avouer, elle préférait de loin cet objet à un nouveau vêtement.

— C'est une sorte de prime ?

— Autoattribuée, alors.

— Ce sont les meilleures. Tu veux que je t'aide à finir ?

— Oh ? Non, merci, je peux le faire. Pourquoi ne pas t'asseoir ? Je vais te faire du café.

— Non, *tu* accroches l'étagère et *je* vais faire du café, répondit-il en l'embrassant sur le bout du nez. Et détends-toi, d'accord ?

— Mitch...

Il s'était éloigné de deux pas lorsqu'elle lui prit le bras.

— Je suis terriblement heureuse de te voir, avoua-t-elle. J'avais peur que tu sois fâché.

Il lui lança un regard perplexe.

— Fâché ? Pourquoi le serais-je ?

— Eh bien...

Elle laissa sa phrase en suspens tandis qu'il continuait de la fixer d'un air mi-intéressé, mi-curieux, au point qu'elle se demanda si elle n'avait pas tout inventé.

— Rien, conclut-elle en sortant le clou de sa poche. Je te laisse te servir.

— Merci, dit Mitch en souriant comme elle avait le dos tourné.

Il avait atteint son objectif : il avait réussi à la troubler. Maintenant, elle allait devoir penser à lui et réfléchir à ce qu'ils s'étaient dit. Plus elle y penserait et plus il y avait de chances qu'il lui fasse entendre raison.

En sifflotant, Mitch se dirigea d'un pas nonchalant vers la cuisine pendant qu'elle accrochait le deuxième clou.

Il lui avait bien demandé de l'épouser, elle n'avait pas rêvé, songea Hester. Elle se souvenait de chacune de ses paroles, de chacune des réponses qu'elle lui avait faites. Et elle était certaine de l'avoir vu en colère et blessé. Ne venait-elle pas de passer deux jours à s'en vouloir ? Et, aujourd'hui, voilà qu'il se présentait chez elle comme si de rien n'était.

Elle posa le marteau puis souleva les étagères. Peut-être se sentait-il soulagé de son refus ? Cela expliquerait son attitude. Mais pourquoi cette idée ne lui apportait-elle pas le soulagement espéré ?

— Tu as fait des cookies ? demanda Mitch en amenant deux tasses ainsi qu'un plat de cookies tout chauds.

— Oui, ce matin.

Elle lui lança un sourire par-dessus son épaule en ajustant les étagères.

— Il faudrait monter celle-ci un peu plus haut vers la

droite, conseilla-t-il en s'asseyant sur l'accoudoir d'un fauteuil.

Il posa la tasse d'Hester et croqua dans un cookie au chocolat.

— Délicieux, s'extasia-t-il après la première bouchée. Et sache que je suis un connaisseur !

— Je suis heureuse qu'ils te plaisent, répliqua Hester, toujours concentrée sur ses étagères.

Elle recula d'un pas pour admirer le résultat.

— C'est important. J'ignore si je pourrais épouser une femme qui ne sait pas faire les cookies.

Il en prit un deuxième qu'il examina attentivement.

— Enfin, je pourrais peut-être, rectifia-t-il tandis qu'Hester se tournait lentement vers lui. Mais ce serait difficile.

Il dévora le biscuit en lui souriant.

— Heureusement, je peux définitivement écarter cette éventualité, conclut-il.

— Mitch, dit Hester sur le ton de la réprimande.

Mais, avant qu'elle ait pu trouver quoi ajouter, Radley arriva en trombe, suivi de ses deux amis.

— Mitch ! s'écria le petit garçon, ravi de le voir.

L'enfant poussa un hurlement strident avant de s'arrêter devant lui et, tout naturellement, Mitch passa un bras autour de ses épaules.

— Nous venons de livrer une bataille formidable. Nous sommes les derniers survivants.

— Vous devez avoir faim. Prends donc un cookie.

Radley se servit et engouffra le biscuit tout entier.

— Nous devons aller chez Ernie chercher d'autres armes.

Il tendit la main vers un autre cookie avant de croiser le regard de sa mère.

— Tu n'es pas venu avec Taz, constata Radley.

— Il a regardé la télévision tard hier soir. Il a décidé de dormir toute la journée.

— D'accord. Je peux aller chez Ernie un petit moment ?

— Bien sûr, répondit Hester. Mais ne sortez pas sans me le dire.

— Promis. Vous pouvez partir devant, les gars. J'ai quelque chose à faire.

Radley partit en courant vers sa chambre tandis que ses deux amis se dirigeaient vers la porte d'entrée.

— Je suis heureuse qu'il se fasse de nouveaux amis, fit Hester en tendant la main vers sa tasse. Dire qu'il se faisait du souci à ce sujet...

— Radley n'est pas du genre timide.

— Non, en effet.

— Il a également la chance d'avoir une mère qui invite ses copains et qui leur fait des cookies.

Tout en buvant son café, Mitch se souvint que la cuisinière de sa mère faisait des petits gâteaux, elle aussi. Mais ce n'était pas la même chose.

— Evidemment, une fois que nous serons mariés, nous devrons lui donner des frères et sœurs. Que vas-tu mettre sur cette étagère ?

— Des objets inutiles, murmura-t-elle sans le quitter des yeux. Mitch, je n'ai pas envie de discuter avec toi, mais je pense que nous devons éclaircir les choses.

— Quoi donc ? Oh ! Je voulais te dire que j'ai commencé à travailler sur le scénario. J'avance plutôt bien.

— J'en suis ravie.

Mais Hester était également troublée.

— Vraiment, continua-t-elle, c'est formidable, mais je pense que nous devrions d'abord parler de cette affaire.

— Bien sûr. De quelle affaire s'agit-il ?

Elle ouvrit la bouche, mais fut interrompue une fois de plus par son fils. Lorsque Radley entra dans le salon, Hester se leva pour poser un petit chat en porcelaine en haut de l'étagère.

— Je t'ai fabriqué quelque chose à l'école, annonça le petit garçon à Mitch.

L'enfant avait les mains dans le dos et arborait un air gêné.

— Vraiment ? s'étonna Mitch en posant sa tasse. Puis-je voir ce que c'est ?

— C'est la Saint-Valentin, tu sais.

Après plusieurs secondes d'hésitation, il tendit à Mitch une carte en papier Canson ornée d'un ruban bleu.

— J'ai déjà fait à ma mère un cœur en dentelle, mais je me suis dit que le bleu c'était mieux pour les garçons. Elle s'ouvre.

Emu, Mitch ouvrit la carte. Radley avait utilisé ses plus belles lettres d'imprimerie pour l'écrire.

« A Mitch, mon meilleur ami. Je t'aime, Radley. »

Mitch dut s'éclaircir la gorge en veillant à ne pas avoir l'air idiot.

— C'est formidable ! s'extasia-t-il. Personne ne m'a jamais offert de carte avant aujourd'hui.

— Vraiment ?

La gêne de Radley fut remplacée par la surprise.

— J'en fais tout le temps pour ma mère. Elle dit qu'elle les préfère à celles que l'on achète dans les magasins.

— Ta maman a raison, j'aime bien mieux celle-ci.

Mitch n'était pas certain qu'un garçon de presque dix ans apprécie d'être embrassé, mais il passa une main dans les cheveux de Radley et déposa un baiser sur sa joue.

— Merci beaucoup.

— De rien. A plus tard.

Le regard toujours braqué sur le bout de papier, Mitch entendit la porte claquer.

— J'ignorais tout de cette carte, dit calmement Hester. Je pense qu'il voulait garder le secret.

— Il a fait du beau travail.

A cet instant, Mitch n'aurait su dire ce que ce carton et ce ruban signifiaient pour lui. Il se leva et s'avança vers la fenêtre, la carte à la main.

— Je suis fou de lui, constata-t-il.

— Je sais, répondit Hester en s'humectant les lèvres.

Si jamais elle avait douté de l'ampleur des sentiments de Mitch à l'égard de son fils, elle venait d'en avoir une preuve évidente. Et cela ne faisait que lui rendre la tâche plus difficile.

— En quelques semaines, tu as fait tellement pour lui. Je sais qu'aucun de nous ne peut te demander d'être ici, mais sache que ta présence signifie beaucoup pour nous.

Mitch réprima une bouffée de colère. Il n'avait que faire de sa gratitude. Il attendait tellement plus de sa part. Mieux valait qu'il se calme.

— Le meilleur conseil que je puisse te donner est de t'y habituer, Hester.

— C'est exactement ce que je ne peux pas faire.

Elle s'avança vers lui, l'air très déterminé.

— Mitch, je t'aime beaucoup, mais je ne veux pas dépendre de toi. Je ne peux pas me permettre d'avoir des attentes, de faire des projets, de placer ma confiance en toi.

— C'est toi qui le dis, répondit-il en posant précautionneusement la carte sur la table. Je n'ai pas l'intention de discuter.

— Ce que tu as dit avant...

— Qu'ai-je dit ?

— A propos de quand nous serions mariés.

— J'ai parlé mariage, moi ? demanda-t-il en enroulant une longue mèche de cheveux autour de son doigt, le sourire aux lèvres. Je ne sais pas ce qui a pu me passer par la tête.

— Mitch, j'ai l'impression que tu essaies de me déstabiliser.

— Et ça fonctionne ?

Mieux valait prendre cette conversation avec légèreté, songea Hester. Si Mitch voulait jouer avec elle, elle allait lui faciliter la tâche.

— Uniquement parce que tu confirmes ce que j'ai toujours pensé de toi. Tu es un homme très étrange.

— Etrange comment ?

— Pour commencer, tu parles à ton chien.

— Et il me répond. Ça ne compte pas. Essaie encore.

Le doigt toujours enroulé dans ses cheveux, il l'attira un peu plus près de lui. Qu'elle le veuille ou non, ils étaient en train de parler de leur relation et elle était détendue.

— Tu gagnes ta vie en écrivant des bandes dessinées. Et, en plus, tu les lis.

— En tant que femme avec une grande expérience des finances, tu dois comprendre l'importance d'un bon investissement. Sais-tu combien un double numéro de mes *Défenseurs de Perth* vaut aux yeux d'un collectionneur ? Par modestie, je préfère taire le chiffre.

— Je parie qu'il coûte très cher.

Il acquiesça d'un léger signe de tête.

— Et sachez, madame Wallace, que je serais heureux de débattre avec vous des mérites de la littérature sous toutes ses formes. Je t'ai déjà dit que j'étais chargé d'animer les débats au lycée ?

— Non.

Hester avait posé les mains sur le torse de Mitch, attirée une fois de plus par son corps ferme et musclé.

— Il y a aussi le fait que tu n'as jeté aucun journal ou magazine depuis cinq ans.

— Je les garde pour la grande collecte de papier du troisième millénaire. La conservation est une seconde nature.

— Tu as aussi réponse à tout.

— Je n'en attends qu'une seule de ta part. T'ai-je dit qu'après tes jambes je suis tombé amoureux de tes yeux ?

— Non, dit-elle, légèrement amusée. Et, moi, t'ai-je dit que la première fois que je t'ai vu à travers le judas je t'ai regardé un long moment ?

— Je sais, répliqua-t-il, l'air très sûr de lui. De l'autre côté de la porte, j'ai distingué une ombre.

— Oh ! répondit-elle sans savoir quoi ajouter.

— Les enfants peuvent revenir en courant d'une minute à l'autre, tu sais. Pouvons-nous arrêter de parler quelques instants ?

— Oui, dit-elle en l'enlaçant. C'est possible.

Hester refusait encore d'admettre qu'elle se sentait en sécurité, protégée dans les bras de Mitch. C'était pourtant la vérité. Elle ne voulait pas accepter qu'elle avait eu peur de le perdre ; elle avait été terrifiée par le vide qu'il aurait laissé dans sa vie. Mais sa crainte était encore vive. En levant les lèvres vers les siennes, ce sentiment s'estompa un peu.

Pourtant, elle était incapable de réfléchir au futur, d'envisager l'avenir que Mitch lui avait dépeint lorsqu'il lui avait parlé de mariage et de famille. Quand elle était enfant, on lui avait appris que le mariage durait toujours, mais elle avait compris depuis qu'il était très simple de briser une promesse. Et elle ne voulait plus de promesses rompues dans sa vie, plus de vœux brisés.

Les sentiments avaient beau déferler sur elle et amener avec eux leur lot de rêves nostalgiques, sa volonté restait entière. Elle avait peut-être cédé son cœur à Mitch, mais elle se montrerait forte. Même si elle se surprit à le serrer plus fort dans ses bras, à l'attirer plus près d'elle, Hester savait que c'était cette même volonté qui les empêcherait plus tard d'être malheureux.

— Je t'aime, Hester, murmura Mitch contre sa bouche.

Elle ne voulait pas l'entendre prononcer ces mots, il le savait, mais il avait besoin de les lui dire. S'il les répétait assez, sans doute pourrait-elle commencer à le croire et, mieux encore, comprendre leur sens profond.

Car il voulait qu'elle soit à lui pour toujours, comme il voulait être à elle pour toujours. Comment aurait-il pu se contenter de ce court instant volé dans la lumière qui coulait à flots par la fenêtre, ou d'autres moments arrachés dans l'obscurité ? Une seule fois dans sa vie, il avait désiré quelque chose avec cette même intensité. Quelque chose d'abstrait et de nébuleux qu'on appelle l'art. Puis l'heure était finalement venue pour lui de reconnaître que ce rêve ne serait jamais à sa portée.

A l'inverse, Hester était bien là, dans ses bras. Il pouvait même sentir les désirs doux et brûlants qui s'agitaient en elle. Elle n'était pas un rêve, mais la femme qu'il aimait, qu'il désirait, et qu'il finirait par avoir. Si, pour la garder, il devait user de quelques petites ruses pour faire tomber une à une ses résistances, alors il était prêt à jouer.

Mitch leva les mains vers son visage et glissa les doigts dans ses cheveux.

— Je pense que les enfants vont bientôt revenir, dit-il.

— Certainement, répondit Hester en cherchant de nouveau ses lèvres.

Jamais elle n'avait ressenti une telle urgence auparavant.

— Si seulement nous avions plus de temps, ajouta-t-elle.

— Tu le penses vraiment ?

Elle avait les yeux mi-clos lorsqu'il s'écarta d'elle.

— Oui.

— Laisse-moi revenir ce soir.

— Oh ! Mitch, dit-elle, bouleversée, en posant la tête sur son épaule.

Pour la première fois en dix ans, la mère et la femme qui étaient en elle se livraient un combat.

— J'ai envie de toi, murmura-t-elle. Tu le sais, n'est-ce pas ?

Hester sentait battre son cœur très fort contre le sien.

— Oui, j'imagine, dit-il dans un soupir.

— J'aimerais être avec toi ce soir, mais il y a Rad.

— Je sais ce que tu penses à l'idée que je dorme chez toi avec Rad dans la chambre à côté. Hester…

Il fit glisser ses mains le long de ses bras, lui arrachant un délicieux frisson.

— Pourquoi ne pas être franc avec lui ? Pourquoi ne pas lui dire tout simplement que nous nous aimons et que nous avons envie d'être ensemble ?

— Mitch, ce n'est encore qu'un bébé.

— Non, il n'est plus un bébé. Attends, continua-t-il sans lui laisser le temps de l'interrompre. Je n'insinue pas qu'il faille lui présenter notre histoire comme quelque chose sans importance. Nous devrions dire à Radley ce que nous ressentons et lui expliquer que, lorsque deux adultes ont des sentiments très forts l'un pour l'autre, ils ont besoin de les exprimer.

Présenté de cette façon, tout était si simple, si logique, si naturel. Rassemblant ses esprits, Hester recula d'un pas.

— Mitch, Rad t'aime avec l'innocence et la spontanéité d'un enfant.

— Je l'aime aussi.

Elle le regarda droit dans les yeux avant d'acquiescer.

— Oui, je te crois et, si tu es sincère, j'espère que tu comprendras. Je crains que si, à ce stade, j'implique Radley, il en viendra à dépendre de toi encore plus qu'aujourd'hui. Il serait tenté de te voir comme un…

— Comme un père, compléta Mitch, ému. Et tu ne veux pas d'un père dans ta vie, n'est-ce pas ?

— Tu n'as pas le droit de dire ça.

Le regard d'Hester, d'ordinaire si calme et si clair, se troubla.

— Peut-être pas, mais à ta place je réfléchirais sérieusement à la situation.

— Tu n'as pas besoin de te montrer aussi cruel avec moi pour la seule raison que je refuse de coucher avec toi alors que mon fils dort dans la chambre d'à côté !

Mitch saisit son chemisier si vite qu'elle ne put l'éviter. Hester l'avait vu contrarié, à bout, mais jamais aussi furieux.

— Bon sang, tu penses que tout se résume à ça ? explosa-t-il. Si j'étais uniquement à la recherche de sexe, il me suffirait de décrocher mon téléphone. Le sexe est une affaire facile, Hester. Il suffit de deux personnes consentantes et d'un peu de temps.

— Je suis désolée, répondit-elle en baissant les yeux. C'était stupide de ma part de dire ça. Mais je me sens acculée. J'ai besoin d'un peu de temps, Mitch, s'il te plaît.

— C'est ce que j'essaie de te donner. Mais, pour ma part, j'ai besoin de passer ce temps avec toi, dit-il en fourrant les mains dans les poches. Je sais que je te mets la pression, mais je n'ai pas l'intention d'arrêter, car je crois en nous.

— J'aimerais pouvoir le faire aussi, vraiment, mais il y a trop de choses en jeu pour moi.

Et pour moi aussi, songea Mitch, qui avait recouvré suffisamment de calme pour ne rien laisser transparaître des émotions qui se bousculaient en lui.

— D'accord, nous allons continuer comme ça quelque temps, proposa-t-il. Vous voulez aller faire quelques jeux d'arcade ce soir à Times Square ?

— Oui, je suis certaine que Radley appréciera.

Elle s'approcha de nouveau de lui.

— Et moi aussi, ajouta-t-elle doucement.

— Tu n'en diras pas autant lorsque je t'aurai battue à plate couture.

— Je t'aime.

Mitch expira longuement, luttant contre l'envie pressante de la prendre de nouveau dans ses bras pour ne plus la lâcher.

— Préviens-moi juste lorsque tu te sentiras à l'aise avec tout ça.

— Tu seras le premier informé, c'est promis.

Mitch saisit la carte que Radley lui avait confectionnée.

— Dis à Rad que je le verrai plus tard.

— Je n'y manquerai pas.

Il avait presque atteint la porte lorsqu'elle s'élança derrière lui.

— Pourquoi ne viens-tu pas dîner avec nous demain soir ? J'ai prévu de faire du rôti.

— Avec des petites pommes de terre et des carottes ?

— Oui.

— Et des petits gâteaux ?

— Si tu veux, dit-elle en souriant.

— C'est très tentant, mais je suis déjà pris.

— Oh.

Elle résista à l'envie de lui demander des explications avant de se souvenir qu'elle n'avait aucun droit sur lui.

Mitch lui souriait, égoïstement ravi de voir sa déception.

— On peut remettre ça ? demanda-t-il d'un air innocent.

— Bien sûr, répondit-elle en se forçant à sourire. J'imagine que Radley t'a parlé de son anniversaire la semaine prochaine, ajouta-t-elle lorsque Mitch eut atteint la porte.

— Seulement cinq ou six fois.

Il s'interrompit, la main sur la poignée.

— Il organise une fête samedi après-midi, expliqua-t-elle. Je sais qu'il aimerait que tu viennes, si tu peux.

— Je serai là. Je viens vous chercher à 19 heures, ce soir ? Je me charge de la monnaie.

— Nous serons prêts.

Il ne semblait pas vouloir l'embrasser pour lui dire au revoir, songea-t-elle, déçue.

— Mitch, je...

— Oh ! J'ai failli oublier, déclara-t-il sur un ton détaché.

Il fouilla négligemment la poche arrière de son jean et en sortit un petit paquet.

— Qu'est-ce que c'est ?

— C'est la Saint-Valentin, tu te souviens ?

Il posa le paquet dans le creux de sa main.

— C'est un petit cadeau pour cette occasion, ajouta-t-il.

— Un cadeau de la Saint-Valentin ! répéta-t-elle, stupéfaite.

— C'est la tradition, je crois. J'ai pensé à t'offrir des bonbons, et puis je me suis dit que tu passerais trop de temps à surveiller Radley pour qu'il n'en mange pas trop. Ecoute, si tu préfères des bonbons, je peux le ramener et...

— Non, dit-elle en levant le paquet hors de sa portée tout en riant. Je ne sais même pas ce que c'est !

— Tu le sauras peut-être quand tu auras ouvert la boîte.

Hester ne se fit pas prier. Lorsqu'elle souleva le couvercle, elle aperçut une fine chaîne en or, au bout de laquelle pendait un petit cœur, pavé de ravissants diamants qui brillaient de mille feux.

— Oh ! Mitch, c'est magnifique !

— Je me suis dit qu'un collier aurait plus de succès que des bonbons. Je voulais éviter que tu te focalises trop sur l'hygiène buccale.

— Je ne suis pas aussi maniaque que tu veux bien le croire, protesta-t-elle en dégageant la chaîne de la boîte. Oh ! Mitch, il est vraiment très beau, je l'aime beaucoup, mais c'est trop...

— Conventionnel, je sais, l'interrompit-il en le lui prenant des mains. Mais on ne se refait pas.

— Toi, tu es conventionnel ?

— Au lieu de parler, tourne-toi pour que je puisse l'accrocher à ton cou.

Hester obéit et leva ses cheveux pour l'aider.

— J'aime vraiment ton cadeau, mais je n'attends pas de toi que tu me gâtes autant.

— En effet, répondit-il, très concentré sur le fermoir. Et je n'attends pas de toi que tu me prépares du bacon et des œufs. Mais cela semblait te faire tellement plaisir.

Une fois la chaîne attachée, il la fit pivoter vers lui.

— Sache que j'ai beaucoup de plaisir à te voir porter mon cœur autour de ton cou.

— Merci, dit-elle en mettant la main sur le pendentif. Je ne t'ai pas acheté non plus de bonbons, mais je peux peut-être t'offrir autre chose.

Le sourire aux lèvres, elle l'embrassa tendrement, de manière espiègle, avec une force qui les surprit tous les deux. Il ne fallut à Mitch qu'un seul instant pour être perdu, pour avoir besoin d'elle, pour se laisser porter par son imagination. Le dos contre la porte, il fit glisser ses mains le long de ses épaules avant de les poser sur ses hanches aux courbes douces, afin de mieux la serrer contre lui. La flamme du désir s'embrasa rapidement et, même lorsqu'elle s'écarta de lui, il en ressentait encore la brûlure. Les yeux plongés dans ceux d'Hester, il souffla très longuement.

— Je suppose que les enfants vont bientôt rentrer.

— D'une minute à l'autre.

Il l'embrassa légèrement sur le front avant de tourner les talons et d'ouvrir la porte.

— A plus tard, dit-il.

Une longue promenade avec son chien lui ferait le plus grand bien, songea-t-il en s'éloignant dans le couloir.

Fidèle à sa parole, Mitch avait rempli ses poches de petite monnaie. La salle de jeux était pleine à craquer. De toutes parts, des bruits de sifflements et d'explosions s'échappaient des machines. Un peu à l'écart, Hester regardait Mitch et Radley combiner leurs efforts pour sauver le monde d'une guerre intergalactique.

— Beau tir, caporal, dit Mitch en tapotant l'épaule du petit garçon, qui venait de désintégrer une fusée dans une déflagration de couleurs.

— C'est à toi, déclara Radley en abandonnant le pistolet à son officier supérieur. Fais attention aux détecteurs de missiles.

— Ne t'inquiète pas, je suis un vétéran.

— Nous allons battre le record, expliqua Radley en détournant les yeux de l'écran pour regarder sa mère. Nous pourrons alors inscrire nos initiales. Cet endroit est génial, tu ne trouves pas ? On trouve de tout.

De tout, en effet, songea Hester en lançant un regard furtif vers des individus louches habillés de cuir et couverts de tatouages. Un hurlement strident s'échappa de la machine juste derrière eux.

— Nous ne sommes qu'à sept cents points du record, caporal, annonça Mitch. Surveille bien les satellites nucléaires.

— A vos ordres, chef, répondit Radley en saisissant les manettes, l'air très concentré.

— Il a de bons réflexes, confia Mitch à Hester tandis que Radley contrôlait son vaisseau d'une main tout en lançant des missiles aériens de l'autre.

— Josh possède une console de jeux vidéo, expliqua-t-elle. Rad adore aller chez lui pour y jouer.

Hester sentit les battements de son cœur s'accélérer alors que le vaisseau de Radley frôlait l'anéantissement.

— Je ne sais pas comment il fait pour se repérer dans ce jeu, ajouta-t-elle. Oh ! Regarde, il vient de battre le record !

Le visage crispé, ils observèrent Radley en silence. L'enfant se battit courageusement jusqu'au bout. A la fin, un magnifique feu d'artifice éclaira l'écran dans une explosion de bruit et de lumières.

— C'est un nouveau record ! s'écria Mitch en lançant

le petit garçon dans les airs. Cela mérite une promotion. Sergent, inscrivez vos initiales.

— Mais tu as fait plus de points que moi.

— Qui les a comptés ? Allez, écris.

Les joues roses de fierté, Radley appuya sur le bouton pour parcourir l'alphabet et inscrivit R.A.W. Le A signifiait Allan, songea Mitch sans faire de commentaire.

— Tu veux essayer à ton tour, Hester ?

— Non, merci, je préfère regarder.

— Ma mère n'aime pas jouer, lui confia Radley. Elle transpire trop des mains.

— Tu transpires des mains ? demanda Mitch en souriant.

Hester lança un regard sévère à son fils.

— C'est à cause de la pression, expliqua-t-elle. Je suis incapable d'imaginer que je suis responsable du destin du monde. Je sais qu'il ne s'agit que d'un jeu, mais je me laisse vite emporter.

— Vous êtes merveilleuse, mademoiselle Wallace.

Lorsque Mitch embrassa sa mère sur la bouche, Radley resta un moment ébahi. En fait, cette scène lui procurait un sentiment étrange, dont il n'aurait su dire s'il était bon ou mauvais. Une chose était sûre : lorsque Mitch posa la main sur son épaule, Radley trouva cela agréable, comme toujours.

— Bon, où allons-nous maintenant ? demanda Mitch. Dans la jungle amazonienne, au Moyen Age ou en quête du requin tueur ?

— J'aime les jeux de ninjas, répondit Radley. J'ai vu un film de ninjas chez Josh, enfin presque. Sa mère a éteint la télévision parce que l'une des femmes était en train de retirer ses vêtements et tout ça.

— Vraiment ?

Mitch se retint de rire en voyant l'air horrifié d'Hester.

— Et comment s'appelait ce film ? ajouta-t-il.

— Peu importe, l'interrompit Hester en prenant la main de Radley. Je suis certaine que les parents de Josh ont simplement fait une erreur en les laissant regarder cette cassette.

— Le père de Josh pensait que les ninjas allaient lancer des étoiles et faire du kung-fu, expliqua Radley. Mais la mère de Josh a commencé à crier en lui demandant de retirer ce film. Moi, j'aime toujours les ninjas.

— Voyons si nous trouvons une machine disponible, décréta Mitch en marchant derrière Hester. Ne t'inquiète pas, je ne pense pas que ton fils soit traumatisé à vie.

— Non, mais j'aimerais bien savoir ce que « et tout ça » veut dire.

— Moi aussi.

Mitch passa un bras autour de ses épaules pour la guider au milieu d'un groupe d'adolescents.

— Nous pourrions peut-être louer ce film ?

— Je m'en passerai bien, merci.

— Tu ne veux pas voir *Les Ninjas nues de Nagasaki* ? plaisanta-t-il.

Lorsque Hester se tourna vers lui, l'air furieux, Mitch leva les deux mains en signe de reddition.

— Je viens de l'inventer, je te le jure. Tiens, voilà une machine libre. On y joue ?

Avec un sourire, il inséra les pièces dans l'appareil.

Au bout d'un certain temps, Hester cessa de se sentir agressée par le bruit des machines et la foule. Pour faire plaisir à son fils, elle joua à plusieurs jeux non agressifs dont le but n'était ni de dominer le monde, ni de détruire l'univers. Elle passa surtout la plus grande partie de la soirée à regarder son enfant, heureuse de le voir profiter d'une vraie sortie en ville.

Ils devaient avoir l'air d'une famille, songea-t-elle en contemplant Radley et Mitch s'affrontant dans un duel, penchés sur leurs manettes. Si seulement elle croyait encore en ces relations ! Mais, pour elle, la famille et les engagements pour la vie étaient aussi irréalistes que les machines qui projetaient leurs éclairs de lumière et leurs bruits tout autour d'eux.

L'important était de vivre au jour le jour, se rappela-t-elle en poussant un léger soupir. C'était la seule chose à laquelle elle pouvait encore croire aujourd'hui. Dans quelques heures, elle glisserait Radley dans son lit avant d'aller seule dans sa chambre. C'était l'unique façon de les mettre tous les deux à l'abri. Lorsqu'elle entendit Mitch rire en criant des mots d'encouragement à son fils, elle détourna le regard. Oui, c'était le seul moyen, songea-t-elle de nouveau. Malgré tout son désir de vouloir y croire, d'essayer d'y croire, elle ne pouvait pas se permettre de prendre ce risque.

— Tu aimes le flipper ? proposa Mitch à Radley.

— Oui, un peu.

Malgré les tintements et les éclairs de couleur et de lumière, Radley ne paraissait pas trouver beaucoup d'intérêt à ce jeu.

— Mais maman aime beaucoup ce jeu, ajouta le petit garçon.

— Tu te débrouilles ? demanda Mitch à Hester.

Distraite, elle chassa ses mauvaises pensées.

— Pas trop mal.

— Ça te dirait qu'on fasse une partie tous les deux ? demanda-t-il en faisant tinter les pièces dans sa poche.

Hester n'avait jamais vraiment eu l'esprit de compétition, mais l'air arrogant de Mitch la poussa à relever le défi.

— Très bien.

Hester avait toujours eu un bon contact avec les flippers et maniait les boutons d'un doigt assez léger, assez rapide pour battre son frère neuf fois sur dix. Même si ces machines électroniques étaient plus sophistiquées que celles qu'elle avait connues dans sa jeunesse, elle était certaine de pouvoir faire une bonne prestation.

— Tu peux me donner un handicap, suggéra Mitch en insérant les pièces dans la fente.

— Très drôle. J'allais te proposer exactement la même chose.

Le sourire aux lèvres, Hester prit les commandes. Coupée

du monde, elle se concentra sur la bille en s'efforçant surtout de ne pas la perdre.

Son jeu était précis, constata Mitch. Il se tenait debout derrière elle, les mains enfoncées dans les poches, et hochait la tête tandis que la bille tournoyait sans relâche. Il aimait sa façon de se pencher sur la machine, les lèvres entrouvertes, les yeux plissés, tout son corps en alerte. De temps en temps, Hester coinçait la langue entre ses dents et poussait le buste en avant, comme pour suivre la boule dans sa course folle et imprévisible.

La petite bille argentée heurta les bumpers en caoutchouc, qui cliquetèrent furieusement en clignotant. Lorsque Hester perdit la première bille, elle avait déjà atteint un score impressionnant.

— Pas trop mal pour un amateur, fit-il en adressant un clin d'œil à Radley.

— C'était un simple échauffement, riposta-t-elle avec un sourire, avant de lui laisser la place.

Radley observa la progression de la bille tandis que Mitch prenait le contrôle. Mais, pour avoir un aperçu complet du jeu, il devait se mettre sur la pointe des pieds. Il regarda avec un regain d'attention la bille rebondir à toute vitesse en haut du plateau d'un bumper à l'autre. Puis il lorgna avec envie les autres machines en regrettant de ne pas avoir demandé à Mitch quelques pièces avant que lui et sa mère commencent à jouer. A défaut de participer, il pouvait toujours se poser en simple spectateur. Radley fit un pas de côté pour mieux suivre la partie qui se jouait sur la machine voisine.

— On dirait que je viens de dépasser ton score de quelques centaines de points, déclara Mitch en laissant la place à Hester.

— Je ne voulais pas te dégoûter dès la première bille, riposta-t-elle. Cela aurait été grossier de ma part.

Puis elle tira sur le lanceur et engagea une nouvelle boule.

Cette fois, elle avait mieux assimilé le rythme. Hester ne laissa à la bille aucun repos tandis qu'elle l'envoyait vers la droite, vers la gauche puis vers le milieu du plateau à travers un tunnel où elle atterrit avec fracas dans le ventre d'un dragon lumineux. Hester avait l'impression d'être retombée en enfance, cette époque bénie où tous ses désirs étaient simples et ses rêves dorés. Elle rit aux éclats en faisant trembler bruyamment la machine et se lança à corps perdu dans la compétition.

Son score se mit à clignoter, toujours plus élevé, dans un vacarme tel qu'il attira vers eux un petit groupe de joueurs. Avant même que sa deuxième bille retombe, les paris fusaient de toutes parts.

Mitch prit place devant l'appareil. Contrairement à Hester, il ne chercha pas à bloquer les lumières et les sons, mais s'en servit pour faire monter l'adrénaline. Tout le monde retint son souffle lorsqu'il faillit perdre la bille avant de la récupérer du bout de son flipper pour l'envoyer avec force dans un coin du plateau. Mais, cette fois, il termina avec cinquante points de moins qu'elle.

La troisième et dernière manche attira plus de monde encore. Hester entendit les paris que lançaient les spectateurs avant de se concentrer sur la bille et sur sa cadence. A la fin de la partie, elle était presque exténuée.

— Tu vas avoir besoin d'un miracle, Mitch.

— Ne sois pas arrogante, répondit-il en tournant ses poignets comme un pianiste avant un concert.

La foule lui lança des cris d'encouragement.

Hester observa sa technique. Il jouait brillamment, elle devait le reconnaître. Mitch prenait des risques qui auraient pu lui coûter sa dernière bille, mais il parvint à les transformer en victoire. Il se tenait debout, les jambes écartées, l'air détendu, mais il avait ce regard profond et concentré qu'elle lui connaissait bien maintenant. Fidèles à sa désinvolture, ses cheveux tombaient devant ses yeux de manière désordonnée. Sur ses lèvres planait un léger sourire, mélange de ravissement et d'insouciance.

Hester jouait avec le petit cœur en diamants qu'elle portait sur un pull noir uni à col montant lorsqu'elle s'aperçut qu'elle contemplait Mitch et non la bille.

Il était le genre d'homme dont les femmes rêvent à la manière d'un héros. Le genre d'homme sur lequel elle aurait pu se reposer si elle n'y prenait pas garde. Un homme comme lui était capable de lui garantir des années de rire et de bonne humeur. Hester soupira en sentant faiblir les remparts qu'elle avait érigés tout autour de son cœur.

Mitch perdit sa dernière bille dans la caverne du dragon après une série de rugissements bruyants.

— Elle t'a battu de dix points, souligna un spectateur. Dix points, mon gars.

— Tu as gagné une partie gratuite, commenta une autre personne en tapotant amicalement le dos d'Hester.

L'air contrit, Mitch s'essuya les mains sur son jean.

— A propos de ce handicap..., commença-t-il.

— Trop tard, répliqua Hester.

Ridiculement fière d'elle, elle passa les pouces dans les boucles de son pantalon en étudiant son score.

— J'ai de meilleurs réflexes que toi, voilà tout, conclut-elle. Tout est dans les poignets.

— Que dirais-tu d'une revanche ?

— Non, je m'en voudrais de t'humilier de nouveau.

Puis elle se tourna vers son fils avec l'intention de lui offrir sa partie gratuite.

— Rad, pourquoi ne... Rad ?

Hester joua des coudes pour se frayer un chemin à travers le groupe de curieux.

— Radley ? appela-t-elle en sentant un frisson de panique courir dans son dos. Il n'est plus là !

— Pourtant, je l'ai vu il y a à peine une minute, répondit Mitch en scrutant la salle de jeux.

— Je n'ai pas fait attention à lui, déclara-t-elle en portant une main à sa gorge serrée, nouée par la peur.

Mitch se mit en marche rapidement.

— Je n'aurais pas dû le quitter des yeux dans un endroit comme celui-ci, déclara-t-elle, prise de panique.

— Arrête.

Mitch s'était exprimé d'une voix calme, mais Hester lui avait déjà communiqué sa peur. Il savait à quel point il était aisé de s'emparer d'un petit garçon dans une foule. Il en avait terriblement conscience.

— Il se promène entre les machines, c'est tout, fit-il pour la rassurer. Nous allons le retrouver. Je vais de ce côté. Toi, pars par là.

Sans un mot, Hester tourna les talons et se lança à la recherche de son fils. Un petit groupe de personnes étaient absorbées devant plusieurs machines. Elle s'arrêta pour les interroger, leur demandant si elles n'avaient pas vu un petit garçon blond vêtu d'un pull bleu. Puis elle l'appela à voix haute en essayant de couvrir le bruit et le cliquetis des machines, en vain.

Lorsqu'elle passa les grandes portes vitrées pour scruter les trottoirs bondés de Times Square, elle sentit son cœur chavirer. Non, il n'était pas sorti, songea-t-elle au comble de l'inquiétude. Radley n'aurait jamais fait une chose aussi expressément interdite. Sauf si quelqu'un l'avait emmené…

Les mains pressées l'une contre l'autre, elle rebroussa chemin. Il ne fallait pas qu'elle tienne de tels raisonnements. Mais la salle était si grande et si pleine d'inconnus… Et le bruit était encore plus assourdissant que dans ses souvenirs. Comment son fils aurait-il pu l'entendre dans tout ce vacarme ?

Sans cesser de l'appeler, Hester s'avança vers l'allée suivante. Soudain, elle entendit un rire d'enfant et fit volte-face. Mais il ne s'agissait pas de Radley. Elle avait parcouru la moitié de la salle et dix minutes s'étaient déjà écoulées lorsqu'elle songea à appeler la police. Accélérant le pas, elle essaya de couvrir du regard le moindre recoin et la moindre allée.

Le bruit était trop assourdissant, les lumières trop vives. Peut-être valait-il mieux rebrousser chemin — elle devait l'avoir raté. Peut-être Radley l'attendait-il maintenant à côté de ce fichu flipper en se demandant où elle était partie. Il avait sans doute peur. Il l'appelait probablement. Il…

C'est alors qu'elle le vit dans les bras de Mitch. Sans hésiter, elle bouscula deux personnes pour s'élancer vers eux.

— Radley ! cria-t-elle.

Puis elle les enlaça tous les deux et enfouit son visage dans les cheveux de son fils.

— Il était parti voir d'autres personnes jouer, expliqua Mitch en caressant le dos d'Hester, ce qui la réconforta aussitôt. Puis il a rencontré un camarade d'école.

— C'était Ricky Nesbit, expliqua Radley. Il était avec son grand frère et il m'a donné une pièce pour jouer. Il m'a emmené vers une machine, mais je ne me suis pas rendu compte qu'elle était si loin de vous.

— Radley, murmura Hester en luttant pour refouler ses larmes et maîtriser les tremblements qui menaçaient de briser sa voix. Tu connais les règles, tu sais que tu dois rester près de moi. Je dois pouvoir te faire confiance. Tu ne dois jamais t'éloigner.

— Je ne voulais pas le faire, mais Ricky m'a dit que ça ne prendrait qu'une minute. J'étais sur le point de revenir.

— Nous avons de bonnes raisons de fixer des règles, nous en avons déjà parlé, gronda-t-elle.

— Mais, maman…

— Rad, intervint Mitch en le faisant pivoter face à lui. Tu nous as fait peur, tu sais.

— Je suis désolé, répondit le petit garçon d'un air triste. Je ne voulais pas vous effrayer.

— Que cela ne se reproduise plus, répondit sa mère d'une voix plus douce.

Puis elle déposa un baiser sur sa joue.

— La prochaine fois, tu seras puni. Tu es tout ce que j'ai, Rad, dit-elle en le serrant contre elle.

Hester ferma les yeux et ne put donc pas voir le visage de Mitch changer d'expression.

— Je ne peux pas me permettre qu'il t'arrive quoi que ce soit, conclut-elle.

— Je ne le referai plus, promit le petit garçon.

Il était tout ce qu'elle avait, songea Mitch en posant l'enfant au sol. Pourquoi était-elle aussi bornée, au point de refuser d'admettre qu'elle avait aussi quelqu'un d'autre dans sa vie ? Les mains dans les poches, il ravala sa colère et sa tristesse. Hester allait devoir lui faire une place, et ce très bientôt. Sinon, il n'hésiterait pas à le faire pour elle.

11

Mitch ignorait s'il se faisait plus de mal que de bien en sortant de la vie d'Hester quelques jours, toujours est-il qu'il avait lui aussi besoin de temps. Il n'était pas du genre à tout disséquer et analyser, mais plutôt à sentir et agir. Pourtant, jamais ses émotions n'avaient été aussi fortes et ses actes si irréfléchis.

Dès qu'il le pouvait, il se réfugiait dans le travail ou dans ses fantasmes, qu'il contrôlait suivant son envie. Il passait le plus clair de son temps seul dans son appartement, à regarder des vieux films à la télévision ou à écouter de la musique à plein volume à la radio. Il continuait de travailler sur le scénario sans savoir s'il en viendrait à bout, dans l'espoir que ce défi l'empêche de gravir les deux étages qui le séparaient d'Hester pour la ramener à la raison.

Elle le désirait, mais ne voulait pas de lui. Elle s'ouvrait à lui, mais gardait enfoui en elle ce qu'elle avait de plus précieux. Elle lui faisait confiance, mais pas assez pour partager sa vie avec lui.

Rad était tout ce qu'elle avait. Soit. Mais était-il tout ce qu'elle désirait ? Mitch était contraint de se poser lui-même la question. Comment une femme aussi intelligente et généreuse qu'elle pouvait-elle fonder le reste de sa vie sur une erreur vieille de plus de dix ans ?

Son impuissance le rendait furieux. Même lorsqu'il avait touché le fond à La Nouvelle-Orléans, il ne s'était pas senti aussi découragé. A l'époque, il avait été confronté à ses limites, les avait acceptées et avait orienté sa carrière artistique différemment. L'heure était-elle venue pour lui de faire face aux limites de sa relation avec Hester ?

Il passait des heures à y réfléchir et à envisager des compromis avant de les rejeter l'un après l'autre. Pouvait-il accéder à la demande d'Hester et continuer de vivre leur relation telle qu'elle était aujourd'hui ? Ils deviendraient amants. Ils ne seraient liés par aucune promesse et ne parleraient pas d'avenir. Tant qu'il ne serait pas question de durée et d'attaches, ils pourraient poursuivre leur relation.

Non, il ne pouvait pas s'y résoudre. Maintenant qu'il avait trouvé la seule femme avec laquelle il ait jamais voulu vivre, il ne pouvait accepter de ne l'avoir qu'à mi-temps ou partiellement.

Quel choc de se découvrir un tel engouement pour le mariage ! Il ne pouvait pourtant pas dire qu'il connaissait beaucoup d'unions heureuses. Certes, ses parents étaient bien assortis — ils partageaient les mêmes goûts, la même élégance, la même conception des choses —, mais ils n'avaient jamais vécu la moindre passion. De l'affection et de la loyauté, oui. Ils avaient formé un front uni contre les ambitions farfelues de leur fils. Mais jamais la moindre étincelle n'avait animé leurs vies.

Mais ressentait-il uniquement de la passion à l'égard d'Hester ? Inutile de se poser la question, il connaissait déjà la réponse. Il pouvait même imaginer leur couple trente ans plus tard. Ils seraient assis côte à côte sur une balancelle sous le porche qu'Hester lui avait décrit, vieillissant ensemble et se remémorant leurs souvenirs.

Il n'était pas prêt à perdre tout ça. Même si le chemin était long et les obstacles nombreux, il n'était pas prêt à laisser passer sa chance.

Prenant une grande inspiration, Mitch rassembla ses paquets avant de monter rejoindre Hester.

Hester craignait qu'il ne vienne pas. Depuis leur soirée à Times Square, elle avait observé des changements subtils chez Mitch. Il avait été étrangement distant au téléphone avec elle et, malgré les multiples invitations qu'elle lui avait lancées, il avait toujours trouvé une bonne excuse pour les décliner.

Elle était en train de le perdre, songea-t-elle en versant du jus de fruits dans des verres en plastique. Hélas, depuis le début, elle savait que leur relation n'était que temporaire. Mitch avait le droit de vivre sa vie et de suivre son propre chemin. Elle pouvait difficilement lui demander d'accepter la distance qu'elle estimait devoir mettre entre eux ou de comprendre que son fils et son travail lui laissaient peu de temps à lui accorder. Elle espérait juste qu'ils resteraient amis.

Seigneur, comme il lui manquait ! Parler, rire et même s'abandonner contre lui lui manquait —, même s'il ne fallait pas qu'elle s'y habitue. Hester posa le pichet sur le comptoir et prit une profonde inspiration. Il ne fallait pas qu'elle accorde trop d'importance à tout cela, elle ne pouvait pas se le permettre. Dix petits garçons surexcités et bruyants l'attendaient dans la pièce à côté. C'était elle, la seule responsable. Elle ne pouvait pas passer son temps à dresser la liste de ses regrets alors que ses obligations l'attendaient.

Lorsqu'elle arriva dans le salon, chargée du plateau de boissons, elle trouva deux enfants qui faisaient semblant de tirer l'un sur l'autre. Trois autres se battaient en se roulant par terre pendant que les autres criaient pour couvrir le bruit du tourne-disque. Hester avait déjà remarqué que l'un des nouveaux amis de Radley portait une boucle d'oreille en argent et parlait des filles en connaisseur. Elle posa le plateau en levant les yeux au ciel.

S'il vous plaît, donnez-moi encore quelques années de bandes dessinées et de Meccano, pria-t-elle en silence. Elle n'était pas encore prête pour le reste.

— Petite pause, dit-elle d'une voix forte. Michael,

pourquoi ne lâches-tu pas Ernie pour venir boire un peu de jus de fruits ? Rad, pose le chaton. Les chats deviennent agressifs lorsqu'on les touche trop.

A contrecœur, Radley posa la petite boule de poils noir et blanc dans son panier douillet.

— Ce petit chat est trop mignon, décréta-t-il. Je l'adore.

Puis il saisit un verre sur le plateau en faufilant sa main parmi celles de ses amis.

— Ma montre me plaît beaucoup aussi, ajouta-t-il.

Il tendit alors le bras et poussa un bouton pour basculer du mode « heure » au mode « jeux vidéo ».

— J'espère que tu ne vas pas jouer en classe, le prévint Hester.

Plusieurs enfants gloussèrent en donnant des coups de coude à Radley. Hester venait presque de les convaincre de s'asseoir autour d'un jeu de société lorsqu'elle entendit frapper à la porte.

— J'y vais ! s'écria Radley.

D'un bond, il se leva et courut vers la porte. Il y avait encore un vœu qu'il espérait voir se réaliser pour son anniversaire. Lorsque le battant s'ouvrit, il s'exauça.

— Mitch ! Maman m'a dit que tu étais certainement trop occupé pour venir, mais je savais que tu le ferais. J'ai eu un chaton pour mon anniversaire. Je l'ai appelé Zark. Tu veux le voir ?

— Dès que j'aurai posé tous ces paquets.

A peine Mitch eut-il posé ses fardeaux sur le canapé qu'il reçut Zark dans les mains. Le chaton ronronna et se cambra sous ses caresses.

— Il est très mignon. Nous allons devoir le présenter à Taz.

— Taz ne va pas le dévorer ?

— Tu plaisantes ?

Puis, le chaton sous le bras, Mitch se tourna vers Hester.

— Salut, dit-il.

— Salut.

Son amant avait besoin d'un bon rasage, son pull était troué, mais Hester le trouva magnifique.

— Nous avions peur que tu ne puisses pas te libérer.

— J'ai dit que je serais là, répondit-il en grattouillant d'une main lascive la tête du chat entre les deux oreilles. Je tiens toujours mes promesses.

— J'ai aussi eu cette montre, intervint fièrement Radley en levant son poignet. Elle donne l'heure, la date, et on peut aussi jouer à Dive Bomb et à Scrimmage avec.

— A Dive Bomb ? s'étonna Mitch en s'asseyant sur l'accoudoir du canapé.

Il regarda le petit garçon envoyer en l'air de petits points lumineux.

— Tu ne risques plus de t'ennuyer pendant les longs trajets en métro, à ce que je vois ?

— Ou dans la salle d'attente chez le dentiste. Tu veux jouer ?

— Plus tard. Je suis désolé d'être en retard. Il y avait la queue au magasin.

— Pas de problème. Nous t'avons attendu pour manger le gâteau. Il est au chocolat.

— Génial. Tu ne me demandes pas ce que je t'ai apporté ?

— Ça ne se fait pas, répondit Radley en lançant un regard en coin vers sa mère, occupée à séparer de nouveau deux de ses camarades. Tu m'as vraiment apporté quelque chose ?

— Non.

En voyant l'expression déçue du petit garçon, Mitch ébouriffa ses cheveux.

— Mais bien sûr que si ! rectifia-t-il en riant. Mon cadeau est là, sur le canapé.

— C'est quel paquet ?

— Tous.

Radley ouvrit de grands yeux.

— Tous ?

— On peut dire qu'ils vont ensemble. Pourquoi n'ouvres-tu pas celui-ci en premier ?

Mitch n'avait pas eu le temps d'emballer les cartons. Il

avait à peine eu la présence d'esprit de mettre du scotch sur la marque et le modèle. Mais acheter des cadeaux à un petit garçon était pour lui une expérience nouvelle qu'il appréciait énormément. L'air curieux, Radley commença à ouvrir le lourd carton avec l'aide de ses invités.

— Oh ! Un ordinateur ! s'extasia Josh en passant la tête par-dessus l'épaule de Radley. Robert Sawyer en a eu un exactement comme celui-ci. Tu peux jouer à toutes sortes de jeux sur une machine comme ça.

— Un ordinateur ! répéta Radley d'un air hébété sans quitter des yeux le carton.

Puis il se tourna vers Mitch.

— C'est pour moi, vraiment ? Je peux le garder ?

— Bien sûr, c'est un cadeau. J'espérais juste que tu me laisserais jouer de temps en temps.

— Tu pourras y jouer quand tu voudras ! s'écria Radley, débordant d'enthousiasme.

Puis il se jeta au cou de Mitch. La présence de ses amis ne semblait pas l'embarrasser.

— Merci, ajouta-t-il, ému. On peut le brancher tout de suite ?

— J'ai cru que tu ne le demanderais jamais.

— Rad, intervint Hester, tu dois d'abord ranger ton bureau. Attends ! s'écria-t-elle en voyant une horde d'enfants s'élancer dans le couloir. Cela ne veut pas dire qu'il faut tout jeter par terre, d'accord ? Mitch et moi allons nous charger d'apporter tout ceci.

Les enfants s'élancèrent vers la chambre de Radley en poussant des cris de guerre. Hester savait déjà qu'elle découvrirait des surprises sous le lit de Rad et sous le tapis. Elle s'en inquiéterait plus tard.

— Tu as été terriblement généreux avec lui, déclara-t-elle en s'avançant vers Mitch.

— Radley est intelligent. Un enfant avec sa vivacité mérite un ordinateur.

— Oui, répondit-elle, le regard braqué sur les cartons encore fermés.

— Les autres boîtes contiennent un écran, un clavier et des logiciels.

— J'ai déjà pensé à lui en offrir un, tu sais, mais j'aurais été incapable de tout brancher.

— Ce n'était pas une critique de ma part, Hester.

— Je sais.

Hester se mordilla nerveusement les lèvres.

— Je sais aussi que ce n'est pas le moment de parler, mais nous devons le faire. Je veux que tu saches que je suis très heureuse que tu sois venu.

— C'est ici que j'ai envie d'être, répondit-il en lui caressant la joue. Il va falloir que tu te fasses à cette idée.

Hester saisit la main de Mitch et déposa un baiser au creux de sa paume.

— Tu ne diras peut-être plus la même chose quand tu auras passé une heure en compagnie d'une horde d'enfants.

Comme pour illustrer ses paroles, un bruit de casse monta en provenance de la chambre de Radley.

— Encore une infraction à la règle ? demanda Mitch.

Le bruit fut suivi d'une discussion animée entre les enfants.

— Peu importe, soupira Hester en soulevant le premier carton.

C'était fini. Le dernier invité était parti avec ses parents. Un silence étrange et merveilleux régnait dans le salon. Hester s'installa dans un fauteuil, les yeux mi-clos, tandis que Mitch se prélassait sur le canapé, les yeux fermés. A travers le silence lui parvenaient de temps en temps le cliquetis des touches du nouvel ordinateur de Radley et les faibles miaulements de Zark confortablement installé sur les genoux du petit garçon. Hester poussa un soupir de bien-être en contemplant son salon.

Le désordre était complet. Des verres et des assiettes en carton étaient éparpillés un peu partout. Des restes de chips et de bretzels écrasés s'amoncelaient au fond des bols et sur le tapis. Des lambeaux de papier gisaient parmi les jouets que les invités de Radley avaient jugés dignes d'intérêt. Hester osait à peine imaginer à quoi ressemblait la cuisine.

— Nous avons fini par gagner ? demanda Mitch en ouvrant un œil à son tour.

— Absolument, confirma Hester en se redressant. Notre victoire a été éclatante. Tu veux un coussin ?

— Non.

Il prit sa main et l'attira avec lui sur le canapé. Hester se retrouva couchée sur lui.

— Mitch, Radley est...

— Très occupé avec son ordinateur, acheva-t-il avant de frotter son nez contre ses lèvres. Je suis certain qu'il va craquer et tester l'un des logiciels éducatifs avant la fin de la journée.

— C'était très rusé de ta part de les mélanger aux autres.

— Je suis un homme très intelligent, confia-t-il en la calant dans le creux de son épaule. Je suis même certain que, lorsque tu seras convaincue de l'utilité de cette machine, tu nous permettras de jouer, Rad et moi.

— Je suis surprise que tu ne sois pas déjà équipé.

— En fait... en allant acheter l'ordinateur de Rad, j'ai failli en prendre un autre pour moi. Pour faire mes comptes et moderniser mon système de classement.

— Tu n'as pas de système de classement.

— Vraiment ? dit-il en posant la joue contre ses cheveux. Hester, sais-tu quelle est l'une des dix plus grandes inventions pour l'homme civilisé ?

— Le four à micro-ondes ?

— La sieste. Ton canapé est formidable.

— Il a besoin d'être retapissé.

— Ça ne se voit pas quand on est couché dessus, répliqua-t-il en enroulant un bras autour de sa taille. Dormons un petit moment.

— Mais il faut que je range l'appartement, protesta-t-elle. Cependant, c'était si bon de fermer les yeux.

— Pourquoi ? Tu attends de la visite ?

— Non. Mais tu ne dois pas sortir Taz ?

— J'ai donné à Ernie quelques dollars pour qu'il aille le promener.

Hester enfouit son visage au creux de son épaule.

— Tu penses vraiment à tout.

— C'est ce que j'essaie de t'expliquer.

— Je n'ai rien prévu pour le dîner, murmura-t-elle en se sentant sombrer dans le sommeil.

— Nous mangerons du gâteau.

Hester rit doucement avant de s'endormir au côté de Mitch.

Un peu plus tard, Radley entra dans le salon, le chaton dans le creux de la main. Il voulait leur annoncer son dernier score. Debout près du canapé, il grattouilla la tête du chat en contemplant sa mère et Mitch, pensif. Parfois, lorsqu'il faisait un mauvais rêve ou qu'il ne se sentait pas bien, sa mère dormait avec lui. Sa présence était vraiment réconfortante. Peut-être qu'en dormant à côté de Mitch sa mère se sentait-elle, elle aussi, beaucoup mieux ?

Mitch était-il amoureux de sa mère ? songea-t-il. Lorsqu'il y pensait, une étrange sensation l'envahissait. Il voulait que Mitch reste avec eux et qu'il soit son ami. Si Mitch se mariait avec sa mère, cela voulait-il dire qu'il partirait un jour ? Il fallait qu'il en parle à sa mère. Elle lui dirait la vérité. Elle ne mentait jamais. Sans un bruit, Radley passa le chaton sous son bras et emporta un bol de chips dans sa chambre.

Lorsque Hester se réveilla, il faisait presque nuit. Elle ouvrit les yeux et croisa aussitôt le regard de Mitch. Battant paresseusement des cils, elle essaya de retrouver ses repères. Puis Mitch l'embrassa et tous ses souvenirs refirent surface.

— Nous avons dû dormir pendant une heure, murmura-t-elle.

— Presque deux. Comment te sens-tu ?

— Vaseuse. Je suis toujours vaseuse quand je dors l'après-midi.

Puis elle s'étira et entendit Radley rire dans sa chambre.

— Il est toujours devant son ordinateur. Je ne me rappelle pas l'avoir vu aussi heureux.

— Et toi, comment te sens-tu ?

— Moi aussi, je suis heureuse, dit-elle en suivant le contour des lèvres de Mitch du bout du doigt.

— Si tu es heureuse et vaseuse, c'est peut-être le moment idéal de renouveler ma demande en mariage.

— Mitch.

— Non ? D'accord, j'attendrai que tu sois ivre, alors. Il reste du gâteau ?

— Un peu. Tu n'es pas fâché ?

Mitch se coiffa du bout des doigts en s'asseyant.

— Fâché, pour quoi ?

Hester posa sa joue contre lui.

— Je suis navrée de ne pas pouvoir te donner ce que tu veux.

Il la serra plus fort, puis la lâcha à contrecœur.

— Parfait, cela veut dire que tu vas bientôt changer d'avis.

— Mitch ! gronda-t-elle.

— Quoi ?

Hester leva les yeux au ciel.

— Rien. Je pense qu'il vaut mieux ne rien dire. Va te chercher du gâteau si tu veux, je vais commencer à ranger.

Mitch balaya la pièce du regard. Selon ses propres critères, tout lui semblait en ordre.

— Tu tiens vraiment à nettoyer ça ce soir ?

— Tu n'espères pas que je vais laisser tout ce désordre jusqu'à demain ? demanda-t-elle avant de se raviser. Pardon, j'oubliais à qui je parlais.

Mitch plissa les yeux d'un air suspicieux.

— Essaies-tu de me dire que je suis désordonné ?

— Pas du tout. Mais je suis certaine qu'il y aurait beaucoup à dire sur ta décoration et les papiers qui jonchent ton appartement. Cela vient certainement du fait que tu as vécu entouré de domestiques pendant ton enfance.

— En fait, je n'ai jamais eu le droit de mettre du désordre dans une pièce. Ma mère ne pouvait pas le supporter.

Mitch s'était toujours plu dans son désordre. Mais il aurait aussi eu des commentaires à faire sur l'obsession d'Hester pour le rangement.

— Pour mon dixième anniversaire, expliqua-t-il, ma mère a fait venir un magicien. Nous étions tous assis sur de petites chaises pliantes — les garçons en costume et les filles dans des robes en organdi — pour regarder le spectacle. Ensuite, on nous a servi un repas léger sur la terrasse. Il y avait assez de domestiques autour de nous pour qu'il n'y ait même pas une miette à ramasser. Je pense qu'aujourd'hui je me rattrape.

— Un peu, en effet, dit Hester en l'embrassant sur les deux joues.

Quel homme étrange ! songea-t-elle. Si calme, si accommodant par certains côtés et tellement hanté par ses démons ! Hester croyait dur comme fer que l'enfance affectait la vie des adultes jusque dans leur vieillesse. C'était d'ailleurs cette croyance qui la poussait si farouchement à éduquer de son mieux son fils.

— Tu as le droit de vivre dans la poussière et le désordre, Mitch. Ne laisse personne te les prendre.

Mitch l'embrassa à son tour sur les deux joues.

— Je suppose que tu as le droit de vivre dans l'ordre et la propreté. Où est ton aspirateur ?

Elle lui lança un regard surpris.

— Tu sais donc à quoi ressemble cet objet ?

— Très drôle, dit-il en lui pinçant les côtes.

Hester fit un bond en poussant un cri aigu.

— Tu crains les chatouilles ?

— Arrête ça, le menaça-t-elle en se servant d'une pile d'assiettes en papier comme bouclier. Je n'ai pas envie de te faire mal.

— Allez, dit-il en rampant vers elle à la manière d'un lutteur. Ça fait deux défaites à trois.

— Je te préviens, lança-t-elle en croisant le regard espiègle de Mitch, je peux devenir violente.

— Vraiment ?

Puis, d'un mouvement brusque, il la saisit par la taille. Impulsivement, Hester leva les bras. Les assiettes, dégoulinantes de gâteau et de glace, tombèrent sur le visage de Mitch.

— Oh, mon Dieu ! s'écria-t-elle en se tordant de rire.

A bout de forces, elle s'écroula dans un fauteuil. Elle voulut parler, mais le rire la plia de nouveau en deux.

D'un geste très lent, Mitch essuya sa joue puis étudia la traînée de chocolat. Sans le quitter du regard, Hester éclata de rire en se tenant les côtes.

— Qu'est-ce que vous faites ? demanda Radley.

En entrant dans le salon, le petit garçon regarda fixement sa mère, laquelle, incapable de parler, se contenta de montrer Mitch du doigt.

— Ça alors ! s'écria Radley à son tour.

Puis, roulant de grands yeux, il éclata également de rire.

— La petite sœur de Mike se barbouille de la même manière. Elle a presque deux ans.

Hester, qui faisait de gros efforts pour se contrôler, abandonna tout espoir. Elle attira Radley contre elle en s'étranglant de rire.

— C'était un accident, bafouilla-t-elle avant de s'effondrer de nouveau.

— Non, c'était une attaque sournoise et délibérée, corrigea Mitch. Et elle mérite un châtiment immédiat.

— Non, s'il te plaît, protesta Hester, la main levée, sachant qu'elle était trop faible pour se défendre. Je suis désolée, je le jure. C'était un réflexe, c'est tout.

— Ça aussi.

Mitch s'approcha d'elle et, comme elle se servait de Radley comme bouclier, il se contenta de prendre le petit garçon en sandwich entre eux. Puis il l'embrassa sur la bouche, le nez, les joues, tandis qu'elle se débattait en riant. A la fin, il avait transféré une quantité de chocolat satisfaisante sur son visage. Radley jeta alors un regard vers sa mère et s'écroula par terre, saisi d'un fou rire.

— Espèce de fou ! l'accusa Hester en essuyant une coulée de chocolat du dos de la main.

— Tu es très belle, barbouillée de chocolat, Hester.

Il leur fallut plus d'une heure pour tout remettre en ordre. A l'unanimité, ils votèrent pour commander une pizza, puis ils passèrent le reste de la soirée à tester les trésors que Radley avait reçus pour son anniversaire. Lorsque le petit garçon commença à dodeliner de la tête au-dessus du clavier, Hester le déposa dans son lit.

— Quelle journée ! s'exclama-t-elle en installant le chaton dans le panier au pied du lit de Radley.

— Je dirais plutôt que c'est un anniversaire mémorable, corrigea Mitch.

— Moi aussi, répondit-elle en massant sa nuque douloureuse. Tu veux un peu de vin ?

— Je vais me servir, dit-il en la poussant vers le salon. Va plutôt t'asseoir.

— Merci, répliqua Hester en s'asseyant sur le canapé.

Puis elle étendit les jambes et ôta ses chaussons. Non, elle n'était pas près d'oublier cette journée. Pas plus, peut-être, que la nuit à venir, songea-t-elle, pleine d'espoir.

— Tiens, dit Mitch en lui tendant un verre.

Il vint ensuite s'asseoir près d'elle sur le canapé. Levant son propre verre, il passa un bras autour de ses épaules et l'attira vers lui.

— On est bien, murmura-t-elle en portant le verre à ses lèvres.

— Oui, très bien, renchérit-il en déposant un baiser dans son cou. Je t'avais dit que ce canapé était confortable.

— Parfois, j'oublie presque que ces moments de détente existent. Tout est rangé, Radley est heureux et couché. Demain, nous sommes dimanche et nous n'avons rien d'urgent à faire.

— Tu n’as pas envie de sortir danser ou faire la fête ?

— Non, répondit-elle en se raidissant. Et toi ?

— Je suis très heureux ici.

— Alors reste. Reste avec moi ce soir.

Mitch garda le silence quelques instants. Il cessa de masser sa nuque, puis recommença, tout doucement.

— Tu en es sûre ?

— Oui.

Prenant une profonde inspiration, elle se tourna vers lui.

— Tu m’as manqué. Je ne sais pas vraiment ce qui est bien ou mal, ni ce qui est le mieux pour nous. Mais je sais que tu m’as manqué. Tu vas rester ?

— Je ne vais nulle part.

Satisfaite de sa réponse, Hester se cala de nouveau contre lui. Ils restèrent un long moment sans bouger ni parler, l’esprit dans le vague, baignant dans une douce pénombre.

— Tu travailles toujours sur ton scénario ? demanda-t-elle enfin.

— Oui.

Mitch pourrait facilement s’habituer à la présence d’Hester à ses côtés tard le soir, s’enivrer du parfum de ses cheveux à la faible lueur d’une lampe.

— Tu avais raison, continua-t-il. Je m’en serais voulu si je n’avais pas essayé de l’écrire. Il fallait juste que je laisse mon anxiété de côté.

— Toi, anxieux ? fit-elle en souriant.

— Dès que je suis confronté à des événements inhabituels ou importants, je suis toujours nerveux. J’étais d’ailleurs extrêmement tendu la première fois que nous avons fait l’amour.

Hester n’était pas surprise de l’entendre, mais le savoir ne faisait qu’embellir ce souvenir à ses yeux.

— Je n’ai rien remarqué.

— Tu peux me croire sur parole.

Mitch entreprit de caresser doucement sa cuisse d’un geste délicieusement désinvolte.

— J'avais peur d'être maladroit, murmura-t-il, et de gâcher un des moments les plus importants de ma vie.

— Non seulement tu n'as pas été maladroit, mais grâce à toi je me suis sentie unique.

Hester trouva tout naturel de lui tendre la main pour l'aider à se lever avant de l'attirer vers elle. Elle éteignit les lumières et l'entraîna avec elle vers la chambre.

Mitch ferma la porte derrière lui pendant qu'elle rabattait les draps. Toutes les soirées qu'il leur restait à vivre pouvaient se dérouler ainsi. Il en fallait peu pour qu'elle aussi commence à le croire. Mitch le savait, il l'avait lu en croisant son regard. Hester ne le quitta pas des yeux en défaisant un à un les boutons de son chemisier.

Ils se déshabillèrent en silence, mais l'air autour d'eux crépitait déjà. Mitch se sentait plus détendu, même si son désir était plus violent que jamais. Ils savaient désormais ce qu'ils pouvaient s'apporter. Ils se glissèrent entre les draps et se tournèrent l'un vers l'autre.

Mitch se sentait si bien, le bras posé simplement sur la taille d'Hester. Leurs deux corps réunis se nourrissaient de leur chaleur.

Hester connaissait désormais la fermeté et la force de son corps viril. Elle savait aussi avec quelle facilité le sien s'harmonisait avec lui. Renversant la tête en arrière, son regard toujours plongé dans celui de Mitch, elle lui offrit ses lèvres.

Embrasser Hester revenait à descendre une rivière tranquille pour plonger dans un ruisseau bouillonnant. Mitch laissa échapper un râle de plaisir lorsqu'elle se pressa contre lui. Bien sûr, sa timidité n'avait pas disparu, mais Hester avait abandonné son habituelle réserve avec lui. Ses gestes ne trahissaient plus la moindre hésitation.

Il ne lui restait plus qu'à lui offrir sa tendresse. Chaque fois qu'ils étaient ensemble, Mitch ressentait la même chose. Un sentiment grisant, stupéfiant et authentique. Il prit le visage d'Hester entre ses mains. Le goût du vin dansait encore sur ses lèvres. Il s'en abreuva tandis qu'il explorait sa bouche avec délice. Il sentit en elle une hardiesse qu'il ne lui connaissait pas, comme si, récemment, elle avait acquis une confiance qui la poussait vers lui, avec ses propres demandes et ses propres besoins.

Hester lui avait ouvert son cœur, songea-t-il en sentant ses lèvres glisser le long de son cou. Et elle était libre. Avec un grognement qui aurait pu s'apparenter à un rire, il la fit rouler sur le dos et entreprit de lui faire perdre la tête.

Hester n'en avait jamais assez de lui. Elle passait ses mains et ses lèvres sur son corps avec une impatience et une intensité presque féroces, sans pour autant assouvir son désir. Jamais elle n'aurait imaginé se sentir aussi bien dans les bras d'un homme. Jamais elle n'aurait imaginé ressentir pareille excitation. Comment aurait-elle pu savoir que l'odeur de la peau de Mitch lui ferait tourner la tête et exacerberait à ce point ses sens ? Il lui suffisait de l'entendre murmurer son prénom pour qu'elle perde la tête.

Peau contre peau, soudés l'un contre l'autre, ils roulèrent sur les draps, s'emmêlèrent dans la couverture avant de l'écarter sans regrets : leur fougue suffisait à leur tenir chaud. Mitch bougeait aussi vite qu'elle, découvrant de nouvelles zones secrètes pour mieux la ravir et la tourmenter. Elle l'entendit haleter en murmurant son prénom lorsqu'elle déposa une pluie de baisers sur son torse. Puis elle sentit son corps se tendre et s'arquer tandis qu'elle poursuivait son chemin vers le bas de son ventre.

Peut-être avait-elle toujours eu ce pouvoir en elle, mais Hester était certaine qu'il était né cette nuit-là. Le pouvoir d'exciter un homme au-delà de toute sagesse. Sage ou non, elle en fit sa gloire lorsque Mitch la piégea sous son corps avant de se laisser guider par son propre désir.

La bouche de Mitch s'abattit sur elle, brûlante et vorace. L'esprit d'Hester était rempli de demandes, de promesses et de prières qu'elle ne pouvait pas exprimer. Tandis que Mitch la conduisait toujours plus haut vers le paroxysme du plaisir, son souffle se trouva piégé. Dans cette mer de sensations déchaînée, Hester s'accrocha à lui comme à une bouée de sauvetage.

Dans un même élan de passion, ils sombrèrent tous les deux.

12

Le ciel chargé de nuages était lourd de neige. A moitié assoupie, Hester quitta des yeux la fenêtre et tendit la main vers Mitch. A côté d'elle, les draps étaient froissés mais le lit était vide.

Etait-il parti au beau milieu de la nuit ? songea-t-elle en caressant l'empreinte du corps de son amant sur le matelas. Quelle déception… Elle aurait tant aimé le trouver près d'elle au petit matin. Pleine de regrets, elle ramena pensivement la main sous son menton.

Peut-être valait-il mieux qu'il soit parti, après tout. Car comment Radley aurait-il réagi en le voyant à son réveil ? Si Mitch restait près d'elle, à portée de main, elle n'éprouverait que plus de difficulté à se retenir d'aller vers lui. Personne n'imaginait à quel point cela avait été dur pour elle d'apprendre à se passer des autres. Et, après toutes ces années de bataille, Hester commençait à peine à voir les résultats de ses efforts. Elle avait construit un foyer confortable pour Radley, dans un bon quartier. Elle avait un travail sûr et bien payé. Elle bénéficiait à la fois de sécurité et de stabilité.

Elle ne pouvait pas tout mettre en péril en raison d'une nouvelle dépendance, songea-t-elle en rabattant les draps. Or, elle commençait bel et bien à dépendre de Mitch. Son esprit avait beau lui rappeler qu'il valait mieux qu'il ne soit plus là, elle le regrettait déjà. Elle se sentait triste, mais elle était assez forte pour rester loin de lui.

Hester enfila un peignoir et décida d'aller voir Radley pour lui proposer un petit déjeuner.

Elle le trouva en compagnie de Mitch. Tous deux étaient penchés au-dessus du clavier, face à de petits éléments graphiques qui explosaient de manière désordonnée à l'écran.

— Il y a quelque chose qui ne va pas, insista Mitch. J'ai visé dans le mille.

— Tu l'as raté d'un kilomètre au moins.

— Je vais dire à ta mère que tu as besoin de lunettes. Cet ordinateur ne fonctionne pas correctement. En plus, comment veux-tu que je me concentre, avec ce stupide chat qui me mord les orteils ?

— Mauvais joueur, répondit Radley à voix basse tandis que le dernier homme de Mitch se faisait tuer.

— Mauvais joueur ? Je vais te montrer ce que c'est qu'être bon joueur !

Mitch prit Radley dans ses bras et le tint tête en bas par les pieds.

— Alors, cette machine déraille, oui ou non ? demanda-t-il d'un air faussement menaçant.

— Non, gloussa Radley en prenant appui sur ses mains. C'est peut-être toi qui as besoin de lunettes.

— Je n'ai vraiment pas le choix, je vais devoir te lâcher. Oh ! Bonjour, Hester !

Les bras enroulés autour des jambes de Radley, Mitch lui décocha un large sourire.

— Salut, maman ! lança le petit garçon, ravi d'être dans cette position, les joues rouges comme des tomates. J'ai gagné trois fois contre Mitch. Mais il n'est pas vraiment en colère, tu sais.

— Ah oui ? riposta Mitch en remettant l'enfant à l'endroit avant de le déposer avec précaution sur le lit. J'ai été humilié.

— Je t'ai battu, le taquina Radley, l'air très fier de lui.

— Je n'arrive pas à croire que j'ai pu dormir sans vous entendre, avança Hester en leur adressant un sourire prudent.

Radley semblait vraiment heureux de la présence de Mitch. Tout autant qu'elle, d'autant qu'elle avait de plus en plus de mal à cacher son plaisir.

— Je suppose qu'après ces grandes batailles vous avez envie d'un petit déjeuner ? demanda-t-elle.

— Nous avons déjà mangé, déclara Radley, allongé sur le lit à la recherche du chaton. J'ai montré à Mitch comment faire du pain perdu. Il m'a dit que c'était très bon.

— J'espère que tu ne mens pas, dit Hester, dubitative.

— Pas du tout, confirma son fils en roulant sur le dos avec le chaton. Mitch a lavé la poêle et je l'ai séchée. Nous voulions en préparer pour toi, mais nous n'avons pas voulu te réveiller.

L'idée que les deux hommes de sa vie aient pu cuisiner pendant qu'elle dormait la mit mal à l'aise.

— Je n'espérais pas que vous vous lèveriez si tôt, riposta-t-elle pour se justifier.

— Hester.

Mitch s'avança vers elle et passa un bras autour de ses épaules.

— Je déplore de devoir te le dire, mais il est plus de 11 heures.

— 11 heures ?

— Oui. Que dirais-tu de préparer le déjeuner ?

— Eh bien…

— Je te laisse y réfléchir. Je dois descendre sortir Taz.

— Je m'en charge, proposa Radley en se levant d'un bond. Je peux même lui donner à manger et l'emmener se promener. Je sais comment faire, tu me l'as montré.

— Je suis d'accord. Et toi, Hester ?

L'esprit encore embrumé, elle avait du mal à se concentrer.

— D'accord, mais couvre-toi bien.

— Promis, répondit le petit garçon en enfilant son manteau. Je peux amener Zark avec moi ? Il n'a pas encore fait la connaissance de Taz.

Hester contempla la petite boule de poils et imagina les grandes dents de Taz.

— Je ne sais pas si c'est une bonne idée. Zark est tout petit.

— Taz adore les chats, la rassura Mitch en ramassant le bonnet de Radley qui était tombé par terre. A titre tout à fait amical.

Puis il fouilla ses poches à la recherche de ses clés.

— Sois prudent ! lança Hester à Radley, qui s'éloignait déjà dans le couloir en faisant tinter les clés de Mitch.

La porte claqua derrière lui.

— Bonjour, dit alors Mitch en la prenant dans ses bras.

— Bonjour. Tu aurais dû me réveiller.

— J'ai été tenté de le faire, souligna-t-il en glissant ses mains sous son peignoir. J'avais l'intention de faire du café et de t'en apporter une tasse, mais Radley est arrivé et, avant de m'en apercevoir, je me suis retrouvé à battre des œufs.

— Et il n'a pas demandé ce que tu faisais là ?

— Non.

Alors qu'elle réfléchissait, il déposa un baiser sur le bout de son nez. Puis il l'entraîna avec lui vers la cuisine.

— Il est arrivé alors que je faisais bouillir de l'eau et m'a demandé si j'étais en train de préparer le petit déjeuner. Après un échange rapide, nous en avons conclu que Radley était plus qualifié que moi. Il reste encore du café, mais peut-être préfères-tu que j'en refasse ?

— Ça devrait aller.

— Dire que la femme que j'aime est si optimiste !

Hester réussit à lui sourire en sortant le lait du réfrigérateur.

— Je croyais que tu étais parti.

— Tu aurais préféré que ce soit le cas ?

Elle hocha la tête en veillant à ne pas croiser son regard.

— Mitch, c'est si dur. Et ça le devient de plus en plus.

— Quoi donc ?

— D'essayer de ne pas vouloir que tu sois là tout le temps.

— Dis seulement une parole et j'emménage chez toi avec ma valise et mon chien.

— Si seulement c'était possible ! J'aimerais vraiment pouvoir le faire, Mitch. Lorsque je suis entrée ce matin dans la chambre de Radley et que je vous ai vus tous les deux, j'ai eu un déclic. Je me suis dit que nous pourrions vivre comme ça tous les trois.

— Tu as raison, Hester.

— Tu es si sûr de toi.

Avec un petit rire de dérision, elle s'accouda au comptoir.

— Depuis le début, continua-t-elle, tu es si sûr de toi. Et c'est peut-être ce qui me fait le plus peur.

— Dès que je t'ai vue, Hester, ma vie s'est éclairée.

Il s'approcha d'elle et posa les mains sur ses épaules.

— Je n'ai pas toujours su ce que je voulais, et je ne peux pas prétendre que tout s'est passé dans ma vie comme je le désirais. Mais, avec toi, je suis sûr de moi, conclut-il en embrassant ses cheveux. Est-ce que tu m'aimes, Hester ?

— Oui, répondit-elle en soupirant longuement, les yeux fermés. Je t'aime, Mitch.

— Alors, épouse-moi.

Il la fit pivoter doucement vers lui.

— Je ne te demande de changer que ton nom.

Comme elle avait envie de le croire, comme elle avait envie de croire qu'il était possible de commencer une nouvelle vie ! Elle sentit son cœur tambouriner dans sa poitrine tandis qu'elle passait les bras autour de la taille de l'homme qu'elle aimait. Pourquoi ne saisissait-elle pas sa chance ? Pourquoi passerait-elle à côté de l'amour ?

— Mitch…

Soudain, le téléphone sonna et Hester poussa un soupir de frustration.

— Désolée, ajouta-t-elle.

— Pas autant que moi, murmura-t-il avant de la lâcher.

Elle alla décrocher d'un pas incertain.

— Allô ?

Tout son plaisir s'évanouit aussitôt.

— Allan.

Elle avait l'impression d'avoir reçu une douche froide.

Mitch braqua aussitôt les yeux sur elle. D'une main nerveuse, Hester s'accrocha au câble du téléphone comme à une ancre et l'enroula autour de sa main.

— Nous allons bien, dit-elle. En Floride ? Je te croyais à San Diego.

Ainsi, il avait encore déménagé, songea-t-elle en écoutant la voix familière et insouciante de son ex-mari. Elle l'écouta froidement lui faire le récit de ses merveilleuses et incroyables aventures.

— Rad n'est pas ici, l'informa-t-elle, même si Allan ne lui avait pas posé la question. Si tu veux lui souhaiter un bon anniversaire, il peut te rappeler.

Devant la réponse d'Allan, Hester sentit la fureur la gagner.

— C'était hier, souffla-t-elle entre ses dents. Il a eu dix ans, Allan. Radley a eu dix ans hier. Oui, je suis certaine que tu as du mal à l'imaginer.

Elle garda de nouveau le silence, se contentant d'écouter. Une colère froide s'était logée dans sa gorge, et lorsqu'elle reprit la parole, sa voix sonna faux.

— Félicitations. De la rancune ? demanda-t-elle avec un rire sardonique. Non, Allan. Je ne t'en veux plus. Je te souhaite bonne chance. Désolée de ne pas faire preuve de plus d'enthousiasme. Je dirai à Radley que tu as appelé.

Puis elle raccrocha en réprimant l'envie de lancer le combiné contre le mur. Lentement, elle déroula le câble qui avait commencé à creuser la peau de sa main.

— Tout va bien ? demanda Mitch, l'air inquiet.

Hester acquiesça en se dirigeant vers la cuisinière pour se verser une tasse de café dont elle n'avait plus envie.

— Il m'a appelée pour m'annoncer qu'il allait se remarier, expliqua-t-elle. Il pensait que ça m'intéresserait de le savoir.

— Et ?

— Cela m'est complètement égal.

L'amertume de la boisson brûlante lui fit du bien.

— Il y a des années que ce qu'il fait a cessé de m'intéresser. Il ignorait que c'était l'anniversaire de Radley.

Malgré ses efforts pour se contenir, la colère la submergea de nouveau.

— Il ne sait même pas quel âge a son fils, ajouta-t-elle en posant d'un geste violent la tasse, qui déborda sur le comptoir. Radley a cessé d'être une réalité pour lui dès l'instant où Allan a franchi le pas de notre porte. Il lui a suffi de la refermer derrière lui.

— Et quelle différence cela fait-il ?

— C'est le père de Radley !

— Non ! explosa Mitch. Il faut que tu te sortes cette idée de la tête. Il faut que tu l'acceptes. Il n'en est que le père biologique, et rien d'autre. Cet état de fait ne suffit pas à créer des liens.

— Mais il a une responsabilité envers son fils.

— Il n'en veut pas, Hester.

Luttant pour rester patient, Mitch saisit les mains de la femme qu'il aimait.

— Il s'est complètement coupé de Rad, ajouta-t-il. Personne ne peut dire que son geste est louable, et il est évident qu'il ne l'a pas fait dans le bien de son enfant. Mais vas-tu le laisser entrer et sortir de la vie de ton fils quand bon lui semble, au risque de le perturber et de le blesser ?

— Non, mais…

— Tu aimerais qu'il s'inquiète pour lui, mais il s'en fiche.

Même si Hester avait gardé ses mains dans les siennes, il sentit un changement s'opérer en elle.

— Tu t'éloignes de moi, constata-t-il.

Hester le regrettait, mais c'était la vérité et elle ne pouvait pas s'en empêcher.

— Ce n'est pas ce que je veux.

— Mais c'est ce que tu fais.

Cette fois, ce fut lui qui s'écarta d'elle.

— Il t'a suffi d'une conversation téléphonique.

— Mitch, essaie de comprendre.

— C'est ce que j'ai tenté de faire, répondit-il d'une

voix agacée qu'elle ne lui connaissait pas. Cet homme t'a abandonnée et il t'a blessée, mais tout est terminé depuis très longtemps.

— Ce n'est pas tant la blessure qu'il m'a infligée qui compte, commença-t-elle en passant une main dans ses cheveux. Ou peut-être partiellement. Mais je ne veux jamais plus vivre dans la peur et la solitude. Je l'aimais. J'étais certes jeune et stupide, mais je l'aimais, tu comprends.

— Je l'ai toujours compris, répondit Mitch, même s'il n'était pas ravi de l'entendre. Je sais qu'une femme comme toi ne fait pas de promesses à la légère.

— Non, et quand j'en fais je veille à les tenir. Je voulais respecter celle que j'avais faite à Allan.

Hester saisit de nouveau sa tasse à deux mains pour profiter de sa chaleur.

— Tu n'imagines pas à quel point j'ai lutté pour sauver mon mariage. En épousant Allan, je lui ai donné une partie de moi-même. Il avait dit que nous déménagerions à New York, que nous allions faire de grandes choses et je suis partie. J'étais terrorisée à l'idée de quitter ma ville, ma famille et mes amis, mais je l'ai fait pour le suivre. Presque tout ce que j'ai fait pendant notre mariage, je l'ai fait pour lui. Et aussi parce qu'il était plus simple d'accepter les choses que de m'y opposer. J'ai construit ma vie sur ce principe. Et puis, à vingt ans, j'ai découvert que je n'avais pas de vie du tout.

— Alors, tu t'en es bâtie une pour Radley et toi. Tu dois en être fière.

— C'est vrai. Il m'a fallu huit ans pour avoir l'impression d'être de nouveau sur pied. Et puis tu es arrivé.

— Je suis arrivé, dit-il à voix basse en la regardant. Mais tu ne peux pas te sortir de la tête que je vais te faire souffrir.

— Je ne veux plus être cette femme-là.

Elle avait prononcé cette phrase avec désespoir, cherchant des réponses à mesure qu'elle s'efforçait de les lui donner.

— Une femme qui concentre tous ses besoins et ses

objectifs sur une autre personne, ajouta-t-elle. Si je me retrouve seule, cette fois, je ne suis pas certaine de m'en relever.

— Ecoute-toi. Tu préfères rester seule plutôt que de prendre des risques ? Regarde-moi bien, Hester. Je ne suis pas Allan Wallace. Je ne te demande pas de t'enterrer pour que je sois heureux. C'est la femme que tu es aujourd'hui que j'aime et avec qui je veux passer le reste de ma vie.

— Les gens changent, Mitch.

— Mais ils peuvent changer ensemble, souligna-t-il en soupirant. Ou changer séparément. Dès que tu auras les idées claires, dis-moi juste ce que tu veux faire, d'accord ?

Hester ouvrit la bouche pour lui répondre, puis la referma en le regardant s'éloigner. Non, elle n'avait pas le droit de le retenir.

Il ne pouvait pas se plaindre, songea Mitch devant son tout nouveau clavier d'ordinateur, alors qu'il peaufinait la prochaine scène de son scénario. Son travail avançait mieux que prévu — et aussi plus vite. Comme il était simple de s'absorber dans les problèmes de Zark en laissant les siens de côté !

A ce stade, Zark, assis au chevet de Leilah, priait pour qu'elle survive à l'horrible accident qui, à défaut de lui avoir enlevé sa beauté, avait ravagé son cerveau. Bien évidemment, à son réveil, elle était devenue une étrangère pour lui. Même si elle était sa femme depuis deux ans, elle allait devenir son pire ennemi. Son esprit plus vif que jamais était devenu pervers et mauvais. Tous les projets et les rêves de Zark étaient brisés à tout jamais. Toutes les galaxies de l'univers étaient en danger.

— Et tu crois que tu as des problèmes ? murmura Mitch. Tout n'est pas rose pour moi non plus.

Il étudia attentivement l'écran. L'atmosphère était bonne, songea-t-il en s'inclinant en arrière. Il n'avait aucun mal à imaginer une chambre d'hôpital au vingt-troisième siècle, la détresse de Zark ou la folie qui larvait dans le cerveau inconscient de Leilah.

En revanche, il était incapable d'imaginer une vie sans Hester.

— Quel idiot ! jura-t-il.

Le chien à ses pieds bâilla en signe d'approbation.

— Pourquoi ne vais-je donc pas la chercher dans cette satanée banque ? Elle aimerait ça, tu ne crois pas ? demanda-t-il en s'écartant de l'ordinateur pour s'étirer. Je pourrais la supplier.

Mitch laissa l'idée mûrir dans son esprit avant de la rejeter.

— Je pourrais le faire, mais Hester risquerait d'être gênée. J'ai essayé de la raisonner, mais cela n'a pas fonctionné. Qu'allons-nous faire, Zark ?

Mitch ferma les yeux en se balançant en arrière. Zark, ce saint, ce héros, baisserait-il les bras à sa place ? Zark, défenseur du droit et de la justice, tirerait-il élégamment sa révérence ? Non, décida Mitch. Mais, en matière d'amour, Zark n'était pas très doué. Leilah ne cessait de le repousser, mais il croyait encore qu'elle allait lui revenir.

Au moins, Hester n'avait pas essayé de l'empoisonner avec du gaz toxique. Leilah avait fait subir les pires horreurs à Zark, mais celui-ci était toujours fou d'elle.

Mitch étudia attentivement le poster de Zark accroché devant lui, en quête d'inspiration. Son héros et lui étaient sur le même bateau, mais lui n'était pas prêt à ramer. Et il savait qu'Hester allait bientôt devoir affronter des eaux tumultueuses.

Mitch jeta un coup d'œil vers le réveil posé sur son bureau avant de se rappeler qu'il s'était arrêté deux jours plus tôt. Il était également certain d'avoir oublié sa montre dans les poches d'un vêtement qu'il avait porté au pressing. Pour savoir combien de temps il lui restait avant qu'Hester rentre chez elle, il se dirigea vers le salon. Il y trouva sa vieille pendule de cheminée qu'il aimait assez pour ne pas oublier de la remonter. Au même moment, il entendit Radley frapper à la porte.

— Juste à l'heure, dit Mitch en caressant comme à son habitude la joue de Radley après lui avoir ouvert. Il fait froid ? Environ six degrés, je dirais, conclut-il.

— Mais il fait beau, précisa Radley en posant son sac à dos. Tu as envie d'aller te promener au parc ?

Mitch attendit que Radley ait soigneusement posé son manteau sur l'accoudoir du canapé.

— Peut-être après avoir fait une petite pause. Mlle Jablanski, notre voisine, a fait des cookies. Elle est désolée que personne ne me prépare de plats chauds, alors elle m'en a donné une douzaine.

— Ils sont à quel parfum ?

— Au beurre de cacahouète.

— Génial ! s'écria le petit garçon en s'élançant vers la cuisine.

Radley aimait la table de bois d'ébène et de verre fumé de cette pièce. Surtout parce que Mitch se fichait qu'il y laisse l'empreinte de ses doigts. Il s'installa devant un verre de lait et plusieurs biscuits, heureux tant de son goûter que de la compagnie de Mitch.

— Nous devons faire un exposé sur un Etat, dit-il, la bouche pleine. J'ai eu Rhode Island. C'est le plus petit de tous. Dire que je voulais le Texas...

— Rhode Island, répéta Mitch en croquant dans un cookie. C'est si terrible que ça ?

— Tout le monde se fiche de Rhode Island. Au moins, au Texas, ils ont le Fort Alamo, et tout ça.

— Je peux peut-être t'aider. J'y suis né.

— A Rhode Island ? Vraiment ?

Le minuscule Etat revêtit soudain un nouvel intérêt.

— Oui. Tu dois le rendre dans combien de temps ?

— Six semaines, répondit Radley en prenant un autre biscuit. Nous devons l'accompagner d'illustrations. Ce n'est pas un problème. En revanche, nous devons aussi faire des recherches sur les industries et les ressources naturelles. Pourquoi es-tu parti ?

Mitch fut tenté de lui servir une réponse facile, puis

il se souvint du code d'honneur d'Hester à propos de la franchise.

— Je ne m'entendais pas très bien avec mes parents. Mais nous sommes amis maintenant.

— Il y a aussi des gens qui partent et qui ne reviennent jamais.

Le petit garçon s'était exprimé d'une voix détachée. Mitch décida de lui répondre de la même manière.

— Je sais.

— Avant, j'avais peur que ma mère s'en aille, mais elle ne l'a jamais fait.

— Elle t'aime, répondit Mitch en passant une main dans les cheveux de Radley.

— Tu vas te marier avec elle ?

Surpris, Mitch suspendit son geste.

— Eh bien, je...

Comment allait-il s'y prendre, cette fois ?

— Je dois avouer que j'y ai pensé, ajouta-t-il.

Mitch se sentait ridicule. Pour masquer sa nervosité, il se leva pour réchauffer du café.

— En réalité, j'y pense beaucoup, continua-t-il. Qu'est-ce que tu en penses, toi ?

— Tu vivrais avec nous tout le temps ?

— Oui, c'est ça l'idée, dit Mitch en se servant avant de reprendre sa place à côté de Radley. Ça t'ennuierait ?

L'enfant le contempla de ses yeux sombres et insondables.

— La mère d'un de mes amis s'est remariée. Kevin dit que, depuis, son beau-père et lui ne sont plus amis.

— Tu crois que si j'épouse ta mère je cesserai d'être ton ami ? demanda Mitch en saisissant le menton de Radley. Je ne suis pas ton ami à cause de ta mère, mais à cause de toi. Je te promets que rien ne changera si jamais je deviens ton beau-père.

— Je ne veux pas que tu deviennes mon beau-père.

Les lèvres de l'enfant tremblaient à présent.

— J'en veux un pour de vrai. Je veux un père qui ne s'en aille pas.

Mitch installa Radley sur ses genoux.

— Tu as raison. Les vrais pères ne partent pas.

La vérité sort de la bouche des enfants, songea Mitch en frottant affectueusement son nez contre Radley.

— Tu sais, je n'ai pas beaucoup d'expérience en tant que père. Seras-tu fâché après moi si jamais je cafouille de temps en temps ?

Radley secoua la tête en se blottissant encore plus contre lui.

— Nous allons le dire à ma mère ?

Mitch rit doucement.

— Oui, bonne idée. Prenez votre manteau, sergent, nous partons pour une mission très importante.

La tête entre les mains, Hester était penchée au-dessus de ses chiffres. Pour une raison qu'elle ignorait, elle avait du mal à savoir combien faisaient deux plus deux. Plus rien ne semblait avoir d'importance. C'était la preuve qu'elle n'allait pas bien. Elle parcourut des dossiers et effectua plusieurs calculs et estimations avant de les refermer avec indifférence.

Tout était de la faute de Mitch. C'était à cause de lui si elle était devenue un automate et si elle était condamnée à faire mécaniquement son travail pendant les vingt années à venir. Il l'avait poussée à se remettre en question. Il l'avait obligée à faire face à la douleur et à la colère qu'elle avait essayé d'enfouir au plus profond de son être. Il l'avait amenée à vouloir ce qu'elle s'était juré ne plus jamais désirer.

Et maintenant ? s'interrogea-t-elle en posant les coudes sur la pile de dossiers, les yeux dans le vague. Elle était amoureuse, plus profondément et sincèrement qu'elle ne l'avait jamais été. L'homme qu'elle aimait était excitant, gentil et responsable. Il lui offrait un nouveau départ.

C'était de ça dont elle avait peur, en fait. C'était ça qu'elle essayait de fuir. Avant Mitch, elle n'avait pas vraiment compris que pendant toutes ces années elle s'en était voulu, à elle, au lieu d'incriminer Allan. Elle avait considéré le naufrage de son mariage comme une faute personnelle, dont elle était la seule responsable. Et, plutôt que de risquer un nouvel échec, elle s'apprêtait à tourner le dos à son premier et véritable espoir de bonheur.

Elle prétendait vouloir rester seule à cause de Radley, mais ce n'était pas tout à fait vrai. Elle considérait son divorce comme un échec personnel, et redoutait de s'engager pleinement avec Mitch.

Pourtant, Mitch avait raison. Il avait raison sur tellement de points… Elle n'était plus la femme qui avait aimé et épousé Allan Wallace. Elle n'était même plus celle qui s'était battue à corps perdu lorsqu'elle s'était trouvée seule avec un nourrisson.

Quand allait-elle cesser de se punir ? Sur-le-champ, décida-t-elle en décrochant le téléphone. Elle composa le numéro de Mitch d'une main calme, mais son cœur battait à tout rompre. Le téléphone sonna et sonna encore, sans réponse.

— Oh ! Mitch, murmura-t-elle, nous ne serons donc jamais en phase ?

Déçue, elle raccrocha en se jurant de ne pas perdre courage. Dans une heure, elle rentrerait chez elle et lui annoncerait qu'elle était prête pour un nouveau départ.

Hester fut détournée de ses bonnes résolutions par la sonnerie du téléphone. L'appel venait de son assistante.

— Oui, Kay.

— Madame Wallace, quelqu'un désire vous voir pour un prêt.

Hester consulta son agenda en fronçant les sourcils.

— Je n'ai pas de rendez-vous.

— Je pense que vous pouvez l'intégrer à votre planning, madame.

— Parfait, mais sonnez-moi dans vingt minutes, s'il vous plaît. Je dois régler certaines affaires avant de partir.

— Bien, madame.

Hester rangea son bureau et s'apprêtait à se lever lorsqu'elle vit Mitch entrer.

— Mitch ? J'étais justement en train de… Mais que fais-tu ici ? Où est Rad ?

— Il attend avec Taz dans le hall.

— Kay m'a dit que quelqu'un désirait me voir.

— C'était moi, expliqua-t-il en posant un porte-documents sur son bureau.

Mitch paraissait très déterminé.

— Mitch, tu n'avais pas besoin de prétendre vouloir un prêt pour venir me voir.

— C'est pourtant pour ça que je suis venu.

— Ne sois pas stupide, répondit-elle en souriant.

— Madame Wallace, êtes-vous bien la personne responsable des prêts dans cette banque ?

— Mitch, vraiment, ce n'est pas nécessaire.

— Tu ne voudrais pas que j'aille dire à Rosen que tu m'as envoyé à la concurrence ? demanda-t-il en ouvrant sa serviette. Je t'ai amené tous les documents nécessaires pour constituer le dossier. Je suppose que de ton côté tu as tous les formulaires ?

— Bien sûr, mais…

— Alors, pourquoi ne pas en sortir un ?

— Très bien.

S'il voulait jouer à ce petit jeu, il allait être servi.

— Tu veux donc contracter un prêt. Veux-tu acheter un bien en vue d'investir, de louer ou à des fins professionnelles ?

— Non, c'est purement personnel.

— D'accord. As-tu une proposition de vente ?

— La voici.

Mitch se délecta de la mine déconfite d'Hester. Elle lui prit les documents des mains et les étudia attentivement.

— Mais tout est vrai !

— Bien sûr. J'ai fait une offre il y a quelques semaines, expliqua-t-il en se grattant le menton comme s'il réfléchissait. Voyons voir. C'était le jour où j'ai décliné ton invitation à venir manger du rôti.

— Tu as acheté une maison ? s'étonna-t-elle en parcourant de nouveau la liasse de documents. Dans le Connecticut ?

— Oui, et ils ont accepté mon offre. Je viens de recevoir les papiers. J'imagine que la banque devra faire sa propre estimation. Il y a des frais pour ça, n'est-ce pas ?

— Comment ? Heu, oui, je vais remplir le dossier.

— Parfait. J'ai aussi amené des photos et un plan.

Mitch les sortit de la serviette et les posa sur son bureau.

— Veux-tu les regarder ? demanda-t-il.

— Je ne vois pas pourquoi.

— Tu comprendras peut-être en voyant les photos.

Hester saisit les clichés et tomba nez à nez avec la maison de ses rêves. C'était une immense demeure avec une terrasse circulaire et couverte, percée de grandes et larges fenêtres. Tout autour, la neige couvrait les arbres à feuillage persistant et s'accumulait en couches immaculées sur le toit.

— Il y a aussi des dépendances qui ne figurent pas sur les photos, commenta Mitch. Des écuries et un poulailler, tous les deux occupés pour l'instant. Le tout s'étend sur deux hectares, avec des bois et un ruisseau. L'agent immobilier m'a soutenu que la pêche y était bonne. Le toit a besoin de quelques réparations et les gouttières doivent être remplacées. A l'intérieur, il faut rafraîchir les peintures et le papier peint, et prévoir aussi quelques travaux de plomberie. Mais la bâtisse est solide.

Tout en parlant, Mitch ne quittait pas Hester des yeux. Elle semblait hypnotisée par les photos.

— La maison a été construite il y a cent cinquante ans, continua-t-il. Je suppose qu'elle peut encore rester sur pied quelques années.

— Elle est magnifique, bredouilla Hester, les yeux humides de larmes qu'elle refoula rapidement. Vraiment magnifique.

— C'est le point de vue du banquier ?

Mitch n'était pas décidé à lui simplifier la tâche. Mais

comment lui en vouloir, alors que de son côté elle leur avait tellement compliqué les choses ?

— Je ne savais pas que tu envisageais de déménager, dit-elle enfin. Comment vas-tu faire pour ton travail ?

— Je pourrais installer ma table à dessin dans le Connecticut aussi facilement qu'à New York. La distance est raisonnable et je ne passe pas vraiment beaucoup de temps au bureau.

— C'est vrai, approuva-t-elle en saisissant un stylo.

Mais, plutôt que d'écrire les informations de rigueur, elle se contenta de le faire rouler machinalement entre ses doigts.

— J'ai entendu dire qu'il y avait une banque en ville, ajouta Mitch. Rien qui n'arrive à la cheville de la National Trust. Il s'agit d'une petite banque indépendante. Mais il semblerait qu'une personne expérimentée pourrait y occuper un emploi intéressant.

— J'ai toujours préféré les petites banques, avoua-t-elle, la gorge serrée. Les petites villes aussi.

— Ils ont aussi quelques bonnes écoles. L'école primaire est tout près de la ferme. On m'a même dit que parfois les vaches s'échappaient de leur pré et allaient brouter dans la cour.

— On dirait que tu as pensé à tout.

— C'est vrai.

Hester regarda fixement les photos. Comment Mitch avait-il fait pour trouver la maison dont elle avait toujours rêvé ? Et comment pouvait-elle avoir eu la chance qu'il adhère à ses projets ?

— Tu fais tout ça pour moi ?

— Non.

Mitch attendit qu'elle lève les yeux vers lui.

— Je le fais pour nous, ajouta-t-il.

Hester sentit de nouveau des larmes brûler ses yeux.

— Je ne te mérite pas.

— Je sais.

Mitch saisit alors ses mains et l'obligea à se lever.

— Ne me dis pas que tu vas être assez stupide pour refuser une affaire pareille ?

— Je m'en voudrais trop, reconnut-elle en contournant le bureau. Je dois te dire quelque chose mais, d'abord, j'aimerais que tu m'embrasses.

— Est-ce ainsi que l'on accorde les prêts dans cette banque ? demanda Mitch en saisissant le revers de sa veste pour attirer Hester vers lui. Je vais devoir faire un rapport sur vous, madame Wallace. Mais plus tard.

Mitch scella alors leurs lèvres par un baiser. Aussitôt, il sentit en elle un mélange d'abandon, de force et d'acceptation. Avec un râle de plaisir, il prit son visage en coupe et sentit sous ses doigts la courbe douce de ses lèvres étirées par un sourire.

— Cela veut-il dire que le prêt est accordé ?

— Nous parlerons affaires dans une minute.

Hester s'interrompit quelques secondes avant de s'écarter.

— Avant que tu arrives, j'étais là, sur cette chaise. En fait, cela fait des jours que je reste assise sans pouvoir faire mon travail. Je n'arrête pas de penser à toi.

— Continue. Je suis sûr que je vais aimer cette histoire.

— Lorsque je n'étais pas occupée à penser à toi, je pensais à moi. Pendant les dix dernières années de ma vie, sache que je me suis beaucoup obstinée à ne pas le faire. Ça n'a donc pas été facile.

Hester garda les mains de Mitch entre les siennes, mais recula encore d'un pas.

— J'ai compris que ce qui était arrivé à Allan et moi était couru d'avance. Si j'avais été plus intelligente et plus forte, j'aurais reconnu il y a bien longtemps que notre histoire ne pouvait pas durer. Peut-être que s'il n'était pas parti comme il l'a fait…

Hester laissa sa phrase en suspens en soupirant.

— Aujourd'hui, continua-t-elle, ça n'a plus d'importance. C'est la conclusion à laquelle je suis arrivée. Mitch, je ne veux pas passer le reste de ma vie à me demander si notre histoire à nous aurait pu fonctionner. Je préfère passer le reste de ma vie à faire en sorte qu'elle fonctionne. Avant que tu arrives dans mon bureau avec ton projet, j'avais décidé de te demander si tu voulais toujours m'épouser.

— Ma réponse est oui, sous plusieurs conditions.

Hester s'était déjà avancée vers lui pour se blottir dans ses bras. Elle se figea.

— Des conditions ?

— Oui, tu es banquière, tu sais ce que sont des conditions, non ?

— Bien sûr, mais je ne considère pas notre histoire comme une transaction.

— Ecoute-moi avant de répondre, car c'est important, répondit Mitch. J'aimerais devenir le père de Rad.

— Si nous nous marions, tu le deviendras.

— Non, je deviendrai son beau-père. Et Rad et moi sommes d'accord pour dire que cela ne nous convient pas.

— Vous êtes d'accord ? demanda-t-elle sur la défensive. Tu as donc parlé de ça avec Rad ?

— Oui, nous en avons parlé. C'est lui qui a amené le sujet, mais je l'aurais fait de toute façon. Il m'a demandé cet après-midi si je voulais t'épouser. Tu voulais que je lui mente ?

— Non, évidemment. Et qu'a-t-il répondu ?

— Il voulait surtout savoir si nous allions continuer à être amis parce qu'il a entendu dans la bouche de ses camarades que, parfois, les beaux-pères changeaient d'attitude une fois qu'ils étaient installés chez eux. Il m'a ensuite avoué qu'il ne voulait pas que je devienne son beau-père.

— Oh ! Mitch ! s'écria Hester en se laissant tomber lourdement sur le bord du bureau.

— Il veut un vrai père, Hester, parce que les vrais pères ne s'en vont pas.

Mitch vit son regard s'assombrir, puis elle ferma les yeux.

— Je vois, dit-elle d'une voix blanche.

— Voilà comment je vois les choses. Tu vas devoir prendre une autre décision, Hester. Me permets-tu d'adopter Radley ?

Elle ouvrit les yeux, pétrifiée de surprise.

— Tu as déjà fait le choix de te partager pour moi, continua Mitch. Maintenant, j'ai besoin de savoir si tu es prête à partager Rad. Pleinement, légalement. Je ne pense pas que ton ex-mari s'y opposera.

— Non, c'est certain.

— Et je ne crois pas non plus que cela pose problème à Rad. Maintenant, j'ai besoin de ton avis.

Hester se leva et fit quelques pas.

— Je ne sais pas quoi dire. Je ne trouve pas les bons mots.

— Prends-les au hasard.

Hester prit une profonde inspiration avant de se tourner vers lui.

— Je pense que Radley va avoir un père merveilleux. Et je t'aime très, très fort.

— C'est bon de l'entendre, dit-il en la prenant dans ses bras, soulagé. Vraiment bon.

Puis il l'embrassa avec avidité et désespoir. Accrochée à son cou, Hester riait de bonheur.

— Cela veut-il dire que tu vas m'accorder ce prêt ?

— Je suis navrée, mais je vais devoir le refuser.

— Comment ?

— En revanche, je suis d'accord pour accepter une demande de toi *et* de ta femme. Si c'est notre maison, c'est notre engagement.

— Je pense pouvoir vivre avec ces conditions, dit-il en effleurant les lèvres d'Hester. Pour les cent années à venir.

Mitch se dégagea brusquement.

— Allons l'annoncer à Rad !

Main dans la main, ils commencèrent à s'avancer vers la porte.

— Dis-moi, Hester, que dirais-tu d'une lune de miel à Disneyland ?

— C'est une merveilleuse idée. Absolument merveilleuse ! répondit-elle en riant à gorge déployée.

UNE MAMAN POUR NOËL

Prologue

Zeke et Zack étaient tapis dans leur cachette perchée dans un arbre. C'est là, dans la solide cabane dissimulée par les branches d'un vénérable sycomore que se réglaient les affaires importantes : c'était l'endroit idéal pour conspirer, élaborer toutes sortes de plans ou discuter des diverses punitions pour infraction aux règlements.

Aujourd'hui, une pluie fine jouait des claquettes sur le toit de tôle et mouillait le feuillage vert sombre de l'arbre. La douceur régnait encore en ce début du mois de septembre et les deux garçons étaient en T-shirt. Rouge pour Zeke, bleu pour Zack.

Ils étaient jumeaux et se ressemblaient comme deux gouttes d'eau. Leur père se servait de ce code de couleur depuis leur naissance afin d'éviter qu'on les confonde.

Quand, par espièglerie, ils échangeaient leurs couleurs — autrement dit fréquemment —, les habitants de Taylor's Grove s'y trompaient tous. Tous, sauf leur père.

C'est d'ailleurs lui qui, en ce moment, était au centre de leurs préoccupations. Ils avaient déjà discuté à n'en plus finir des joies et des peurs que leur réserverait leur premier jour à la grande école : ils étaient sur le point d'entrer au CP.

Ils prendraient le bus comme l'année précédente, quand ils allaient encore à la maternelle. Mais dorénavant, ils passeraient la journée entière à la Taylor's Grove Elementary, comme les grands. D'ailleurs, leur cousine Kim les avait prévenus : à la grande école, fini de jouer, les choses sérieuses allaient commencer.

Cet avertissement avait causé beaucoup de souci à Zack, le plus introverti des deux frères, qui avait passé des semaines à réfléchir au problème en l'analysant sous tous ses angles. Il y avait par exemple ces expressions décourageantes que lançait Kim à la cantonade : « devoirs » mais aussi « participation en classe »... Les jumeaux n'ignoraient pas que leur cousine, élève de première au lycée, croulait sous le poids des livres. De lourds volumes rébarbatifs et sans images.

Sans parler des soirs où elle leur servait de baby-sitter. Kim passait alors des heures absorbée dans ses manuels scolaires, sans lever la tête. Un peu comme lorsqu'elle restait pendue au téléphone avec ses copines, c'est pour dire...

Tout ceci était loin de rassurer Zack, perpétuel angoissé.

Certes, leur père allait les aider ; Zeke, grand optimiste devant l'éternel, n'avait pas manqué de le lui faire remarquer. Ne savaient-ils pas déjà lire des petits livres, comme *Green Eggs and Ham* ou *The Cat in the Hat*, grâce à leur père qui les aidait à reconnaître les mots et leur sonorité ? Et puis, ils savaient tous deux écrire toutes les lettres de l'alphabet, leurs prénoms, ainsi que des mots courts que leur père leur avait enseignés.

Le problème, c'est que ce dernier avait son travail et que, de surcroît, il devait s'occuper de la maison et du Commandant Zark, le grand chien qu'ils avaient sauvé du refuge deux ans auparavant, en le prenant chez eux. Bref, comme Zack l'avait souligné, leur père avait des tonnes de choses à faire. Et maintenant qu'ils allaient devoir aller à l'école, avec tout ce que cela impliquait de devoirs à rendre, d'exposés et de véritables bulletins scolaires, leur père allait avoir besoin d'aide pour arriver à tout assumer.

— Mme Hollis vient une fois par semaine, elle se charge de plein de trucs dans la maison.

Zeke fit emprunter à sa Corvette miniature une piste de course imaginaire sur le plancher de la cabane.

— Ce n'est pas assez.

Zack fronça les sourcils et son regard d'un bleu limpide se voila d'inquiétude. Il exhala un profond soupir empreint de résignation, qui fit voler la mèche de cheveux sombres qui retombait sur son front.

— Papa a besoin de la compagnie d'une gentille petite femme, et nous, de l'amour d'une mère. C'est Mme Hollis qui l'a dit à M. Perkins, au bureau de poste.

— Il va chez tante Mira, des fois. C'est une gentille petite femme…

— Mais elle ne vit pas chez nous. Et puis elle n'a pas le temps de nous aider à faire nos exposés de sciences.

Les exposés de sciences étaient la hantise de Zack.

— Il faut qu'on se trouve une maman.

Zeke se contenta d'émettre un grognement dubitatif mais Zack porta le coup de grâce en plissant les yeux :

— Au CP, on va avoir des dictées…

Zeke se mordit la lèvre inférieure. L'orthographe était sa bête noire.

— Comment on va faire pour trouver une maman ?

Zack eut alors un sourire. Sous ses dehors calmes et posés, il avait déjà tout manigancé dans sa tête.

— Nous allons la commander au Père Noël.

— Mais le Père Noël n'apporte pas de mamans ! objecta Zeke avec l'incommensurable mépris que l'on éprouve parfois envers ses frères et sœurs. Et de toute façon, Noël, c'est dans très longtemps !

— Non, ce n'est pas vrai. Mme Hollis s'est vantée devant M. Perkins d'avoir déjà fait la moitié de ses courses de Noël. Elle dit que prévoir les choses longtemps à l'avance permet de bien profiter de ses vacances.

— Tout le monde s'éclate à Noël. C'est vraiment des supervacances.

— Mouais… Il y a quand même des tas de gens que ça rend dingues. Tu te souviens quand on est allés au centre commercial avec tante Mira, l'an dernier ? Elle n'a pas arrêté de râler : il y avait trop de monde, tout était trop cher, on ne pouvait pas se garer...

Zeke haussa les épaules d'un air vague. Le passé ne l'inspirait guère ou, en tout cas, il s'y référait moins que son jumeau. Mais il faisait confiance à la mémoire de Zack.

— Oui, peut-être.

— Donc, si nous la lui demandons dès maintenant, Papa Noël aura tout le temps de trouver la maman qu'il nous faut.

— Et moi, je te dis que le Père Noël n'apporte pas de mamans.

— Pourquoi pas ? Si nous en avons vraiment besoin et que nous ne demandons pas trop de cadeaux à côté ?

— On avait dit qu'on commanderait des vélos, lui rappela Zeke.

— On peut toujours les lui demander, décida Zack. Mais c'est tout, après on laisse tomber tout le reste. Rien qu'une maman et des vélos.

Ce fut au tour de Zack de pousser un profond soupir. L'idée de renoncer à son interminable liste de jouets ne l'enchantait guère. Mais la perspective d'avoir une maman avait éveillé son intérêt. Ils n'avaient jamais eu de mère, et l'éventualité de ce mystère l'attirait.

— Bon, quel genre de maman tu veux qu'on commande ?

— Il faut qu'on l'écrive.

Zack s'empara du carnet et du bout de crayon à papier posés sur la table, contre le mur de la cabane. Ils s'assirent par terre et commencèrent à rédiger leur lettre en se chamaillant.

« Cher Papa Noël,

» Nous avons été sages. »

Zeke voulut rectifier par « très sages » mais Zack, la voix de la conscience, rejeta cette proposition.

« Nous avons donné à mangé à Zark et nous avons aidé papa. Nous voulons une maman pour Noël. Une qui soit jentille et pas méchante. Ce serai bien si elle sourié beaucou et si elle avait des cheuveux jaune. Il faudré qu'elle aime les petits garçons et les gros chiens. Et qu'elle ais rien contre la boue et qu'elle sache faire des gateau. Nous voulons une maman jolie et aussi intéligente pour nous aidé dans nos devoirs. Nous nous ocuperons bien d'elle. Nous voulons aussi des vélos : un bleu et un rouge. Tu as plein de temps devan toi pour trouver cet maman et fabriqué les vélos, alors comme ça tu peux proffiter de tes vacances. Merci. Bisous. Zeke et Zack. »

1

Taylor's Grove, deux mille trois cent quarante habitants. Non, quarante et un, rectifia Nell d'un air suffisant en arpentant l'auditorium du lycée. Deux mois seulement après son arrivée dans la petite ville, elle s'y sentait déjà comme chez elle. Elle en appréciait le rythme lent, les jardins tirés au cordeau et les petites boutiques. Elle aimait papoter avec les voisins et craquait pour les fauteuils à bascule installés sur les vérandas et les trottoirs fissurés par le gel.

Il y a seulement un an, si quelqu'un lui avait prédit qu'elle troquerait gaiement Manhattan contre un bled perdu dans l'ouest du Maryland, elle aurait éclaté de rire. Et pourtant ! Elle occupait désormais le poste de professeur de musique au lycée de Taylor's Grove, et s'y sentait aussi confortablement installée qu'un chien couché devant un bon feu de cheminée.

Certes, le changement s'était avéré nécessaire. L'année précédente, suite au mariage de sa colocataire, elle s'était retrouvée le bec dans l'eau, face à un loyer exorbitant qu'elle était absolument incapable d'assumer seule. Sa nouvelle colocataire, qu'elle avait pourtant choisie elle-même après l'avoir soumise à un interrogatoire minutieux, avait également rapidement déserté l'appartement. En emportant tous les objets de valeur qu'il contenait. Cette fâcheuse aventure avait entraîné une ultime explication tout aussi déplaisante avec Bob, l'homme avec lequel elle était sur le point de se fiancer. Lorsque celui-ci s'était mis à la réprimander en lui reprochant pêle-mêle sa naïveté, sa sottise et son insouciance, Nell en avait conclu qu'il était temps d'arrêter les frais.

A peine avait-elle flanqué Bob à la porte qu'elle recevait les papiers lui annonçant son propre licenciement. Le lycée où elle enseignait depuis trois ans avait entamé un processus de restructuration, pour reprendre la formule consacrée. Un bel euphémisme ! Dans les faits, le poste de professeur de musique était passé à la trappe, et Nell avec.

Un appartement mis à sac et désormais au-dessus de ses moyens, un fiancé qui apparentait son naturel optimiste à une tare, la perspective du chômage, tout cela mis bout à bout avait considérablement terni l'image dorée qu'elle se faisait de New York.

Il fallait déménager. Une fois sa résolution prise, Nell avait décidé que ce départ serait l'occasion d'un changement radical. L'idée d'enseigner dans une petite ville avait immédiatement jailli dans son esprit et s'était imposée comme une évidence. Une inspiration de génie, songeait-elle à présent, car elle avait l'impression d'habiter là depuis quatre ans.

Son loyer était assez modéré pour qu'elle puisse se permettre de vivre seule, ce qu'elle appréciait. Son appartement, qui occupait le dernier étage d'une ancienne maison rénovée, se situait non loin du campus regroupant une école primaire, un collège et un lycée. Le trajet qui la séparait de son lieu de travail était donc prétexte à une promenade agréable.

Deux semaines à peine après avoir affronté la rentrée non sans une certaine nervosité, elle s'était rapidement approprié ses élèves et avait hâte de commencer les répétitions avec la chorale.

Pour Noël, elle était bien décidée à organiser un concert dont le programme en mettrait plein la vue aux habitants.

Un piano qui avait connu des jours meilleurs trônait au milieu de la scène. Elle alla s'y asseoir. Ses élèves n'allaient pas tarder à entrer dans l'auditorium, mais il lui restait encore un petit moment de répit.

Elle s'échauffa les doigts et se mit dans l'ambiance en interprétant un vieil air de Muddy Waters. Les vieux pianos qui avaient beaucoup vécu se prêtaient admirablement au blues, songea-t-elle. Un véritable plaisir !

— Waou ! Elle est vraiment trop cool, murmura Holly Linstrom à Kim tandis que les deux adolescentes se faufilaient par l'arrière de l'auditorium.

— Oui, répondit Kim sans lâcher ses cousins jumeaux qu'elle tenait chacun par l'épaule, d'une poigne ferme qui leur intimait le silence et menaçait de représailles immédiates en cas de désobéissance. Ce n'est pas le vieux Stryker qui aurait joué ce genre de morceau.

— Et tu as vu comment elle est habillée ? Trop top...

Holly se mit à détailler la tenue de Nell d'un regard où se mêlaient l'admiration et l'envie : pantalon cigarette, longue surchemise et veste courte.

— Que quelqu'un de New York puisse avoir envie de venir s'enterrer ici, ça me dépasse. Tu as vu les boucles d'oreilles qu'elle porte aujourd'hui ? Je te parie qu'elles viennent d'une boutique ultrachic de la Cinquième Avenue.

Les bijoux de Nell faisaient l'admiration des filles du lycée. Tout ce qu'elle portait était à la fois unique et original. Ses goûts vestimentaires, ses cheveux couleur de blé mûr qui lui arrivaient aux épaules, savamment décoiffés, son rire de gorge toujours prompt à jaillir et sa décontraction naturelle lui avaient rapidement attiré la sympathie de ses élèves.

— C'est vrai qu'elle a de la classe.

Mais pour l'heure, Kim s'intéressait davantage à la musique qu'à la garde-robe de l'interprète.

— Bon sang, si seulement je savais jouer comme elle !

— Bon sang, si seulement je pouvais être habillée comme elle ! ironisa Holly en pouffant.

Sentant une présence, Nell lança un coup d'œil par-dessus son épaule et leur adressa un large sourire.

— Approchez, les filles ! Le concert est gratuit.

— J'adore ce que vous jouez, miss Davis.

Tenant toujours fermement ses cousins par l'épaule, Kim entreprit de descendre l'allée centrale vers la scène.

— Qu'est-ce que c'est ?

— Muddy Waters. Il va nous falloir inclure un petit cours consacré au blues dans notre programme.

Se reculant sur la banquette, Nell se mit à étudier les deux petits garçons au doux visage qui encadraient Kim. Il y eut entre eux comme un étrange éclair de reconnaissance mutuelle qu'elle n'aurait su expliquer.

— Hé, salut, les garçons !

Ils lui rendirent son sourire, et une fossette identique se creusa au coin de leur bouche, du côté gauche.

— Vous savez jouer *Chopsticks* ? s'enquit Zeke.

Avant que Kim ait pu laisser libre cours à son indignation face à une question aussi humiliante, Nell se lança dans une interprétation endiablée de la valse pour débutant.

— Alors, qu'en dis-tu ? demanda-t-elle à la fin.

— C'était super !

— Je suis désolée, miss Davis. Je suis obligée de m'occuper d'eux pendant une heure. Ce sont mes cousins. Zeke et Zack Taylor.

— Les Taylor de Taylor's Grove, s'étonna Nell qui pivota sur sa banquette pour se tourner vers eux. Je parie que vous êtes frères, tous les deux. Je crois avoir repéré comme un air de famille entre vous.

Le visage des deux garçons s'illumina et ils se mirent à pouffer de rire.

— Nous sommes jumeaux, l'informa Zack.

— C'est vrai ? Alors, maintenant, je parie que je suis censée deviner qui est qui ?

Elle alla jusqu'au bord de la scène, s'assit et se mit à dévisager attentivement les garçonnets qui la regardaient, hilares. Chacun avait récemment perdu une incisive gauche.

— Toi, tu es Zeke, dit-elle en désignant l'un des jumeaux, et voilà Zack.

Impressionnés et ravis, les deux frères hochèrent la tête.

— Comment vous avez fait ?

Leur expliquer qu'elle avait une chance sur deux de tomber juste n'aurait fait qu'ôter l'aspect merveilleux de la chose.

— C'est de la magie. Vous aimez chanter, les garçons ?

— Oui. Enfin, on se débrouille…

— Eh bien ! Aujourd'hui, vous allez écouter. Vous n'avez qu'à vous asseoir au premier rang, comme ça vous pourrez nous donner votre opinion sur le programme.

— Merci, miss Davis, murmura Kim, qui poussa gentiment les deux garçons vers les sièges. D'habitude, ils sont plutôt sages. Et surtout, restez tranquilles, ordonna-t-elle avec toute l'autorité d'une grande cousine.

Nell se leva en adressant un clin d'œil aux garçons, puis fit signe aux autres élèves d'entrer.

— Allez, on commence !

Ce qui se déroula ensuite sur la scène parut fort ennuyeux aux jumeaux. Au début, il y eut beaucoup de discours, puis la confusion s'installa au fur et à mesure que l'on distribuait les partitions et que garçons et filles prenaient chacun la place qui leur était attribuée.

Mais Zack mit ce laps de temps à profit pour observer Nell. Sa splendide chevelure rehaussait l'éclat de ses immenses yeux bruns, empreints d'une grande douceur. Exactement comme ceux de Zark, songea-t-il avec une grande tendresse. Elle avait une drôle de voix, profonde et légèrement voilée, mais néanmoins agréable. De temps en temps, elle lui jetait un regard en souriant. Alors, son cœur réagissait de manière étrange et se mettait à cogner dans sa poitrine comme s'il venait de faire la course.

Nell se tourna vers un groupe de filles et se mit à chanter. C'était un air de Noël ; Zack ouvrit de grands yeux en l'entendant. Il n'était pas sûr du titre — quelque chose comme *Minuit au clair de lune* — mais il le reconnut tout de suite : il figurait sur l'un des disques que leur passait papa pendant les vacances.

Un chant de Noël. Un cadeau de Noël.

— C'est elle, souffla-t-il à l'oreille de Zeke, en enfonçant son coude dans les côtes de son frère.

— Qui ?

— La maman.

Zeke cessa de jouer avec la figurine qui dépassait de sa poche et leva les yeux vers la scène où Nell faisait répéter le pupitre des altos.

— C'est le professeur de Kim, notre maman ?

— Sûrement.

Soucieux de ne pas laisser transparaître sa surexcitation dans sa voix, Zack poursuivit sur un ton de conspirateur.

— Papa Noël a eu le temps de recevoir notre lettre : elle a chanté un air de Noël, elle a des cheveux jaunes et un gentil sourire. Et puis, elle aime les petits garçons, aussi. Ça se voit.

— Peut-être.

Encore un peu sceptique, Zeke examina Nell. C'était pourtant vrai qu'elle était jolie. Et puis elle riait beaucoup, même lorsque certains grands élèves commettaient des fautes. En revanche, cela ne signifiait pas pour autant qu'elle aimait les chiens ni qu'elle savait faire des gâteaux.

— Je n'en suis pas encore tout à fait sûr.

Zack souffla d'un air exaspéré.

— Elle nous connaît déjà : elle a réussi à savoir qui était qui sans se tromper. C'est de la magie, affirma-t-il en regardant son frère d'un air solennel. C'est notre maman.

— De la magie, fit Zeke en écho avant de fixer Nell avec des yeux ronds. Est-ce qu'on doit attendre Noël pour la prendre à la maison ?

— Je crois. Sûrement.

En tout cas, songea Zack, cela méritait réflexion.

Mac Taylor gara son pick-up devant le lycée, l'esprit accaparé par une dizaine de problèmes divers. Que faire à manger aux enfants ? Quel revêtement de sol choisir pour la maison de Meadow Street ? Comment trouver un moment pour se rendre au centre commercial et acheter de nouveaux sous-vêtements aux enfants ? La dernière fois qu'il avait rangé leur linge, il avait remarqué que la plupart de leurs dessous étaient tout juste bons à faire des chiffons. Ah, et surtout, se rappeler de commander du bois de chauffage demain matin sans faute, et s'occuper de toute cette paperasse ce soir.

Sans oublier de rassurer Zeke, tout angoissé à l'idée d'affronter sa toute première dictée dans quelques jours.

Fourrant ses clés dans sa poche, Mac effectua quelques mouvements d'assouplissement pour se décontracter les épaules : il venait de manier le marteau pendant près de huit heures. Les courbatures lui importaient peu. C'était une saine fatigue, qui lui rappelait qu'il avait accompli quelque chose de ses mains. Les travaux de rénovation de la maison de Meadow Street étaient désormais planifiés, budget à l'appui. Quand tout serait terminé, il ne lui resterait plus qu'à décider de la mettre en vente ou de la louer.

Son comptable tenterait de l'influencer, mais Mac savait qu'au final la décision lui reviendrait de toute façon. C'est ainsi qu'il aimait mener ses affaires.

Sortant du parking, il se dirigea vers le lycée en regardant autour de lui. Son arrière-arrière-grand-père avait fondé Taylor's Grove — un simple bourg, à l'époque —, aujourd'hui une petite ville longeant le cours de Taylor's Creek et s'étendant au-delà des collines arrondies jusqu'à Taylor's Meadow.

Le moins que l'on puisse dire, c'est que le vieux Macauley Taylor ne souffrait pas d'excès de modestie…

Mac, pour sa part, avait habité Washington pendant plus de douze ans. Cela faisait désormais six ans qu'il était revenu vivre à Taylor's Grove avec une joie et une fierté intactes. Il aimait toujours autant contempler les collines, les arbres et l'ombre des montagnes qui se découpait dans le lointain.

C'était un spectacle dont il ne pourrait jamais se lasser.

Ces derniers jours, l'air s'était imperceptiblement rafraîchi et une puissante brise se levait à l'ouest. Mais il n'avait pas encore gelé et les arbres arboraient toujours leur feuillage d'été vert foncé. Cette météo clémente lui facilitait la vie à plus d'un titre. Tant que le beau temps se maintiendrait, il pourrait achever les travaux extérieurs de la maison dans des conditions agréables. Et les garçons pourraient passer leurs après-midi et leurs soirées à jouer dans le jardin.

Une pointe de culpabilité l'effleura tandis qu'il poussait les lourdes portes de l'école. Son travail avait obligé ses fils à rester enfermés tout l'après-midi. L'arrivée de l'automne signifiait que sa sœur allait se lancer à corps perdu dans ses diverses activités municipales. Il ne pouvait décemment pas lui demander de s'occuper des enfants. D'un autre côté, le temps libre de Kim après les cours se réduisait comme peau de chagrin. Toujours est-il qu'il n'admettait pas l'idée que ses enfants soient livrés à eux-mêmes après l'école.

Contre toute attente, la solution trouvée avait fait l'unanimité. Kim emmènerait les enfants aux répétitions de sa chorale, et il épargnerait à sa sœur un trajet en voiture en allant les chercher tous les trois à l'école pour les ramener à la maison.

Kim allait passer son permis de conduire dans quelques mois. Elle ne cessait de le clamer à qui voulait l'entendre. Cependant, il n'envisageait pas de confier ses fils à une toute jeune conductrice de seize ans, malgré toute l'affection et la confiance qu'il éprouvait pour sa nièce.

« Tu les couves trop. » Mac roula des yeux en se remémorant le refrain que lui serinait sa sœur. « Tu ne pourras pas continuer à assumer seul le rôle du père et de la mère, Mac. Alors, si tu n'as pas envie de te remarier, tu ferais bien d'apprendre à leur lâcher un peu la bride. »

« Tu parles ! », songea Mac.

En approchant de l'auditorium, il entendit s'élever un chœur de voix jeunes chantant dans une subtile harmonie. C'était un air agréable, chargé d'émotion, et qui amena un sourire sur ses lèvres avant même qu'il ait reconnu la mélodie. Un cantique de Noël... En cette saison, ce genre de chant avait quelque chose d'étrange : Mac sentait la transpiration de la journée qui commençait à peine à s'évaporer sur son dos.

Il poussa les portes de l'auditorium et fut accueilli par un flot de musique. Sous le charme, il resta au fond de la salle pour admirer les choristes. L'une des élèves était au piano. Un beau brin de fille, songea Mac. Elle relevait la tête de temps à autre, en faisant signe à ses camarades de classe comme pour les inciter à participer davantage.

Il était en train de se demander où était le professeur de musique, lorsqu'il repéra ses fils, assis au premier rang. Il descendit l'allée à pas feutrés et, voyant le regard de Kim croiser le sien, lui fit un signe de la main. Il prit place derrière les garçons et se pencha en avant.

— C'est beau, hein ?

— Papa !

Zack faillit pousser un cri aigu mais se souvint juste à temps que le chuchotement était de rigueur.

— C'est Noël !

— En effet, ça m'en a tout l'air. Comment Kim se débrouille-t-elle ?

— Elle s'en sort superbien, déclara Zeke qui se targuait désormais d'être un expert en arrangements polyphoniques. Elle va chanter un solo.

— Sans blague ?

— Elle est devenue toute rouge quand miss Davis lui a demandé de chanter seule, mais elle l'a fait quand même.

Mais Zeke s'intéressait davantage à Nell.

— Elle est jolie, hein ?

Quelque peu surpris par cette remarque — les jumeaux avaient beaucoup d'affection pour Kim mais en faisaient rarement l'éloge — il opina du chef.

— Tout à fait. C'est la plus jolie fille de l'école.

— On pourrait l'inviter à dîner un de ces jours, suggéra Zack d'un air entendu. Hein ?

Déconcerté, Mac ébouriffa les cheveux de son fils.

— Tu sais, Kim peut venir à la maison quand elle veut…

— Mais non, pas elle !

Imitant son père, Zack roula des yeux.

— Miss Davis ! Enfin, papa…

— Qui est miss Davis ?

— La mam…

Zeke fut arrêté net par un coup de coude de son frère jumeau.

— Le professeur, le coupa Zack en jetant un coup d'œil assassin en direction de son frère. Celle qui est jolie.

Il tendit le doigt, et le regard de son père alla vers le piano.

— C'est elle, le professeur ?

Avant que Mac ait pu corriger sa première impression, le flot de musique se tut brusquement et Nell se leva.

— C'était vraiment formidable. Vous l'avez bien filé pour une première fois et votre chant était soutenu jusqu'au bout.

Elle balaya en arrière sa coiffure ébouriffée.

— Mais il y a encore beaucoup de travail. J'aimerais que nous programmions la prochaine répétition pour mardi prochain après les cours. A 15 h 45.

Les élèves s'agitaient déjà en marmonnant et Nell dut hausser le ton pour arriver à se faire entendre par-dessus le brouhaha et leur donner la suite de ses instructions. Satisfaite, elle se tourna ensuite pour adresser un sourire aux jumeaux et se retrouva en train de fixer d'un air béat une version plus âgée et beaucoup plus troublante des fils Taylor.

« Leur père, sans l'ombre d'un doute », songea Nell. Les mêmes boucles sombres et épaisses moussaient sur le col de son T-shirt crasseux. Les mêmes yeux bleus et limpides bordés de longs cils foncés lui renvoyèrent son regard. Son visage avait perdu les traits poupins qui faisaient le charme de ses fils, mais ce spécimen adulte, plus buriné, était tout aussi séduisant. Grand, svelte, sans une once de graisse, et des bras puissants qui ne devaient rien à la salle de musculation. Il était bronzé et manifestement sale. Avait-il lui aussi une fossette au coin de la bouche quand il souriait ?

— Monsieur Taylor.

Nell ne prit pas la peine de descendre les marches et sauta au bas de la scène avec une agilité qui n'avait rien à envier à celle de ses élèves. Elle lui tendit une main ornée de bagues.

— Miss Davis.

Il prit sa main dans la sienne, calleuse, en se souvenant un peu tard qu'elle était loin d'être propre.

— C'est très gentil à vous d'accepter la présence de mes enfants pendant que Kim répète.

— Aucun problème. De toute façon, je travaille mieux devant un public, c'est stimulant, dit-elle en inclinant légèrement la tête sur le côté, et en regardant les jumeaux. Alors, les gars, c'était comment ?

— C'était vraiment super, commenta Zeke. Nous, ce qu'on préfère, c'est les chants de Noël.

— Moi aussi.

Encore tout émue et flattée qu'on lui ait demandé d'interpréter un solo, Kim les rejoignit.

— Salut, oncle Mac. Je vois que tu as fait la connaissance de miss Davis.

— Oui.

Que dire d'autre ? Encore une fois, il lui trouvait l'air trop jeune pour un professeur. Certes, elle n'avait rien d'une adolescente, mais... son teint crémeux, sa peau sans défaut et sa silhouette gracile étaient trompeurs. Et extrêmement séduisants.

— Votre nièce est très douée, affirma Nell en passant son bras autour des épaules de Kim. Elle possède une voix magnifique et une perception intuitive de la musique. Je suis ravie de l'avoir parmi mes choristes.

— Oui, nous aussi, on l'aime bien, renchérit Mac tandis que Kim devenait écarlate.

Zack se dandinait d'un pied sur l'autre. Ce n'était pas de cette grande idiote de Kim qu'ils étaient censés parler...

— Vous pourriez venir chez nous un de ces jours, miss

Davis, suggéra-t-il d'une voix aiguë. On habite la grande maison marron, sur Mountain View Road.

— Avec grand plaisir.

Cependant, Nell nota que le père de Zack ne relayait pas l'invitation. D'ailleurs, l'idée ne semblait guère l'enthousiasmer.

— Quant à vous, les petits gars, vous serez toujours les bienvenus à nos répétitions. Kim, il faut que tu travailles ton solo.

— Je le ferai sans faute, miss Davis. Merci.

— Ravie d'avoir fait votre connaissance, monsieur Taylor.

Le temps qu'il marmonne une réponse, Nell était déjà remontée d'un bond sur la scène pour rassembler ses partitions.

« Quel dommage que le père soit dépourvu de la spontanéité et de la gentillesse de ses fils… », songea-t-elle.

2

Quoi de plus agréable qu'une balade dans la campagne par un doux après-midi d'automne ? Nell se remémora ses samedis de liberté à New York : quelques emplettes — le shopping était bien la seule chose qu'elle regrettait depuis qu'elle avait quitté Manhattan —, et parfois une promenade dans le parc. Jamais de jogging. Nell ne voyait pas l'intérêt de courir si l'on pouvait atteindre son but en marchant.

Et si l'on pouvait s'y rendre en voiture, alors c'était vraiment l'idéal. Jusqu'à ce jour, elle n'avait pas vraiment pris conscience du plaisir qu'il y avait à posséder sa propre voiture pour parcourir les petites routes serpentant dans la campagne, toutes vitres baissées, avec la radio à fond.

Maintenant que le mois de septembre était bien avancé, les feuilles commençaient à perdre leur couleur verte et les arbres se paraient de diverses nuances rivalisant de couleur entre elles. Mue par une subite impulsion, Nell bifurqua pour s'engager sur une autre route. Les arbres immenses étendaient leurs branches pour former une spectaculaire voûte de verdure au-dessus de l'asphalte. Les quelques rayons qui parvenaient à traverser le feuillage épais faisaient danser des taches de soleil sur la route. La voiture longeait le cours sinueux d'un torrent aux eaux bouillonnantes.

Nell roulait au hasard quand, tout à coup, elle vit un panneau lui indiquant qu'elle se trouvait sur Mountain View.

Elle se souvint que Zack avait fait allusion à une grande

maison marron. Rares étaient les maisons à cet endroit, à trois kilomètres des abords de la ville, mais elle entraperçut toutefois quelques habitations à travers les arbres qui ombrageaient la route. Des maisons marron, blanches, bleues, certaines situées près du lit du torrent, d'autres plus haut, au bout d'un sentier étroit et défoncé faisant office d'allée.

Qu'il devait faire bon vivre ici ! Et y élever des enfants... Mac Taylor avait beau être froid et taciturne, ses fils étaient une véritable réussite.

Elle n'ignorait déjà plus que le mérite en revenait à lui seul. Nell avait rapidement compris comment circulaient les informations au cœur d'une petite ville. Sans avoir l'air d'y toucher, à coup d'une remarque par-ci et d'une question par-là, elle s'était vite retrouvée à la tête d'une véritable mine de renseignements concernant la dynastie des Taylor.

Alors que Mac était encore tout jeune adolescent, ses parents avaient déménagé de Taylor's Grove pour aller s'installer à Washington. Il y a six ans, il était rentré au pays, flanqué de deux nourrissons. Sa sœur aînée, quant à elle, avait fréquenté les bancs de l'université avant d'épouser un garçon du coin. Cela faisait des années qu'ils vivaient là. Tout le monde s'accordait à dire que c'était elle qui avait insisté auprès de son frère pour qu'il revienne s'installer à Taylor's Grove pour y élever ses enfants après le départ de son épouse.

Cette dernière avait abandonné ces malheureux petits bébés du jour au lendemain, lui avait confié Mme Hollis par-dessus le comptoir de l'épicerie. Elle était partie sans dire au revoir et ne s'était plus jamais manifestée. Depuis, le jeune Macauley Taylor élevait seul ses jumeaux en cumulant les rôles de père et de mère.

Peut-être, pensa Nell avec un certain cynisme, que s'il avait adressé la parole à son épouse ne serait-ce que de temps en temps, elle serait restée à ses côtés...

« Je suis injuste », se reprit-elle. Rien ne pouvait justifier qu'une mère abandonne ses enfants en bas âge, sans jamais chercher à reprendre contact avec eux en six ans. Quel qu'ait été le comportement de Mac Taylor en tant qu'époux, il n'en demeurait pas moins que ces enfants méritaient mieux.

C'est à eux qu'elle songeait à présent, ces deux reflets identiques d'une seule image espiègle. Elle avait toujours aimé les enfants, et les jumeaux Taylor lui apportaient une double dose de bonheur. Elle n'avait pas mis longtemps à s'attacher à leur présence dans le public au cours des séances de répétition qui avaient lieu une ou deux fois par semaine. Zeke lui avait même montré sa toute première dictée, annotée d'une grosse étoile argentée. A une faute près, il avait failli obtenir l'étoile dorée.

Les regards que lui lançait Zack ne lui avaient pas non plus échappé, même s'il se hâtait toujours de baisser les yeux en rougissant. C'était si attendrissant d'être l'objet de son premier émoi d'enfant.

Elle soupira de plaisir tandis que la voiture émergeait de la voûte de verdure pour se retrouver en pleine lumière. Devant elle, apparurent soudain les montagnes qui donnaient son nom à la route, leurs crêtes zébrant le bleu vif du ciel. La chaussée avait beau décrire des courbes, les sommets se dressaient toujours au détour d'un virage, sombres et lointains, conférant au cadre un décor dramatique.

La route traversait un paysage de reliefs alternant collines en pente douce et affleurements rocheux. Nell ralentit en apercevant une maison perchée en haut d'une colline. Marron. Construite en bois de cèdre, très probablement, avec des fondations en pierre, d'immenses baies vitrées qui étincelaient dans le soleil et une terrasse au second étage. La maison était nichée dans un écrin de verdure, à l'ombre de grands arbres. A l'une des branches était suspendu un vieux pneu en guise de balançoire.

Se pouvait-il que ce soit la maison des Taylor ? Elle pria pour que cette solide demeure si admirablement agencée soit bel et bien le foyer de ses nouveaux petits amis. En passant devant la boîte aux lettres plantée au bord de la route, au départ d'un long sentier, elle ralentit et lut : M. Taylor et fils.

Elle sourit. Satisfaite, elle écrasa la pédale de l'accélérateur et resta interdite : le moteur eut quelques ratés et la voiture se mit à avancer en hoquetant.

— Allons bon, que se passe-t-il à présent ? marmonna-t-elle.

Elle relâcha la pédale de l'accélérateur puis l'enfonça de nouveau. Cette fois, la voiture émit une secousse avant de caler net. Oh, flûte ! Vaguement contrariée, elle tenta de remettre le contact tout en jetant un œil au tableau de bord. La pompe miniature représentée à côté de la jauge à essence était allumée.

— Quelle idiote ! se morigéna-t-elle à voix haute. Tu ne devais pas faire le plein avant de partir ?

Elle se renfonça dans son siège et poussa un soupir. Elle avait pourtant bien prévu de passer prendre de l'essence. Comme elle en avait déjà eu l'intention la veille, en sortant de son dernier cours...

Et voilà, elle se retrouvait maintenant en panne à trois kilomètres de Taylor's Grove, le réservoir à sec. Soufflant pour chasser les mèches qui lui tombaient sur les yeux, elle jeta un regard dans la direction de la maison de « M. Taylor et fils » et évalua la distance à parcourir : cinq cents mètres, tout au plus. C'était toujours mieux que de marcher pendant trois kilomètres. Et puis, après tout, n'avait-elle pas plus ou moins été invitée à passer chez eux ?

Elle prit ses clés et s'engagea sur le sentier.

Elle n'était pas à mi-chemin que les garçons la repérèrent. Ils dégringolèrent à toute vitesse le chemin pierreux et rempli de nids-de-poule. Nell resta saisie de crainte devant leur course folle. Mais, avec l'agilité d'un cabri, ils furent près d'elle en un éclair. Derrière eux gambadait un énorme chien jaune.

— Miss Davis, bonjour ! Vous êtes venue nous voir ?

— C'est un peu ça, oui.

En riant, elle s'accroupit et perçut une légère odeur de

chocolat en les serrant contre elle. Avant qu'elle puisse leur donner davantage d'explications, le chien décida qu'il voulait lui aussi sa part de caresses. Par bonheur, il se retint poliment de lui mettre ses grosses pattes sur les épaules et se contenta de les lui poser sur les cuisses.

Consterné, Zack retint son souffle puis se détendit en voyant Nell éclater de rire et se pencher pour gratter Zark sur la tête et entre les omoplates.

— Toi, tu es un vrai costaud, hein ? Un grand et beau chien.

Zark lui lécha la main en signe de totale approbation. Nell surprit le bref regard qu'échangèrent les jumeaux. A la fois excité et satisfait.

— Vous aimez les chiens ? s'enquit Zack.

— Bien sûr ! J'aimerais bien en avoir un, maintenant. Je n'ai jamais eu le cœur d'en prendre un à New York pour le tenir enfermé toute la journée dans mon appartement.

Elle rit de nouveau lorsque Zark s'assit et lui tendit poliment la patte.

— C'est un peu tard pour les politesses, mon bonhomme, lança-t-elle tout en lui prenant néanmoins la patte. Je roulais tranquillement quand je suis tombée en panne d'essence juste à côté de chez vous. C'est amusant, non ?

Le visage de Zack se fendit d'un immense sourire. Elle aimait les chiens. Elle s'était arrêtée pile devant chez eux. Aucun doute, il y avait là autre chose que de la magie.

— Papa va vous arranger ça. Il peut tout arranger.

Plein d'assurance maintenant qu'elle était sur son territoire, Zack lui prit la main. Pour ne pas être en reste, Zeke lui saisit l'autre.

— Papa est dans l'atelier derrière la maison, il fabrique un « fauteuil rondak ».

— Un fauteuil en rondins ? suggéra Nell.

— Non, non. Un fauteuil rondak. Venez voir.

Ils lui firent faire le tour de la maison en passant devant une serre arrondie qui recevait la lumière du sud. A l'arrière, il y avait une autre terrasse dont les marches descendaient vers un patio au sol recouvert de pavés. L'atelier, qui se trouvait dans le jardin de derrière, était lui aussi bâti de bois de cèdre et suffisamment vaste pour pouvoir accueillir une famille de quatre personnes. Nell entendit des coups de marteau.

Débordant d'enthousiasme, Zeke fit irruption comme une fusée dans l'atelier.

— Papa ! Papa ! Devine qui est là !

— Tout ce que je sais, c'est qu'un jour je vais avoir une crise cardiaque.

Nell reconnut la voix grave de Mac aux accents amusés et pleins de bienveillance. Elle perdit un peu de son aplomb et hésita.

— Je ne voudrais pas le déranger en plein travail, dit-elle à Zack. Je pourrais peut-être simplement me contenter d'appeler la station-service ?

— Non, il n'y a pas de problème, venez !

Zack la tira jusqu'au seuil de la porte.

— Tu vois bien qu'elle est venue ! fit Zeke d'un air important.

Pris au dépourvu par cette visite impromptue, Mac posa son marteau sur l'établi. Il releva la visière de sa casquette et fronça machinalement les sourcils.

— Bonjour, miss Davis.

— Je suis navrée de vous déranger, monsieur Taylor, commença-t-elle, puis ses yeux se posèrent sur l'objet qu'il était en train de fabriquer. Un fauteuil Adirondack..., murmura-t-elle avant de sourire. C'était donc cela le fauteuil « rondak ». C'est magnifique.

— Il n'est pas encore fini, mais j'espère qu'il sera réussi.

Etait-il censé lui offrir un café ? Lui proposer de faire le tour de la maison ? Ou bien quoi ? D'ailleurs qu'avait-elle de si séduisant ? se demanda-t-il en passant du coq à l'âne. Elle n'avait rien d'exceptionnel. Sauf peut-être ses yeux. Bruns et immenses. Mais le reste était tout à fait ordinaire. Ce devait être la combinaison de ses traits qui la rendait si merveilleuse.

A la fois gênée et amusée d'être dévisagée ainsi, Nell se lança dans son explication.

— J'ai pris ma voiture pour le plaisir de conduire ainsi que pour me familiariser avec les environs. Je n'habite ici que depuis deux mois.

— Ah oui ?

— Miss Davis vient de New York, papa, lui rappela Zack. Kim te l'a déjà dit.

— En effet, je m'en souviens maintenant, se reprit-il en triturant son marteau. Belle journée pour une balade.

— C'est aussi ce que je me suis dit. Il fait si beau que j'en ai oublié de faire le plein avant de quitter la ville. Je suis tombée en panne d'essence en bas de chez vous.

Un voile de méfiance vint assombrir le regard de Mac.

— Tiens donc... Comme c'est drôle...

— Pas tant que ça, non.

Sans se départir de son ton amical, la voix de Nell se durcit légèrement.

— Vous me rendriez un grand service en me permettant de téléphoner de chez vous à la station-service.

— J'ai de l'essence ici, marmonna-t-il.

— Vous voyez, je vous avais bien dit que papa pourrait tout arranger, remarqua Zack avec fierté. On a des brownies, ajouta-t-il, s'efforçant par tous les moyens de la retenir encore un peu. C'est papa qui les a faits. Vous pouvez en manger un si vous voulez.

— Il me semblait bien avoir senti une odeur de chocolat.

Elle souleva Zack et huma son visage.

— Mon flair ne me trompe jamais.

Instinctivement, Mac lui enleva Zack des bras.

— Allez lui chercher des brownies, les garçons. Moi, je m'occupe de l'essence.

— D'accord !

Ils partirent en courant.

— Je n'avais pas l'intention de le kidnapper, monsieur Taylor.

— Je n'ai jamais dit ça.

Il alla vers le seuil de la porte, puis lui jeta un coup d'œil par-dessus son épaule.

— L'essence se trouve dans la remise.

Vexée, elle le suivit dehors.

— Que se passe-t-il, monsieur Taylor ? Une institutrice vous aurait-elle traumatisé dans votre petite enfance ?

— Mac. Appelez-moi Mac tout court. Non, pourquoi ?

— Pour rien. Je me demandais juste si votre problème était d'ordre personnel ou professionnel.

— Je n'ai aucun problème.

Il s'arrêta devant la petite remise où il rangeait sa tondeuse à gazon ainsi que ses outils de jardin avant de lancer :

— C'est drôle, non ? Les enfants vous donnent notre adresse et voilà que vous tombez en panne d'essence juste devant chez nous...

Elle inspira profondément et l'observa tandis qu'il se baissait pour prendre un bidon d'essence. Puis il se redressa et fit demi-tour.

— Ecoutez, cette situation ne m'amuse pas plus que vous et, après un tel accueil, j'ai encore moins envie de rire. Il se trouve que c'est ma première voiture et que j'ai encore quelques petits réflexes à acquérir. Le mois dernier, je me suis retrouvée à court d'essence devant l'épicerie. Vous pouvez vérifier si ça vous chante.

Il haussa les épaules, se sentant idiot et ridiculement susceptible.

— Je vous prie de m'excuser.

— Oublions cela. Si vous voulez bien me confier votre bidon, je prendrai l'essence nécessaire pour arriver jusqu'en ville, et là je demanderai qu'on me le remplisse avant de vous le rapporter.

— Je m'en chargerai, marmonna-t-il.

— Je ne voudrais surtout pas vous importuner.

Elle saisit l'anse du bidon et ils se mirent chacun à tirer de leur côté. Au bout d'un moment, une fossette se creusa à la commissure des lèvres de Mac.

— Je suis plus fort que vous.

Elle recula et écarta les mèches qui lui tombaient devant les yeux.

— Très bien. Alors, prouvez-le.

Furieuse, elle contourna la maison à sa suite, puis s'efforça de surmonter sa mauvaise humeur en voyant les jumeaux accourir vers elle. Ils tenaient chacun des brownies enveloppés dans une serviette en papier.

— Papa fait les meilleurs brownies du monde, affirma Zack en lui présentant son offrande.

Nell en prit un et mordit dedans.

— Je crois que tu as raison, dut-elle admettre, la bouche pleine. Et je m'y connais en brownies.

— Vous savez les faire ? s'enquit Zeke.

— Je suis réputée dans le monde entier pour mes cookies aux pépites de chocolat.

Son sourire se figea à la vue du regard qu'échangèrent les deux frères avant de hocher la tête.

— Si vous passez me voir un de ces quatre, je vous en ferai pour le goûter.

— Où habitez-vous ?

Profitant d'un moment d'inattention de son père, Zeke enfourna un brownie tout entier dans sa bouche.

— Dans Market Street, sur la place. L'ancienne maison en briques avec les trois vérandas. Je loue le dernier étage.

— Cette maison est à papa, lui apprit Zack. Il l'a achetée, réparée, et maintenant il la loue. Nous sommes dans l'immobilier.

— Ah, je vois, c'est donc ça...

Elle expira profondément. Elle envoyait ses chèques pour le loyer à Taylor Management, Mountain View Road.

— Donc, vous habitez chez nous, conclut Zack.

— D'une certaine façon, oui.

— L'appartement vous plaît ? lui demanda Mac.

— Oui, il est très agréable. Je m'y sens très bien. Et puis il est près du lycée, c'est pratique.

— Papa passe son temps à acheter des maisons pour les retaper.

Zeke se demanda s'il pouvait prendre un autre brownie sans se faire gronder.

— Il aime réparer les trucs.

Il suffisait de voir le soin minutieux apporté à la rénovation du vieil immeuble où elle résidait pour comprendre que leur père excellait dans les travaux de remise à neuf.

— Ainsi donc, vous êtes menuisier ? s'enquit-elle, s'adressant à Mac à contrecœur.

— Entre autres.

Ils avaient rejoint sa voiture. Mac n'eut qu'un geste à faire pour ordonner aux jumeaux et au chien de ne pas s'approcher de la route. Il dévissa le bouchon du réservoir et lança sans même lever les yeux :

— Zeke, si tu en manges encore un, tu es bon pour un lavage d'estomac.

Penaud, Zeke remit le brownie dans la serviette en papier.

— Vous avez des antennes, commenta Nell en s'appuyant contre la voiture pendant que Mac versait l'essence dans le réservoir.

— Ça fait partie du jeu.

Il la dévisagea. Le vent faisait voler ses cheveux, qui brillaient d'un éclat doré dans les rayons du soleil. La marche et la brise avaient rosi son visage. En la regardant, il sentit son pouls s'accélérer et en fut contrarié.

— Et pourquoi Taylor's Grove ? C'est si différent de New York.

— Justement. Je voulais du changement.

Elle inspira profondément en embrassant du regard le paysage environnant : des rochers, des arbres, des collines.

— Je dois avouer que j'ai été gâtée.

— La vie ici doit vous paraître bien calme comparée à celle que vous meniez.

— Le calme me convient parfaitement.

Il se contenta de hausser les épaules. Il ne lui donnait pas plus de six mois pour repartir, vaincue par l'ennui.

— Kim se passionne pour votre cours. Elle ne parle que de ça et de son permis de conduire.

— Je prends cela comme un compliment, alors. Il y a une bonne ambiance dans ce lycée. Les élèves ne s'impliquent pas tous autant que Kim mais c'est le défi qui me plaît. C'est pourquoi je vais la recommander pour faire partie du chœur national.

Mac vida le bidon.

— Elle chante si bien que ça ?

— Ça a l'air de vous surprendre…

De nouveau, il haussa les épaules.

— J'ai toujours pensé qu'elle avait une jolie voix, mais son ancien professeur de musique ne l'a jamais remarquée parmi les autres élèves.

— A ce qu'on dit, il ne s'est jamais intéressé à aucun de ses élèves, ni en cours, ni pendant les activités extracolaires.

— Ça, c'est vrai. Stryker était un vieux…

Il se reprit et jeta un coup d'œil à ses fils qui se tenaient tout près de lui, attentifs à ne pas en perdre une miette.

— Il était vieux, reprit Mac. Et prisonnier de ses habitudes. Il proposait invariablement le même programme pour Noël et pour Pâques.

— Oui, j'ai parcouru ses notes. Je crois que vous allez tous avoir une belle surprise, cette année. On m'a dit qu'aucun élève de Taylor's Grove ne s'était jamais présenté à une audition pour faire partie du chœur national.

— Pas que je me souvienne, du moins.

— Eh bien ! Cela va changer.

Constatant avec satisfaction qu'ils étaient parvenus à nouer une conversation normale, elle rejeta sa chevelure en arrière.

— Et vous, vous chantez ?

— Seulement sous la douche.

De nouveau, sa fossette se creusa brièvement et ses fils se mirent à pouffer de rire.

— Attention, les gars, pas de commentaires !

— Il chante vraiment très, très fort, observa Zeke, ignorant la menace de son père. Et Zark se met à hurler.

— Je suis sûre que le spectacle en vaut la peine.

Nell gratta le chien, ravi, entre les oreilles. Il fit cogner sa queue contre le sol, puis, obéissant soudain à un appel de son horloge interne, fit demi-tour et remonta la colline.

— Tenez, miss Davis, vous pouvez les emporter.

Les deux garçons lui fourrèrent dans les mains les brownies enveloppés dans les serviettes en papier et filèrent à la suite du chien.

— A mon avis, ils ne doivent pas tenir en place bien longtemps, murmura-t-elle en les regardant poursuivre le chien jusqu'en haut de la colline.

— Ils se sont surpassés, aujourd'hui. Ils vous aiment beaucoup.

— Oui, les gens m'aiment bien, d'habitude.

Elle sourit en lui jetant un regard par-dessus l'épaule.

— Enfin, la plupart.

Elle remarqua qu'il la fixait une fois de plus d'un air vaguement contrarié.

— Vous n'avez qu'à poser le bidon sur la banquette arrière, je vous le rapporterai une fois que je l'aurai rempli.

— C'est sans importance.

Mac remit en place le bouchon du réservoir et garda le bidon à la main.

— Les habitants de Taylor's Grove sont sympathiques, vous savez. Enfin, la plupart.

— Prévenez-moi quand vous me jugerez digne d'en faire partie.

Elle se pencha dans la voiture pour déposer les brownies sur le siège passager. Mac put profiter ainsi d'une vue imprenable sur sa croupe tendue de jean. C'était à la fois excitant et embarrassant. Il sentit également son parfum, une senteur légère et épicée qui l'enivrait plus sûrement que les vapeurs d'essence.

— Ce n'est pas ce que j'ai voulu dire.

La tête de Nell émergea de la voiture. Elle lécha une trace de brownie sur son doigt et se redressa.

— Peut-être. En ce cas, merci pour votre aide.

Elle lui adressa un sourire lumineux en ouvrant la portière de la voiture.

— Et pour les brownies, aussi.

— Revenez quand vous voulez, s'entendit-il dire à sa grande consternation.

Elle s'installa au volant et lui jeta un petit sourire malicieux.

— Je n'y manquerai pas !

Puis, elle éclata de rire et démarra le moteur dans un rugissement qui fit grimacer Mac.

— Vous devriez passer de temps en temps pendant les répétitions, Mac, au lieu de rester à attendre sur le parking. Vous pourriez découvrir des tas de choses.

Il n'était pas sûr d'en avoir envie.

— Attachez votre ceinture, ordonna-t-il.

Elle s'exécuta docilement.

— Je n'en ai pas encore l'habitude. Dites au revoir de ma part aux jumeaux.

Elle démarra en trombe, à la limite de l'imprudence, en agitant par la fenêtre une main scintillante de bagues avec insouciance.

Mac la regarda partir jusqu'à ce que la voiture ait disparu derrière le tournant, puis se massa le plexus solaire, à l'endroit où ses muscles formaient une boule de tension. Cette fille avait quelque chose de spécial, songea-t-il. Quelque chose capable de faire fondre l'épaisse couche de givre qui enserrait son cœur depuis des années. C'était comme la promesse du dégel à la sortie d'un long hiver.

3

Encore une demi-heure, et il aurait fini de poser l'adhésif sur la cloison sèche de la chambre principale. Il pourrait peut-être même passer la première couche de composé à joint. Mac jeta un coup d'œil à sa montre et calcula que les enfants devaient être rentrés de l'école. Mais c'était le jour de Mme Hollis d'aller les chercher et elle les garderait jusqu'à 5 heures. Cela lui laissait largement le temps de terminer la cloison et de tout nettoyer avant de rentrer chez lui.

Peut-être même qu'il se paierait le luxe d'acheter une pizza, histoire de faire plaisir aux enfants et de s'éviter la corvée du repas.

Il avait l'habitude de faire la cuisine, mais il trouvait que cela prenait beaucoup de temps entre l'élaboration du menu, la préparation proprement dite et le nettoyage de la cuisine après le repas. Six ans passés à élever seul ses enfants lui avaient ouvert les yeux sur la charge de travail qu'avait dû assumer sa mère — véritable fée du logis à l'ancienne — en tant que femme au foyer.

Il s'arrêta quelques instants pour souffler et promena son regard tout autour de la chambre. Il avait abattu des cloisons, en avait monté d'autres et remplacé les anciens carreaux des fenêtres par du double vitrage. Deux lanterneaux laissaient passer les rayons déclinants d'un soleil de début octobre.

Désormais, l'ancienne bâtisse comportait trois grandes chambres à coucher au second étage à la place des quatre pièces glaciales et du couloir démesuré qu'il s'était empressé de transformer. La chambre principale posséderait même une salle de bains suffisamment spacieuse pour y loger une baignoire et une cabine de douche. Il caressait l'idée d'utiliser des pavés de verre pour réaliser ce projet. Cela faisait un petit moment qu'il avait envie de travailler avec ce genre de matériau.

S'il arrivait à respecter le calendrier qu'il s'était fixé pour les travaux, tout serait rénové d'ici Noël et il pourrait mettre la maison en vente ou en location pour le premier de l'an.

« Il faut vraiment que je me décide à la vendre », songea Mac en passant la main sur la cloison sèche qu'il avait fixée dans l'après-midi. Il lui fallait surmonter l'instinct de propriétaire qui l'envahissait lorsqu'il entreprenait de retaper une maison.

Il devait avoir ça dans le sang. Son père s'était fait une belle situation en rachetant des immeubles délabrés ou vétustes en vue de les réhabiliter pour les louer. Mac avait découvert la satisfaction de posséder un bien que l'on a soi-même embelli de ses propres mains.

A l'exemple de la vieille maison en briques que Nell habitait désormais. Savait-elle seulement qu'elle avait été construite plus de cent cinquante ans auparavant et qu'elle vivait dans un immeuble qui faisait pour ainsi dire partie du patrimoine historique ?

Il se demanda si elle était de nouveau tombée en panne d'essence...

Décidément, Nell Davis l'intriguait.

A tort, se morigéna-t-il intérieurement en se tournant pour attraper ses outils et le rouleau d'adhésif. Les femmes n'étaient bonnes qu'à attirer des problèmes. D'une façon ou d'une autre, elles compliquaient tout. Et Nell ne faisait pas exception à la règle, cela sautait aux yeux...

Il n'avait pas donné suite à sa proposition de venir les écouter à l'auditorium pendant les répétitions. Il avait d'abord commencé par venir une ou deux fois, mais son bon sens l'avait dissuadé de continuer. Nell était la première femme à éveiller en lui des sentiments qu'il croyait endormis depuis bien longtemps.

« Je refuse de me laisser troubler par cette femme, songea-t-il en fronçant les sourcils tout en appliquant de l'adhésif sur une jointure. Je ne peux pas me le permettre. J'ai trop de responsabilités, pas assez de temps, et surtout deux fils qui constituent ma priorité absolue dans la vie. »

A quoi bon se perdre en rêveries à propos d'une femme ? On négligeait son travail, on oubliait tout et... on s'énervait pour un rien. Mais passer à l'action était pire. Parce qu'après avoir fait le premier pas, il fallait encore trouver des sujets de conversation et organiser des distractions pour l'objet de vos pensées. Les femmes voulaient toujours qu'on les emmène quelque part, qu'on les dorlote... Et quand vous en tombiez amoureux — amoureux pour de bon —, elles étaient capables de vous déchirer le cœur.

Mac n'avait pas l'intention de prendre ce risque : pas question de souffrir de nouveau, et encore moins de faire souffrir ses fils.

Il ne croyait pas à cette théorie absurde selon laquelle les enfants auraient besoin d'une présence féminine et de l'amour d'une mère. Celle des jumeaux avait fait preuve de moins d'affection pour eux qu'une chatte envers ses chatons. L'amour maternel n'était pas inné. Etre une femme signifiait simplement posséder les caractéristiques physiologiques permettant de porter un bébé. Mais élever son enfant dans l'amour, c'était une autre affaire, qui n'avait rien à voir avec la féminité.

Mac s'arrêta de poser l'adhésif et poussa un juron. Cela faisait des années qu'il n'avait pas pensé à Angie. Enfin, pas sérieusement. La blessure qu'elle lui avait infligée était encore prompte à se réveiller, comme une plaie mal refermée. Voilà ce qui arrivait lorsqu'on se laissait tourner la tête par une jolie blonde.

Mécontent, il arracha le dernier morceau d'adhésif du

rouleau. Il lui fallait se concentrer sur son travail et ne pas se laisser distraire par une femme. Bien déterminé à finir ce qu'il avait commencé, il descendit résolument l'escalier. Il avait d'autres rouleaux d'adhésif dans sa camionnette.

Dehors, la lumière diminuait à l'approche du crépuscule. Les jours raccourcissaient, songea-t-il. Raison de plus pour ne pas perdre de temps.

Arrivé en bas, il était sur le point de s'engager dans l'allée lorsqu'il l'aperçut. Elle se tenait à l'entrée du jardin et contemplait la maison, un léger sourire aux lèvres. Elle était vêtue d'une veste en daim roux et d'un jean délavé. A ses oreilles dansaient des pierres scintillantes. Elle portait une sacoche souple et passablement usée en bandoulière. Nell l'aperçut soudain :

— Tiens, bonjour !

La surprise éclaira son regard, ce qui eut pour effet d'éveiller instantanément la méfiance de Mac.

— Est-ce une des maisons que vous rénovez ?

— Oui.

Il passa devant elle pour rejoindre sa camionnette et s'en voulut de ne pas avoir retenu sa respiration : il émanait d'elle un parfum tout à la fois subtil et envoûtant.

— J'étais en train d'admirer cette maison. La maçonnerie en pierre est remarquable. Elle a l'air si solide et si rassurante, nichée au milieu de tous ces arbres.

Elle prit une profonde inspiration. L'air était rendu plus vif par la brise d'automne.

— La nuit va être belle.

— C'est possible, oui.

Après avoir trouvé son ruban adhésif, il resta planté là à faire tourner le rouleau entre ses mains.

— Etes-vous de nouveau tombée en panne d'essence ?

— Non.

Elle rit, visiblement amusée par le souvenir de sa mésaventure.

— J'aime bien me promener à pied à cette heure-ci de la

journée. En fait, je me rendais chez votre sœur. Elle habite à quelques maisons d'ici, n'est-ce pas ?

Il plissa les yeux. Que diable allait-elle fabriquer chez sa sœur ?

— En effet, oui. Pourquoi ?

— Pourquoi ?

Troublée, Nell était comme hypnotisée par les mains de Mac. Des mains rudes, calleuses… Larges. Elle sentit un léger frémissement très agréable au plus profond d'elle-même.

— Pourquoi quoi ?

— Pourquoi allez-vous chez Mira ?

— Oh… J'apporte des partitions à Kim. Je me suis dit que ça lui ferait plaisir.

— Vraiment ?

Il s'appuya contre sa camionnette, la jaugeant du regard. Décidément, son sourire était bien trop chaleureux. Bien trop attirant.

— Cela fait donc partie de votre travail d'apporter des partitions à domicile à vos élèves ?

— Cela fait surtout partie du plaisir.

La brise légère ébouriffa ses cheveux. Elle les ramena en arrière.

— Si votre travail ne vous procure pas de plaisir, alors à quoi bon continuer à se tuer à la tâche ?

Elle se tourna pour admirer la maison.

— Vous aussi, vous y prenez du plaisir, non ? Vous partez d'une vieille maison que vous vous appropriez en la retapant…

Il était sur le point de rétorquer par un sarcasme quelconque, quand il réalisa qu'elle avait vu juste.

— Ouais… On ne peut pas dire que ce soit très amusant de défoncer un plafond quand l'isolation vous dégringole dans les yeux.

Il eut un petit sourire.

— Et pourtant, vous avez raison.

— Alors, allez-vous vous décider à me faire visiter ?

Elle inclina légèrement la tête sur le côté.

— Ou bien êtes-vous comme ces artistes qui refusent de montrer leur œuvre avant d'y avoir appliqué l'ultime coup de pinceau ?

— Il n'y a pas grand-chose à voir, dit-il en haussant les épaules. Mais pas de problème, vous pouvez entrer si ça vous intéresse.

— Merci.

Elle s'engagea dans l'allée et lui lança un coup d'œil par-dessus l'épaule ; il ne semblait pas vouloir bouger.

— Vous ne me faites pas visiter ?

Il haussa de nouveau les épaules et la rejoignit.

— C'est vous qui avez réalisé l'habillage de mon appartement ?

— Oui, c'est moi.

— C'est un travail magnifique. On dirait du cerisier.

Il fronça les sourcils, surpris.

— En effet, c'est du cerisier.

— J'aime beaucoup ces contours arrondis. Ils adoucissent toutes les lignes. Faites-vous appel à un décorateur pour les coloris ou bien les choisissez-vous vous-même ?

— C'est moi qui les choisis, affirma-t-il en lui ouvrant la porte. Pourquoi, il y a un problème ?

— Non, aucun. J'aime vraiment beaucoup l'association de couleurs de la cuisine : les plans de travail bleu ardoise, le plancher mauve... Oh, quel splendide escalier !

Elle traversa rapidement la pièce à vivre encore en chantier pour aller l'examiner de plus près.

La construction de cet escalier avait été un travail de longue haleine pour lequel il n'avait pas ménagé ses efforts. Il lui avait d'abord fallu arracher l'ancien escalier pour le remplacer par celui-ci, en châtaignier foncé, puis incurver et élargir le palier du bas afin que les marches s'évasent largement dans la pièce à vivre.

Cet escalier faisait sa fierté.

— Est-ce vous qui l'avez fabriqué ? murmura-t-elle en caressant la courbe de la rampe.

— Les anciennes marches s'étaient effondrées, elles étaient fragilisées par la pourriture sèche. J'ai dû tout remplacer.

— Il faut que je l'essaie.

Elle monta les marches quatre à quatre. Arrivée en haut de l'escalier, elle se retourna vers lui avec un sourire radieux :

— Il ne craque même pas. C'est du beau travail, même si cela manque un peu de romantisme.

— De romantisme ?

— Souvenez-vous de la maison de votre enfance, quand vous descendiez l'escalier en douce... Je suis sûre que vous connaissiez par cœur les marches à éviter, celles qui en craquant auraient réveillé votre mère.

Brusquement, il éprouva une sensation d'oppression.

— Celles-ci sont en chêne, lança-t-il, à court d'inspiration.

— Quoi qu'il en soit, c'est un magnifique escalier. Cette maison est vraiment faite pour accueillir des enfants.

Sa bouche était intolérablement sèche.

— Pourquoi ?

— Parce que !

Prise d'une subite impulsion, elle s'installa à califourchon sur la rampe, prit son élan et se laissa glisser jusqu'en bas. Par réflexe, Mac ouvrit les bras pour la rattraper à l'arrivée.

— On dirait que cette rampe a été conçue exprès pour faire des glissades, constata-t-elle, le souffle court.

En riant, elle inclina la tête en arrière pour rencontrer son regard.

Leurs yeux se croisèrent et elle ressentit comme un déclic en elle. De nouveau, elle eut ce même frémissement, moins agréable cette fois. Troublée, elle s'éclaircit la voix et chercha quelque chose à dire.

— Je vous retrouve sans arrêt sur ma route, marmonna Mac.

Il aurait fallu qu'il la libère de son étreinte mais ses mains semblaient refuser d'obéir à son esprit.

— Taylor's Grove est une petite ville...

Il se contenta de secouer la tête. Ses mains lui enserraient désormais la taille et semblaient déterminées à glisser pour aller lui caresser le dos. Il crut la sentir trembler sous ses doigts — mais c'était peut-être lui.

— Je n'ai pas de temps à consacrer à une femme, la prévint-il en tentant de s'en convaincre lui-même.

— Eh bien...

La voix de Nell s'étrangla d'émotion.

— Je suis moi-même assez occupée.

Elle poussa un long soupir. Elle se sentait faiblir sous la caresse de ses mains qui parcouraient maintenant son dos.

— Et d'ailleurs, cela ne m'intéresse pas. Je sors d'une année extrêmement pénible sur le plan sentimental. Je pense que...

Mais il devenait très difficile de penser. Les yeux de Mac étaient d'un bleu si profond, son regard la transperçait de façon si intense... Elle ignorait ce qu'il lisait dans ses yeux, ou ce qu'il espérait y découvrir, mais elle se sentit défaillir, submergée par le trouble qu'il provoquait en elle.

— Je pense, reprit-elle, que tout serait plus simple si vous vous décidiez une bonne fois pour toutes : allez-vous m'embrasser oui ou non ? Je n'y tiens plus.

Pour lui aussi, l'attente devenait intolérable. Toutefois, cela ne l'empêcha pas de prendre son temps. Comme en toutes choses, c'était un homme méthodique et réfléchi. Il pencha son visage au-dessus du sien et, sans cesser de la regarder, promena lentement sa bouche sur ses lèvres en les effleurant à peine.

Un petit gémissement monta de la gorge de Nell ; elle fut prise d'un vertige lorsque la bouche de Mac effleura la sienne. Ses lèvres étaient douces, fermes et d'une redoutable patience. Elle vacilla sous l'ébauche de son baiser. Il s'attardait au-dessus de sa bouche, goûtant aux délices de ses lèvres avec gourmandise, approfondissant toujours plus son baiser. Eperdue de plaisir, elle s'agrippa passionnément à lui.

On ne l'avait encore jamais embrassée ainsi. Elle ignorait même qu'un tel baiser puisse exister. Langoureux, sensuel et profond. Quand il se mit à lui sucer doucement la lèvre inférieure, elle sentit le sol se dérober sous elle.

Elle frissonna et, gémissante, se laissa emporter par la passion.

Cette femme était décidément envoûtante. Tout en elle attisait ses sens : son parfum, sa peau, le goût de ses baisers… Il courait le risque de succomber à ses charmes le temps de quelques heures ou même pour le restant de sa vie, et il le savait. Son corps ferme et menu plaqué contre le sien, elle enfouissait ses mains dans ses cheveux. Mais cette attitude farouche ne l'empêchait pas de laisser sa tête partir mollement en arrière dans un soupir d'abandon qui faisait monter en lui un désir fou.

Il avait envie de la toucher. Ses doigts brûlaient d'impatience de lui ôter ses vêtements l'un après l'autre pour découvrir enfin la douceur de sa peau d'albâtre. Par défi — tant pour lui que pour elle —, il glissa ses doigts sous son pull et caressa son dos, jouissant du contact de sa peau brûlante et satinée tandis que sa bouche continuait d'assaillir ses lèvres de baisers alanguis.

Il se prit à fantasmer : il la faisait s'allonger nue sur une couverture, dans l'herbe. Il s'imagina en train d'observer le plaisir transfigurer son visage, il croyait la sentir s'arquer contre son corps, ouverte, parfaitement abandonnée.

Cela faisait trop longtemps, pensa-t-il en sentant ses muscles se contracter et son souffle s'accélérer. Oui, bien trop longtemps.

Mais il n'y croyait plus. Il avait peur.

Encore sous le coup de l'émotion, il releva la tête et s'écarta d'elle. Bien qu'il ait commencé à reculer, elle restait abandonnée contre lui, la tête appuyée contre son torse. Incapable de résister, il passa sa main dans ses cheveux en la caressant doucement.

— J'ai la tête qui tourne, murmura-t-elle. Mais que m'avez-vous fait ?

— Je vous ai embrassée, c'est tout.

Il avait besoin de se convaincre qu'il n'y avait rien d'autre.

Cela l'aiderait à combattre le désir qui embrasait son cœur et son bas-ventre.

— Je crois que j'ai vu des étoiles.

Encore chancelante, elle se dégagea de façon à le regarder droit dans les yeux. Ses lèvres ébauchèrent un sourire mais ses yeux ne reflétaient aucune ironie.

— C'est la première fois que cela m'arrive.

S'il ne se reprenait pas très rapidement, il allait céder à la tentation de l'embrasser de nouveau. Il s'éloigna d'elle et la força à se tenir seule.

— Cela ne change rien.

— Oh, mais continuez à ne rien changer, surtout...

A présent, le jour était tombé. Il la distinguait à peine dans l'obscurité et cela lui facilitait la tâche.

— Je n'ai pas de temps à consacrer à une femme. Et je n'ai pas envie de commencer une relation quelconque.

— Je vois...

D'où venait la douleur qui la transperçait ? Elle dut lutter pour ne pas porter la main à son cœur. Elle souffrait.

— C'était un baiser bien passionné pour un homme aussi indifférent.

Se baissant, elle ramassa la sacoche qu'elle avait jetée au bas de l'escalier avant de s'élancer vers les marches.

— Eh bien, je ne vais pas vous encombrer plus longtemps. Je ne voudrais pas vous faire perdre un temps aussi précieux.

— Ce n'est pas la peine de monter sur vos grands chevaux.

— Qui, moi ?

Furieuse, elle pointa l'index sur la poitrine de Mac.

— Je suis bien au-dessus de tout ça, mon pauvre ami, et je n'ai nulle envie de me mettre en colère pour si peu. Vous êtes d'une prétention incroyable, Mac. Quoi, vous croyez peut-être que je suis venue vous voir dans l'intention de vous séduire ?

— J'ignore ce qui vous a poussée à venir ici.

— Eh bien ! Croyez-moi, on ne m'y prendra plus, dit-elle en mettant sa sacoche en bandoulière d'un air hautain. Personne ne vous a forcé.

Mac était tiraillé entre le désir et la culpabilité, une sensation fort désagréable.

— Vous non plus.

— Je n'ai pas l'intention de m'excuser. Vous savez, je n'arrive pas à comprendre comment un type aussi stupide et insensible que vous puisse élever deux enfants aussi adorables.

— Laissez mes fils en dehors de tout ça.

Son ton impérieux lui fit plisser les yeux de colère.

— Oh, vous croyez peut-être que j'ai des vues sur eux également ? Quel idiot vous faites !

Elle se hâta vers la porte mais, au moment de passer le seuil, elle se retourna vivement pour lui lancer une dernière pique :

— J'espère pour eux qu'ils n'auront pas hérité de votre misogynie !

Elle sortit en claquant la porte avec tellement de rage que l'écho se répercuta dans la maison déserte. Le regard sombre, Mac serra les poings dans ses poches. Il n'était pas misogyne, bon sang ! Quant à l'éducation de ses fils, elle ne regardait que lui.

4

Debout au milieu de la scène, Nell leva les mains. Elle attendit d'avoir toute l'attention des élèves, puis donna le signal du départ.

Le plaisir qu'elle éprouvait à entendre s'élever un chœur de voix jeunes était sans égal. Tout en dirigeant, elle se laissa envahir par leur chant, sans pour autant relâcher sa vigilance. Elle ne put retenir un sourire de bonheur. Les enfants se donnaient à fond sur cet air-là. Interpréter *Santa Claus is coming to town* dans la version de Bruce Springsteen accompagné par le E. Street Band les changeait radicalement des traditionnels chants de Noël et autres cantiques que leur ancien chef de chœur leur infligeait chaque année.

Les yeux des adolescents s'illuminaient au fur et à mesure qu'ils s'abandonnaient au rythme de la musique. « Allez, et maintenant, de l'énergie, songea-t-elle en faisant signe aux basses d'entrer. Donnez-vous à fond. Maintenant, le pupitre des sopranos, léger et cristallin… Puis les altos… Les ténors… Les basses… »

Elle leur adressa un sourire lumineux pour leur indiquer sa satisfaction tandis que la voix du chœur enflait de nouveau sous sa direction.

— Beau travail, les félicita-t-elle. La prochaine fois, les ténors, essayez de soutenir davantage. Vous ne voulez tout de même pas que vos voix soient noyées sous celles des basses ! Holly, tiens-toi droite et lève la tête quand tu chantes. Bon, nous avons le temps de filer une nouvelle fois *I'll be home for Christmas.* Kim ?

Kim tenta de faire abstraction des battements effrénés de son cœur et du coup de coude que lui donna Holly. Elle avança du second rang et alla se placer devant le micro du soliste comme un condamné face au peloton d'exécution.

— Tu as le droit de sourire, tu sais, lui fit gentiment remarquer Nell. Et surtout, sois attentive à ta respiration. Chante pour le dernier rang de la salle, et n'oublie pas de penser au sens des paroles. Tracy ?

Elle fit signe du doigt à l'élève d'une autre classe qu'elle avait réquisitionnée pour leur servir d'accompagnatrice.

L'introduction commença dans un tempo tranquille. Par ses gestes, ses expressions et son regard, Nell indiqua aux élèves le début de la mélodie douce et harmonieuse que le chœur devait fredonner bouche fermée en accompagnement de la soliste. Puis, Kim commença à chanter. Timidement, au début. Nell savait qu'il leur faudrait travailler ensemble pour atténuer son trac sur les attaques.

Malgré tout, Kim avait du talent et une voix vibrante d'émotion. Elle restait bien en mesure, constata Nell avec satisfaction. En quelques semaines, Kim avait nettement amélioré son style. La mélodie romantique convenait parfaitement à sa tessiture ainsi qu'à son allure.

Nell fit entrer le chœur tout en retenue. Il accompagnait désormais la voix de Kim aux accents passionnés. Nell, sentant le picotement des larmes à ses paupières, songea que s'ils chantaient ainsi le soir du concert, la salle entière allait sortir son mouchoir.

— Magnifique, commenta-t-elle lorsque s'évanouirent les dernières notes. Vraiment très bien. Vous avez fait de sacrés progrès en très peu de temps. Je suis extrêmement fière de vous. Allez, filez maintenant, et passez un bon week-end.

Elle s'approcha du piano pour rassembler ses partitions ; dans son dos les bavardages allaient bon train.

— Tu as vraiment été formidable, dit Holly à Kim.

— C'est vrai ?

— Juré. C'est aussi l'avis de Brad.

Holly jeta un coup d'œil furtif en direction du bourreau des cœurs du lycée, qui était en train d'enfiler sa veste d'uniforme aux couleurs de l'école.

— Il ne sait même pas que j'existe.

— Eh bien, maintenant il ne peut plus l'ignorer ! Il ne t'a pas quittée des yeux un seul instant. Je le sais, parce que je l'observais, affirma Holly en poussant un soupir. Si seulement je pouvais ressembler à miss Davis, c'est moi qui serais la cible de tous ses regards.

Kim éclata de rire mais, sous ses longs cils, coula un bref regard en direction de Brad.

— Miss Davis est vraiment géniale. Tu as vu sa façon de nous parler et tout ça ? M. Stryker était toujours en train de râler.

— M. Stryker était un vieux ronchon. A tout à l'heure, d'accord ?

— Oui.

La gorge de Kim se noua brusquement car, en effet, il semblait bien que Brad se dirigeait vers elle. Et c'était elle, l'objet de son attention !

— Salut !

Il lui adressa un sourire éblouissant, révélant des dents parfaites à l'exception d'une incisive un peu de travers qui la fit complètement craquer.

— Tu t'en es superbien sortie.

— Merci.

Elle avait du mal à trouver ses mots. « Brad est là, devant moi, n'arrêtait-elle pas de penser. Un élève de terminale. Le capitaine de l'équipe de football. Le porte-parole des délégués de classe. Avec ses cheveux blonds et ses yeux verts. »

— Miss Davis est vraiment géniale, tu ne trouves pas ?

— Si.

« Trouve une repartie intelligente », s'ordonna-t-elle intérieurement.

— Elle vient à la réception chez mes parents. Ma mère a invité des gens, ce soir.

— Je suppose qu'il n'y aura que des adultes ?

— Non, Holly sera là ainsi que quelques autres.

Le cœur battant la chamade, elle rassembla tout son courage pour lancer :

— Tu peux passer, si tu veux.

— Ça serait sympa. A quelle heure ?

Médusée, elle tenta de rassembler ses pensées.

— Oh, vers 20 heures, suggéra-t-elle en s'efforçant de prendre l'air décontracté. J'habite à...

— Je sais où tu vis, dit-il en lui décochant de nouveau son fameux sourire, ce qui ne fit qu'affoler son cœur davantage. Au fait, tu ne sors plus avec Chuck, n'est-ce pas ?

— Chuck ?

Qui était Chuck ?

— Oh, non ! On est sortis ensemble pendant quelque temps mais on a cassé cet été.

— Super. A tout à l'heure.

Il alla en coulisse rejoindre un groupe de garçons.

— Il est très séduisant, remarqua Nell dans le dos de Kim.

— Oui, soupira-t-elle, avec des étoiles au fond des yeux.

— Kimmy est amoureuse ! se mit à scander Zeke de son insupportable voix haut perchée qu'il réservait habituellement à des enfants plus petits que lui — et à ses cousines.

— Ferme-la, espèce d'idiot.

Il pouffa et se mit à danser tout autour de la scène en chantonnant son refrain. Nell, apercevant le regard meurtrier de Kim, tenta de faire diversion.

— Eh bien, je vois qu'aujourd'hui vous n'avez pas envie de chanter *Jingle Bells*, les garçons.

— Si !

Zack cessa de virevolter autour de la scène avec son frère et fonça vers le piano.

— Je sais laquelle c'est, dit-il en fouillant dans les

partitions que Nell avait soigneusement classées. Je vais la trouver tout seul.

— Non, c'est moi qui vais la trouver, répliqua Zeke, mais déjà son frère brandissait la partition d'un air triomphal.

— C'est un bon début.

Nell s'installa sur la banquette, encadrée par les deux garçonnets. Elle entama le morceau en plaquant un accord dramatique qui les fit glousser tous deux.

— S'il vous plaît, la musique est une chose sérieuse ! Et un, et deux et...

Désormais, les jumeaux arrivaient à chanter l'air correctement au lieu de s'égosiller comme la première fois qu'elle les avait invités à essayer. Par ailleurs, ils compensaient leur absence de style par un enthousiasme débordant.

Ils parvinrent même à arracher un grand sourire à Kim avant la fin de leur chanson.

— A vous, maintenant, miss Davis, supplia Zack de ses yeux implorants. S'il vous plaît.

— Votre père doit vous attendre.

— Juste une chanson.

— Oui, juste une, fit Zeke en écho.

En quelques semaines, elle était devenue incapable de leur résister.

— Rien qu'une alors, dit-elle en tendant la main vers la pile de partitions que les jumeaux avaient mise sens dessus dessous. J'en ai déniché une au centre commercial qui devrait vous plaire. Je parie que vous avez vu *La Petite Sirène.*

— Des tas de fois, se vanta Zeke. On a la cassette et tout.

— Alors, tu vas pouvoir reconnaître cet air.

Et elle se mit à jouer l'introduction de *Part of your world.*

Mac rentra la tête dans les épaules pour se protéger du vent en pénétrant dans l'école. Il en avait plus que ras le bol d'attendre indéfiniment sur le parking. Il y avait déjà plus de dix minutes que les autres élèves étaient sortis.

Il avait autre chose à faire, bon sang! D'autant plus qu'il s'était laissé embringuer dans cette soirée chez Mira.

Il détestait aller à des réceptions.

Il entra d'un pas lourd dans le couloir. Puis il entendit sa voix. Il ne pouvait pas saisir les paroles. C'était impossible car les mots lui parvenaient étouffés par les portes de l'auditorium. Mais son chant arriva jusqu'à lui, chaud et profond. Une voix envoûtante, pensa-t-il de nouveau. Sensuelle, attirante. Sexy.

Il ouvrit la porte. Il le fallait. Et les chaudes vibrations de sa voix le submergèrent.

C'était une chanson pour enfants. Il la reconnaissait à présent, elle était extraite de la bande originale de ce dessin animé avec une sirène que les garçons adoraient. Il fallait être fou pour se laisser ainsi subjuguer par une femme chantant une simple mélodie enfantine.

Mais à vrai dire, il avait l'impression d'avoir perdu la tête depuis qu'il avait commis l'énorme erreur de l'embrasser.

Si elle avait été seule, il serait allé tout droit au piano et l'aurait embrassée de nouveau.

Mais elle n'était pas seule. Kim se tenait derrière elle et ses fils l'encadraient de chaque côté. De temps en temps, elle leur jetait un regard en chantant et souriait. Zack était appuyé contre elle, la tête inclinée comme lorsqu'il se préparait à monter sur les genoux de quelqu'un.

Son cœur se serra étrangement à la vue de ce spectacle. C'était un sentiment où se mêlaient douleur et angoisse. Mais aussi une immense douceur.

Bouleversé, Mac fourra les mains dans ses poches et serra les poings. Il fallait mettre un terme à tout cela. Quels que soient ses sentiments, il fallait mettre un terme à tout cela.

La musique prit fin et il inspira profondément. L'instant de silence qui suivit lui parut comme auréolé de magie — ridicule, vraiment!

— On va être en retard, lança-t-il, bien résolu à briser le charme de l'ambiance.

Quatre têtes se tournèrent en même temps dans sa direction. Les jumeaux se mirent à se trémousser sur la banquette.

— Papa ! Hé, papa ! On sait drôlement bien chanter *Jingle Bells* ! Tu veux écouter ?

— Je ne peux pas.

Il tenta de sourire pour atténuer leur déception, mais Zack avança sa lèvre inférieure, l'air boudeur.

— Je vais vraiment être en retard, les enfants.

— Désolé, oncle Mac, dit Kim en se baissant pour ramasser son manteau. On n'a pas vu le temps passer.

Tandis que Mac se dandinait d'un air gêné, Nell se pencha pour chuchoter quelque chose aux jumeaux. Instantanément, Zack retrouva le sourire et Zeke quitta son air frondeur. Puis ils se jetèrent au cou de Nell pour l'embrasser avant de foncer chercher leurs manteaux en coulisse.

— Au revoir, miss Davis ! A bientôt !

— Merci, miss Davis, ajouta Kim. A tout à l'heure.

Nell se leva et alla ranger sa pile de partitions en fredonnant.

Elle le battait froid ; du fond de l'auditorium Mac sentait peser sur lui le poids de son hostilité.

— Oh ! Et merci pour tout ce que vous faites pour eux, lança-t-il.

Nell leva la tête. Il distinguait parfaitement ses traits sous les lumières de la scène. Assez pour saisir son sourcil hautain et sa bouche sévère avant qu'elle ne baisse de nouveau la tête.

Très bien, pensa-t-il en interceptant les deux garçons dans leur course. De toute façon, lui non plus n'avait pas envie de lui parler.

5

Elle exagérait ! Ce n'était pas la peine de l'ignorer à ce point, tout de même. Tout en sirotant le verre de cidre que son beau-frère lui avait proposé d'office, Mac, bouillant de rage contenue, s'absorba dans la contemplation du dos de Nell.

En une heure, elle n'avait pas une seule fois tourné la tête dans sa direction.

Ceci dit, elle était tout aussi séduisante de dos, songea-t-il en écoutant d'une oreille distraite le bavardage incessant du maire.

Il admira son port de tête élégant, sa cambrure fluide et la courbe harmonieuse de ses épaules. Même de dos, elle était terriblement attirante dans la légère veste prune qu'elle portait sur une robe courte de couleur assortie.

Elle avait des jambes de déesse. Il ne se rappelait pas les avoir déjà vues. Sinon, nul doute qu'il s'en serait souvenu… A chacune de leurs rencontres, elle devait porter un pantalon.

Elle avait probablement choisi de porter une robe ce soir à seule fin de le tourmenter…

Mac s'excusa auprès du maire, interrompant ainsi le flot de son discours et marcha résolument vers elle.

— Ecoutez, tout cela est ridicule.

Nell lui jeta un regard bref. Elle était en train de s'entretenir agréablement avec un groupe d'amis de Mira tout en s'appliquant à ignorer délibérément le frère de celle-ci — elle s'amusait beaucoup.

— Je vous demande pardon ?

— C'est vraiment ridicule, répéta-t-il.

— Collecter des fonds pour promouvoir l'enseignement des matières artistiques, vous trouvez cela ridicule ? demanda-t-elle, tout en sachant pertinemment que la remarque de Mac ne concernait en rien la question dont elle discutait.

— Quoi ? Mais non ! Oh, bon Dieu, vous savez très bien de quoi je veux parler.

— Désolée.

Elle fit mine de se retourner vers le groupe de personnes avec lesquelles elle bavardait et qui les regardaient désormais avec l'expression du plus vif intérêt, mais, la prenant par le bras, il l'entraîna à l'écart du petit cercle.

— Tenez-vous vraiment à ce que je fasse un scandale dans la maison de votre sœur ? lui siffla-t-elle à l'oreille.

— Non.

Sans la lâcher, il se fraya un chemin parmi les invités, contourna la table de la salle à manger et entra dans la cuisine, où sa sœur s'affairait à regarnir un plateau de canapés.

— Laisse-nous seuls une minute, veux-tu ? demanda-t-il à Mira d'un ton autoritaire.

— Mac, tu vois bien que je suis occupée.

D'une main distraite, Mira lissa ses cheveux bruns coupés court.

— Veux-tu bien aller trouver Dave pour lui dire que nous allons manquer de cidre ?, demanda-t-elle en adressant à Nell un sourire où se lisait l'épuisement. Et moi qui croyais être une femme organisée…

— Laisse-nous seuls une minute, insista Mac.

Mira poussa un soupir d'impatience avant de hausser les sourcils, intriguée.

— Très bien, murmura-t-elle d'un air amusé et manifestement ravi. Je vous laisse tranquilles. J'ai bien envie d'aller voir de plus près ce garçon dont Kim s'est entichée.

S'emparant du plateau de canapés, elle se glissa par la porte.

Un silence oppressant se fit alors.

— Bien… Quelque chose vous tracasse, Macauley ?

— Je ne comprends pas votre attitude qui…

— Oui ? Quoi ?

— Vous faites exprès de ne pas m'adresser la parole.

Elle sourit.

— C'est vrai.

— Eh bien, c'est ridicule.

Elle aperçut une bouteille de vin blanc et s'en versa un verre. Après y avoir trempé les lèvres, elle lui sourit de nouveau.

— Ce n'est pas mon avis. Pour une raison qui m'échappe, j'ai l'impression de vous agacer prodigieusement. Etant donné que j'apprécie beaucoup votre famille, il me semble logique et courtois de me tenir à l'écart de vous pour éviter de vous contrarier. Bon, est-ce que c'est tout ? Parce que je m'amuse beaucoup à cette soirée.

— Vous ne m'agacez pas. Enfin, pas vraiment. Je suis désolé… pour ce qui s'est passé.

— Désolé de m'avoir embrassée ou de vous être conduit comme un idiot par la suite ?

— Vous n'êtes vraiment pas commode, Nell.

— Oh, une minute…

Feignant la surprise, elle ouvrit de grands yeux et porta la main à son oreille.

— Je dois souffrir d'un léger trouble de l'audition. Pendant un instant, il m'a semblé vous avoir entendu m'appeler par mon prénom.

— Ça suffit ! lança-t-il, avant d'ajouter à dessein : Nell.

— Alors là, ça se fête ! déclara-t-elle en levant son verre. Macauley Taylor a non seulement daigné m'adresser la parole, mais en plus il a réussi à prononcer mon prénom. J'en suis toute retournée…

— Ecoutez…

Excédé, il fit le tour du comptoir. Il était sur le point de la saisir brutalement par le bras mais parvint à contenir sa colère.

— Je voulais simplement que les choses soient claires entre nous.

Fascinée, elle étudia ses traits qui avaient retrouvé leur impassibilité.

— Vous êtes très doué pour contrôler vos émotions, Mac. Tout à fait remarquable. Néanmoins, je me demande ce qui se passerait si vous vous laissiez parfois aller à ce que vous ressentez vraiment.

— Il faut garder la tête froide lorsqu'on a la responsabilité de deux enfants.

— J'imagine, murmura-t-elle. Eh bien, s'il n'y a rien d'autre…

— Je suis désolé, répéta-t-il.

Cette fois-ci, elle se sentit mollir. De toute façon, elle n'était pas de tempérament rancunier.

— D'accord. Oublions cela. On fait la paix ? proposa-t-elle en lui tendant la main.

Il la prit dans la sienne. La main de Nell était si douce et si menue qu'il ne put se résoudre à la lâcher. Et le regard de la jeune femme n'exprimait désormais plus que de la tendresse. Ses yeux étaient immenses, liquides : des yeux de biche, l'expression lui convenait à merveille.

— Vous… vous êtes ravissante ce soir.

— Merci. Vous n'êtes pas mal non plus.

— Vous vous amusez bien à cette soirée ?

— Oui, tout le monde est très sympathique.

Elle sentit son cœur s'emballer brusquement. « Qu'il aille au diable ! » Elle se reprit :

— Votre sœur est formidable. Elle déborde d'idées et d'énergie, un véritable volcan.

— Prenez garde. Ou bien vous vous retrouverez embrigadée dans l'une ou l'autre de ses activités.

— Trop tard. Elle vient de me nommer membre du

comité du centre culturel. Qui plus est, elle m'a désignée d'office comme volontaire pour lui prêter main-forte dans sa campagne en faveur du recyclage des déchets.

— L'astuce avec elle, c'est de toujours rester évasif dans ses réponses.

— Ça ne m'ennuie pas, à vrai dire. Cela risque même de me plaire.

Il lui caressait légèrement le poignet de son pouce.

— Mac, ne commencez rien que vous n'ayez l'intention de mener à bout.

Les sourcils froncés, il baissa les yeux vers leurs mains entrelacées.

— J'ai beaucoup pensé à vous. Pourtant, je ne peux pas me le permettre. Seulement, je ne peux pas m'en empêcher.

Voilà que cela recommençait. Les frémissements et les tremblements qui la parcouraient de façon incontrôlable.

— Que voulez-vous vraiment ?

Il leva les yeux et plongea son regard dans le sien.

— C'est bien là le problème.

La porte s'ouvrit brusquement et une horde d'adolescents s'engouffra dans la cuisine avant que Kim, qui était à leur tête, ne les arrête en pilant net à leur vue.

Stupéfaite, elle ouvrit de grands yeux en voyant son oncle lâcher vivement la main de son professeur. Nell et Mac firent un bond et s'écartèrent l'un de l'autre comme un couple d'adolescents surpris en train de flirter sur le canapé du salon.

— Excusez-moi. Oh, je suis désolée, vraiment, poursuivit-elle en pouffant. On voulait juste...

Elle tourna les talons et poussa ses amis vers la sortie. Ils disparurent en gloussant.

— Eh bien, ils vont pouvoir en faire des gorges chaudes, constata Nell d'un ton ironique.

Elle vivait depuis suffisamment longtemps à Taylor's Grove pour savoir que leur relation éventuelle serait dès le lendemain au cœur de tous les commérages. A présent remise de son émoi, elle se tourna vers lui.

— Ecoutez, que diriez-vous de progresser gentiment, étape par étape ? Voulez-vous que nous allions dîner ensemble demain ? Nous pourrions aller au cinéma ou ailleurs ?

Ce fut le tour de Mac de la dévisager, abasourdi.

— Un rendez-vous ? Vous êtes en train de me proposer un rendez-vous, c'est bien ça ?

Elle se sentit de nouveau gagnée par l'impatience.

— Oui, je vous invite. Cela ne vous engage pas à vie avec moi ! A la réflexion, mieux vaut nous quitter maintenant et laisser l'idée faire son chemin.

— J'ai envie de vous toucher.

Mac s'entendit prononcer ces mots avec stupeur. Mais il était trop tard.

Nell saisit son verre de vin blanc pour se donner une contenance.

— Eh bien, c'est simple.

— Non, ça ne l'est pas. Bien au contraire.

Rassemblant tout son courage, elle leva de nouveau les yeux vers lui.

— C'est vrai, admit-elle calmement en le regardant.

Ces dernières semaines, le visage de Mac s'était si souvent imposé à elle qu'elle avait renoncé à en tenir le compte.

— Vous avez raison, ce n'est pas si simple.

Néanmoins, ils ne pouvaient pas en rester là, décida-t-il. Il hésita, incapable de se résoudre à faire le premier pas. « Jette-toi à l'eau, s'ordonna-t-il à lui-même. Tu verras bien. »

— Cela fait bien longtemps que je ne suis pas allé au cinéma sans les enfants... C'est si loin que je ne m'en souviens même pas. Je dois pouvoir m'arranger pour trouver une baby-sitter.

— Parfait, acquiesça-t-elle en le dévisageant à présent aussi intensément que lui. Appelez-moi si vous arrivez à vous libérer. Demain, je serai chez moi presque toute la journée, j'ai des copies à corriger.

Renouer avec le marivaudage n'était pas chose aisée — il n'y avait pourtant qu'une seule intéressée, et la perspective de leur rendez-vous était tout sauf déplaisante. Ce qui l'irritait le plus, c'était la nervosité dont il ne pouvait se départir, sans parler de l'agacement qu'il avait ressenti lorsque sa nièce avait accepté avec force sourires entendus de jouer la baby-sitter auprès des jumeaux.

A présent, tandis qu'il gravissait le solide escalier extérieur menant au troisième étage qu'occupait Nell, Mac se demandait s'il ne valait pas mieux mettre un terme dès maintenant à toute cette histoire.

En entrant dans sa véranda, il nota qu'elle l'avait ornée de deux pots de chrysanthèmes disposés de part et d'autre de la porte. Cela conférait une élégante touche finale à l'ensemble, songea-t-il. Il était sensible aux efforts de décoration que faisaient certains de ses locataires pour agrémenter leur logement.

Pas de panique, ils allaient simplement voir un film, se répéta-t-il avant de frapper à sa porte. Quand elle lui ouvrit, il constata avec soulagement qu'elle était vêtue de manière décontractée : elle portait un long pull sur ces espèces de leggings confortables que Kim affectionnait également.

Elle lui sourit, et sa bouche devint brusquement sèche.

— Salut ! Vous êtes pile à l'heure. Voulez-vous entrer pour voir comment j'ai arrangé l'appartement ?

— Vous êtes ici chez vous, vous pouvez faire ce que bon vous chante, à condition que vous payiez le loyer, évidemment, répliqua-t-il.

Mais elle l'avait déjà pris par la main et entraîné à l'intérieur.

Mac avait abattu toutes les cloisons, transformant ainsi les minuscules chambres de bonne en une immense pièce à vivre qui regroupait le salon, la salle à manger et la cuisine. Et Nell avait su merveilleusement tirer parti de cet espace.

Elle avait installé un canapé d'angle recouvert d'un tissu à fleurs, dont les coloris hardis aurait dû détonner, mais qui au contraire convenait parfaitement à la pièce, en lui apportant une touche de gaieté. Un pot-pourri était posé sur une petite table sous la fenêtre. L'un des murs était occupé par une bibliothèque dont les étagères supportaient des livres, une chaîne hi-fi et un petit téléviseur. Le meuble abritait également une multitude de bibelots, typiques, selon Mac, d'un appartement féminin.

Elle avait transformé l'espace salle à manger en une sorte de salon de musique où se trouvaient son épinette mais également son bureau. Sur un pupitre était posée une flûte.

— Je n'ai pas emporté grand-chose en quittant New York, expliqua-t-elle en enfilant son blouson. Seulement les choses auxquelles je tenais vraiment. Je suis en train de meubler l'appartement en chinant chez les antiquaires, j'écume aussi les marchés aux puces.

— Ce n'est pas cela qui manque, murmura-t-il. En tout cas, c'est charmant.

Il était sincère — le tapis ancien aux couleurs fanées qui recouvrait le plancher, les rideaux bonne femme à froufrous... Il ajouta :

— Très confortable.

— J'attache beaucoup d'importance au confort. Vous êtes prêt ?

— Bien sûr.

Ce n'était pas si compliqué, après tout.

Il lui avait laissé le choix du film et elle s'était décidée en faveur d'une comédie. Il se sentait étonnamment détendu, assis près d'elle dans la salle obscure, riant des mêmes choses tout en partageant un paquet de pop-corn.

Et il parvint même à faire abstraction de son désir pour elle — enfin presque. Elle était si séduisante...

Il lui proposa ensuite d'aller manger une pizza, ce qui semblait être une suite logique. Ils arrivèrent à dénicher une table dans le restaurant bondé d'adolescents qui s'étaient donné rendez-vous ce soir-là.

— Eh bien..., dit Nell en s'étirant sur la banquette. Zeke se débat-il toujours avec les pièges de l'orthographe ?

— C'est loin d'être facile pour lui, mais je dois dire qu'il travaille d'arrache-pied. C'est drôle, Zack peut orthographier n'importe quel mot du premier coup alors que Zeke doit plancher sur son vocabulaire mot à mot. On dirait qu'il déchiffre les manuscrits de la mer Morte !

— Mais il se rattrape en mathématiques.

— C'est exact.

Mac était perplexe : elle semblait tout savoir de ses enfants.

— En tout cas, ils vous adorent.

— C'est réciproque. Cela va vous paraître étrange, mais..., hésita Nell, ne sachant trop comment formuler sa pensée. Vous savez, la première fois que je les ai vus, à la répétition, j'ai ressenti une sensation étrange... Comment dire ? Une impression de déjà-vu... Comme si je les retrouvais après une longue absence. Maintenant, quand Kim vient seule à la répétition, ils me manquent.

— Vous vous êtes habituée à leur présence.

C'était bien plus que cela, mais elle n'aurait su l'expliquer mieux. En effet, comment faire comprendre à Mac qu'elle avait tout bonnement eu le coup de foudre pour ses fils ?

— Ce que je préfère, c'est quand ils me racontent leur journée d'école et qu'ils me montrent leurs devoirs.

— Les premiers bulletins ne vont pas tarder à arriver. Je suis plus angoissé qu'eux à cette idée.

— Je trouve que l'on accorde beaucoup trop d'importance aux notes.

Il haussa les sourcils.

— Venant d'un professeur, voilà qui me paraît plutôt étonnant !

— A mon avis, les compétences individuelles, la concentration, la persévérance ou la mémoire sont des qualités bien plus importantes que le seul fait d'obtenir un A, un B ou un C. Mais, pour vous faire une confidence, je peux d'ores et déjà vous annoncer que Kim va avoir un A en chant choral et en histoire de la musique.

— Sans blague ?

Il se sentit envahi par un sentiment de fierté.

— C'est la première fois qu'elle obtient de telles notes. Elle s'est presque toujours contentée d'avoir des B.

— M. Stryker et moi avons une approche pédagogique radicalement opposée.

— Je n'en doute pas ! Le bruit court que la chorale va frapper un grand coup cette année avec votre nouveau programme. Quel est votre secret ?

— Oh, je n'y suis pour rien, tout le mérite revient aux enfants, lui assura-t-elle.

Elle se redressa en voyant leurs pizzas arriver.

— Mon travail consiste à leur inculquer l'esprit d'équipe pour pouvoir chanter ensemble comme un groupe cohérent. Sans vouloir critiquer M. Stryker, ajouta-t-elle en mordant à pleines dents dans sa pizza, j'ai tout de même l'impression qu'il se contentait de passer le temps en comptant les jours qui le séparaient de l'heure de la retraite. Pour enseigner, il faut aimer les enfants et les respecter. Ils portent en eux un potentiel énorme, même si chez certains, le talent est encore à l'état brut !

Elle rit, ce qui colora ses joues encore davantage.

— Cela dit, certains de ces enfants ne dépasseront jamais le stade de chanteur de salle de bains — et l'on ne peut d'ailleurs que s'en féliciter !

— Ah, vous avez donc quelques voix de casserole dans la chorale...

— Eh bien... Oui, nous en avons quelques-unes... Mais les élèves prennent du plaisir à chanter et c'est bien là l'essentiel. Par ailleurs, il y en a de plus doués, comme Kim. La semaine prochaine, je l'envoie passer des auditions en compagnie de deux autres élèves en vue d'intégrer le chœur national. Et après le concert de Noël, je vais faire passer des auditions pour la comédie musicale que je compte monter au printemps.

— Cela fait bien trois ans que le lycée n'a pas donné de comédie musicale.

— Eh bien, vous pouvez d'ores et déjà réserver vos

places, car il y en aura une cette année, cher ami. Et ça va être du tonnerre !

— Cela doit représenter une somme de travail énorme pour vous.

— Oui, mais j'aime ça. Et puis c'est pour cela qu'on me paie.

Mac chipotait avec sa deuxième part de pizza.

— Ça vous plaît vraiment, n'est-ce pas ? Je veux dire, l'école, la ville, tout, quoi ?

— Comment pourrais-je ne pas m'y plaire ? L'école est agréable, la ville aussi...

— Ce n'est pas Manhattan.

— Justement.

— Pourquoi en êtes-vous partie ? Excusez-moi, ça ne me regarde pas.

— Ce n'est pas un mystère. J'ai traversé une année difficile. J'avais déjà des velléités de changement mais la dernière année a vraiment été la goutte d'eau qui a fait déborder le vase. Ils ont supprimé mon poste à l'école où j'enseignais. Motif : restrictions budgétaires. D'où restructuration... Et vous savez bien comment ça se passe, on sacrifie toujours les matières artistiques en premier. De toute façon, ma colocataire venait de convoler en justes noces. Je ne pouvais plus assumer seule la charge du loyer, enfin, à moins de jeûner un jour sur deux... Alors, j'ai passé une petite annonce pour trouver quelqu'un d'autre. J'ai exigé des références, passé au crible leur personnalité...

Le coude sur la table, elle appuya sa tête dans sa main et soupira.

— Je croyais avoir pris toutes les précautions. Mais environ trois semaines après que la colocataire que j'avais choisie a emménagé, je suis rentrée pour découvrir qu'elle était partie en vidant l'appartement.

Mac resta la fourchette en l'air.

— Elle vous a volée ?

— Elle m'a littéralement dépouillée de tous mes biens. Télévision, chaîne hi-fi, bijoux de valeur, argent, sans compter les porcelaines de Limoges que je collectionnais depuis la fac. Sur le moment, j'étais vraiment hors de moi, ensuite je me suis rendu compte que j'étais en état de choc. Je ne me sentais plus en sécurité après cette mésaventure. Et puis le type avec qui je sortais depuis environ un an s'est mis à me faire la morale en me reprochant ma sottise et ma naïveté. Selon lui, c'était bien fait pour moi.

— Charmant bonhomme, marmonna Mac. On peut dire qu'il vous a bien soutenue.

— Oui, c'est le cas de le dire. Enfin, cela m'a permis de reconsidérer notre relation sous un nouveau jour et j'ai compris que, sur un point au moins, il avait raison. C'était bien fait pour moi : en restant avec lui, je ne pouvais pas m'attendre à autre chose. J'ai donc décidé de sortir de cette impasse et je l'ai laissé se débrouiller tout seul.

— C'était la meilleure chose à faire.

— C'est également mon avis.

Oui, songea-t-elle en étudiant les traits de Mac, c'était vraiment une excellente idée de l'inviter ce soir.

— Et si vous me parliez de vos projets pour la maison que vous êtes en train de rénover ?

— Je ne pense pas que vous vous intéressiez à la plomberie...

Elle se contenta de sourire.

— J'apprends vite, vous savez...

Il était près de minuit lorsqu'il gara sa voiture en bas de son appartement. Il n'avait pas eu l'intention de rentrer si tard. Jamais il n'aurait cru qu'ils pourraient passer des heures à parler de travaux d'électricité, de plomberie et de murs porteurs ! Ou à griffonner des petits croquis sur des serviettes en papier.

Et pourtant, de toute la soirée il ne s'était pas senti un seul instant ridicule, piégé ou en désaccord avec elle. Une seule chose le tracassait. Il avait envie de la revoir.

— Il me semble que nous avons franchi cette première étape avec succès, dit-elle en posant sa main sur la sienne et en l'embrassant sur la joue. Merci pour cette soirée.

— Je vous raccompagne chez vous.

Elle avait déjà la main sur la poignée de la portière. Il valait mieux pour eux deux que les choses en restent là pour ce soir, pensa-t-elle.

— Ce n'est pas la peine, je connais le chemin.

— Je vous raccompagne, insista-t-il.

Il descendit de voiture et fit le tour pour aller lui ouvrir la portière. Ils gravirent l'escalier ensemble. Le locataire du rez-de-chaussée ne dormait pas. La lumière bleutée d'une télévision allumée filtrait par la fenêtre.

La brise était tombée et, en dehors du murmure du téléviseur, un silence total régnait dans la nuit. Au-dessus de leur tête, le ciel dégagé était éclairé d'un scintillement sidéral profus.

— Si nous nous revoyons, commença Mac, les gens vont jaser, ils vont s'imaginer que nous sommes…

Il ne savait trop comment finir sa phrase.

— Ensemble ? suggéra Nell. C'est cela qui vous gêne.

— Je ne veux pas que les enfants se fassent des idées, qu'ils s'inquiètent ou que sais-je encore…

Lorsqu'ils arrivèrent sur le palier de son appartement, il baissa les yeux vers elle et se sentit de nouveau comme envoûté par son charme.

— Ce doit être votre beauté, murmura-t-il.

— Que dites-vous ?

— Ce doit être votre beauté qui m'obsède.

Et si tout cela n'était qu'une question d'attirance physique ? C'était une explication sensée, décida-t-il. Après tout, il n'était pas insensible aux charmes féminins. Tout au plus, prudent. Il reprit :

— Voilà ce que je rêve de faire.

Il prit délicatement son visage entre ses mains d'un geste empreint d'une telle tendresse qu'elle sentit tout son corps fondre sous ses doigts. Leur baiser fut divin, aussi langoureux et passionné que la première fois. Le seul contact de ses lèvres, sa patience frémissante de désir, tout en lui la bouleversait.

Etait-ce donc cela qu'elle attendait ? Etait-ce lui, l'homme de ses rêves ?

Il l'entendit soupirer profondément d'un air alangui tandis qu'il s'écartait lentement de sa bouche. S'attarder sur ses lèvres aurait été une erreur, il en était conscient, et il laissa ses mains retomber le long de son corps, se privant ainsi du plaisir d'aller plus loin dans ses caresses.

Comme pour conserver l'ultime saveur de leur baiser, Nell passa sa langue sur ses lèvres.

— Vous êtes très fort, Macauley. Et vous embrassez à merveille.

— On dit bien que qui trop embrasse, mal étreint. Personnellement, je m'économise...

Mais il savait qu'il ne s'en tirerait pas à si bon compte. Il y avait autre chose et cela ne laissait pas de le tourmenter.

Elle hocha faiblement la tête en le regardant redescendre l'escalier. Elle se tenait encore lascivement appuyée contre la porte quand elle entendit sa voiture s'éloigner.

Pendant une fraction de seconde, elle aurait juré que l'air vibrait du tintement lointain des clochettes d'un traîneau...

6

La fin du mois d'octobre annonçait immanquablement les réunions parents-professeurs, mais aussi, pour les élèves, l'arrivée tant attendue des vacances. Cette période était également synonyme de migraine pour Mac. Il avait dû jongler avec son emploi du temps et confier les jumeaux tour à tour à sa sœur, à Kim et à Mme Hollis, pour pouvoir aller commander des matériaux et demander un agrément pour l'installation électrique de la maison qu'il rénovait.

Au volant de sa camionnette, il tourna pour aller se garer sur le parking du groupe scolaire ; il avait les nerfs à fleur de peau. Dieu sait ce qu'on allait lui annoncer à propos de ses enfants ! Comment se comportaient-ils hors de sa vue et de son autorité ? Il se faisait également du souci pour leurs résultats : leur avait-il consacré suffisamment de temps pour les aider dans leurs devoirs ? Ou avait-il failli à son rôle de père dans ses efforts pour préparer ses fils aux exigences du CP tant au niveau scolaire que psychologique et social ?

Ses fils finiraient probablement tous deux névrosés, asociaux et analphabètes, et c'est lui qui en porterait l'entière responsabilité.

Il se montait la tête, il le savait, mais il ne pouvait s'empêcher de ressasser ses craintes dans son esprit.

— Mac !

Le coup de Klaxon suivi de son nom le ramena à la

réalité. En se tournant, il reconnut la voiture de sa sœur. Elle passa la tête par la vitre et leva les yeux au ciel.

— Mais où étais-tu ? Je t'ai appelé trois fois.

— Je négociais le montant de la caution pour libérer mes fils délinquants, marmonna-t-il avant d'aller vers sa sœur. Je dois rencontrer l'institutrice des jumeaux dans une minute.

— Je sais. J'arrive d'une réunion au lycée. Tu te souviens, on a comparé nos emplois du temps.

— C'est vrai. Je ne veux pas être en retard.

— Tu as passé l'âge de te faire taper sur les doigts... Ma réunion concernait la collecte de fonds destinés à acheter de nouveaux uniformes pour la chorale. Les enfants portent les mêmes tenues de choristes depuis douze ans. Nous espérons arriver à récolter suffisamment d'argent pour pouvoir les habiller de façon un peu plus actuelle.

— Très bien, vous pouvez compter sur ma participation mais maintenant, il faut vraiment que j'y aille.

Il imaginait déjà le visage plein de fraîcheur de la jeune institutrice du CP notant son retard, ajoutant ainsi le manque de ponctualité à la liste grandissante des tares accablant les représentants masculins de la famille Taylor.

— Je voulais simplement te dire que Nell m'avait paru contrariée par quelque chose.

— Quoi ?

— Oui, bouleversée, insista Mira, satisfaite d'avoir enfin retenu son attention. Elle a proposé deux ou trois idées tout à fait intéressantes pour récolter des fonds, mais elle avait visiblement la tête ailleurs.

Mira prit un air soupçonneux et coula un regard en douce à son frère.

— Tu n'as rien fait qui pourrait lui avoir fait de la peine, n'est-ce pas ?

— Non, dit Mac en se dandinant d'un pied sur l'autre, l'air fautif. Pourquoi ?

— Je n'en sais rien. Mais étant donné que vous sortez ensemble...

— Nous sommes allés une fois au cinéma.

— Et vous êtes allés manger une pizza aussi, ajouta Mira. Des amis de Kim vous ont vus.

Ah, les petites villes et leurs commérages ! On ne pouvait rien faire sans que tout se sache... Mac fourra les mains dans ses poches.

— Oui, et alors ?

— Alors rien. C'est très bien. J'aime beaucoup Nell. Kim aussi. Je m'inquiète sûrement pour rien, mais je me sens un peu responsable d'elle. Elle avait vraiment l'air bouleversée, Mac, même si elle s'efforçait de le dissimuler. Peut-être qu'à toi, elle se confierait plus facilement ?

— Il est hors de question que j'aille mettre mon nez dans sa vie privée.

— A mon avis, tu en fais déjà partie. A tout à l'heure.

Elle démarra sans lui laisser la possibilité de répliquer.

Grommelant dans sa barbe, Mac marcha d'un pas décidé vers l'école primaire. Il en ressortit vingt minutes plus tard, le cœur léger. Finalement, ses enfants n'avaient rien de psychopathes à tendances homicides, après tout. En fait, leur institutrice s'était même répandue en compliments sur eux.

Evidemment...

Certes, Zeke avait tendance à prendre quelques libertés avec le règlement et discutait avec son voisin... Et Zack était un peu timide et n'osait pas toujours lever le doigt pour répondre lorsqu'il connaissait la réponse. Mais ils s'adaptaient petit à petit.

Libéré du poids de son angoisse, Mac se dirigea d'un pas nonchalant vers le lycée, se laissant guider par une subite impulsion. Il savait que la rencontre à laquelle il avait assisté était l'une des dernières de la journée. Il ignorait comment fonctionnait le système des réunions au lycée, mais le parking était presque désert. Il repéra néanmoins la voiture de Nell et se dit qu'il n'y avait pas de mal à passer la voir.

Ce n'est qu'à l'intérieur qu'il réalisa qu'il n'avait pas la moindre idée de l'endroit où la trouver.

Mac passa la tête dans l'auditorium, mais il était vide. Tant qu'il y était, il rebroussa chemin jusqu'à l'administration et attrapa au vol une des secrétaires, qui était sur le point de rentrer chez elle. Se fiant à ses instructions, il prit un couloir, s'engagea dans un escalier et tourna à droite.

La classe de Nell était ouverte. Dans ses souvenirs d'école, les portes étaient toujours fermées. Dans celle-ci se trouvaient un piano, des pupitres, des instruments de musique et un magnétophone. Sans oublier le traditionnel tableau noir, parfaitement nettoyé, et un bureau auquel Nell était assise, en train de travailler.

Il l'observa pendant un long moment, étudiant le mouvement de ses cheveux retombant sur ses épaules, sa manière de tenir le stylo, la façon dont son cou émergeait gracieusement de l'encolure de son pull. Il songea que s'il avait eu la chance d'avoir un professeur aussi séduisant qu'elle, il se serait certainement davantage intéressé à la musique.

— Salut.

Elle releva brusquement la tête. A sa grande surprise, il remarqua son front buté et la lueur d'agressivité qui couvait au fond de ses yeux. Tandis qu'il la fixait, elle expira lentement et esquissa un sourire forcé.

— Salut, Mac. Bienvenue dans la cage aux fauves.

— On dirait que vous croulez sous le travail.

Il entra dans la classe et alla jusqu'à son bureau. Celui-ci disparaissait sous des piles bien organisées de papiers, de livres, de listings et de partitions ; l'ensemble donnait une impression d'ordre.

— Je termine les corvées du premier trimestre : les appréciations, les moyennes, le programme, la stratégie de financement, les dernières mises au point pour la comédie musicale du printemps...

S'efforçant de dissimuler sa mauvaise humeur, elle se renfonça dans son siège.

— Et vous, comment s'est passée votre journée ?

— Plutôt bien. Je sors d'une réunion avec l'institutrice des jumeaux. Ils s'en sortent bien. Il me tarde de recevoir leurs bulletins.

— Ce sont des enfants merveilleux. Ne vous faites aucun souci à leur sujet.

— On se fait toujours du souci pour ses enfants. Et vous, qu'est-ce qui vous préoccupe ? s'enquit-il avant de se rappeler qu'il ne souhaitait pas s'immiscer dans sa vie privée.

— De combien de temps disposez-vous pour écouter mes lamentations ? répondit-elle du tac au tac.

— Je peux prendre le temps qu'il faut.

Intrigué, il s'assit sur son bureau. Il réalisa qu'il avait envie de la réconforter, d'effacer le léger pli de contrariété entre ses sourcils.

— Rude journée ?

Elle haussa les épaules, puis repoussa sa chaise du bureau. Quand elle était de mauvaise humeur, elle était incapable de rester en place.

— Disons que j'en ai connu des meilleures. Connaissez-vous le montant des subventions que reçoit l'équipe de football de la part de l'école et de la municipalité ? Cela concerne tous les sports, d'ailleurs.

Elle se mit à empiler des cassettes vidéo dans un carton en faisant le plus de bruit possible, il fallait qu'elle s'occupe les mains.

— Même la fanfare de l'équipe a droit à une subvention ! Alors qu'à la chorale, nous devons mendier pour obtenir le moindre sou.

— C'est la question du budget qui vous contrarie à ce point ?

— Quoi d'étonnant à cela ? Ah, tant que c'est pour financer des équipements sportifs pour permettre à une bande de garçons de courir et de se faire des passes sur un terrain de foot, les subventions pleuvent ! Alors que, moi, je suis obligée de me traîner aux pieds des responsables pour me voir allouer les quatre-vingts dollars nécessaires à l'accord du piano, se reprit-elle en soupirant. Je n'ai rien contre le football, je suis la première à aimer ça et à reconnaître que le sport universitaire a une importance capitale.

— Je connais un type qui sait accorder les pianos, proposa Mac. Je pense qu'il accepterait de s'en charger gratuitement.

Nell se passa la main sur le visage puis se massa la nuque pour essayer de soulager sa tension. « Papa va tout arranger », pensa-t-elle, les jumeaux l'avaient bien dit. Un problème ? Faites appel à Mac.

— Ce serait formidable, répondit-elle en lui adressant un vrai sourire. A condition de remplir toute la paperasse nécessaire et d'obtenir l'autorisation de le faire. On ne peut pas lever le petit doigt sans le feu vert du conseil d'administration.

Cet état de choses avait le don de l'énerver.

— La bureaucratie est certainement l'un des pires aspects de l'enseignement. Peut-être aurait-il mieux valu que je continue à me produire dans des clubs.

— Vous vous produisiez dans des clubs ?

— Dans une autre vie, murmura-t-elle en balayant ce souvenir de la main. J'ai chanté pendant quelque temps pour payer mes études. C'était mieux que serveuse. Et puis de toute façon, ce ne sont pas ces histoires de budget qui me contrarient. Ni même l'absence d'intérêt de la part de la municipalité. J'en ai l'habitude.

— Voulez-vous qu'on en parle ou préférez-vous que je vous laisse remâcher votre colère ?

— Je m'amusais bien à râler toute seule dans mon coin. J'ai peut-être trop l'habitude des grandes villes. Je viens de me heurter pour la première fois à une réaction typiquement provinciale et je bous d'impuissance face à ce genre de mentalité complètement dépassée. Connaissez-vous Hank Rohrer ?

— Bien sûr. Il possède une laiterie sur Old Oak Road. Je crois que son fils aîné est en classe avec Kim.

— Hank Jr. Oui, Junior est l'un de mes élèves — il possède une magnifique voix de baryton. Il se passionne pour la musique. Il va même jusqu'à composer.

— Sans blague ? C'est fantastique.

— Ah, c'est également votre avis, n'est-ce pas ?

Nell rejeta sa chevelure en arrière et retourna à son bureau pour mettre de l'ordre dans ses papiers qui étaient pourtant parfaitement classés.

— Eh bien, j'ai demandé à M. et Mme Rohrer de passer ce matin car Junior a refusé au dernier moment d'aller passer des auditions ce week-end en vue d'intégrer le chœur national. Je suis persuadée qu'il a de bonnes chances de réussir et je voulais discuter avec ses parents de la possibilité de demander une bourse pour qu'il entreprenne des études de musique. Quand je leur ai parlé du talent de Junior en leur disant que je comptais sur leur soutien pour le faire changer d'avis au sujet des auditions, Hank senior a réagi comme si je l'avais insulté. Il était horrifié.

Sa voix vibrait de colère et d'amertume. Elle imita le père de Junior :

— « Pas question qu'un de mes fils perde son temps à pousser la chansonnette comme un… »

Elle ne finit pas sa phrase, trop indignée pour répéter l'opinion que l'homme avait des musiciens.

— Ses parents n'étaient même pas au courant que Junior était dans ma classe. Ils croyaient qu'il avait choisi l'option « atelier technique », cette année. J'ai bien essayé d'arrondir les angles en prétendant que Junior avait besoin d'une note dans une matière artistique pour passer en terminale, mais ça n'a pas marché. M. Rohrer peut à peine supporter l'idée que Junior fasse partie de mes élèves. Il a persisté à me dire que Junior n'avait pas besoin de savoir chanter pour s'occuper d'une exploitation agricole. Et il refusera à coup sûr de laisser son fils passer une audition un samedi si jamais il a des corvées à faire à la ferme. Quant à moi, on m'a priée d'arrêter de lui bourrer le crâne avec mes histoires de fac et de musicologie.

— Ils ont quatre enfants, fit remarquer lentement Mac. Il se peut que payer leurs études soit problématique pour eux.

— Si c'était le seul obstacle, ils devraient alors se réjouir de la possibilité pour Junior d'accéder à une bourse d'études.

Elle referma son cahier de notes dans un claquement sec.

— Je vois là un garçon doué, intelligent, et qui n'aura jamais la possibilité de réaliser son rêve parce que ses parents s'y opposent. Ou plutôt son père, devrais-je dire. Sa mère n'a pas dit trois mots de tout l'entretien.

— Peut-être va-t-elle essayer de raisonner Hank une fois de retour chez eux.

— Mais peut-être aussi qu'il passera sa colère sur tous les deux !

— Hank n'est pas comme ça. Il a une mentalité un peu rigide et s'imagine tout savoir, mais il n'est pas méchant.

— J'ai un peu de mal à apprécier ses qualités vu la façon dont il m'a traitée... Il me voit certainement sous les traits d'une intrigante venue dilapider l'argent des contribuables durement gagné à la sueur de leur front. Alors que j'aurais pu changer la vie de ce gosse, murmura Nell en se rasseyant. J'en suis convaincue.

— Alors, faites-vous à l'idée que vous ne pourrez peut-être pas changer le cours du destin de Junior. Mais il reste tous les autres. Vous avez déjà transformé la vie de Kim.

— Merci. Ça me console un peu.

— Je suis sincère.

Il n'aimait pas la voir abattue, son énergie et son bel optimisme vaincus.

— Elle a énormément gagné en confiance. Jusqu'alors, elle se laissait freiner en tout par sa timidité et n'osait pas chanter. Alors que maintenant, sa véritable personnalité s'est enfin épanouie.

Les propos de Mac lui mettaient du baume au cœur. Cette fois, le sourire de Nell illumina son visage.

— Si je comprends bien, je devrais cesser de ruminer ma mauvaise humeur.

— Ce n'est pas dans votre caractère.

Il se surprit à caresser sa joue du bout des doigts. Nell frémit. Il ajouta :

— Le sourire vous convient mieux.

— De toute façon, je suis incapable de rester en colère bien longtemps. D'après Bob, c'était la preuve de mon caractère superficiel.

— Qui donc est ce Bob ?

— Le type que j'ai laissé tomber à New York.

— Un fin psychologue à ce que je vois !

Elle rit.

— Je suis contente que vous soyez passé me voir. Sans vous, je serais probablement encore en train de faire la tête.

— Une bien jolie tête, murmura-t-il avant de s'éloigner. Il faut que j'y aille. Je dois encore confectionner des déguisements pour Halloween.

— Vous avez besoin d'un coup de main ?

— Je...

C'était tentant. Mais il prendrait de gros risques en commençant à l'inviter à leurs fêtes de familles.

— Non merci, je vais m'en charger.

Nell ravala sa déception et réussit presque à donner le change.

— Vous sortez avec eux samedi soir, n'est-ce pas ? Pour la traditionnelle rançon de bonbons des petits monstres ?

— Bien sûr ! A bientôt.

Il alla vers la porte mais s'arrêta sur le seuil avant de se retourner.

— Nell ?

— Oui ?

— Les choses mettent parfois du temps à évoluer. Le changement peut faire peur à certaines personnes.

Elle inclina la tête sur le côté.

— Faites-vous allusion aux Rohrer, Mac ?

— Entre autres. A samedi soir.

Nell continua de fixer la porte par laquelle il venait de sortir en entendant l'écho de ses pas s'atténuer dans le lointain. Mac s'imaginait-il qu'elle essayait de le faire changer ? Et d'ailleurs, était-ce vraiment son but ? Elle se rassit et repoussa les papiers qui encombraient son bureau. Impossible de travailler correctement à présent.

Macauley Taylor lui ôtait toute faculté de concentration, c'était systématique. A quel moment cet homme calme et posé avait-il commencé à semer un tel trouble dans son cœur et dans son esprit ? Probablement dès le jour de leur rencontre, lorsque Mac était entré dans l'auditorium pour venir chercher Kim et les jumeaux.

Un coup de foudre ? Non, elle était trop sophistiquée, trop fine pour croire à ce genre de clichés. Sans compter qu'elle avait trop de bon sens pour se mettre en position de faiblesse en tombant amoureuse d'un homme qui ne partageait pas ses sentiments.

Ou plutôt qui refusait de s'abandonner à ses sentiments, rectifia-t-elle. C'était bien pire.

Après tout, que lui importait qu'il soit un père aimant et dévoué envers ses fils ? Certes, il était séduisant, sexy et large d'épaules. Et quand bien même ? Ce n'était pas une raison pour se laisser aller à rêver quand il était près d'elle ou lorsqu'elle pensait à lui. A rêver d'un foyer, d'une famille, d'une cuisine pleine de rires, et d'étreintes passionnées la nuit.

Elle laissa échapper un long soupir. A quoi bon se leurrer ? Elle était sur le point de succomber à l'amour.

7

On était déjà à la mi-novembre et les arbres avaient depuis longtemps perdu leurs feuilles. Nell trouvait cependant une beauté particulière à ce spectacle. Les branchages sombres et dépouillés, le craquement des feuilles mortes accumulées le long des trottoirs et le givre qui recouvrait l'herbe du matin d'une poudre de diamant.

Elle se surprenait à guetter à la fenêtre dans l'attente des premiers flocons, comme un enfant espère l'arrivée des vacances.

Cette ambiance était merveilleuse. Attendre l'hiver en se souvenant de l'automne. Elle repensait souvent à cette nuit d'Halloween, aux enfants qui étaient venus frapper à sa porte déguisés en pirates ou en princesses. Elle se rappelait Zeke et Zack pouffant de rire lorsqu'elle avait fait semblant de ne pas les reconnaître dans les splendides uniformes d'astronautes que leur père leur avait confectionnés.

Elle se remémora le concert de musique folk auquel Mac l'avait emmenée. Et la semaine dernière, quand ils s'étaient rencontrés par hasard au centre commercial, chacun fonçant vers les magasins, une liste interminable à la main, bien déterminés à boucler le plus tôt possible leurs emplettes de Noël.

En passant devant la maison que Mac était en train de restaurer, ses pensées s'orientèrent de nouveau vers lui. Il était tellement attendrissant l'autre jour dans ses efforts pour choisir la tenue qu'il voulait offrir à Kim pour Noël. Macauley Taylor ne plaisantait pas avec les cadeaux destinés à ceux qu'il aimait. Il fallait que tout soit parfait : la couleur et le style.

C'était vraiment l'homme idéal…

Elle dépassa la maison, respirant l'air glacé de la soirée, l'esprit en ébullition. Cet après-midi, elle avait pu annoncer avec fierté que deux de ses élèves avaient été retenus pour faire partie du chœur national.

Elle avait réussi à forcer le destin, songea-t-elle, fermant les yeux pour mieux savourer sa satisfaction. Ce n'était pas une question de prestige, et encore moins pour le plaisir de recevoir les félicitations du proviseur. Non, ce qui comptait avant tout, c'était l'expression des élèves. La fierté qui se lisait sur le visage de Kim, mais aussi dans les yeux du ténor qui chanterait avec elle dans le chœur national. C'était la joie qui transfigurait la chorale tout entière. Tous partageaient un même sentiment de triomphe, car au cours des dernières semaines, ils étaient devenus une équipe soudée.

Son équipe. Ses élèves.

— Il fait un peu frais pour se promener à cette heure-ci.

Nell sursauta, nerveuse, puis rit de sa réaction en apercevant Mac émerger de l'ombre d'un arbre dans le jardin de sa sœur.

— Mon Dieu, vous m'avez fait peur ! J'ai failli sortir ma bombe lacrymogène.

— Les rues de Taylor's Grove n'ont pourtant rien d'un coupe-gorge. Vous alliez rendre visite à Mira ?

— Non. En fait, j'étais simplement sortie me promener. J'ai besoin de me défouler en marchant, expliqua-t-elle, un sourire illuminant son visage. Vous êtes au courant pour la bonne nouvelle ?

— Félicitations.

— Oh, je n'y suis pour rien…

— Au contraire, vous y êtes pour beaucoup.

C'était sa manière à lui de lui avouer à quel point il était fier de sa réussite. Il jeta un coup d'œil en direction de la maison à l'intérieur de laquelle régnait une douce lueur.

— Mira et Kim sont en train de pleurer.

— En train de pleurer ? Mais…

— Ce n'est pas ce que je veux dire…, s'excusa-t-il, car les larmes des femmes le mettaient toujours dans l'embarras.

— Vous savez bien, enfin, pas de chagrin.

— Oh, je vois.

En réaction, Nell sentit elle-même monter le picotement des larmes.

— C'est merveilleux.

— Dave se pavane dans toute la maison, le sourire aux lèvres. Il était en train de l'annoncer à son père quand je me suis éclipsé. Mira a déjà prévenu nos parents ainsi que toutes nos connaissances.

— Ma foi, c'est un grand événement.

— Je sais bien, dit-il avec un sourire éblouissant. J'ai moi-même passé deux ou trois coups de fil. Vous devez être sacrément fière de vous.

— Ça, vous pouvez le dire. Si vous aviez vu la réaction de ces enfants aujourd'hui quand je leur ai annoncé la nouvelle… C'était incroyable. Et cela va faciliter les choses pour la personne chargée de récolter des fonds pour la chorale.

Le vent soufflant à travers les arbres la fit frissonner.

— Vous avez froid. Je vais vous raccompagner chez vous.

— C'est gentil. Il me tarde que la neige arrive.

En bon campagnard qui se respecte, il huma l'air et étudia le ciel.

— Ça ne devrait pas tarder, à mon avis, approuva-t-il en lui ouvrant la portière de sa camionnette. Les gosses ont déjà sorti leurs traîneaux.

— Je pourrais m'en acheter un, moi aussi, suggéra-t-elle en s'installant confortablement dans la voiture, détendue. Où sont les garçons ?

— Un de leurs amis organise une soirée pyjama. Je viens juste de les déposer en face.

— Ils doivent être surexcités par l'approche de Noël, surtout avec cette atmosphère de neige imminente.

— C'est étrange. D'habitude, passé Halloween, ils commencent à m'assaillir de listes, de photos de jouets qu'ils découpent dans des catalogues, ou de trucs qu'ils ont vus à la télévision. Cette année, ils m'ont annoncé que le Père Noël s'occupait de tout. Je sais qu'ils veulent des vélos, dit-il en fronçant les sourcils. C'est la seule chose que j'ai pu tirer d'eux. Ils passent leur temps à faire des messes basses à propos d'un mystérieux cadeau, mais se referment comme des huîtres sitôt qu'ils me voient.

— C'est ça, Noël, remarqua Nell avec douceur. C'est la période des secrets chuchotés tout bas. Et vous ? Que souhaitez-vous pour Noël ?

— Pouvoir faire la grasse matinée, pour changer.

— On doit pouvoir trouver mieux, tout de même.

— Mon plus beau cadeau, c'est de descendre le matin de Noël et voir le visage de mes gosses s'illuminer de joie. Vous retournez à New York pour les fêtes ?

— Non, je n'ai personne là-bas.

— Et votre famille ?

— Je suis fille unique. Mes parents ont l'habitude de passer les fêtes aux Caraïbes. Voulez-vous entrer quelques instants pour prendre un café ?

L'idée le tentait davantage que la perspective de retourner dans une maison où personne ne l'attendait.

— Je veux bien, merci.

Tout en montant l'escalier, il s'efforça avec tact de ramener la conversation sur le sujet des vacances et de la famille.

— C'est donc là-bas que vous passiez Noël quand vous étiez petite ? Aux Caraïbes ?

— Non. Nous fêtions Noël à Philadelphie dans un décor tout à fait traditionnel. Ensuite, je suis partie étudier à New York et mes parents ont déménagé en Floride, expliqua-t-elle en ouvrant la porte et en ôtant son manteau. Nous ne sommes pas très proches, à vrai dire. Mes parents n'étaient pas tellement ravis de me voir m'engager dans des études de musique.

— Je vois.

Il posa négligemment son blouson par-dessus son manteau tandis qu'elle se dirigeait vers la cuisine pour faire du café.

— Ceci explique que vous ayez réagi si violemment au refus des parents de Junior.

— Peut-être. Mes parents n'ont pas réellement désapprouvé ma décision mais le moins qu'on puisse dire, c'est qu'elle les a déconcertés. En fait, je crois que l'éloignement géographique facilite nos rapports. Je crois que c'est pour cela que j'éprouve autant d'admiration pour vous.

Perdu dans la contemplation d'une boîte à musique de bois de rose, il releva la tête et la dévisagea avec stupéfaction :

— De l'admiration pour moi ?

— Oui, pour l'importance que vous attachez à votre famille, sans parler de votre implication auprès de vos enfants. Votre attitude est si rassurante, elle semble si naturelle de votre part.

Rejetant ses cheveux en arrière, elle prit une boîte contenant des cookies et commença à en disposer quelques-uns sur une assiette.

— Ce n'est pas donné à tout le monde d'avoir la capacité ou l'envie d'en faire autant pour sa famille en lui consacrant autant de temps. Il est rare de rencontrer un homme capable d'autant d'amour et de dévouement. Vous voilà tout embarrassé par ma faute…

— Non. Enfin, si, avoua-t-il en prenant un biscuit. Vous ne m'avez jamais posé de questions sur la mère des jumeaux.

Encouragé par le silence de Nell, Mac sentit qu'il pouvait se confier à elle :

— Je sortais de l'université quand nous nous sommes rencontrés. Elle était la secrétaire de mon père, qui possédait une agence immobilière. Elle était belle. D'une beauté absolument renversante. Après deux ou trois rendez-vous, nous avons couché ensemble et elle s'est retrouvée enceinte.

Son ton dénué d'expression fit lever la tête à Nell. Mac, sentant monter en lui l'amertume, mordit dans son cookie.

— Je sais, à m'entendre, on pourrait croire que tout est sa faute. J'étais jeune, mais cependant assez mûr pour avoir conscience de ce que je faisais et assumer les conséquences de mes actes.

Il n'était pas homme à fuir ses responsabilités, songea Nell, ce n'était pas dans son caractère. A l'évidence, Mac était quelqu'un de droit.

— A aucun moment vous n'avez parlé d'amour.

— Non, c'est vrai.

Pour lui, l'amour n'était pas un sentiment à prendre à la légère.

— J'étais attiré par elle et c'était réciproque. Du moins, c'est ce que je croyais. Car ce que j'ignorais, c'est qu'elle m'avait menti en prétendant qu'elle prenait ses précautions. C'est après notre mariage que j'ai découvert qu'elle avait tout manigancé pour « se faire épouser par le fils du patron », selon sa propre expression. Pour Angie, ce mariage était l'occasion rêvée d'améliorer son train de vie.

Il constata avec étonnement que la simple évocation de son passé avait été prompte à faire resurgir une souffrance qu'il croyait pourtant enfouie tout au fond de lui. Il avait été profondément meurtri dans ses sentiments — et dans son amour-propre — d'avoir été manipulé avec autant de désinvolture.

— Toujours est-il, poursuivit-il de son ton monocorde, qu'elle n'avait pas prévu d'avoir des jumeaux et avait quelque peu sous-estimé les tracas de la maternité. Et donc, environ un mois après la naissance des garçons, elle s'est envolée après avoir vidé mon compte en banque.

— Je suis tellement désolée pour vous, Mac, murmura Nell.

Elle aurait voulu pouvoir trouver les mots, les gestes, pour adoucir la froideur glacée qu'elle lisait dans ses yeux.

— Vous avez dû passer par des moments terriblement douloureux.

— Cela aurait pu être pire, dit-il en haussant les épaules. C'est vrai, j'aurais pu être amoureux d'elle. Elle a cherché à me joindre, une fois, pour me demander de régler la facture du divorce. En échange, je pouvais avoir la garde des jumeaux sans autres frais. Sans autres frais, répéta-t-il. Comme s'il s'agissait de marchandises et non d'enfants. J'ai accepté sa proposition. Point final.

— Vraiment ? Même si vous ne l'aimiez pas, elle vous a fait souffrir.

Elle se mit sur la pointe des pieds et déposa un baiser sur sa joue pour tenter de le consoler, de lui apporter un peu de réconfort. Elle vit son expression se transformer et lut la souffrance au fond de son regard. Maintenant qu'il lui avait raconté son histoire, elle ne s'étonnait plus de son attitude. Elle avait vu la douleur crisper son visage. Mac avait été trompé, brisé. Et au lieu de s'apitoyer sur son sort ou de se décharger de son fardeau sur ses parents, il avait emmené ses fils et recommencé une nouvelle vie avec eux. Pour eux.

— Elle ne vous méritait pas, ni vous, ni les garçons.

— Je ne les ai jamais considérés comme un poids.

Il ne pouvait détacher son regard de celui de Nell, envoûté par ce qu'il lisait au fond de ses yeux. De la compassion, certes, mais par-dessus tout une compréhension qui n'avait pas besoin de mots pour s'exprimer.

— Mes enfants sont ma plus belle réussite. En aucun cas je ne voudrais donner l'impression que je me suis sacrifié pour eux.

— Je ne l'ai pas compris ainsi. Et ce n'est pas l'image que vous donnez.

Elle sentit son cœur fondre et glissa les bras autour de son cou. Ce geste aussi se voulait une tentative de réconfort. Mais quelque chose d'autre, un sentiment plus profond, monta alors en elle.

— Vous donnez seulement l'image d'un père très aimant. C'est très touchant d'entendre un homme évoquer ses enfants comme un cadeau de la vie. Surtout en sachant qu'il est sincère.

Il l'enlaça sans trop comprendre comment il en était arrivé là. C'était si simple, si naturel, de la sentir lovée au creux de ses bras.

— Lorsqu'on vous fait un cadeau, un cadeau précieux, il faut en prendre soin.

Sa voix s'enroua, il était submergé par une multitude d'émotions. Ses enfants. Les sentiments qu'il éprouvait pour Nell. La façon dont elle levait ses yeux vers lui, ses lèvres sensuelles... Il esquissa le geste de lui caresser les cheveux mais se souvint juste à temps de sa résolution et se retint d'aller plus loin.

— Il faut que je rentre.

— Restez.

C'était si simple de le lui demander, s'aperçut-elle. Si facile, après tout, d'avouer qu'elle avait besoin de lui.

— Vous savez que j'ai envie que vous restiez. Vous savez que j'ai envie de vous.

Il était subjugué par son regard. Alors, un désir fou s'empara de lui, enveloppé toutefois d'une immense douceur.

— Cela ne ferait que compliquer les choses, Nell. Je traîne encore beaucoup de valises, même si je suis aujourd'hui en paix avec la plupart de mes souvenirs.

— Ça m'est égal. J'ai dépassé tout sentiment d'orgueil mal placé. J'ai envie de faire l'amour avec vous, Mac.

Dans un soupir, elle attira la tête de Mac à elle et posa ses lèvres sur les siennes.

Comment lui résister ? Depuis leur première rencontre, il luttait contre ce désir qui enflammait son cœur et son corps. Nell irradiait la douceur et la tendresse. Mac reconnaissait en elle l'essence même de la féminité, ce miracle dont il avait été privé depuis si longtemps...

Les bras de Nell autour de son cou, sa bouche qui se pressait avidement contre la sienne lui firent réaliser qu'il la désirait de toute son âme.

Le romantisme n'était pas son fort : une femme comme

elle aurait peut-être préféré une ambiance aux bougies, de la musique douce et un air vibrant de parfums. Mais le décor était déjà installé, alors il la souleva et la porta dans ses bras jusqu'à la chambre.

Il alluma une lampe. A son grand étonnement, son trac s'évanouit en voyant le regard angoissé de Nell se poser sur lui.

— Je rêve de ce moment depuis si longtemps, lui avoua-t-il. Je veux te contempler à chacune de mes caresses. Je veux pouvoir admirer ton corps.

— D'accord. Moi aussi, j'ai envie de te voir.

Il la coucha sur le lit et s'allongea près d'elle, puis enfouit sa main dans ses cheveux avant d'aller caresser ses épaules. Il se pencha pour l'embrasser.

Leur intimité semblait si naturelle, comme née d'innombrables nuits passées ensemble. Et en même temps si excitante, comme s'ils faisaient chacun l'amour pour la première fois.

Une caresse, un baiser, long et passionné. Un murmure, un soupir, doux et léger. Sans céder à l'impatience, les mains de Mac s'attardèrent au plaisir des caresses, défaisant un à un les boutons de ses vêtements, s'arrêtant de temps à autre pour explorer sa nudité.

Nell frissonna sous ses caresses alors même que tout son corps s'embrasait de désir. Elle sentit sa peau vibrer d'une multitude de points sensibles qui se mirent à palpiter sous la pression de ses doigts et l'effleurement de sa langue. Ses propres mains tremblaient; un rire lascif monta de sa gorge pour se briser dans un gémissement lorsque ses mains rencontrèrent enfin la chaleur de sa peau.

Faire l'amour. Cette expression lui semblait prendre tout son sens en cette nuit. Une exquise tendresse mêlée de curiosité érotique qui enivrait leurs sens et unissait leurs deux corps dans une étreinte passionnée. Chacun des baisers de Mac la submergeait d'un profond émoi, si puissant qu'il la laissait au bord de l'extase. Plus rien n'existait pour elle en dehors de cet homme. L'amour qu'elle ressentait pour lui balayait tout le reste.

Elle s'abandonna avec une générosité qui le bouleversa. Leurs deux corps s'accordaient à la perfection, exacerbant la passion que Mac éprouvait pour elle. Dès qu'il craignait de céder à la puissance impérieuse de son désir, il reprenait le cours harmonieux de leurs caresses.

Un rythme lent et subtil qui leur permettait de goûter à toutes les sensations de leurs corps.

Elle avait un corps menu aux attaches délicates. La découverte de sa fragilité rendait les caresses de Mac encore plus tendres. Même lorsque son corps s'arqua lascivement contre le sien et qu'elle laissa échapper un premier cri de plaisir, il ne céda pas à la hâte. Le visage de Nell reflétait la moindre de ses émotions et il éprouvait une excitation incroyable à simplement la contempler.

Il lutta contre le désir de s'enfoncer profondément en elle et parvint à maîtriser sa fougue suffisamment longtemps afin de préserver pour tous les deux le plaisir de l'attente. Les yeux rivés aux siens, il la pénétra enfin. Le souffle court, elle haleta de plaisir et poussa un profond soupir en esquissant un léger sourire.

Dehors, le vent faisait vibrer les fenêtres d'une musique qui n'était pas sans rappeler le tintement des clochettes d'un traîneau. Les premiers flocons de l'hiver se mirent à tomber avec la douceur d'un souhait qui se réalise.

8

Il ne pouvait se rassasier d'elle. Un coup de folie sans doute... ou pire, une espèce d'obsession, songeait-il sombrement. Il avait beau s'occuper les mains, le cœur et l'esprit, il trouvait malgré tout le moyen de penser à Nell jour et nuit.

Tout en reconnaissant qu'il faisait preuve de cynisme, il aurait préféré que leur passion soit purement physique. S'il n'y avait eu que le sexe, il aurait pu mettre tout cela sur le compte des hormones et reprendre le cours normal de sa vie. Mais ses fantasmes ne se limitaient pas à leurs étreintes, à la simple envie de se perdre une heure encore dans son corps mince et fragile.

Quelquefois, lorsqu'elle s'immisçait dans ses pensées, il la voyait debout devant un chœur d'enfants, en train de les diriger par des gestes amples et gracieux, canalisant leurs voix par les mouvements de son corps tout entier. Ou bien, il l'imaginait au piano, encadrée par ses deux fils, et riant aux éclats. Ou bien encore, en train de se balader en ville, les mains dans les poches, le visage tourné vers le ciel.

Il était terrifié par le désir fou qu'il éprouvait pour elle.

Nell, au contraire, prenait les choses avec une telle aisance, songea-t-il en mesurant une plinthe avant de la scier. C'était la femme idéale, décida-t-il. Leur relation était basée sur la spontanéité et le naturel. Il leur suffisait d'être ensemble pour être heureux. Bref, il y avait de quoi faire perdre la raison à un homme.

Et il ne pouvait pas se le permettre. Il avait des enfants à élever, une affaire à gérer. Bon sang ! Et les tonnes de linge sale qui l'attendaient à la maison, à condition bien sûr qu'il trouve un moment pour y passer. Et flûte ! Il avait une fois de plus oublié de sortir le poulet du congélateur.

« Je m'arrêterai pour acheter des hamburgers en allant au concert », se dit-il. Il avait bien trop de choses en tête sans avoir en plus à préparer le dîner. Noël approchait à grands pas et les enfants se comportaient d'une manière étrange.

« On veut juste des vélos, papa, lui avaient-ils déclaré. Papa Noël est en train de les fabriquer et il s'occupe aussi du supercadeau. »

Quel supercadeau ? Impossible d'en savoir davantage : pour une fois, ses questions et ses ruses s'étaient heurtées à un mur de mutisme. Cela ne laissait pas de l'inquiéter. Il savait que dans un an — peut-être deux, avec de la chance — ses fils commenceraient à mettre en doute l'existence du Père Noël et son mystère. Cela sonnerait la fin de l'innocence. Il ignorait ce que les jumeaux comptaient découvrir au pied de l'arbre au matin de Noël, mais il était bien décidé à tout mettre en œuvre pour que ce fameux cadeau s'y trouve.

Toutefois, à chacune de ses tentatives pour percer leur secret, les garçons répondaient par un large sourire, se contentant d'affirmer que ce serait une belle surprise pour tous les trois.

Il fallait qu'il s'en occupe sérieusement. Mac cloua la plinthe. Au moins, ils avaient décoré l'arbre, confectionné des cookies de Noël et accroché les traditionnelles guirlandes de pop-corn. Il ressentit soudain une pointe de culpabilité : il s'était esquivé lorsque Nell lui avait proposé de venir participer aux préparatifs de Noël. Et il avait ignoré les questions des enfants qui voulaient savoir si elle viendrait les aider à décorer le sapin de Noël.

Etait-il donc le seul à comprendre à quel point il pouvait s'avérer néfaste que ses enfants s'attachent si rapidement à elle ? Après tout, elle n'était ici que depuis quelques mois. Elle pouvait repartir n'importe quand. Nell avait beau trouver ses fils mignons, adorables, ils ne représentaient aucun investissement pour elle. Bon sang ! Voilà que c'était son tour à présent de parler de ses fils comme s'il s'agissait de placements en Bourse.

Il s'exprimait mal, bien sûr... Simplement, personne ne referait le coup de l'abandon à ses enfants, jamais.

Pour rien au monde, il ne voulait prendre ce risque.

Après avoir fixé le dernier morceau de plinthe, il hocha la tête, satisfait. La maison prenait forme de belle manière. Il connaissait son travail. Et il savait ce qui était bon pour ses enfants.

Si seulement c'était si simple avec Nell...

— C'est peut-être pour ce soir.

Zeke observa la fumée blanche qui sortait de sa bouche. Lui et son frère jumeau étaient assis dans leur cabane, bien emmitouflés dans leur manteau et leur écharpe pour lutter contre le froid glacial de décembre.

— Ce n'est pas encore Noël.

— Mais c'est le concert de Noël, objecta Zeke d'un air buté. J'en ai assez d'attendre l'arrivée de maman. C'est à l'endroit où on l'a vue pour la première fois. Et puis il y aura la musique, le sapin, et tout le reste, alors ce sera comme si c'était Noël.

— Je ne sais pas.

Cette idée n'était pas pour déplaire à Zack, au contraire, mais il restait plus mesuré que son frère.

— Peut-être, mais nous ne recevons jamais les cadeaux avant Noël.

— Mais si ! Quand M. Perkins fait le Père Noël des pompiers à la caserne, c'est des semaines avant Noël et il distribue quand même des cadeaux aux enfants !

— Ce ne sont pas des vrais cadeaux. Pas ceux qu'on a commandés, dit Zack d'un air réfléchi. Peut-être que si on le souhaite de toutes nos forces, ça peut marcher. Papa l'aime beaucoup. Tante Mira a dit à oncle Dave que c'était la femme qu'il lui fallait même si papa ne voyait pas ce qu'il avait sous les yeux.

Zack plissa le front, perplexe :

— Comment c'est possible puisqu'il l'a sous les yeux ?

— Tante Mira dit tout le temps des trucs qui ne veulent rien dire, affirma Zeke avec le mépris souverain de la jeunesse. Papa va se marier avec Nell, elle va venir vivre chez nous et ce sera notre maman. C'est obligé que ce soit elle. On a été sages, pas vrai ?

— Mouais, approuva Zack en jouant avec le lacet de sa chaussure. Tu crois qu'elle nous aimera vraiment et tout ça ?

— Sûrement.

Zeke lança un regard à son frère jumeau.

— Moi, je l'aime déjà.

— Moi aussi.

Le visage de Zack se détendit dans un sourire de soulagement. Tout allait bien se passer, finalement.

— Parfait.

Nell haussa le ton pour se faire entendre par-dessus le vacarme de la salle. L'auditorium faisait également office de salle de répétition pour les soirs de concert et les élèves allaient et venaient dans la cohue, vérifiant leur tenue, leur maquillage et leur coiffure, trompant l'angoisse d'affronter le public en parlant à bâtons rompus.

— Installez-vous.

Un de ses élèves était assis, la tête entre les genoux, anéanti par le trac. Nell lui adressa un sourire compatissant tandis que le groupe parvenait peu à peu à faire silence.

— Vous avez tous travaillé dur pour arriver au concert. Je sais que vous êtes nombreux à avoir le trac ce soir car vous avez des amis et des parents dans le public. Servez-vous du stress pour aiguiser votre interprétation. Et s'il vous plaît, tâchez de vous rappeler de sortir de manière organisée, dignement, comme nous l'avons fait aux répétitions.

Sa demande fut accueillie par quelques ricanements. Nell se contenta de hausser un sourcil.

— Pardon, j'aurais dû dire : souvenez-vous de sortir plus dignement qu'aux répétitions, et en ordre pour une fois. Pensez à sentir votre diaphragme et à projeter votre voix. Soyez attentifs à votre posture. Souriez. Et surtout, n'oubliez pas le plus important pour le concert de ce soir. Amusez-vous ! lança-t-elle avant de sourire. C'est Noël... Et maintenant, on va leur en mettre plein les oreilles.

Elle sentit son cœur se mettre à battre la chamade en observant les enfants s'avancer sur la scène pour prendre chacun leur place sur les estrades, tandis que du public s'élevaient des murmures. Puis, le silence se fit. Nell avait conscience que ce concert constituait pour elle son premier vrai test et qu'une partie du public était là pour la juger. Ce soir, la municipalité rendrait son avis et déterminerait si le conseil d'administration de l'école avait eu raison ou non de la nommer à ce poste de professeur de musique.

Elle prit une profonde inspiration, ajusta sa veste de velours et fit son entrée sur scène.

Elle s'approcha du micro sous des applaudissements polis.

— Bienvenue au concert de Noël de la Taylor's Grove High School, commença-t-elle.

— Waou ! T'as vu, papa ? Miss Davis est drôlement jolie, hein ?

— Oui, c'est vrai, Zack.

Ravissante aurait été un terme plus approprié à la circonstance, corrigea-t-il en son for intérieur. Un sourire nerveux aux lèvres, Nell resplendissait dans son ensemble en velours vert foncé.

Elle était magnifique dans la lumière des projecteurs, le savait-elle ?

A ce moment-là, Nell était uniquement en proie au trac. Si seulement elle arrivait à mieux distinguer les visages !

Elle préférait voir le public quand elle était sur scène. C'était plus intime, plus agréable. Après son annonce, elle se tourna vers le chœur, vit le regard de ses élèves braqué sur elle et sourit pour les rassurer.

— Allez-y, murmura-t-elle, si bas que seuls les choristes l'entendirent. Mettez toute la gomme.

Elle les fit commencer très fort avec la chanson de Springsteen. Le public les écouta, médusé. C'était loin du programme soporifique auquel la plupart s'attendait...

Quand les applaudissements retentirent, Nell sentit sa tension s'envoler. Ils avaient franchi le premier obstacle. Après cette introduction divertissante, elle les fit enchaîner avec des chants de Noël plus traditionnels. Alors, vibrante d'émotion, elle écouta l'harmonie du *Cantate Domine* s'élever dans l'auditorium, avant de se laisser transporter par la montée des sopranos sur l'hymne *Adeste Fideles*. Puis, les choristes se lâchèrent sur *Jingle Bell Rock* et Nell s'illumina en voyant ses élèves se balancer en tapant dans leurs mains au rythme de la musique, selon la petite mise en scène qu'ils avaient travaillée.

Enfin, elle sentit son cœur se gonfler lorsque Kim s'approcha du micro et que les premières notes de son solo s'élevèrent de sa voix cristalline.

— Oh, Dave !

La voix nouée par l'émotion, Mira agrippa la main de son mari, puis celle de Mac.

— Regarde, c'est notre bébé.

L'objectif de Nell était en train de se réaliser : quand Kim retourna à sa place dans le chœur, la salle entière avait les yeux humides. Ils achevèrent le concert en interprétant *Douce nuit* a capella, sans piano. C'est ainsi qu'il convenait de le chanter, leur avait expliqué Nell. La partition avait été écrite en ce sens.

Lorsque la dernière note mourut dans l'air, elle se tourna pour faire signe au chœur de saluer, mais le public était déjà debout. Elle tressaillit de joie et vit l'air abasourdi de ses élèves, qui écarquillaient les yeux en souriant d'un air emprunté.

Ravalant ses larmes, elle attendit que les applaudissements se calment avant de traverser la scène pour aller de nouveau au micro. Elle savait y faire.

— Ils ont été fantastiques, n'est-ce pas ?

Ainsi qu'elle l'espérait, son intervention déclencha un nouveau tonnerre d'applaudissements. Elle attendit qu'ils prennent fin.

— Je voudrais tous vous remercier d'être venus nous écouter ce soir. En disant cela, je m'adresse tout particulièrement aux parents des choristes car c'est grâce à leur patience, leur compréhension et leur confiance que j'ai réussi à travailler tous les jours avec leurs enfants. Tous les choristes ont accompli un travail remarquable pour réussir ce concert et c'est avec une grande joie que je constate à quel point vous avez apprécié leur talent et leurs efforts. Je voudrais ajouter que les poinsettias qui décorent la scène nous ont été gracieusement fournis par Hill Florists et qu'ils vous seront proposés au prix de trois dollars le pot. Les recettes iront au budget qui nous permettra de financer de nouvelles tenues pour les choristes. Joyeux Noël à tous, et à bientôt pour un prochain concert.

Avant que Nell ait pu s'éloigner du micro, Kim et Brad vinrent l'entourer.

— Je voudrais encore ajouter quelque chose, dit Brad en s'éclaircissant la voix tandis que le brouhaha retombait dans la salle. La chorale souhaite vraiment remercier miss Davis pour tout son travail et ses encouragements. Euh…

Kim avait rédigé le petit discours, mais c'est Brad qui avait été désigné pour le lire. Il chercha ses mots puis regarda Kim avec un sourire gêné.

— C'est le premier concert de miss Davis à Taylor High et euh…

Impossible de se rappeler les gentilles phrases que Kim avait si élégamment tournées ! Il décida de laisser parler son cœur :

— C'est vraiment un prof formidable. Merci, miss Davis !

— Nous espérons que cela vous fera plaisir, murmura Kim sous les applaudissements en tendant à Nell une petite boîte emballée de papier brillant. Tous les élèves se sont cotisés pour vous l'offrir.

— Je suis...

Bouleversée, elle renonça à aller plus loin. Elle ouvrit la boîte, le regard embué, et découvrit une broche en forme de clé de sol.

— Nous savons que vous aimez les bijoux, commença Kim. Alors, nous avons pensé que...

— Elle est magnifique. C'est exactement ce qu'il me faut, remercia Nell, et elle inspira profondément pour essayer de contenir son émotion et se tourna vers le chœur. Merci. Ce cadeau compte presque autant que vous à mes yeux. Joyeux Noël à tous.

— Elle a eu un cadeau, fit remarquer Zack.

Ils attendaient Kim pour la féliciter, dans le couloir bondé, à l'extérieur de l'auditorium.

— Ça veut dire que nous aussi, on peut en avoir un, ce soir. On pourrait l'avoir, elle, en cadeau.

— Pas si elle rentre chez elle tout de suite après.

Zack avait déjà réfléchi à la question. Il attendait le bon moment pour intervenir. Lorsqu'il vit Nell, il fonça vers elle.

— Miss Davis ! Par ici, miss Davis !

Mac ne bougea pas. Il était incapable de faire le moindre geste. Il s'était produit quelque chose pendant le concert. Assis au troisième rang, il l'avait vue sur scène. Il avait vu son sourire, ses yeux brillant de larmes. Il l'avait vue, elle.

Il était amoureux d'elle. C'était la première fois qu'il ressentait un amour d'une telle intensité. Comment gérer ce sentiment nouveau pour lui ? La fuite lui semblait l'option la plus raisonnable, mais il était pétrifié.

— Salut !

Elle s'accroupit pour prendre les jumeaux dans ses bras, les serra très fort contre elle et les embrassa sur les deux joues.

— Le concert vous a plu ?

— C'était vraiment bien. Kim a été super.

Nell s'approcha de l'oreille de Zeke pour lui murmurer :

— Je suis d'accord avec toi mais cela doit rester un secret entre nous.

— On est très forts pour garder les secrets. Nous, on en a un depuis des semaines et des semaines.

— Vous pouvez venir à la maison, maintenant, miss Davis ?, proposa Zack, et il s'agrippa à sa main en lui lançant son regard le plus charmeur. S'il vous plaît... Venez voir notre arbre et les décorations lumineuses. On a mis des lumières partout pour qu'on les voie depuis la route.

— Cela me ferait très plaisir. Mais votre papa est peut-être fatigué.

Fatigué, lui ? Non, il était juste complètement sonné... Les cils de Nell étaient encore humides et la petite broche que lui avaient offerte ses élèves brillait sur sa veste en velours.

— Tu es la bienvenue, si cela ne te dérange pas de conduire après le concert.

— Au contraire, cela me fera le plus grand bien. Je suis encore tout excitée.

Elle se redressa, cherchant un signe d'approbation ou de rejet sur le visage de Mac.

— Si cela ne vous dérange pas, bien sûr.

— Non, articula-t-il avec difficulté comme s'il avait bu. Il faut que je te parle.

— Je viendrai dès que j'aurai terminé ici, alors.

Elle fit un clin d'œil aux enfants et se fondit dans la foule.

— Elle a fait des merveilles avec ces enfants, déclara Mme Hollis en hochant la tête. Quel dommage pour nous si elle venait à partir.

— Partir ?

Mac baissa furtivement les yeux sur ses fils, mais ils complotaient déjà entre eux en chuchotant.

— Que voulez-vous dire ?

— Je le sais par M. Perkins qui le tient de Addie McVie qui est employée administrative au lycée : l'ancienne école de Nell Davis lui a proposé de reprendre son poste à la rentrée à New York. Nell et le proviseur ont eu une réunion à ce sujet ce matin même.

Mme Hollis continua son bavardage mais Mac n'écoutait plus. Le regard vide, il regardait loin derrière elle.

— Je n'ai vraiment pas envie qu'elle nous quitte. La chorale n'a plus rien à voir avec ce qu'elle était.

Puis, repérant une de ses copines de commérages, elle joua des coudes pour se frayer un chemin jusqu'à elle.

9

Mac avait une parfaite maîtrise de ses nerfs — une qualité qui s'était avérée indispensable ces dernières années. Il usa de tout son sang-froid pour dissimuler son mécontentement à ses fils, mais intérieurement il bouillait de colère.

Les jumeaux étaient si excités à l'idée qu'elle vienne chez eux, pensa-t-il avec amertume. Ils voulaient vérifier que toutes les lumières étaient bien allumées, que les cookies étaient sortis, et que Zark portait toujours le grelot qu'ils avaient accroché à son collier.

Eux aussi étaient sous le charme, comprit-il soudain. Quel gâchis !

Il aurait dû s'en douter. D'ailleurs, il le savait depuis le début. Mais il avait laissé les choses en arriver là. Il avait relâché sa garde et avait succombé. Entraînant ses enfants dans sa folie.

Soit, il ne lui restait donc plus qu'à réparer son erreur. Mac se servit une bière et commença à la boire à la bouteille. Il savait toujours tout arranger, pas vrai ?

— Les dames boivent du vin, l'informa Zack. Comme tante Mira.

Mac se souvint que Nell avait pris du vin blanc à la soirée de sa sœur.

— Je n'en ai pas, marmonna-t-il.

Se méprenant sur l'air contrarié de son père, Zack lui serra la jambe :

— Tu pourras toujours en acheter pour la prochaine fois.

Mac s'accroupit et prit le visage levé de son fils entre ses mains. Son amour pour lui était si fort, si viscéral, qu'il lui broyait les entrailles.

— Tu as toujours réponse à tout, hein ?

— Tu l'aimes bien, hein, papa ?

— Ouais, elle est sympa.

— Et nous aussi, elle nous aime bien, pas vrai ?

— Mais qui pourrait résister à mes petites canailles ?

Il s'assit à la table de la cuisine et fit grimper Zack sur ses genoux. Il n'y avait rien de plus merveilleux au monde que de serrer son enfant dans ses bras, il l'avait découvert quand ses fils n'étaient encore que de tout petits bébés.

— Même moi, je vous adore la plupart du temps...

Zack se mit à glousser de rire et se blottit encore davantage contre lui avant de remarquer :

— Mais elle vit seule, la pauvre...

Zack commença à jouer avec les boutons de la chemise de son père, signe infaillible qu'il manigançait quelque chose.

— C'est le lot de beaucoup de gens, répondit Mac.

— Nous, on a une grande maison, avec deux chambres qui ne servent à personne, sauf quand papi et mamie viennent nous voir.

La sonnette d'alarme retentit dans l'esprit de Mac. Il tira gentiment sur l'oreille de son fils.

— Zack, où veux-tu en venir ?

— Nulle part.

La moue boudeuse, Zack s'attaqua à un autre bouton.

— Je me demandais juste comment ça serait si elle venait vivre chez nous.

Il lui coula un regard en douce sous ses longs cils.

— Comme ça, elle ne se sentirait plus toute seule.

— Mais personne n'a jamais dit qu'elle souffrait de solitude, objecta Mac. Et je crois que tu devrais...

La sonnette de la porte d'entrée retentit tout à coup, déclenchant un concert d'aboiements de la part de Zark qui, tout excité, fit tinter frénétiquement le grelot qu'il portait au cou. Zeke déboula dans la cuisine et se mit à sautiller d'un pied sur l'autre.

— Elle est arrivée ! Elle est arrivée !

— Je crois que j'ai compris.

Mac ébouriffa les cheveux de Zack et le remit debout.

— Eh bien, faisons-la entrer, il fait froid dehors.

— J'y vais !

— Non, moi !

Les jumeaux firent la course pour atteindre le premier la porte d'entrée. Ils y arrivèrent ensemble, s'acharnèrent sur la poignée, puis traînèrent littéralement Nell à l'intérieur après avoir enfin réussi à ouvrir la porte en grand.

— Vous en avez mis du temps ! se lamenta Zeke. On vous attendait. J'ai mis des chants de Noël, vous entendez ? Et on a allumé le sapin et tout et tout.

— C'est ce que je vois.

La pièce était accueillante et elle lutta pour ne pas se laisser gagner par le ressentiment. Mac aurait quand même pu l'inviter plus tôt !

Elle savait qu'il avait presque entièrement bâti la maison de ses mains. Mais sur le reste, il était resté discret. Il avait créé un espace vaste mais chaleureux, dominé par le bois, avec une cheminée à insert où étaient déjà suspendus les traditionnels bas de Noël. L'arbre, un épicéa de deux mètres, croulait sous les décorations et trônait fièrement devant la large baie vitrée qui donnait sur le chemin.

— Il est fantastique !

Nell se laissa entraîner par les garçons et alla admirer l'arbre de plus près.

— Absolument magnifique. Par comparaison, le sapin que j'ai mis dans mon appartement me paraît bien chétif.

— On peut le partager avec vous, si vous voulez, proposa Zack, et il leva les yeux vers elle, éperdu d'amour. On peut vous donner un bas de Noël et tout le reste, avec votre nom écrit dessus.

— Ils le font au centre commercial, renchérit Zeke. On peut vous en acheter un gros.

Ils avaient touché la corde sensible. Profondément émue, elle s'accroupit pour les serrer dans ses bras.

— Vous êtes vraiment des amours, les garçons, dit-elle en sentant Zark essayer de s'immiscer entre eux pour avoir sa part de caresses. Mais oui, toi aussi, tu es gentil...

Prise d'assaut par les enfants et le chien, elle leva les yeux pour sourire à Mac qui entrait dans la pièce.

— Salut ! Désolée d'avoir mis autant de temps. Certains enfants se sont attardés, ils voulaient me parler des endroits où ils s'étaient trompés et revenir sur le triomphe du concert.

Pourquoi fallait-il que sa présence semble si naturelle dans la maison ? Elle semblait tellement à sa place à câliner ses fils sous l'arbre de Noël ! Une véritable image d'Epinal.

— Je n'ai entendu aucune erreur.

— Il y en avait, pourtant. Mais nous allons travailler tout cela.

Elle s'assit sur un coussin et attira les deux garçons contre elle. « Comme si elle voulait les garder », songea Mac.

— Nous n'avons pas de vin, annonça solennellement Zack. Mais nous avons du lait, des jus de fruits, des sodas et de la bière. Et plein d'autres choses. Ou alors... Quelqu'un pourrait peut-être nous faire du chocolat chaud ?

— C'est l'une de mes spécialités, déclara Nell, en se levant pour ôter son manteau. Où est la cuisine ?

— Non, je m'en charge, marmonna Mac.

— Je vais te donner un coup de main.

Décontenancée par sa soudaine froideur, elle alla vers lui.

— A moins que les femmes ne soient pas les bienvenues dans la cuisine ?

— Nous n'avons pas souvent l'occasion d'en voir chez nous. Tu étais très bien sur scène.

— Merci. Je me suis vraiment fait plaisir.

Mac baissa les yeux et rencontra le regard de ses fils, immense, rempli de joie et d'impatience.

— Allez donc vous mettre en pyjama, tous les deux. Pendant ce temps, je m'occupe du chocolat.

— On sera redescendus avant que tu aies fini, affirma Zeke en fonçant vers l'escalier.

— Seulement si vous jetez vos vêtements par terre. Et je vous l'interdis formellement.

Il retourna dans la cuisine.

— Vont-ils les suspendre ou les cacher sous leur lit ? demanda Nell.

— Zack va suspendre les siens, mais ils vont glisser par terre. Zeke, lui, les aura fourrés sous son lit.

Elle éclata de rire tout en le regardant sortir le lait et le cacao en poudre.

— J'ai oublié de te dire qu'ils ont accompagné Kim à la répétition, il y a quelques jours. Ils avaient échangé leurs pulls — tu sais, leur code de couleur. Je les ai épatés en les reconnaissant malgré tout.

Il s'interrompit, la cuillère en l'air.

— Comment as-tu fait ?

— Je n'y ai même pas réfléchi. Ils ont chacun leur personnalité bien distincte. Des expressions qui leur sont propres. Tu sais bien, quand quelque chose leur fait plaisir, Zeke plisse les yeux et Zack coule un regard par-dessous ses cils. Ils ont aussi des inflexions différentes.

Elle ouvrit un placard au hasard, à la recherche de tasses.

— Des attitudes. En fait, il y a mille et un petits détails à condition d'être attentif à eux et de bien les regarder. Ah, les voilà !

Elle inclina la tête sur le côté en s'apercevant qu'il la dévisageait. Froidement. Comme s'il examinait un objet.

— Quelque chose ne va pas ? demanda-t-elle.

— Il faut que je te parle, répondit-il tout en faisant cuire le chocolat.

— C'est ce que tu m'as dit.

Inquiète, elle éprouva soudain le besoin de s'appuyer d'une main sur le comptoir.

— Mac, est-ce une idée de ma part ou bien as-tu l'intention de rompre ?

— Ce n'est pas ainsi que je l'aurais formulé.

La confrontation s'annonçait pénible. Nell s'arma de courage.

— Et quelle expression emploierais-tu, alors ? demanda-t-elle en s'efforçant de conserver un ton calme.

— Je me fais un peu de souci pour les garçons. Je m'inquiète des conséquences que risque d'avoir ton déménagement sur eux. Ils se sont beaucoup trop attachés à toi.

Mac pesta intérieurement en s'entendant prononcer ces mots : ce n'était pas ce qu'il voulait dire. Il se sentit ridicule.

— Comment ? Et que dire de moi, alors ?

— Ecoute, je pense que nous leur avons donné une fausse idée de la situation, voilà pourquoi il vaudrait mieux pour eux que nous n'allions pas plus loin.

Il fit mine de se concentrer sur la préparation du chocolat chaud comme s'il s'agissait d'une expérience nucléaire.

— Nous sommes sortis deux ou trois fois ensemble, nous avons...

— Couché ensemble, termina-t-elle d'un ton glacial.

Il la poussait dans ses derniers retranchements.

Mac se retourna vivement, de crainte que ses fils aient saisi les dernières paroles de Nell. Mais non, on entendait toujours les petits pieds des jumeaux courir à l'étage.

— Oui... On a couché ensemble et c'était vraiment bien. Seulement, les enfants sont plus fins que ce qu'on croit. Alors, ils se font des idées. Ils s'attachent.

— Et tu ne veux pas qu'ils s'attachent à moi.

Effectivement, songea-t-elle, il allait la faire souffrir. Elle persista néanmoins :

— En fait, c'est toi qui ne veux pas t'investir.

— Je pense seulement que ce serait une erreur de continuer.

— C'est très clair. Tu te sens pris au piège, alors tu te débarrasses de moi.

— Ne le prends pas comme ça, Nell.

Il posa la cuillère et fit un pas vers elle. Mais il y avait une limite à ne pas franchir. Une limite qu'il s'était imposée lui-même. Si l'un d'eux s'aventurait au-delà de cette ligne à ne pas dépasser, la vie qu'il s'était si patiemment construite s'écroulerait comme un château de cartes. Il reprit :

— J'ai réussi à créer un équilibre que je dois préserver pour mes enfants. Ils n'ont que moi au monde. Et ils sont tout pour moi. Je ne peux pas risquer de tout détruire.

— Tu n'as pas besoin de te justifier, répliqua Nell d'un ton étranglé et d'une voix qui allait bientôt se mettre à trembler. Tu as été clair dès le début. Extrêmement clair, même. C'est drôle, non ? Tu m'invites chez toi pour la première fois et c'est pour me mettre à la porte.

— Je ne te mets pas à la porte, j'essaie de remettre de l'ordre dans la situation.

— Oh, va au diable ! Et contente-toi de remettre de l'ordre dans tes baraques !

Elle s'enfuit de la cuisine en courant.

— Nell, ne pars pas comme ça !

Mais à peine avait-il atteint le salon qu'elle enfilait déjà son manteau tandis que les garçons dégringolaient l'escalier.

— Où allez-vous, miss Davis ? Vous n'avez pas...

Choqués, les deux garçons s'interrompirent brusquement, à la vue du visage de Nell, inondé de larmes.

— Je suis désolée.

Inutile de tenter de dissimuler son chagrin, c'était trop tard. Elle se dirigea vers la porte.

— J'ai quelque chose à faire. Je suis navrée.

L'instant d'après, elle était partie, laissant Mac planté dans le salon, les bras ballants, impuissant face aux deux petits garçons qui le dévisageaient. Mille excuses vinrent se bousculer dans sa tête. Avant qu'il ait pu se décider pour l'une d'elles, Zack fondit en larmes.

— Elle est partie. Tu l'as fait pleurer et elle est partie.

— Ce n'était pas mon intention. Elle...

Il avança pour enlacer ses fils mais se heurta à un mur de farouche résistance.

— Tu as tout gâché.

Une larme roula sur le visage rouge d'indignation de Zeke.

— On a fait tout ce qu'il fallait, et, toi, tu as tout gâché !

— Elle ne reviendra jamais.

Zack se laissa tomber sur la première marche de l'escalier et se mit à sangloter.

— C'est fini maintenant, elle ne voudra jamais être notre maman.

— Quoi ?

Complètement désarçonné, Mac se passa la main dans les cheveux.

— Mais de quoi parlez-vous ?

— Tu as tout gâché, répéta Zeke.

— Ecoute, miss Davis et moi avons eu… un petit différend. Cela arrive parfois entre les gens sans que ce soit la fin du monde pour autant.

C'était pourtant manifestement le cas, songea Mac.

— Papa Noël nous l'avait envoyée, affirma Zack en se frottant rageusement les yeux de ses poings. Il l'a envoyée parce qu'on la lui avait commandée. Et voilà, elle est partie, maintenant.

— Qu'est-ce que c'est que cette histoire de maman envoyée par le Papa Noël ?

Mac s'assit résolument sur une marche. Il batailla pour arriver à prendre Zack sur ses genoux et attira Zeke contre lui.

— Miss Davis est venue ici pour enseigner la musique. Elle vient de New York, pas du pôle Nord.

— Ça, on le sait.

Sa colère un peu calmée, Zeke était en quête de réconfort. Il enfouit son visage dans la chemise de son père.

— Elle est venue ici parce qu'on a envoyé une lettre à Papa Noël, il y a des mois et des mois, pour être en avance et pour qu'il ait assez de temps.

— Assez de temps pour quoi ?

— Pour trouver la maman.

Tout tremblant, Zeke poussa un soupir et leva les yeux vers son père.

— On voulait quelqu'un de gentil, qui sente bon, qui aime les chiens et qui ait les cheveux jaunes. Alors, on l'a commandée au Père Noël et elle est arrivée. Et normalement, tu aurais dû te marier avec elle pour qu'elle soit notre maman.

Mac poussa un long soupir et s'arma de patience.

— Pourquoi ne m'avez-vous pas dit que vous vouliez avoir une maman ?

— Pas une maman, notre maman, rectifia Zeke. C'est miss Davis notre maman, mais maintenant, elle est partie. Nous, on l'aimait, mais elle ne va plus vouloir de nous parce que tu l'as fait pleurer.

— Mais bien sûr que si, elle vous aimera toujours !

Elle allait le détester, lui, mais ses sentiments envers les garçons n'en seraient pas affectés.

— Mais quand même, vous êtes assez grands pour savoir qu'on ne commande pas une maman au Père Noël.

— Il nous l'a envoyée, comme on le lui avait demandé. On a juste commandé une maman et des vélos, rien d'autre, affirma Zack qui se blottit sur ses genoux. On n'a pas demandé de jouets ou de jeux. Seulement la maman. Fais-la revenir, papa. Il faut que tu arranges tout ça. Toi qui sais toujours tout arranger.

— Ça ne marche pas comme ça, mon gars. Les gens ne sont pas des jouets qu'on répare ou des maisons qu'on retape. Papa Noël n'a pas envoyé miss Davis, elle est venue ici pour son travail.

— Si ! C'est lui qui l'a envoyée.

Zack se laissa glisser des genoux de son père avant d'ajouter avec une étonnante dignité :

— Tu ne veux peut-être pas d'elle, mais nous, si.

Les jumeaux remontèrent à leur chambre, unis dans une détermination farouche qui l'excluait.

Mac resta seul, avec une immense sensation de vide à l'intérieur de lui. Une odeur de chocolat brûlé flottait dans la cuisine.

10

« Il faut que je m'éloigne pendant quelques jours, songea Nell. Que j'aille quelque part. N'importe où. Rien de plus triste que de rester seule le soir de Noël à regarder par la fenêtre les gens se bousculer dans la rue, vaquant fébrilement à leurs derniers préparatifs. »

Elle avait décliné toutes les invitations à réveillonner, inventant des prétextes qui sonnaient tous horriblement faux, il fallait bien l'admettre. C'est vrai, elle préférait rester seule à broyer du noir, alors que cela ne lui ressemblait pas. Mais après tout, c'était son premier véritable chagrin d'amour. Mac lui avait brisé le cœur. Elle avait besoin de temps pour panser ses plaies.

Avec Bob, seul son amour-propre avait souffert. Et la douleur s'était estompée avec une rapidité assez déconcertante.

Mais à présent, elle se retrouvait seule, le cœur en miettes, à l'époque de l'année qui réunissait d'habitude les êtres qui s'aimaient.

Mac lui manquait. C'était une vérité douloureuse à admettre, et pourtant... Son sourire lent et hésitant, sa voix calme, sa douceur, tout lui manquait. Au moins, si elle avait été à New York, elle aurait pu se perdre dans la foule, se noyer dans la cohue générale de Noël. Mais ici, tout réveillait en elle les souvenirs de son bonheur perdu.

« Allez, Nell, bouge-toi ! Monte dans la voiture et pars loin d'ici. »

Elle mourait d'envie de voir les enfants. Avaient-ils fait du traîneau dans la neige qui était tombée hier ? Comptaient-ils les heures qui les séparaient de Noël en complotant de rester éveillés pour entendre les rennes passer au-dessus de leur maison ?

Les cadeaux qu'elle comptait leur offrir attendaient toujours sous son arbre de Noël. Elle les leur ferait passer par Kim ou par Mira. De nouveau, une vague de tristesse déferla en elle : elle ne serait pas là pour voir l'expression de leur visage pendant qu'ils déchireraient le papier cadeau.

« Ce ne sont pas tes enfants », se morigéna-t-elle. Sur ce point, Mac avait toujours été on ne peut plus clair. Donner un peu de lui-même avait été une épreuve suffisamment difficile pour lui. Mais l'idée même de partager ses enfants avec quelqu'un d'autre avait sonné le glas de leur relation.

Partir, il fallait partir. Elle s'exhorta à l'action. Elle allait remplir un sac de voyage, le fourrer dans la malle et rouler jusqu'à ce qu'elle décide de s'arrêter. Elle allait prendre deux ou trois jours. Et puis, flûte ! Elle pouvait bien s'octroyer une semaine. La perspective de passer les vacances de Noël seule était insupportable.

En dix minutes, elle jeta quelques affaires au hasard dans une valise sans réfléchir à quoi que ce soit. Maintenant que sa décision était prise, elle ne pouvait plus attendre. Elle boucla sa valise, la porta jusque dans le salon et alla chercher son manteau.

Elle suspendit son geste, exaspérée, en entendant qu'on frappait à la porte. Oh, non ! A coup sûr, ce devait encore être un voisin qui venait, plein de sollicitude, lui souhaiter un joyeux Noël et l'inviter à réveillonner chez lui. Elle sentit qu'elle allait piquer une crise de nerfs.

Elle ouvrit la porte ; aussitôt la douleur se raviva dans son cœur fraîchement meurtri.

— Tiens, Macauley... On vient souhaiter un joyeux Noël à ses heureux locataires ?

— Puis-je entrer ?

— Pour quoi faire ?

— Nell...

Sa voix était empreinte d'une patience infinie.

— S'il te plaît, laisse-moi entrer.

— Très bien, tu es le propriétaire des lieux, après tout. Désolée pour l'accueil, mais je n'ai rien à boire et je ne suis pas d'humeur à faire la fête.

— Il faut que je te parle.

Cela faisait des jours qu'il tournait les mots dans sa tête pour trouver la formule adéquate et le ton juste.

— Vraiment ? Excuse-moi si je ne montre pas davantage d'enthousiasme, mais je garde un souvenir amer de la dernière fois que tu as voulu me parler.

— Je ne voulais pas te faire pleurer.

— J'ai la larme facile. Tu devrais me voir pleurer au cinéma...

Incapable de continuer sur ce ton qui ne lui était pas naturel, elle renonça aux sarcasmes et lui posa la seule question qui importait à ses yeux.

— Comment vont les enfants ?

— Ils ne m'adressent pratiquement plus la parole.

Devant son air indifférent, il fit un geste vers le canapé.

— Tu ne veux pas t'asseoir ? C'est une histoire un peu compliquée.

— Je préfère rester debout. En fait, j'ai très peu de temps. J'étais sur le point de partir.

Le regard de Mac suivit le sien et se posa sur la valise. Son visage se contracta.

— Eh bien, au moins tu n'auras pas perdu de temps.

— Que veux-tu insinuer ?

— J'imagine que tu as accepté de reprendre ton poste à New York ?

— Je vois que les nouvelles vont vite. Eh bien, non ! Je n'ai pas accepté leur offre. Mon travail me plaît, j'aime les gens de Taylor's Grove et j'ai bien l'intention de rester ici. Je pars simplement en vacances.

— Tu pars en vacances ? A 5 heures de l'après-midi, la veille de Noël ?

— Je suis libre d'aller et venir comme bon me semble. Non, ce n'est pas la peine d'enlever ton manteau, lança-t-elle sèchement, au bord des larmes. Dis ce que tu as à dire et va-t'en. J'ai payé mon loyer, je suis donc encore chez moi, ici. Et puis non, tout compte fait, pars tout de suite. Bon sang ! Tu ne vas pas me faire pleurer une fois de plus !

— Les garçons croient que c'est le Père Noël qui t'a envoyée.

— Pardon ?

Il alla vers elle et, du pouce, essuya la larme qui venait de rouler sur sa joue.

— Ne pleure pas, Nell. Je ne supporte pas l'idée que tu sois malheureuse à cause de moi.

— Ne me touche pas.

Elle s'esquiva prestement et, le dos tourné, sortit fébrilement un mouchoir en papier d'une boîte.

Mac était au supplice.

— Je suis désolé. Je me rends compte à présent à quel point je t'ai fait souffrir.

— Tu es encore très loin du compte.

Elle se moucha et s'efforça de reprendre ses esprits.

— Qu'est-ce que c'est que cette histoire à propos des garçons et du Père Noël ?

— Ils ont écrit une lettre au Père Noël cet automne, peu avant qu'ils ne fassent ta connaissance. Ils ont décidé qu'ils voulaient une maman pour Noël.

Elle se tourna vers lui, interdite.

— Pas une maman, expliqua Mac, leur maman. Ils n'arrêtent pas de me corriger. Ils savent précisément ce qu'ils veulent. Elle était censée avoir des cheveux jaunes, sourire tout le temps, aimer les enfants et savoir faire des cookies. Ils voulaient aussi des vélos, mais en second choix. Ce à quoi ils tenaient vraiment, c'était la maman.

— Ah !

Il lui fallut tout de même s'asseoir sur un accoudoir du canapé.

— Je comprends mieux, maintenant.

Désormais remise de son émotion, elle tourna les yeux vers lui.

— Ils t'ont mis dans une situation bien peu confortable, n'est-ce pas ? Je sais à quel point tu les aimes, Mac, mais entreprendre une liaison avec moi dans le seul but de faire plaisir à tes enfants, c'est pousser un peu loin le dévouement paternel.

— Mais je n'étais pas au courant ! Bon Dieu ! Crois-tu vraiment que j'aurais pu jouer avec leurs sentiments ou les tiens avec une telle désinvolture ?

— Pas avec ceux de tes fils, non, répliqua-t-elle d'une voix lasse. Sûrement pas.

Il se souvint comme elle lui avait paru délicate lorsqu'ils avaient fait l'amour. Sa fragilité s'était désormais envolée. Ses joues avaient perdu leur éclat rose et ses yeux ne brillaient plus, constata-t-il avec un pincement de cœur.

— J'ai connu la douleur de l'abandon, Nell. Jamais je ne t'aurais rendue malheureuse de façon intentionnelle. Ils ne m'ont fait part de cette lettre que le soir où… Tu n'as pas été la seule à pleurer à cause de moi, cette nuit-là. J'ai bien tenté de leur expliquer que ça ne fonctionnait pas ainsi, mais ils n'ont rien voulu entendre. Ils sont persuadés que c'est le Père Noël qui t'a envoyée.

— J'irai leur parler si tu le souhaites.

— Je ne mérite pas…

— Ce n'est pas à toi que je pense, le coupa-t-elle, mais à eux.

Il hocha la tête.

— Je me demandais ce que tu éprouverais en apprenant quels étaient leurs plans te concernant.

— N'insiste pas, Mac.

Mais il ne pouvait se résoudre à renoncer et s'approcha d'elle sans la quitter des yeux.

— C'est aussi en pensant à moi qu'ils ont agi ainsi. C'est

la raison pour laquelle je n'étais pas dans la confidence. Tu étais censée être notre cadeau de Noël à tous les trois. Cela ne te touche donc pas ?

— Comment peux-tu dire cela ?

Ecartant sa main, Nell se leva et alla à la fenêtre.

— Cela me fait une peine immense. Je vous ai aimés tous les trois, dès le premier regard. Comment pourrais-je rester insensible à ce que tu me dis ? Va-t'en, laisse-moi seule.

Mac était tellement oppressé qu'il pouvait à peine respirer.

— Je croyais que tu partirais. Qu'un jour, tu nous laisserais tomber. Je n'arrivais pas à me persuader que tu nous aimais assez pour vouloir rester avec nous.

— C'était vraiment stupide de ta part, murmura-t-elle.

— Je reconnais que j'ai été maladroit.

Il contempla les petites lumières de l'arbre de Noël qui se reflétaient dans ses cheveux et, faisant fi de toute prudence, décida de se jeter à l'eau.

— Très bien, je l'admets, j'ai agi comme un imbécile. Je n'ai aucune excuse parce que j'ai fermé les yeux sur la réalité de tes sentiments comme des miens. Je ne suis pas tombé amoureux de toi immédiatement. Du moins, je n'en avais pas conscience. Jusqu'au soir du concert. C'est ce que je voulais te dire. Je ne savais pas comment m'y prendre. Et puis, j'ai entendu des rumeurs concernant cette proposition de travail à New York et, sans réfléchir, j'ai sauté sur le premier prétexte pour te quitter. Je croyais protéger mes enfants, je ne voulais pas qu'ils puissent souffrir.

Non, songea-t-il, écœuré, jamais il ne se servirait de ses fils, fût-ce pour la faire revenir vers lui par un quelconque chantage sentimental. Il poursuivit :

— Mais cela n'explique pas tout. Je tentais aussi de me protéger. Je n'arrivais pas à contrôler mes sentiments envers toi. Cela me faisait peur.

— Les choses n'ont pas évolué depuis, Mac.

— Mais il ne tient qu'à nous de les faire changer.

Il décida de tenter le tout pour le tout. Posant les mains sur ses épaules, il la fit pivoter pour lui faire face.

— Ce sont mes fils qui m'ont fait comprendre que, parfois, il suffit de vouloir quelque chose de toutes ses forces pour qu'un souhait se réalise. Ne me laisse pas, Nell. Ne nous abandonne pas.

— Je n'ai jamais eu l'intention d'aller où que ce soit.

— Pardonne-moi.

Elle fit mine de détourner la tête mais il prit délicatement son visage entre ses mains.

— Je t'en prie. Je ne suis peut-être pas capable de réparer le mal que je t'ai fait, mais laisse-moi au moins une chance d'essayer. J'ai besoin de toi. Nous avons tous besoin de toi.

Il y avait une telle patience dans sa voix, une force tranquille émanait de la main qui caressait sa joue. Elle sentait sa douleur s'apaiser rien qu'en le regardant.

— Je t'aime. Je vous aime, tous les trois. C'est plus fort que moi.

Il posa ses lèvres sur les siennes dans un baiser empreint de soulagement et de reconnaissance.

— Moi aussi, je t'aime. Et je ne veux surtout pas lutter contre cet amour.

L'attirant contre lui, il amena sa tête contre sa poitrine.

— Cela fait si longtemps que nous sommes seuls, tous les trois, que je ne savais pas comment te faire une place dans notre famille. Mais je crois que j'ai trouvé le moyen de tout résoudre.

Il s'écarta d'elle de nouveau et fouilla dans la poche de son manteau.

— J'ai un cadeau pour toi.

— Mac…

Encore chancelante sous le coup du tourbillon de toutes ces émotions, elle essuya ses dernières larmes du revers de la main.

— Ce n'est pas encore Noël !

— Nous n'en sommes pas loin. Et je crois que si tu acceptais d'ouvrir ton cadeau dès maintenant, je pourrais peut-être enfin me remettre à respirer normalement.

— Très bien. Considérons cela comme un gage de réconciliation. Je pourrais même envisager de...

Sa phrase resta en suspens lorsqu'elle découvrit ce que recélait la petite boîte. Une bague. Le traditionnel anneau d'or surmonté d'un diamant.

— Epouse-moi, Nell, demanda-t-il doucement. Sois la maman de mes enfants.

Eblouie, elle leva les yeux vers lui.

— Tu changes bien rapidement d'avis pour quelqu'un d'aussi posé que toi.

— C'est le soir de Noël, déclara-t-il, et il plongea les yeux dans les siens tout en sortant le solitaire de son écrin. Je me suis dit que c'était la nuit ou jamais pour tenter ma chance.

— Tu as très bien fait.

En souriant, elle lui tendit la main.

— C'est un excellent choix.

Quand il eut passé la bague à son doigt, elle lui caressa la joue et demanda :

— Quand ?

Il aurait dû se douter que ce serait tout simple, en fait. Avec elle, rien ne serait jamais compliqué.

— Nous ne sommes qu'à une semaine du premier de l'an. Ce serait une bonne façon de commencer l'année. Une nouvelle année pour une nouvelle vie.

— Oui.

— Veux-tu venir à la maison ce soir ? J'ai confié les enfants à Mira. Nous pourrions aller les chercher et ainsi, tu pourrais passer Noël avec ta famille, celle qui n'attend que toi.

Avant qu'elle ait pu répondre, il sourit et lui embrassa la main.

— Ta valise est déjà prête...

— C'est vrai. C'est sûrement ça, la magie de Noël.

— Je commence à me demander s'il n'y a pas du vrai dans tout ça.

Et prenant son visage entre ses mains, il se pencha vers elle pour déposer sur ses lèvres un long et profond baiser.

— Nell, je ne t'espérais plus, mais tu es sans nul doute mon plus beau cadeau de Noël.

Il enfouit son visage dans sa chevelure et contempla par la fenêtre les lumières multicolores qui décoraient les maisons, en bas, dans la rue.

— Tu n'as rien entendu ? murmura-t-il.

— Oh, si..., acquiesça-t-elle en se serrant contre lui. Les clochettes d'un traîneau...

Composé et édité par HarperCollins France.

Achevé d'imprimer en octobre 2021.

à Mesnil-sur-l'Estrée (Eure)

Dépôt légal : novembre 2021.

Pour limiter l'empreinte environnementale de ses livres, HarperCollins France s'engage à n'utiliser que du papier fabriqué à partir de bois provenant de forêts gérées durablement et de manière responsable.

Imprimé en France